# Ling Ma

AF124948

## Kulturrevolution

Vier Erzählungen aus China
in der Zeit des Umbruchs

# Ling Ma

# Kulturrevolution

Vier Erzählungen aus China
in der Zeit des Umbruchs

*Bibliografische Information der Deutschen National-*
*bibliothek:*
*Die Deutsche Nationalbibliothek verzeichnet diese*
*Publikation in der Deutschen Nationalbibliografie;*
*detaillierte bibliografische Daten sind im Internet*
*über http://dnb.dnb.de abrufbar.*

*TWENTYSIX – Der Self-Publishing-Verlag*
*Eine Kooperation zwischen der Verlagsgruppe Ran-*
*dom House und BoD – Books on Demand*

© *2018 Ling Ma*

*Herstellung und Verlag:*
*BoD – Books on Demand, Norderstedt*

*ISBN:* 9783740746612

# I. Der Tod begleitete mein Leben

Vergangenheit ist Heimat

Ein Ereignis meiner Kindheit umrankte wie eine Pflanze mein ganzes Leben. Auch der Lauf der Zeit, vermag die Erinnerung daran nicht entfernen!

Geschehen während einer drei Jahre dauernden Hungersnot -1959,1960 ,1961- Jahre der Dürre. China als großes Agrarland hatte durch diese Dürre mehrere aufeinanderfolgende Missernten mit anschließenden Hungersnöten, die das Leben vieler Menschen bedrohten. Die daraus erwachsenen Probleme standen damals ganz oben auf der Tagesordnung der Kommunistischen Partei.

Parallel zu dieser Katastrophe hatten sich die politischen Beziehungen Chinas zur Sowjetunion verschlechtert, und China war gezwungen, alle Schulden in Form von Lebensmitteln, Waffen und Munition sofort an diese zurückzuzahlen. Dadurch wurde die bestehende Hungersnot noch verdoppelt. Besonders in den ländlichen Gebieten, wo damals die Menschen überwiegend lebten, erheblich verschärft.

Wir hatten das Glück, im Campus zu leben, da unsere Eltern Intellektuelle waren und aufgrund dieses Status eine besondere Fürsorge des Staates genossen. Außerdem waren unsere Eltern sehr sparsam und legten Nahrungsmittelvorräte für uns an. Wir hatten also genug zu essen, so dass wir den Hunger nicht kennenlernen mussten und bis dahin auch nicht von der Hungersnot auf dem Land erfuhren.

In dieser Zeit spielte ich gern mit Jian Lau, einem Nachbarmädchen, auf einem großen Spielplatz, ursprünglich Sportplatz der Universität. Trotz des Hungers im ganzen Lande hatte sich niemand um diese Wiese gekümmert und so war eine Wildwiese mit bunten Blumen und Gräsern in allen erdenklichen Grüntönen entstanden, die sich weit bis an den Horizont erstreckte: Gelber Löwenzahn wechselte mit weißen Margeriten, violetten Nelken und rotem Mohn auf grünem Grund. Ihr Anblick glich einer Tuschezeichnung.

Im Sonnenschein folgten unsere Augen dem Flug der Bienen, dem Bogen des Heuschreckensprungs von Halm zu Halm. Ein Halm beugte sich, hinter den Halmen hervor kam eine Gottesanbeterin auf uns zu, sie schwenkte ihre beiden Füße wie zwei Schwerter. Wir Mädchen streckten gleichzeitig die Hände aus, fingen die Gottesanbeterin und nach ihr noch viele andere Insekten.

Jian Lau befahl mir: „Gib Deine Insekten alle mir!". Es war ihr verboten, sich schmutzig zu machen, deswegen fing sie sehr wenig. Es waren nur 10 oder 12 Insekten in dem durchsichtigen Glas, das sie in ihrer Hand hielt. Wie sie so stand, war sie sehr schön anzusehen, sie trug ein neues rotkariertes Kleid, ihr Haar hatte das Kindermädchen zu zwei dicken, glänzenden Zöpfen geflochten.

Ich hatte das eigentlich nicht beabsichtigt, aber um ihr zu gefallen, fing ich viel mehr Insekten als sie, es waren etwa 60-80 in meinem Körbchen. Und so gab ich in ihre andere Hand meinen Bambuskorb, Ich trug die abgelegten Kleider meiner Mutter, eine alte, graue, geänderte Jacke, die war vom Spiel bestäubt mit grünen, roten und gelben Pollen der Gräser. Mein Haar, sehr kurz geschnitten, stand zerzaust um den Kopf herum. Mein Gesicht hatte nicht so feine Züge wie ihres. Der liebe Gott hatte eben auf mein Aussehen viel weniger Mühe verwendet. Deswegen mit Jian Lau spielen kann, war damals in meine Seele meinen größten Wunsch.

Aber es überraschte mich, als Jian Lau meinen Korb nahm, auf einen Grashügel kletterte und den Korb mit der Öffnung nach unten stülpte. Sie wartete bis die kleinen Insekten unter dem Rand des Korbes hervorkrochen, dann tötete sie sie, indem sie auf ihnen herumtrampelte, sie mit Händen entzwei brach, Beine und Köpfe abriss, so dass ihre Finger ganz schmierig davon wurden. „Was tust Du?" Rief ich und ein heftiger Schmerz über ihre Grausamkeit durchzuckte meinen ganzen fünfjährigen Körper. Hastig versuchte ich, sie an ihrem Tun zu hindern, hatte aber nicht bedacht, dass sie stärker war als ich.

Jian Lau stieß mich beiseite und gewann so Raum, noch mehr von den kleinen Tieren zu töten, lachte darüber, warf sie hoch in den Himmel, wo im Westen bereits die Sonne unterging und die toten Tierchen sich als schwarze Punkte vom Horizont abhoben und wieder herunterfielen.

Ich sammelte aus dem Gras die verletzten Insekten. Ein Blick auf ihre geschundenen Körper genügte mir, Die Tränen die heiß über mein Gesicht liefen.

Schnell rupfte ich etwas Gras, versuchte die Wunden zu verbinden, die fehlenden Beine, Flügel und Köpfe zu verdecken, richtete Gras zu einer Lagerstatt, um das Leben der verletzten Insekten zumindest bequem zu gestalten. Daneben befürchtete ich deren Entdeckung durch andere Tiere, und so umgab ich das Lager mit einem Wall aus Ziegeln und Steinen.

Als ich mein „Krankenhaus" fertig gebaut hatte, kamen zwei Studentinnen auf einem Abendspaziergang vorbei. Die eine wurde vom Lachen Jian Laus angelockt, ging zu ihr hin, sah, was sie getan hatte und rief: „Oh, isst du kleine Tiere?! Nein!! Sieht das nicht ekelig aus?" Die Andere kam ebenfalls und pflichtete ihr bei. „Tu doch so etwas nicht! „Hör damit auf!" Beide versuchten sie, Jian Lau am Töten der Tiere zu hindern.

Jian Lau, immer noch lachend, beachtete sie nicht und warf noch mehr verletzte Tiere, Heuschrecken, Gottesanbeterinnen und andere Insekten, in die Luft.

Während ich mich auf meine Rettungsarbeiten konzentrierte, kamen die beiden Studentinnen zu mir. Die Beiden schauten mich von hinten eine länger Zeit an, so dass sich ihr Atem auf meiner Schulter gleichmäßig ausbreitete: „Was machst du hier?" Fragte die eine mit sanfter Stimme. Ich war beschäftigt und hatte keine Zeit zu ihr hinzuschauen: „Kannst Du es nicht selbst sehen", antwortete ich bissig: „Ich baue ein Krankenhaus."

„Alle sind nicht zu retten, alle sind tot." Mit heiserer Stimme stieß ich hervor: „Sie sind nicht verloren! Doch, doch viele davon sind noch lebendig, hier, diese und diese." Ich deutete auf die Tiere, welche sich noch bewegten. „Ihr hattet jetzt Zeit sie anzusehen, könnt ihr denn nicht den anderen Tierchen helfen, so viele wie möglich retten oder einfach fortgehen, wenn ihr das nicht wollt. Sie, ich zeigte auf Jian Lau, und sagte fassungslos: Lassen Sie sie nicht noch mehr Insekten töten."

„Also, Du möchtest sie retten, während diese dort Schaden anrichtet?" Die Studentin mit der zarten Stimme hatte plötzlich verstanden: „Ja, oh ja, wir helfen Dir. Wir verbinden auch die Wunden! Wir retten auch die kleinen Tierchen." Die beide wurden ganz aufgeregt, nahmen die verletzten Insekten und versorgten ihre Wunden. Eine sagte etwas zur anderen, während sie mal zu mir, mal zu Jian Lau schauten. Es war ihnen offenbar wichtig, die Lehren aus dem Studium bei uns praktisch anwenden zu können.

„Gefällt sie Dir?" Fragte mich nach kurzer Zeit die schöne Studentin und ihr Finger zeigte auf Jian Lau.

„Ja, sie ist doch meine Freundin." Damals war ich noch sehr stolz auf sie.

„Aber sie quält und tötet doch kleine Tiere."

„Dann mag ich sie nicht."

„Höre mir zu", die schöne Studentin kniete neben mir nieder, sah mir in die Augen und sagte: „Du solltest nicht mit ihr zusammen spielen. Sie wird Dir schaden."

„Es wird nichts passieren." Daran glaubte ich. Aber sie sieht wirklich sehr schön aus. Ich war überaus besorgt, die Beiden könnten mich als hässlich ablehnen. Ich blinzelte mit den Augen, versuchte ihren Blicken auszuweichen. Zum Glück war für die Beiden mein Aussehen nicht so wichtig. „Wir schauten die Tierchen an, sie leiden Schmerzen wie Du!" Darüber musste ich lächeln, schüttelte ungläubig den Kopf und brummte: „Sie wird mir nichts tun! Das glaube ich nicht. Nein! Das wird Sie nicht tun!"

Die Studentin war aufgeregt und mit beiden Händen schüttelte sie mich an der Schulter: „Du musst mir glauben! Sie wird Dich später bestimmt auch verletzen! Warum glaubst du mir nicht? Alle Menschen auf der Welt sind nicht so gutmütig wie Du! Glaube mir!" Der Geruch ihres Parfüms streifte mein Gesicht, ein Hungergeruch bedrängte mich und ihr immer derberes Schütteln. Ich konnte es einfach nicht mehr ertragen: „Ich glaube Dir! Ich------oh! Du hast mir wehgetan!"

Das andere Mädchen zog sie schnell weg: „Du sollst das Kind nicht erschrecken!"

„Ich will ihr etwas sagen, ich will ihr etwas von meiner Erfahrung berichten, damit sie später nicht wie", sie schluchzte, „wie ich, vom liebsten Freund, von meinem lieben Mann verraten wird. Ich kann das noch nicht glauben. Weißt Du, als er so etwas sagte, ich traute meinen Ohren nicht!" Sie weinte, die Hand vor dem Mund, „hu, hu" und das andere Mädchen umarmte sie schnell und flüsterte ihr etwas Tröstliches zu.

Als Jian Lau nach einiger Zeit bemerkte, dass sie von uns nicht mehr beachtet wurde, nahm sie all die verletzten Tiere, kam zu uns und reichte sie mir. Ich fasste sie mit beiden Händen, aber es waren viel zu viele für meine geringen Rettungsmöglichkeiten. Wie lange sollte ich alle Wunden verbinden? Ich war einen Augenblick fassungslos.

Eine der Studentinnen, die weniger Hübsche, erkannte meine Not. „Gib mir die Hälfte Deiner Insekten, wenn es Dir zu viele sind. Lass uns Dir helfen. Ist es gut so?"

„Natürlich ist es gut!" In meinem fünfjährigen Leben hatte noch niemand nach meiner Erlaubnis gefragt: „Ist es gut oder nicht?" Ich fühlte mich unterstützt und war darüber sehr überrascht, darum nickte ich schnell.

Die Studentinnen entfernten sich mit den verletzten Heuschrecken. Jian Lau und ich, jede von uns spielten nun ihre eigenen Spiele allein. Hier auf der großen grünen Wiese, wo wir als Kinder so viel Spaß hatten, wurde die Traurigkeit der Erwachsenen gleich verschluckt.

Plötzlich trug der Wind den Geruch von gebratenem Fleisch herüber. Damals hatten viele Menschen nicht genügend zu essen. Der Geruch von gebratenem Fleisch war ein ganz unbegreiflicher Duft und reizte so den Appetit eines jeden hungrigen Menschen!

11

„Ich gehe um nachzusehen, woher er kommt." Jian Lau, immer einen Schritt voraus, sprang auf und rannte los. Bis sie plötzlich rief: „Aha, wie ekelhaft, die essen Heuschrecken, komme schnell gucken, Du! Die beiden Ungeheuer essen Grashüpfer!"

„Schrei nicht so!" Ärgerlich herrschten die Studentinnen Jian Lau an: „Man muss sich hüten vor so einer Kleinen mit einem so bösem, bösem Herzen. Es wird noch größer und böser werden. Hau ab!"

„Heuschrecken essen, schamlos, Heuschrecken essen, das sind Ungeheuer!" Schrie Jian Lau laut.

Ich rannte dorthin, auch für mich war das schrecklich anzusehen. Damals gab es noch keine Nahrungswissenschaft, niemand glaubte, solche Insekten essen zu können. Es war für uns sehr ungewöhnlich. Ich schrie gemeinsam mit Jian Lau: „Ungeheuer! Heuschreckenfresser!"

„Du darfst nicht schreien!" Die hübsche Studentin schimpfte mich aus: „Ich habe Dir gesagt, nie sollst Du mit diesem Mädchen zusammen spielen! Du ahmst sie doch nach, das tut meinem Herzen weh! Verstehst Du mich?!" Schnell schloss ich den Mund. Jian Lau war mir gefolgt und schwieg nun ebenfalls.

Danach, spät am Tag, waren wir auf dem Heimweg, einer geraden endlosen Straße, auf der wir den Vater von Jian Lau trafen. Er redete, lachte mit einigen Leuten, während er vom anderen Ende der Straße auf uns zukam.

„Onkel, wie geht's dir?" Ich freute mich wie eine Schneekönigin. Ihr Vater hatte immer ein so liebes Lächeln für uns.

„Papa, heute haben wir zwei Leute gesehen, die Heuschrecken gegessen haben, stell Dir vor, Heuschrecken!" Gerade in diesem Augenblick sah Jian Lau die beiden Studentinnen herüberkommen. Sie wies mit den Fingern auf sie und schrie: „Da sind sie, die essen Heuschrecken und Gott----!"

„Was, Sie essen diese Dinge, ist das nicht ekelhaft?" Der Vater staunte, lächelte aber immer noch.

„Nein! Wir können nicht wählerisch sein. Wir haben einfach nicht genug zu essen." Die hübsche Studentin sagte mutig: „Es gibt überhaupt kein Essen mehr in ihrer Heimat." Sie zeigte auf die andere Studentin: „Ihre Großmutter ist verhungert, sie hatte es vorher ihrem Vater angekündigt. Nach ihrem Tod war ihr Vater nicht zum Vorsitzenden der Kommunistischen Partei ihres Dorfes gegangen um es zu melden, sondern hatte selbst ihre Großmutter gekocht, damit die Familie überleben konnte. Sie hatte fünf Geschwister, die überleben mussten! Aber der Parteivorsitzende behandelte ihren Vater wie einen Verbrecher, weil er die anderen Dorfbewohner nicht von der Großmutter hatte mitessen lassen. Ihr Vater wurde später für geisteskrank erklärt." Ich bekam am ganzen Körper eine Gänsehaut, schaute auf die weniger hübsche Studentin. Diese weinte, ihre Begleiterin weinte auch und erregte sich: „Was bedeutet es , der Sozialismus ist die beste Ordnung für China'?! Die Existenz der Menschen ist nicht gesichert. Ich will sagen, der Sozialismus passt einfach nicht zu China!" Die andere Studentin versuchte schnell diese Worte zu verhindern, aber es war schon zu spät.

„Sie hat auch noch gesagt, ich habe ein schlechtes Herz", meinte Jian Lau zu ihrem Vater.

„Wenn du ein gutes Herz hättest, würdest Du nicht den Tierchen schaden", sagte die hübsche Studentin kühl und ernst zu Jian Lau. Eine Grimasse der Wut überzog das Gesicht des Vaters und es wurde weiß wie Schnee.

„Guck mal, das Sicherheitsbüro ist noch geöffnet. Wie kann hier jemand auf der Straße, öffentlich über unseren Kommunismus so schlecht diskutieren!" Der Vater von Jian Lau war Vizedirektor in unserer Universität, darum würden viele Leute seine Argumente übernehmen und eben nach seiner Pfeife tanzen.

Auf seine Anweisung wurden die beiden Studentinnen zum Sicherheitsbüro gebracht und eingesperrt.

Seit diesem Tag durfte Jian Lau nicht mehr aus dem Haus. Ihr Vater ließ sie vor Büchern sitzen und zwang sie mit hartem Herzen und mit eisernem Willen zu lesen, zu rechnen und mit Wörtern zu spielen. Man sagte, Wissenschaft könne die Seele der Menschen reinigen. Jian Lau zeigte im Alter von dreißig Jahren das Ergebnis dieser Erziehung. Sie wurde ein gutes Beispiel für diesen Spruch, es schien, als habe sie Herz und Seele verloren.

Aber mein lieber Vater nahm mir meine Kindheitsfreuden nicht so früh. Ich blieb allein auf der großen Wiese, mit grünem Gras, wilden Blumen und Bäumen, mit Insektenfamilien. Ich konnte träumen und bauen und meine Kindheit bis zu ihrem Ende genießen.

Allmählich breitete der Herbst seinen blassen Sonnenschein über das Land.

Eines Tages, ich war gerade auf der Wiese und überlegte: Wohin sollte ich wegen der kommenden Winterkälte mit meinem Krankhaus umziehen? Da kam die eine Studentin von der anderen Seite der Wiese zu mir: „Bist Du allein hier? " Fragte sie und ich nickte.

„Du bist so klein und versteckt unter dem Grün. Wenn man nicht genau nach Dir sucht, kann man Dich überhaupt nicht finden. Ich habe hier schon ein paarmal nach Dir gesucht, Dich aber nie gesehen." Sie sprach vertraulich. Sie war zwar nicht so hübsch wie ihre Freundin, aber trotzdem sehr sympathisch. Ich hob meinen Kopf, damit ich sie ansehen konnte. Sonnenlicht strahlte über ihren Kopf zu mir, ihr Gesicht sah aus wie eine Sonnenblume, sodass ich unwillkürlich lachte. Wir beide lächelten einander an. Dann schaute ich suchend hinter sie. „Sie wird nicht mehr kommen, sie ist tot." Die Studentin wusste, wen ich suchte als sie das zu mir sagte.

„Sie------?" Ich schluckte: „Wie kann sie tot sein? Sie war so hübsch!" Plötzlich wirbelte der Wind trockene Erde um meine Füße herum, bestimmt waren das die Geister all der toten Insekten, deren Gräber ich zu flach gegraben hatte.

„Unsinn, was Du da sagst!" Sie schaute mich eindringlich an: „Du weißt nur, was schön oder nicht schön ist. Weißt Du auch, was das Leben eigentlich bedeutet?" Sie drängte sich ganz nah an mich heran, die gelben Blätter fielen hinter ihr von den Bäumen herab und auch sie fiel wie ein Blatt zu Boden. Sie schaute mich an, sie murmelte: „Ich möchte wirklich das frühere Leben zurück, immer so kindlich bleiben wie du, immer so sorglos." Die Abendstimmung machte sie plötzlich sehr traurig. „Sie hat die Nahrung verweigert, es war Selbstmord."

„Nein!" Ich konnte nur mit dem Kopf schütteln. „ Nein!"

„Niemand hat sie geschlagen, nur mit ein paar Worten kritisiert. Sie wollte nicht mehr leben, denn ihr Freund hatte sie verraten", seufzte sie. „Auf einer Gruppenversammlung an der Universität mussten alle einander anzeigen, sonst durfte die Versammlung nicht beendet werden. Ihr Freund verriet ein paar kritische Sätze, die sie ihm irgendwann anvertraut hatte. Sie konnte dieses Verhalten nicht verstehen, einfach nicht ertragen. Sie hörte auf zu essen. „Die Studentin seufzte noch einmal: „Als wir sie zum Krankenhaus brachten, war es schon zu spät. Was sie dann essen musste, erbrach sie gleich wieder. Kurze Zeit später starb sie." Sie weinte, drängte sich noch näher zu mir, als wollte sie sich meines Schutzes versichern.

Ich war in meiner kleinen Seele tief erschüttert: „Sie war so hübsch, sehr hübsch, so besonders hübsch!" Ich konnte nur diese Worte immer wiederholen. „Darum ich sage Dir, Mädchen, man soll nicht alles zu genau nehmen, hauptsächlich optimistisch denken und möglichst leicht leben. Gut oder schlecht sind relative Begriffe. Sie konnte das nicht verstehen. Für sie gab es entweder sehr gut oder sehr schlecht. Gut oder schlecht waren für sie absolute Kategorien. Wenn sie fand, Du bist gut, dann hattest Du in ihren Augen überhaupt keine Nachteile, sie wollte diese nicht sehen. Bevor sie starb, bat sie mich, ich solle Dir ihre Meinung sagen: Du sollst nicht so gutmütig sein, wie du bist, sonst werden Dich viele Leute ausnutzen. Nicht mit dem anderen Mädchen spielen, sie wird dich später-----." Sie hatte noch nicht zu Ende gesprochen, da war ich schon fortgelaufen, so schnell wie ich konnte, als ob hinter mir der Teufel her war. Ich folgte dem Weg auf dem viele Heuschrecken, Gottesanbeterinnen und andere Insekten davonsprangen, um meinen Tritten zu entkommen. Aber wovor versuchte ich auszuweichen?

„Kleines Mädchen, alles ist eine Fügung des Schicksals. Erinnere Dich, oh, bleib stehen!" Sie rief laut hinter mir her.

Dann schloss ich meine Herbstarbeiten auf der großen Wiese wegen meiner Angst vor dem Leben und der Gesellschaft ab. In meinem Unvermögen, das alles zu begreifen, vertraute ich mich nur meinen Eltern an. Eine Zeit lang weinte ich jeden Tag und meine Eltern bemühten sich sehr um mich. Die ständige Angst vor dem Sterben begleitete mich wie ein Schatten und engte mein Leben ein. Ich weinte und weinte------. Meine Eltern gingen mit mir zur Bibliothek, erschlossen mir die Welt der Bücher in der Hoffnung, das Lesen und die Bekanntschaft mit anderen Schicksalen würden mir helfen, meine Verzweiflung zu überwinden.

Diese Kindheitsereignisse jedoch sollten ein Grundstein auf meinen Lebensweg werden, mit dem ich langsam reifen konnte.

Eines Tages traf ich Schuang durch Zufall. Damals sprachen alle Leute der Universität mitleidig über ihre Familie. Die Mutter von Schuang starb bei der Geburt des fünften Kindes, und so blieb der Vater mit fünf Kindern allein. Das jüngste Baby wurde sofort weggegeben, also gab es noch vier Kinder, deren Ältestes Schuang Schuang, vierzehn Jahre alt war, zwei Jahre älter als ich.

„Chang he, was machst du da?" Schuang Schuang sah mich und rief gleich von weitem, während sie mir mit ihren vielen Begleitern zu Fuß entgegenkam.

„Ich spiele! Und Du? Was machst Du denn?" Ich war so froh, dass mich jemand ansprach. „Ich bringe meine Mutter nach Hause", antwortete Schuang Schuang.

„Deine Mutter?" Ich war schockiert, lief herum und suchte: „Wo ist sie? Ist sie nicht tot?" Alle Begleiter lachten über meine kindische Dummheit. Schuang lachte am lautesten, sie war ein gesprächiges, witziges Mädchen. War ihre Mutter doch gerade an den schwerwiegenden Folgen einer Entbindung gestorben, so war ihr noch nicht klar, dass die Erwachsenen von ihr jetzt forderten, sie solle ernst sein, sich eine lange Zeit des Lachens und Redens enthalten. Schließlich, in der Lage endlich lachen zu dürfen, fühlte sie sich frei. Sie lachte, zog mich zu sich, zeigte auf ihrer Mutter Urne und sagte zu mir: „Meine Mutter schläft dort."

Die Urne war eine schwarz lackierte, rechteckige Holzkiste mit Drachen- und Phoenix-Schnitzereien. Gehalten von einem Paar kleiner Jungenhände, die leicht zitterten und über die sich ein verbittertes Gesicht mit gerunzelter Stirn und einem zum Weinen geöffneten Mund beugte.

„Du kannst das nicht mehr tragen", sagte ich und versuchte die Holzkiste zu nehmen. Sein Gesicht entspannte sich etwas.

„Nein, nein!" Die Erwachsen hinderten mich sofort daran: „Es ist seine Mutter, er ist der einzige Junge in dieser Familie, es ist seine Aufgabe, die eigene Mutter nach Hause zu bringen", sagte der Vater von Schuang streng.

„Ich kann nicht mehr tragen, ich kann nicht mehr------." Er weinte, blieb stehen und, wechselte die Last auf die andere Hand.

„Eine so kleine Schwierigkeit kannst Du nicht überwinden, später gibt es viel schwerere Probleme im Leben, was willst Du dann machen? Weinen hilft nichts!" Mitleidlos sagte der Vater: „Pass auf, gib Dir Mühe! Wenn Du Deine Mutter fallen lässt, werde ich Dich umbringen!" Der Vater war gnadenlos zu seinem einzigen Sohn.

Ich schwieg und ging an der Seite von Schuang mit ihnen, beobachtete den Bruder von Schuang, dessen Tränen mit Schweißtropfen vermischt auf die Urne seiner Mutter fielen. Es tat meinem Herzen weh! Endlich kam mir ein rettender Gedanke. Ich ging auf des Bruders Seite und löste den Schal von meinem Hals. Damals trugen die Frauen immer viereckige Schals. Ich faltete ihn dreifach übereinander, schob ihn unter der Kiste hindurch auf die andere Seite zu Schuang und ließ sie diese Seite fest in die Hand nehmen. Ich hielt die andere Seite des Schals fest und wir zogen von beiden Seiten den Schal straff, so dass sich das Gewicht in den Händen ihres Bruders plötzlich erheblich verringerte. So war es ihm möglich, nur mit einer Hand die Urne aufrecht zu halten. Des Bruders Gesicht verzog sich langsam zu einem überraschten, zufriedenen Lächeln. Ich schaute stolz zu Schuang, sie schenkte mir ein dankbares Lächeln. Die Erwachsenen, ihr Vater, die Verwandten und Freunde, alle hatten unser Lächeln gesehen, aber alle taten so, als hätten sie es nicht bemerkt.

So kamen wir zum Haus von Schuang .

Zu Hause sahen alle zu, wie  der Bruder die Urne der Mutter langsam auf den  Tisch stellte.  Alle Erwachsenen und Kinder waren hungrig. Der Vater  legte das schlafende Kind auf das  Bett, wandte sich zu Schuang  und sagte: „Ab heute wirst Du für die ganze Familie kochen, es ist jetzt Deine Aufgabe. Schicke  Deine Freundin  nach Hause, Du hast keine Zeit mehr, mit ihr zu spielen." „Ich kann Gemüse waschen", sagte ich schnell zu ihrem Vater. Als  Freundin, die ebenso gern lachte  wie Schuang, wollte ich nicht so einfach aufgeben und mich wegschicken lassen.

„Sie kann Gemüse waschen." Schuang wollte sich auch nicht von mir verabschieden und nickte ein paar  Mal ihrem Vater zu. Schnell holte sie einen Korb, der an der Decke hing, gefüllt mit Gemüse und wollte ihn mir geben. Aber ihr Vater nahm der Korb und bestimmte dann: „Das Gemüse kann Dein Bruder waschen" und er gab den Korb dem Bruder. „Jetzt seid ihr beide groß, müsst alle Hausarbeiten erledigen. Die Zeit der Spiele  ist vorbei!"

Der Bruder nahm den Korb, murmelte: „Ich bin so erschöpft", gab mir den Korb und ließ sich dann auf das Bett fallen. Ich nahm den Korb, ging zum Becken, verschloss es mit einem Stöpsel und ließ Wasser einfließen. Dann  legte ich alles Gemüse  hinein und  fing an zu waschen.

Der Vater seufzte: „Lässt ein  Kind einer  anderen Familie  unser Gemüse waschen, das ist nicht richtig." „Du, nimm das nicht zu ernst, die Kinder möchten bloß zusammen spielen." „Ja, Kollege Liu, für Kinder ist alles wie ein Spiel, Hauptsache sie sind zusammen!" So trösteten die Leute  den Vater. Er sagte nun  nichts mehr. Auch  wenn er etwas dagegen hatte, es war jetzt für mich unwichtig. Ich krempelte die Ärmel auf, nahm die Stücke des Blattgemüses aus dem Wasser, um sorgfältig jedes Blatt zu waschen. Das Wasser plätscherte sehr laut und übertönte das Schnarchen des Bruders. Glücklicherweise wurde zu dieser Zeit kein Wassergeld kassiert, sonst hätte die Familie sehr viel Geld für das Wasser bezahlen müssen, das ich für das Gemüsewaschen verbrauchte. Nach dem Abwasch wandte ich mich vom Waschbecken ab, als plötzlich die Anwesenden Überraschungsschreie ausstießen: „Oh, Du kannst gleich in das Becken zum gewaschenen Gemüse springen", „Du schwimmst ja geradezu!" „Alle Deine Kleider sind nass."

Ich beachtete die Aufregung nicht weiter und ging danach sehr zufrieden nach Hause. Das allerwichtigste war doch, dass ich eine neue Spielkameradin hatte. Das war für mich überaus wichtig!

Zu dieser Zeit begann in China die Kulturrevolution, es war eine radikale Veränderung: Im Campus der Universität gab es überall schwarze Wandzeitungen. Jeder musste seine Arbeitskollegen und Freunde, die vermeintlich oder auch tatsächlich etwas gegen die Revolution gesagt oder getan hatten, durch Artikel an der Wandzeitung anzeigen. Jeder hatte Angst vor den anderen. Jeden Tag wurden überall im Campus Professoren, sogenannte reaktionäre Akademiker-Autoritäten, wie Universitätsdirektoren, Verwaltungsfachleute oder Beststudenten als Wegbreiter des Kapitalismus gebrandmarkt. Als sogenannte weiße Fachleute wurden sie auf Demonstrationen durch die Straßen getrieben und zur Schau gestellt. Es gab Hausdurchsuchungen. Der in der Regel respektierte Direktor der Universität, damals selbst Professor, musste einen hohen Hut tragen, beide Arme waren auf seinen Rücken gebunden, um so mit den Rebellen, seinen Studenten, durch die Straßen zu marschieren. Oder er wurde gezwungen, auf dem Platz niederzuknien und sich selbst zu bezichtigen. Falls die Selbstkritik nicht als ehrlich erschien, gab es Backpfeifen oder Prügel. Viele Menschen, darunter auch viele Kinder kamen, um zuzusehen, mitzuspielen. Häufig schlugen Kinder auch mit den Fäusten oder traten mit den Beinen, um sich im Machtausüben zu profilieren. Recht oder Unrecht, das war allen Leuten unklar. Es war ein Chaos der Sinne. Manche Leute attackierten heute andere, morgen mussten sie selbst niederknien auf dem Platz und wurden von anderen attackiert. Später entwickelte sich daraus ein Bürgerkrieg. Zwei Bürgergruppen begannen einander mit Waffen zu bekämpfen. Diese Situation war sehr gefürchtet, überaus gefährlich.

Glücklicherweise hatte ich damals keine Zeit für so etwas, konnte nicht teilnehmen an den Protesten. Ich musste jeden Tag zu Schuang nach Hause gehen. Sie hatte jeden Tag für die ganze Familie Essen zu kochen, ich half ihr beim Gemüsewaschen. Ohne meine Hilfe, war ich überzeugt, wäre die ganze Familie verhungert. Wie waren wir beschäftigt! In der kleinen Küche von Schuang, an einem kleinen Kohleherd, einem großen Waschbecken und einem alten Schrank voller Schalen, Teller, Töpfe, erlebte ich die Freuden meiner frühen Jugend und meine Kulturrevolution.

Der große Bruder von Schuang war damals noch sehr jung. Wenn sein Vater ihn nicht nach draußen gehen ließ, nahm er einen kleinen Stuhl, setzte sich in die Küchenecke, um ruhig zuzuhören wie ich mit seiner Schwester plauderte und lachte. Er verhielt sich dabei ganz still. Damals gab es eine unsichtbare Grenze zwischen der männlichen und weiblichen Jugend. Jungen und Mädchen durften nicht miteinander sprechen, alle taten, als wären sie überhaupt nicht am anderen Geschlecht interessiert. Taten sie es doch, wurden sie von den Leuten als „Sittenstrolch" beschimpft. Deswegen sprach nicht nur ich, sondern auch Schuang nur selten mit ihrem Bruder. Aber wenn wir lachten, musste er mit uns gemeinsam lachen, wenn wir wütend waren, wurde er auch mit uns wütend. Wenn er lachte, sah er sehr kindlich aus, beide Augen strahlten. Der Klang seiner Stimme war kraftvoll gerade heraus, ohne Behinderung, flog direkt in den Himmel. In meinen Gedanken spürte ich ihren Klang zur Sonne fliegen. Wenn er wütend war, hatte seine Wut viel Kraft, als könnte sie allein jemanden zu Boden schlagen oder jemanden vom Boden aufrichten.

Aber natürlich war es für den Bruder ein großer Genuss, ruhig in der Ecke zu sitzen, auf unser Reden und unser Lachen zu hören, es war für ihn eine Entspannung.

Immer wenn sein Vater Zeit hatte, zwang er ihn, mit zum Familiengrundstück zu gehen, um dort Gartenarbeit zu verrichten. Er sollte pflanzen, gießen, die Erde auflockern und düngen, eben alles tun, was ein Gärtner so zu tun hat, gleichgültig, ob er das wollte oder nicht. Damals gehörte alles dem Staat, es gab kein Privateigentum. Wer Eigentum besaß, war unseres Volkes Feind. Aber sein Vater kam aus dem Dorf und hatte eine besondere Liebe für die Landarbeit. Gerade im Campus gab es viel Ackerland und niemand war daran interessiert. So bepflanzte sein Vater eigenmächtig eine ziemlich große Fläche für den Familienbedarf. Als er fertig war, erinnerte er sich plötzlich daran, dass dieses Land der Universität gehörte und nicht sein eigenes war. Darum stellte er einen Antrag an den Universitäts- Revolutions- Ausschuss, um die Ernte für die Familie einbringen zu können. Der Ausschuss diskutierte drei Tage und informierte danach seinen Vater: „Normalweise wäre jemand, der etwas vom Staat in die eigene Tasche steckt, unser Feind. Aber nach einer Analyse der konkreten Situation haben wir beschlossen, dass Du in diesem Jahr für Deine Familie die Ernte einbringen kannst." Anfangs hatte der Vater geglaubt, er hätte bestimmt keine Chance. Als er am Ende aber hörte, er dürfe noch für dieses Jahr ernten, war er so glücklich, dass er es kaum fassen konnte. Doch der Ausschuss machte sein Glück mit einer Bemerkung zunichte: „Aber Genosse Liu, Sie pflanzen so gerne, aber an der Revolution nehmen Sie nicht teil, jeden Tag gehen Sie immer nur pflanzen. Darum hat der Universitäts-Ausschuss entschieden, dass Sie ab heute nicht mehr in der Bibliothek arbeiten, sondern als Bauer für alle das Campus Ackerland bepflanzen sollen."

„Nein! Nein!" Sein Vater schüttelte den Kopf, er hatte für diesen Beruf studiert, er wollte nicht sein Arbeitsgebiet verlieren: „Es ist so viel Land, ich allein kann das doch nicht schaffen." Der Vater war ängstlich, versuchte aber trotzdem sich zu widersetzen. Er wusste genau, dass er die Bauernarbeit nicht verweigern durfte. Aber er wollte nicht als Bauer arbeiten, obwohl Bauern und Arbeiter damals großes Ansehen genossen.

„Wie konnten Sie so viel wie bisher schaffen?" „Mein Sohn hat mir geholfen." „Dann lasse Deinen Sohn Dir eben weiter helfen", so befahl der Vorsitzende, um gleich darauf wegzugehen und den Vater stehenzulassen. Es war nicht möglich zu widersprechen. Der Vater grämte sich, bis er fast mit den Nerven am Ende war!

Endlich war die Erntezeit herangekommen. Eines Tages führte der Vater mit mir ein ernstes Gespräch: „Wir haben eine große Menge Weizen, der Weizen ist jetzt erntereif. Wir brauchen einen Helfer. Normalerweise sollte ich einen Erwachsenen einstellen, aber Du kommst jetzt jeden Tag zu uns, ich darf Dich nicht übergehen. Deswegen frage ich zuerst Dich, ob Du bei der Ernte helfen kannst. Es ist eine sehr harte Arbeit, Du wirst sehr müde sein und es dauert ein paar Tage. Ob Du das wirst aushalten können?"

„Ich kann", erwiderte ich sofort, ohne nachzudenken. Schuang stand neben mir und stimmte mir zu: „Sie kann, das ist 100 Prozent sicher", gemeinsam mit ihrem Bruders nickte sie: „Sie kann das! Sie kann es ganz bestimmt!"

„Ihr müsst es euch richtig überlegen, es ist kein Spaß. Ihr werdet nicht nur müde sein, es ist auch eine Gemeinschaftsarbeit, jeder ist auf den anderen angewiesen. Es soll nur mitmachen, wer das auch wirklich kann. Außerdem dauert es viele Tage, man muss auch konsequent dabei bleiben."

„Natürlich, kein Problem!" Ihr Vater war ein sehr ernsthafter Mensch und die Ernte war für ihn ein sehr wichtiges Ereignis. Aber wir unreifen drei Kinder, hatten es so beschlossen.

Wir hatten unsere Entscheidung vorschnell und ohne zu überlegen getroffen, ohne zu wissen, wie schwer die Arbeit wirklich war. Erst am Tag der Ernte, als der Vater und Schuang vor uns mit der Sichel den Weizen schnitten, ich und der Bruder den Weizen zu Garben binden mussten, wurde mir klar, worauf ich mich eingelassen hatte. Du lieber Gott! Ich wusste nicht, dass Ernte eine so schreckliche Arbeit ist.

Am Anfang konnten ich und ihr Bruder stehend arbeiten, dann war es uns nur noch sitzend möglich und etwas später konnten wir nur noch auf dem Boden kriechen und so unsere Garben binden, so erschöpfte uns diese ungewohnte Arbeit. Zu Beginn dachte ich: Ich bin die ältere Schwester, ab und zu helfe ich noch dem Bruder, aber nach zwei Stunden lag ich wie gelähmt neben ihm. Wir schauten auf das unendliche Weizenfeld und wussten gar nicht mehr, wie das Leben noch weiter gehen könne.

Ihr Vater schnitt die Reihe Weizen zu Ende, kam zurück um uns zu helfen. Er hatte nicht erwartet, dass wir diese Sache sofort gut machen könnten. Aber er hatte auch nicht erwartet, dass wir gleich zu Beginn aufgeben würden. Er schäumte vor Wut! Seine Wut konnte er nicht an mir auslassen und so bekam sein Sohn all diese Wut zu spüren: „ Schau Dich mal an, bist Du überhaupt ein Mann?! Du denkst das vielleicht, Du bist aber wie ein ehrenwertes Fräulein, ein Weichei, wirklich wertlos! Ich schäme mich für Dich."

„Beschimpfe ihn nicht, ich kann das nicht ertragen. Er ist noch so jung und Du lässt ihn jeden Tag arbeiten. Und trotzdem bist Du immer noch unzufrieden mit ihm!" Ich wusste selbst nicht, woher mich eine so große Wut und solch ein Mut erfassten, dass ich so plötzlich und so laut seinen Vater anschrie. Nach dieser heftigen Empörung war ich erstarrt und sprachlos. Vater und Bruder erschraken ebenfalls und waren fassungslos. Wir drei, einer stehend, zwei auf dem Boden liegend, starrten einander einen Augenblick wie gelähmt an. Der Vater konnte gar nichts weiter sagen, sondern beugte sich schweigend nieder und griff nach der nächsten Weizengarbe.

Seitdem gab es zwischen dem Bruder und mir eine stillschweigende Übereinkunft, die besagte, immer wenn sein Vater ihn beschimpfte, würde er mich ansehen und dann würde ich seinen Vater ausschimpfen. Wenn ich ihm beistand, würde sein Vater gleich ruhiger werden. Diese stillschweigende Übereinkunft bewährte sich einige Zeit, bis endlich eines Tages sein Vater ihn groß schimpfte und weinte: „ Ich bin so unfähig, mein eigner Sohn lässt mich von einem

Mädchen abkanzeln. Ich kann doch gar nichts etwas dagegen machen! Was bin ich für ein Vater!? Wer respektiert mich?!" Seitdem wagte der Bruder nicht mehr, mich anzusehen, wenn der Vater ihn beschimpfte. Ich wagte es auch nicht mehr, mich gegen Erwachsene aufzulehnen.

Damals, dieser erste Ernte Tag hatte mich völlig erschöpft, war ich zu schwach, um zu stehen. Am Abend brachte mich Schuang halb stützend und halb tragend nach Hause. Sie alle fragten mich, ob ich morgen wieder zur Ernte kommen werde. Ich war überanstrengt, hatte keine Kraft zu antworten. Am nächsten Tag wachte ich zu spät auf. Ich musste schnell frühstücken, hatte zwar Angst vor der Ernte, aber allein zu sein und mich zu langweilen, war für mich noch schlimmer. Als ich am Feld ankam, jubelte die ganze Familie, vor allem ihr großer Bruder. Er hielt die Hände hoch und sprang herum, so dass sein Vater ihn prüfend ansah, einmal und noch einmal. Schuang erzählte mir nachher, dass ihr Vater ihren Bruder verwarnt hatte, er solle keine Luftschlösser bauen. (Bei uns Chinesen heißt es auch: ‚Frösche möchten das Fleisch des Schwans essen.ʻ) „ Luftschlösser"? Was ist das? Ich verstand nicht, Schuang schüttelte Kopf, sie wusste es auch nicht.

Wie konnten wir die Weizenernte zu Ende bringen? Ich konnte es mir nicht vorstellen. Kann sein: Damals konnte mein Vater unsere Quälerei nicht ertragen. Wie ich jeden Tag von morgens bis abends schuftete und deprimiert zurückkam. Er mobilisierte Studenten, uns zu helfen. Am Anfang der Kultur-Revolution beschäftigten sich die Studenten nur mit der Revolution, anderes hatten sie nicht zu tun, sie waren gelangweilt. Als sie hörten, es gibt so ein gutes Abenteuer zu bestehen, kamen alle gern. So ein bisschen Weizen, rasch brachten sie die Ernte für den Vater vom Feld.

Der Vater von Schuang war sehr glücklich. Erstens, weil die Weizenernte zu Ende war, und zweitens, weil die Studenten die Lage der Familie gesehen und großes Mitleid gezeigt hatten. Daraufhin beriet sich der Uni-Revolutionsausschuss, und alle Felder des Campus wurden seitdem von den Studenten selbst bepflanzt. Der Vater kehrte wieder zu seiner Arbeit in der Bibliothek zurück.

Für die Hilfe bei der Lösung dieser Probleme wollte ihr Vater mir danken. Natürlich war ich nur die Vertreterin meines Vaters, dessen waren wir uns bewusst. Zur Zeit der Kulturrevolution mussten die Menschen in ihren persönlichen Beziehungen sehr vorsichtig sein, sogar eine Einladung zum Essen konnte noch gefährlich werden. Man gebrauchte Ausreden, damit diese Beziehungen nicht als Reaktion gegen die Kulturrevolution eingeordnet werden konnten. Aus diesem Grund würde nur ich zu dem Essen gehen. Außerdem wollte er auch seine bitterarm lebenden Kinder belohnen. Nach der Bestimmung des Termins, begann der Vater drei Tage vorher mit den Vorbereitungen: Weizen wurde zu Mehl gemahlen, sowohl Fleisch als auch Fisch wurden mit Salz bestreut, getrockneter Bambus und Bohnen in Wasser eingeweicht und vieles mehr.

Auch wir begannen, uns drei Tage vorher vorzubereiten. Wichtig war, dass der Magen leer bliebe, wir aßen so wenig wie möglich, damit wir zur Feier umso mehr essen konnten.

Dieser Tag kam endlich heran. Ich war so aufgeregt als mein Vater mich gehen ließ. Wenn ich doch hätte fliegen können! Aber ich musste langsam gehen, wie eine gut erzogene Frau. Als ich zu ihrem Haus gelangte, bekam ich von allen Kindern wieder Beifall: „Oh! Oh! endlich kommt sie, endlich!" Alle riefen so fröhlich, besonders ihr Bruder, seine Augen glänzten, er sprang hoch und lachte aus vollem Herzen: „Essen! Essen!" der Vater schaute ihn an, schaute noch einmal und sagte zu ihm: „Du, pass auf. Ich habe doch zu Dir gesagt, ein Frosch möchte Schwanenfleisch essen! Du machst Dich lächerlich, Du überschätzt Dich!" „Nein", zuvorkommend erwiderte ich, „meine Mutter hat gesagt: Schwanenfleisch schmeckt nicht! Froschfleisch schmeckt besser!" ‚Der Frosch möchte Schwanenfleisch essen', ist ein Spruch in China und bedeutet: Ein kleiner unscheinbarer Mann möchte eine gute höhergestellte Frau haben. Das wäre nur lächerlich, mehr nicht. Der Vater sagte nichts mehr. Ein quadratischer Tisch wurde herübergebracht. Wir alle setzten uns daran. Schuang sagte zu mir: „Wir alle warteten nur auf Dich, mein Vater forderte von uns, zu warten, bis Du zu diesem Abendessen kommst. Wir haben Hunger, mein Bruder aß fast drei Tage nichts, er kann kaum noch laufen, Du aber kommst so spät." Ich schaute auf den Bruder, er lächelte so glücklich und murmelte: „ Endlich können wir essen, endlich." „Komm, setz Dich hierher", sein Vater hatte mich auf den Platz oben gegenüber der Tür gebracht, der ein wichtiger Gastsitzplatz ist. Zu meiner Linken setzte sich sein Vater, zur rechten Seite der Bruder. Schuang und zwei jüngere Schwestern saßen mir gegenüber.

„Schuang, sitz Du bei mir." Ich fühlte mich unwohl zwischen beiden Männern und sagte: „Mein Vater wäre damit nicht einverstanden." Schuang antwortete ohne sich zu rühren, „dann sitze ich bei Dir." Gleichzeitig stand ich auf, wollte mich zu Schuang setzen. „Lass doch, lass es", sagte ihr Vater und stand auf: „Schuang, Du hast ein Recht, hier zu sitzen. Ich habe sowieso keine Zeit zum Sitzen." Schuang freute sich darüber und sprang von ihrem Platz auf, um sich neben mich zu setzen. Wir warteten und warteten. Als ihr Vater wegging, dachten wir alle, er würde kochen. Aber es verging eine lange Zeit und kein Essen kam. Auch war aus der Küche keinen Laut zu hören. „Wo ist Dein Vater?" Fragte ich Schuang. Sie sagte: „Ich gehe nachsehen, wo mein Vater ist. Wir saßen da, alle hungrig und schlapp. Schuang kam und wunderte sich: „ Mein Vater ist in seinem Zimmer und lacht wie toll, ich habe noch nie meinen Vater lachen gesehen, es ist ganz komisch, er lacht einfach zu komisch." „Wieso denn komisch?" Fragten wir. „Er nickt ganz toll mit seinem Kopf und beide Achseln zucken". Schuang ahmte ihren Vater nach. „Er ist nicht mehr wie mein Vater, ich mag das Lachen meines Vaters nicht. Besser er bliebe ernst wie immer und würde nicht lachen, dann verdiente er meinen Respekt." „Warum lacht er denn? " Fragte ich. „Und dazu noch allein und versteckt." Alle schüttelten Kopf, wir hatten keine Ahnung! „Hunger!" Schrie da der Bruder. „Wir haben Hunger." Wir alle fielen wie ein Echo ein.

Sein Vater hatte inzwischen angefangen zu kochen. Wir nahmen alle unsere Stäbchen. In China, wenn wir jemanden zum Essen einladen, soll immer alles fertig vorbreitet sein, aber noch nicht gekocht. Dann, wenn die Gäste kommen, fängt der Gastgeber an, die Gerichte zu braten, so frisch würde es am besten schmecken. Der Vater stellte das erste Gericht auf den Tisch, es verschwand ganz schnell, ohne eine Spur zu hinterlassen; beim zweiten war es natürlich genau wie vorher. Als das dritte auf den Tisch kam, hielt der Vater es nicht mehr aus: „ Ihr sollt nicht alles selbst auffressen, lasst unseren Gast essen." „Sie isst noch schneller als wir", antwortete der Bruder. Gleichzeitig nahm er die Stäbchen und klopfte damit auf den Tisch, sang: „Hungrig! hungrig!" Die Mädchen klopften mit den Stäbchen auch auf den Tisch: „Hunger!" Der Vater erkannte, dass es gleichgültig sei, in welchem Tempo er kochen würde, er könnte es nicht schneller, als die Mäuler hungrig waren. Da besann er sich auf eine List: „Alle machen jetzt eine Pause, und danach gibt es das beste und leckerste Essen." Das hatte er bis zum Schluss aufgehoben. Er nannte uns das beste Essen, und es waren selbst gemachte Nudeln. Es war wirklich das Beste von der Welt, von allen Nudeln, die ich je gegessen habe. Bisher hatte ich noch nie so köstlich schmeckende Nudeln gegessen. Sie waren aus dem ersten, frischen, vor drei Tagen geernteten Weizen. Wann kann jemand so frische Nudeln auf dem Tisch haben? Hergestellt aus frisch Gemahlenem, raffiniert, nur der Keim ist zu Mehl vermahlen, nicht ein bisschen Kleie dabei. Vermengt mit dem Fleisch und dem Gemüse, sorgfältig gekocht. Und dem gegenüber stand der Hunger dieser blühenden jungen Leben.

Als ihr Vater die letzte Schüssel mit Nudeln vor mir auf den Tisch stellte, war ich so satt, konnte mich nicht mehr bewegen und hatte keine Kraft zu sprechen. Ich schüttelte nur ablehnend den Kopf.

„Ich esse, gib mir die Nudeln, ich bin noch nicht satt", der Bruder strahlte über das ganze Gesicht. „Du hast schon sechs Schüsseln gegessen", der Vater war zu seinem einzigen Sohn immer sehr streng. „Gib ihm doch zu essen", sagte ich, denn ich konnte nicht ertragen, dass der Bruder mit den Tränen in den Augen einen so traurigen Anblick bot und das Weinen ihm schon fast zur Gewohnheit geworden war. Ich hielt es nicht aus, seine Not zu übersehen. „Er ist ein Junge, ein Junge isst sowieso mehr als wir Mädchen, außerdem arbeitet er viel mehr." Sein Vater stellte die Schüssel vor sein Gesicht und sagte: „Denkst Du an diese Schwester, sie hilft Dir immer. Du sollst Dich um sie als Deine Schwester bemühen, kannst Du Dich an unser Gespräch erinnern?" „Ich erinnere mich." Der jüngere Bruder bekam seine Schüssel, nachdem er diese klare Antwort gegeben hatte. „Woran erinnerst Du Dich? An leckere Nudeln bloß. Na!" Der Vater neckte ihn. „Ich denke wirklich an sie wie an eine gute Schwester." Der Bruder erwiderte es ernst, sah zu seinem Vater und ließ lange den verlockenden Duft der heißen Nudeln vor seiner Nase aufsteigen. „Essen! Essen." Ich wusste nicht, warum sein Vater so heftig seufzte.

Später begann trotz der Kultur-Revolution wieder die Schule, anknüpfend an den vorherigen Unterricht. Wir besuchten sie nun jeden Tag. Schuang und ich waren in derselben Schule, aber nicht in derselben Klasse. Darum hatten wir immer weniger Kontakt.

Eines Nachmittags ging ich etwas früher als üblich in die Schule. Am Rand des Sportplatzes angekommen, hörte ich einen großen Lärm und ging, nach der Ursache zu sehen. Der Sportplatz unserer Schule lag an einem See, dessen Wasser abgelassen und die Ufer begradigt waren. In einem weiten Bogen standen Tribünen ringsherum. So war ein perfekter Sportplatz entstanden mit einem Fassungsvermögen von eintausend Menschen. Er lag unter dem Niveau der Umgebung und wenn man dem Rand stand, um auf den Sportplatz zu schauen, hatte man einen schönen Panoramablick.

Viele Jungen jagten auf dem Sportplatz einem anderen Jungen hinterher. Lief der Junge nach links, dann liefen alle Jungen nach links; wenn der Junge nach rechts lief, dann folgten ihm alle Jungen nach rechts .Gleichzeitig drohten viele mit den Fäusten und schrien: „Greift das Schwein! Fangt den Strolch! Bringt ihn um!" Die Dynamik der empörten Zorneswogen war nicht aufzuhalten. Mein Blick auf den Jungen zeigte ihn fassungslos, strauchelnd, sehr schwach, einsam und hilflos. Sein Körper hatte schon mehrere Faustschläge erhalten, er hatte keinen Mut mehr, sich zu wehren.

„Was ist los?" Fragte ich eine Bekannte, die mit vielen Mädchen auf dem oberen Rand des Platzes stand und nach unten schaute: „Er guckte in die Damentoilette, das Schwein!" Damals war Sex ein Tabu und mit sehr strengen Regeln belegt. Niemand durfte darüber sprechen. Wir wussten nicht, wie die Körper des anderen Geschlechts beschaffen waren, was den Unterschied zwischen Mann und Frau, abgesehen von langem Haar oder Bart ausmachte. Wer sich mit diesem Thema beschäftigte, der war einfach ein Schwein! Das war gegen die geltende Moral, gegen unsere kulturellen Grundsätze! Jeder durfte solch einen Menschen, der dagegen verstieß, beschimpfen. Jeder sollte ihn bekämpfen. Aber es gab doch manchen, der neugieriger und risikofreudiger war und sich über diese Tabus hinwegsetzte. Je strenger etwas verboten wurde, desto interessanter wurde es doch. Und so schaute mancher Junge heimlich in eine Toilette oder in die Fenster des öffentlichen Bades, um genaueres über den Körper von Frauen zu erfahren. Wurde er dabei von Leuten entdeckt, gab es große Verfolgungen dieses „ Schweins". Solche Dinge geschahen oft.

„Sie werden ihn schnell einholen! Er kann nicht weglaufen, die Leute werden ihn totschlagen!" Ich war immer auf der Seite der Schwachen. So grausam die Kultur- Revolution auch war, sie konnte mich nicht verändern, auch ein großer Hass auf diese Spanner konnte meine Einstellung nicht verändern. Viele Mädchen richteten ihre Augen auf mich, eine fragte nach langem Schweigen: „Auf wessen Seite stehst Du? Auf der der Revolution oder der dieses Schweines?" Ich beachtete das Mädchen nicht. Wir konnten doch nicht einfach zusehen, wie ein Mensch vor unseren Augen von anderen totgeschlagen wurde! In einem „Schwein" fließt doch auch Blut, nicht wahr! Ein genauerer Blick auf den Jungen, der von den vielen gejagt wurde, ließ mich erstarren: „Mein Gott! Er ist ja der Bruder von Schuang!" Ihr Bruder hatte mich oft um Hilfe gebeten, was sollte ich tun? Ich konnte nicht zusehen, wie der Bruder totgeschlagen wurde. Aber, woher sollte ich den Mut nehmen, ihn zu retten? So viele Leute, so ein großer Hass. „Ich------! Ich------!" Ich zitterte, meine Kehle verkrampfte sich, ich konnte nicht reden. Was sollte ich tun? Was sollte ich nur tun? Ich beschloss, Schuang zu informieren, nur sie würde ihren Bruder retten können.

Atemlos rannte ich zu ihrem Klassenzimmer. Gott sei Dank! Sie war da! Saß auf einem Tisch und lachte laut mit ein paar Jungen. „Schuang!" Ich war blass, meine Stimme vom Schluchzen geschüttelt: „Schnell, rette Deinen Bruder! Viele schlagen ihn, schnell!" Schuang fiel vom Tisch auf den Boden, sprang aber gleich wieder auf, nahm meine Hand und rannte mit mir davon, so als wäre ihre Mutter gestorben. Sie war nicht nur Schwester für ihre Familie, sondern jetzt auch deren Mutter. Sie war mutig und energisch. Nur sie wagte es, mit Jungen laut zu reden und zu lachen. So eilten wir zum Sportplatz. Ihr Bruder war an einem Baum gefesselt, sein Kopf und Gesicht von den Schlägen geschwollen. Aus allen Richtungen strömten hasserfüllte Menschen zu ihm hin, wollten ihn wohl umbringen.

„Platz, aus dem Weg!" „Platz, aus dem Weg!" Schuang drängte sich unter Einsatz des eigenen Lebens vor: „Er hat ein Recht, er ist mein Bruder, unsere Familie stammt aus der Arbeiterklasse. Wir sind Proletarier." Damals waren Proletarier die am höchsten geachtete Bevölkerungsschicht. Ich folgte ihr. Gleichzeitig drängten wir uns zum Bruder und riefen laut: „Unser Großer Führer Mao sagte: „Man soll mit Worten kämpfen, nicht handgreiflich werden. Verleumdungen schaden den Menschen."

„Er ist kein guter Mensch, er ist ein Schwein." Manche riefen: „Nieder mit dem Schwein! Nieder mit ihm!" In dieser Zeit lauter Parolen war es eine Kampfmaßnahme, mit Mao-Sätzen zu antworten. Ich rief weiter: „Kämpft mit Worten, nicht handgreiflich werden!" „Unser Führer Mao sagte: Die Revolution war keine Einladung zum Essen, nicht zum Artikel schreiben, nicht Blumen zu malen und zu sticken. -----Die Revolution war Aufruhr! War gewaltsamer Kampf einer

Klasse gegen andere Klassen." „Unsere Arbeiterklasse hat die
Macht! Unsere Arbeiterklasse wird auch weiterhin die Macht
haben!" Während wir Parolen riefen, drängten Schuang, ihre
Klassenkameraden und ich uns zum Baum, so dass wir zu
beiden Seiten ihres Bruders standen: „Haben Sie Beweise?
Ohne Beweise ist es Verleumdung, einen Sohn der Arbeiterklasse zu beschuldigen!" „Es gibt sicherlich Beweise, er stand
auf dem großen Baum, von dem er durch die Fenster der
Damentoilette schauen konnte, was wollte er dort schon
sehen?" Ein Junge saß auf einen Baum in der Nähe der Toilette, der Baum war eine Eiche mit üppigen Zweigen und sehr
dichten Blättern. Wenn ein Mann auf den Baum kletterte,
konnte man ihn von unten nicht sehen. „War eine Frau in
der Damentoilette? Wenn nicht, wollte er wahrscheinlich bloß
nach einem Vogel sehen, da darf man doch nicht gleich behaupten, er ist ein Schwein." Ich war plötzlich schlau geworden. „Natürlich war jemand darin." Ich fragte den Verleumder: „Woher weißt Du das denn, hast Du auch in die Damentoilette gesehen? Du bist auch ein Schwein" „Nein! Nein!
Ich nicht!" „Du bist doch ein Schwein!" „Nein! Niemand,
niemand war darin!" Jetzt begannen die Jungen, sich zurück-
zuziehen, um nicht ebenfalls in Verdacht zu geraten. „Du
verleumdest meinen Bruder!" „Wenn er totgeprügelt werden
würde, könntest Du dann noch weiter leben?" „Er hat Dir
bloß seinen Bleistift nicht geliehen, darum erfindest Du solche Geschichten!" Die Klassenkameraden schauten zornig
auf den Verleumder. Der hatte nun Angst und wandte sich
ab, um zu fliehen. Schuang, ich und die Klassenkameraden,
wir hatten die Situation gerettet. Gerade rechtzeitig, bevor der
Direktor unserer Schule mit vielen Lehrern ankam, hatten wir
den Bruder von Baum losgebunden und so eine große Katastrophe verhindert.

Später erfuhr ich, dass Schuang und ihr Bruder gemeinsam mit ein paar Freunden dessen Peiniger ganz fürchterlich
verprügelt hatten.

Allgemein war damals ein großes Chaos. Heute warst
Du oben, morgen würden andere die großen Rollen auf der
Bühne des Lebens spielen. Polizei, Staatanwaltschaft und

Gerichte wurden aufgelöst und die kriminellen Aktivitäten waren nicht mehr zu zügeln.

Zum Glück musste ich nicht an diesen Kämpfen teilnehmen. Sie fanden nicht in meiner Welt statt, ich versteckte mich in der Bibliothek meines Vaters. Durch meine frühen Jugendjahre begleiteten mich viele weltberühmte Werke literarischen Schaffens, die damals mein Leben erfüllten.

Ich kam sehr aufgeregt nach Hause an diesem Tag, da wir das Leben vom Bruder der Schuang gerettet hatten. Wer konnte das glauben?! Ich, mitten in der Menschenmenge, kämpfte zu Recht, das Leben des Bruders zu retten! Ich fühlte mich großartig! Wir waren großartig, wir waren ganz toll! Lange Zeit habe ich Schuang nicht mehr besucht. Ginge ich noch einmal Schuang besuchen, ihr Vater würde mich vielleicht nochmal zum Essen einladen. Die Nudeln schmeckten wirklich zu köstlich!

Als ich zum Hause Schuangs ging, hatte ich das Gefühl, dass etwas nicht stimmte. Damals standen alle Haustüren offen für uns Kinder, wir durften jede Familie besuchen, so wie Fische schwimmen von einem Wasser bis in das andere. Man hatte nur das Problem, ob genügend Leckereien für die Kinder im Haus waren, aber nicht, reinkommen dürfen oder nicht. Aber jetzt war die Tür von Familie Schuang verschlossen. Ich hatte überhaupt nicht damit gerechnet, öffnete einfach die Tür, rief Schuang und kam herein.

Es bot sich mir ein entsetzlicher Anblick: Vor mir kniete sich der Bruder auf den Boden.

„Wer? Wer hat das befohlen?" Fragte ich. Schuang kam aus dem Hinterzimmer, hob den Finger auf die Lippen, um mein Reden zu verbieten. Und dann flüsterte sie mir zu: „Es war mein Vater." „Warum?" Schuang schüttelte den Kopf, gab keine Antwort. „Er hat wirklich in die Damentoilette gesehen?" Vermutete ich. Schuang schüttelte abermals den Kopf und seufzte tief. „Es scheint, Dein Vater mag Deinen Bruder überhaupt nicht, er hasst besonders Deinen Bruder, nicht wahr?!" Ich empörte mich über den Vater.

„Du hast das falsch eingeschätzt, mein Vater mag meinen Bruder sehr, er ist sein Lieblingskind. Er hasst ihn nur, weil das Eisen sich nicht in Stahl verwandeln will. Du weißt doch, wie Eisen zu Stahl veredelt wird." Ich schüttelte missbilligend den Kopf: „Ich glaubte nicht, dass ein Kind eine so harte Strafe bekommen sollte. „Schau mal, sein Gesicht ist immer noch angeschwollen. Heißt das Verschmelzen?" Ich war wirklich ärgerlich.

Der Vater von Schuang kam aus dem inneren Zimmer, er guckte mich nicht an, schwieg und nahm den Bruder von Boden auf. Dabei sagte er zum Bruder: „Wer dein Leben gerettet hat, den musst Du in Dein Herz schließen. Es heißt: Für eine große Gefälligkeit sagt ein Mann nicht danke. Aber heute höre ich auf sie, sie sagte, ich soll Dich freimachen, darum mache ich Dich frei. Du musst Dich immer daran erinnern." „Ich werde mich immer erinnern", antwortete der Bruder,

„Ab heute wird man nicht nur sagen, China hat ein Sprichwort ‚Wer einen Topf Gnade bekam, soll so viel wie daraus hervorquillt zurückgeben'. Später, wenn sie Dich um etwas bittet, darfst Du nicht ‚nein' sagen, verstehst Du?" Sein Vater sagte das alles mit großem Ernst, ihr Bruder antwortete ebenso ernsthaft: „Ich habe verstanden."

Aber während dessen achtete ich nicht darauf, was die Beiden gesagt hatten. Ich bemerkte nur: Es gab keine Chance, ein köstliches Essen zu bekommen. Ein Blick auf die Miene seines Vaters zeigte mir, dass er nicht an mir interessiert war und so ging ich lustlos nach Hause.

Später besuchten wir die Oberschule, Schuang und ich wurden nicht in die gleiche Schule eingewiesen, darum schlief langsam unsere Beziehung ein. Dafür wurden aber Jian Lau und ich nicht nur in eine Schule, sondern auch in die gleiche Klasse eingeteilt. Inzwischen war auch der Vater von Jian Lau als Instrument des Kapitalismus entlarvt worden. Er verlor seine Arbeit und stand nun am Rand der Gesellschaft. Jian Lau hatte darum auch wenig Kontakt in der Gemeinschaft .Immer zu Hause sitzend, entwickelte sich Jian Lau wie eine Strauchpäonie in einem tiefen, dunklen Garten. Sie erblühte sehr fein, überaus schön. Außerdem lernte sie ausgezeichnet, immer bekam sie die besten Noten, und ich war immer noch stolz darauf, mit ihr gemeinsam lernen zu können.

Eines Nachts, in der Mitte des Herbstes nach einer Familienfeier, nachdem es Mondkuchen und Birne zu essen gegeben hatte, hörte ich die leichte melodische Stimme einer Geige ihren Klang im Mondlicht verströmen. Sie rührte mein Herz und so ging ich nach draußen, meinen romantischen siebzehn jährig Gefühlen folgend, um zuzuhören.

Von meiner Haustür ging ein Weg immer geradeaus, in eine Blumenrabatte mündend. Ein Mensch trat gerade an das Beet, der Körper hob sich vom Mondlicht ab, der lange zarte Hals trug einen schmalen, aufgerichteten Kopf, die gebogenen Wimpern schienen erstarrt. Es war die herangereifte Jian Lau, deren Schönheit mich tiefbeeindruckte. Ich stand still und schaute sie überrascht an.

„Chang He, bist Du das?" Es schien, Jian Lau wusste genau, dass ich kommen würde, ihr Kopf wandte sich zu mir, ruhig auf mich wartend, bis ich in ihrer Nähe war. Sie nahm meine Hand und ließ mich neben sie setzen. Ich erschrak sehr über diese Bevorzugung, denn Jian Lau ignorierte normalerweise alle Mitschülerinnen, ließ sie nie nahe an sich herankommen. Wenn überhaupt, dann hatte sie nur mit mir noch ein bisschen Kontakt, auch wenn ihre Laune mal gut, mal schlecht war. Ich war schon daran gewöhnt, mit ihrer Überheblichkeit umzugehen, so warmherzig wie jetzt hatte ich sie jedoch noch nie erlebt.

„Chang He, weißt Du, wer die Venus ist? Weißt Du etwas über den menschlichen Körper in der Kunst?" Nur diese eine Frage führte mir mit aller Klarheit den Unterschied zwischen uns beiden vor Augen. Woher sollte ich etwas über die Venus wissen? Damals sperrte die chinesische Regierung den Zugang zu westlicher Kultur und Kunst. Über Marx, Engels wusste ich vieles, weil die Regierung täglich diese Theorien verbreitete. Der Körper des Menschen, wie ihn doch ein jeder hat, sollte darüber hinaus noch etwas mit Kunst zu tun haben?!

Ich zögerte: „Na, ja!" Mochte nicht zugeben: „Ich weiß es nicht". Aber ich durfte auch nicht sagen: „Natürlich, ich weiß es".

Jian Lau war dieses Mal mit meiner vagen Antwort nicht zufrieden und sagte bestimmt: „Der Körper des Menschen unter dem Licht des Mondes, ist überaus schön!"

„Stimmt, das stimmt!" Jetzt konnte ich es begeistert ansprechen: „Gerade habe ich Dich gesehen, Du warst im Mondlicht wirklich sehr --schön----." Ich sagte das mit ganzer Überzeugung.

Sie aber war überhaupt nicht angetan von meinen Worten: Die hatten für sie keinen Wert. Jian Lau, mit Missachtung in der Miene, unterbrach mein Kompliment ganz aufgeregt: „Ein echter Menschenkörper, nackt, verstehst Du?" Und weiter, als sie sah, dass ich den Kopf schüttelte: „Nackt, Du kannst doch noch nicht mal nackt kapieren?! Wie bist Du dumm! Nackt bedeutet: Alle Kleidung ausziehen." Sie war jetzt ärgerlich.

„Alle Kleidung ausziehen und dann im Mondlicht stehen?!" Ich fragte: „Nur mit BH und Slip angezogen?" Ich konnte mir das nicht vorstellen.

„Gar nichts, überhaupt nichts angezogen." Jian Lau sagte das auf aggressive Weise, dann murmelte sie leise wie für sich allein: „Sie alle sagten zu mir: Wie schön Du bist, sie ließen mich auf der Wiese stehen, um mich mit ihren Händen zu berühren, ihre Hände waren sehr zärtlich, wie Windhauch, der leicht über meinen Körper strich, um dann in meinem Körper inne zu halten."

"Der Wind hat sich in Deinem Bauch verfangen, deswegen wirst Du gleich durchdrehen!" Ich schaute Jian Lau an, ihre Augen waren in die Ferne gerichtet, ihr Blick folgte dem Mondlicht, trieb langsam in den Nachthimmel.

„Wer sind ‚ihre' ", fragte ich in scharfem Ton: „Warum streichen ‚ihre' Hände deinen Körper? Warum lässt Du ‚sie' streichen?" Wenn ich es mir vorstellte: Jemand striche mit seinen Händen über meinen Körper, die Haare auf meinem ganzen Körpers würden sich sträuben! Ich bekäme eine Gänsehaut!

„In jener Nacht gab es einen wunderschönen Mond. Sie hatten mich bis zur Wiese gelockt, ich wollte nicht, aber sie sagten, sie würden sehr zärtlich sein. Sie waren wirklich zart, sehr zart. Die Zärtlichkeit des Mannes. So sind Männer. Fantastisch!" Jian Lau murmelte weiter.

„Oh weh! Jian Lau, was hast Du getan?!" Mein Verstand verwirrte sich, meine Gedanken folgten denen Jian Laus. Doch Jian Lau vertiefte sich innerlich abwesend in ihre Sehnsucht. „Die Zärtlichkeit des Mannes, eine nach der anderen, langsam und leicht." Ich konnte sie nur anstarren.

„ Hast Du ‚Neuland unterm Pflug' gelesen?" Fragte sie mich wieder.

„Ja, das Buch habe ich gelesen." Ich war stolz: „Ein russischer Autor------. " Und dachte dann nochmals: „Nein!" Jetzt möchte Sie bestimmt nicht mit mir über Literatur sprechen: „Aber Jian Lau, was hast du? Was hatten ‚sie' Dir getan------? Du bist doch nicht das jungfräuliche Land."

„Du bist ja das jungfräuliche Land! Kennst Du denn dieses Gefühl?" Jian Lau missachtete mich. „Was für ein Gefühl? Das Gefühl vieler Hände, die Deinen Körper streichen?! Yi------!" Mein ganzer Körper zitterte mit einem Mal. Ich schüttelte den Kopf, um meine Missachtung und mein Unverständnis zu zeigen.

Sie aber ließ mich jetzt doppelt so viel Verachtung spüren: „ Du kapierst sowieso nichts. Ich suche sie überall, aber sie tauchten nicht mehr auf. Sie hatten wohl gedacht, ich würde verletzt sein davon, aber es ist nicht wahr, ich bin nicht verletzt .Ich ------."

„Du suchst sie noch, ‚sie' sollen Dich nochmals mit ihren Händen streicheln?" Ich schlug einen scharfen Ton an, um ihre Träumerei zu unterbrechen. Aber eigentlich lebten Jian Lau und ich nicht in der gleichen Welt, ihre Lebensansichten waren ganz andere als meine. Wir beide konnten einander nicht näherkommen.

Später hörte ich: Es gab eine Gruppe von Sittlichkeitsverbrechern, die auf dem Campus unterwegs waren, um junge Frauen zu vergewaltigen. Viele junge Mädchen wurden missbraucht, durften aber nicht darüber sprechen. In der Kulturrevolutionszeit wagte niemand, diese Verbrechen zu verhindern, aber der Ruf der Mädchen würde viele Leute interessieren und durch öffentliches Aufsehen Schaden nehmen.

Ich aber war mit diesen Vorgängen noch nicht in Berührung gekommen. Zwar hörte ich davon, aber ich hatte trotzdem keine Angst. Ich dachte einfach: Auch wenn es Verbrecher sind, so möchten sie nur hübsche Mädchen wie Jian Lau vergewaltigen. Meinetwegen, wo doch der liebe Gott keinen Plan im Kopf hatte, als ich gezeugt wurde. Es lohnte sich nicht, meinetwegen eine Straftat zu begehen. Mit dieser Überzeugung ging ich in den Nächten trotz der Gefahr überall hin, heute zu dieser Freundin, morgen zu einer anderen zum Kartenspiel. Wir pokerten ,vierzig Punkte', ' Kämpfe für Fortgeschrittene', , suchen nach Freunden'. Die verschiedensten Spiele kannte ich fast alle. Schummeln, gemeine Strafen aussprechen wie Papierschnipsel auf das Gesicht kleben, jeden Tag nur spielen, lachen, sorglos sein. Jugend, sie war unser Trumpf, mit der wir wetteten, um sie als die kostbare Lebenszeit für unser Vergnügen zu vergeuden.

Eines Nachts, ich war ganz stolz, da ich beim Kartenspielen gewonnen hatte, ging ich nach Haus. Diese Nacht war so trübe, so dunkel, man konnte nicht die Hand vor Augen sehen. Ich ging gerade an einem Wald vorüber, als ich plötzlich ein lautes Geräusch darin hörte: „Wer ist da? Wer ist im Wald?" IIh bekam einen Schreck. Nur um mir selbst Mut zu machen, fragte ich ganz laut:

„Chang he Xu!" Vom Wald schallte plötzlich eine Stimme herüber und rief sehr deutlich meinen Namen: „Wer bist Du?" Ich erkannte nicht, wer meinen Namen gerufen hatte, die Stimme war mir fremd. Ich erkannte nur, dass es ein Mann war.

Dann gab es im Wald ein intensives Geräusch, als würden tausend Pferde mit Soldaten in den Wald trampeln.

„Schnell, lauf! Schnell weg!" Die Stimme drängte. Sprach mit mir? Wer ist das denn? „Lauf, schnell!" Die Stimme mahnte erneut, aber schon ermattet. Ich nahm eilends meine Beine in die Hand, die Stimme wärmte mein Herz, beflügelte meinen Lauf: Jemand wollte mir Böses, er aber kämpfte für mich. Wer ist er? Wer war------? Ich kalkulierte alle möglichen Männer ein, oder anders ausgedrückt: alle Männer, die ich einreihen möchte in mein Gefühlen. Bis ich nach Hause kam, wusste ich immer noch nicht, wer war er? So dachte ich: Jeder hätte es sein können.

Endlich wurde der Himmel hell, der nächste Tag brach an. Ich ging zum Wald zurück und sah das zerdrückte Gras, abgebrochene Sträucher, eine sehr dicke Holzstange lag dort, in zwei Teile zerbrochen. Im Gras konnte man noch Blutspuren sehen. Ich stand erstarrt wie ein Holzstück und war ganz verblüfft: Ist es wahr?! Gab es jemanden, der so hart für mich gekämpft hatte! Mein junges Blut strömte wild, dieser Mann, egal wer er war, wenn er zu mir käme, würde ich ihm gehören. Ich war so stolz auf mich selbst. Ich war jetzt auch eine Frau, für die Männer gerne kämpften.

Seit diesem Tag begann ich, sehr sorgfältig auf mein Äußeres zu achten. Das lange Haar flocht ich zu zwei Zöpfen, die ich rund um meinen Kopf legte. Hätte ich ein paar Kunstblumen in den Zopf zu stecken besessen, würde es bestimmt noch schöner aussehen. Leider konnte ich diese Blumen nicht selber machen, meine besondere Fähigkeit war eben Karten zu spielen. Solche Blumen konnte aber Schuang besonders gut basteln. Ihr Kopf steckte voller Ideen für bunte Kunstblumen, viele Mädchen beneideten sie. Also ging ich sie besuchen, damit sie mir zeigen sollte, wie man solche Blumen macht. Als ich an ihrem Haus ankam, rief ich sie und betrat gleichzeitig den Flur. Dort lag ihr Bruder im Bett, seine Augen waren geschlossen. Ich ging vorbei, ohne mir deswegen Gedanken zu machen. Ihr Bruder hatte oftmals unterschiedliche Schlafenszeiten. Wir alle waren daran gewöhnt. Schuang kochte in der Küche gerade Heilkräuter in einem Keramiktopf. Sie erklärte mir, dass ihr Bruder sehr viel Blut verloren hatte. Ihr Vater sagte, er brauche Medikamente, den Blutverlust auszugleichen.

„Er hat sich wieder mit jemandem geschlagen?" Fragte ich, und Schuang nickte mit dem Kopf:„ Du sollst Deinem Bruder Bescheid sagen, dass er sich nicht so oft mit Leuten zankt und prügelt. Kinder kennen nicht die Grenze zwischen leichten oder lebensgefährlichen Schlägen. Falls jemand dabei verletzt wird, tragen beide Seiten für das ganze Leben Schaden davon. Sie bedenken nicht, dass nicht nur der Unterlegene einen Schaden hat." Ich gab einen ernsten Ratschlag, wie alle älteren Leute ihn Kindern immer so geben.

„Richtig! Wir wissen nicht was er jeden Tag macht. Immer nur wenn er verletzt ist, der Kopf zerschlagen, der ganze Körper blutig und ihn niemand mehr haben will, dann kommt er nach Hause." Schuang schloss sich meiner Meinung an und seufzte voller Mitgefühl.

„Übrigens, schlagen tut doch weh, gibt es denn jemanden, der keine Schmerzen fühlt und Sehnsucht nach Schlägen hat?" Sagte ich mit Unverständnis voller Miene und spürte gleichzeitig einen Blick vom Bett her, der für einen kurzen Moment auf meinem Gesicht ruhte.

„Ich habe keine Zweifel daran, dass jeder menschliche Körper ein Schmerzempfinden hat." In Schuang und mir wurden die verschiedensten Gefühle wach, wir belehrten ihren Bruder eine ganze Stunde lang. Ob er es begreifen konnte, war uns egal, Hauptsache, wir wurden unserer Pflichten als Schwestern gerecht.

In dieser Zeit verbreiteten sich die Informationen über die Sittlichkeitsverbrecher überall. Man sagte: „Am Tag, wenn eine hübsche junge Frau gesehen wurde, würde sie sofort gezwungen zu einer Toilette oder in den Wald mitzugehen, wo man sie vergewaltigte. Wer das zu verhindern versuchte, bekam Prügel oder wurde totgeschlagen. Etwa die Hälfte unserer jungen Frauen hatte vor dieser Bedrohung nicht flüchten können. Jedes Mädchen hatte Angst, in der Nacht wurde nicht nach draußen gegangen. Trotzdem hatte ich keine Angst, ich hatte einen Schutzengel. In meiner Vorstellung war er, mein Schutzengel, ganz großartig und einflussreich. Ich vernarrte mich in ihn und hoffte, er würde endlich eines Tages an meine Haustür klopfen. Ich würde wartend an der Tür stehen, mit bunten Blumen im Haar. Doch bis ich die Oberschule absolviert hatte, war immer noch kein Mann zu mir gekommen.

Nach dem Abschluss der Schule musste ich im Rahmen des Appells des großen Führers Mao: ‚Intelligente Jugend auf das Dorf' an der Unterstützung der armen Bauern teilnehmen. Es war unbedingt notwendig, dem Aufruf zu folgen. So ging ich auf das Dorf, um mit den Bauern zu arbeiten. Nach dem Programm sollte jeder junge Intelligenzler mindestens zwei Jahre im Dorf bleiben. Nach zwei Jahren konnte man auf Empfehlung der armen Bauern das Dorf wieder verlassen. Ich arbeitete schwer, schmeichelte mich bewusst bei den armen Bauern ein, um nach zwei Jahren wieder in die Stadt als Arbeiterin zurückkommen zu können.

Wieder in die Stadt zurückgekehrt, fand ich eine sehr komplizierte Situation vor. Die Kulturrevolution neigte sich dem Ende zu und die Sicherheit der Gesellschaft zu gewährleisten, war die erste und wichtigste Aufgabe für die Regierung. Als erste Maßnahme galt es nun, die Kriminalität zu bekämpfen. Aber was ist ein Krimineller, ein Verbrecher? Wo lag die Grenze? Was waren die gesellschaftlichen Normen für gut oder schlecht? Durch die lange Zeit des Chaos in China hatte sich ein gesetzloser Zustand herausgebildet, die Polizeiämter und die Staatsanwaltschaft waren zerschlagen; Moral und Gesetz hatten sich radikal in das Gegenteil verkehrt. Schlagen, Rauben und Zerstören waren revolutionäre Aktivitäten. ‚Revolutionäre sind schuldlos! Die Revolte ist im Recht!' Unter diesen Parolen hatte jeder junge Mensch an den revolutionären Aktivitäten teilgenommen. Auch ich hatte damals mit ein paar Mädchen zusammen einen Diebstahl begangen. Doch hatten wir nur einen Apfel gestohlen. Trotzdem, jeder der jungen Leute hatte Angst vor der nun folgenden Beurteilung seiner Taten. Wenn man nur einen Apfel gestohlen hatte, gehörte man dann zu den Verbrechern oder nicht? Unsere Eltern erlebten jetzt Tage und Nächte unter Hoffen und Bangen. Polizeiwagen holten die so genannten Verbrecher in der Nacht, sie fuhren leise, hupten nicht. Die Kinder von dieser oder jener Familie aus dem Bekanntenkreis wurden gejagt, gefangen und inhaftiert. Solche Nachrichten verbreiteten sich rasch, versetzten die Eltern in kopflose Panik, lähmten die Nerven der Bürger der Stadt.

Das Polizeiamt arbeitete jetzt wieder. Die Polizisten waren wieder so überheblich wie früher. Jeder Bürger hatte Angst davor, dass sie jemanden willkürlich bestrafen könnten. Es war so einfach, einen Grund zu finden. Wer und wie lange er im Gefängnis sitzen würde, das hing nur vom Ermessen der Polizisten ab. Die Regierung stellte gezielt eine Reihe starker und skrupelloser Kerle im Polizeiamt ein. Solche Leute richteten in der gleichen Art, wie vorher die Verbrecher. Man nannte das: Mit Gift gegen Gift oder Gleiches mit Gleichem vergelten. Die Gesellschaft würde sich auf diese Weise schnell beruhigen.

Eines Tages, eine Freundin und ich kamen zusammen vom Dorf zurück und wollten uns bei einer neuen Arbeitsstelle anmelden, gingen wir gut gelaunt die Straße entlang. Ein sanfter Frühlingswind wehte, ringsherum wurde alles schön grün. Uns gegenüber fuhr ein LKW des Polizeiamtes. Das war ein Wagen, der zur Abschreckung Verbrecher in den Straßen zur Schau stellte. Damals war das üblich. Der LKW fuhr sehr langsam, in der ersten Reihe standen ein paar Verbrecher, jedem hing am Hals ein weißes Schild. Darauf waren mit schwarzer Farbe Name und Art des Vergehens geschrieben. Auf dem Kopf trugen sie einen weißen Hut, worauf mit schwarzer Tinte nochmals das Verbrechen genannt war. Die Verbrecher hielten ihre Köpfe zwanghaft gesenkt, sie durften nicht hochschauen. Hinter jedem Verbrecher standen zwei Polizisten, um die korrekte Haltung zu kontrollieren.

Wir, alle Passanten, schauten zu ihnen nach oben, so wie man im Mittelalter, in Rom Gladiatoren beim Tierkampf zuschaute. Jeder fühlte in seiner Seele: „Gott sei Dank! Ich bin nicht in der Lage wie diese." Und triumphierte, wie von hoher Warte aus, zufrieden mit sich selbst. Ich war gerade so vergnügt und schaute plötzlich in das Gesicht des Bruders von Schuang. Sein Anblick sprang plötzlich in meine Augen, ich war überrascht: „Aha! Er ist der Bruder von Schuang! Er ist der Bruder von Schuang! Lisa, ist das wahr? Schau mal, ist er wirklich der Bruder von Schuang?" Ich rief unwillkürlich laut und zeigte mit dem Finger nach dem Bruder. Er stand da, verzog verbittert sein Gesicht, fast weinte er wie in der Kinderzeit. Meine Stimmung schlug um in Aufregung. Entsetzen schüttelte mich und Überraschung. Das Schild am Hals des Bruders, es beschrieb deutlich: ‚Anführer einer Verbrecherbande- Hauptschuldiger - Yiming Zheng'.

Der Bruder von Schuang hörte meine Rufe, sein Kopf hob sich und plötzlich hatte er mich gesehen. Er begann sich nach hinten zu ducken, er strebte zurück zur Kabine des LKW mit aller Kraft und versuchte sich zu verstecken. Die beiden zuständigen Polizisten griffen seine Arme von hinten und drehten sie nach oben, so zwangen sie ihn wieder zu stehen wie zuvor. Er ertrug die Schmerzen und kauerte sich unten zusammen. Beide Polizisten gingen jetzt mit großer Gewalt gegen ihn vor. Einer versuchte ihn an seinem Haar nach oben zu ziehen, der andere zog seine Arme nach oben, um sie auszurenken. Der Bruder von Schuang versuchte hartnäckig unten zu bleiben, sich meinen Blicken zu entziehen. Es war bestimmt sehr schmerzhaft für ihn, aber es schien, als sei es ihm gleichgültig oder er glaubte, diesen Kampf gewinnen zu können. Beide Polizisten zogen nun mit aller Kraft, aber sie schafften es nicht, sie waren vor Anstrengung und Wut ganz außer Atem, hatten dabei offensichtlich auch ihre Vernunft eingebüßt. Mit Fäusten schlugen sie ihn, traten mit Füßen gegen seinen Kopf, forderten ihn auf aufzustehen! Er tat es nicht, umso mehr schlugen und traten sie ihn. Alle Leute, die das sahen, waren starr vor Entsetzen.

„Schlagen Sie ihn bitte nicht!" Die Orgie der Gewalt ließ die Zeit stillstehen. Ich konnte nicht mehr hinsehen, ich ertrug es nicht mehr. Als er ein Kind war, immer wenn sein Vater ihn schlug, kämpfte ich für ihn: Kämpfte mit Worten, nicht mit Schlägen! Menschen zu prügeln, das waren gegen meine Auffassung von Recht. Darum schrie ich ganz laut den beiden Polizisten zu: „Er ist ein artiges Kind, als Kind war er immer brav. Vielleicht haben Sie einen Fehler gemacht!" Nach diesem Ruf fühlte ich, dass alle Leute in meiner Umgebung ganz ruhig wurden, alle standen ganz starr, sahen mit eisigem Schweigen zu mir hin und die Kälte ihrer Blicke schien meinen Körper zu durchdringen. Die beiden Polizisten hielten ein zu schlagen, drehten sich zu mir und blickten mich mit abgrundtiefem Hass an.

Ich lief fort in großer Angst, was hatte ich getan! Ich durfte doch nicht in der Öffentlichkeit die Polizei beschimpfen! Immer wenn ich in Aufregung bin, vergesse ich mich! Zwei Jahre hatte ich im Dorf gelebt, was in dieser Zeit in der Stadt geschah, wusste ich doch nicht. Ich bereute mein Verhalten, erstarrte und hielt die Hand vor meinen Mund.

„Schnell, schnell lauf!" Dieser Ruf hatte mich einmal schon bewahrt und so ich floh ich wieder, „schnell, schnell weg!" Das war die gleiche Stimme, die mich damals am Wald gewarnt hatte! Es war des Bruders Stimme!

Ich hatte nur einen Gedanken, schnell zwischen den Leuten unterzutauchen. Aber die Polizisten auf dem LKW blickten mir nach, die Blick ernsthaft bedeutete: ‚Wer am Anfang des Jahres flüchtet, kommt aber nicht bis zum vierten Januar!' (Ein chinesischer Spruch)

Damals gab es Vorgaben der Regierung, wie viele Kriminelle zu ergreifen waren. Die Regierung teilte diese Personenzahl nach Anweisung der Partei von der Zentrale bis zur Provinz, von der Provinz bis zur Stadt auf. Die Gebietsverwaltungen hatten den Plan auszuführen. Gerade unserem Polizeiamt fehlte eine Anzahl von Personen, darunter die typische Verbrecherin aus einer Intelligenzfamilie. Die Polizei hatte sich große Mühe gemacht, aber so eine überall noch nicht finden können. Ein fertiggewebtes großes Netz für sie war aufgestellt, dummerweise war gerade ich dagegen gestoßen. Ich war wie eine ‚Fliege ohne Kopf'! ( Ein chinesische Spruch)

Damals lief ich Hals über Kopf mit widerstreitenden Gefühlen fort von diesem Ort der Gewalt. Ich wusste nicht, wo ich hinsollte, wo war ich sicher in meiner Situation? So lief ich ohne Atem zu schöpfen spontan zum Haus von Schuang. Sie war zu Hause, hatte mich schon gesehen, ein freundliches, mir zugewandtes Lächeln huschte über ihr Gesicht, dann begrüßte sie mich liebenswürdig: „Changhe, Du bist wieder da, Du bist vom Dorf zurückgekommen." Sie lächelte ein wenig gequält.

„Was ist mit Deinem Bruder los?" Ich fühlte mich sehr schlecht, mit schmerzendem Herzen und großer Angst befragte ich sie streng: „Er ist wirklich ein Verbrecher? Warum konnte Dein Bruder ein Verbrecher werden?" Schuang weinte, nickte mit dem Kopf. „Er ist wirklich ein Verbrecher!" Ich schleuderte meine Angst unter dem Mantel von Wut nach Schuang: „Deine Familie erzog einen Kriminellen. Wir hatten ihn damals doch immer geschützt, seit wann ist er so verkommen?! Ich, ich sollte nicht, Schuang, ich sollte nicht mit Dir, mit Deiner Familie so lange Zeit verkehren! Ich bereue das!"

Ich hatte an Schuang meinen ganzen Herzensschmerz ausgelassen. Dann lief Ich nach Hause, ohne die Rufe, die Schuang hinter mir herschickte zu beachten. Zu Hause verschloss ich alle Fenster und Türen, ließ die Vorhänge herunter und versteckte mich in meinem Zimmer. Mein Herz war von heftig widerstreitenden Gefühlen ergriffen: Bitterkeit, Angst, Trauer und Enttäuschung. Ich hatte mit meiner ganzen jugendlichen Fantasie und einem Kopf voller Kunstblumen mir meinen Traummann geschaffen, doch er war doch bloß ein Kind! Er brauchte doch immer meinen Schutz und ich habe ihn immer geschützte. Ist er plötzlich ein Verbrecher? Aber! Aber------. Ich sollte nicht die Polizei beschimpfen? Wer gab mir der Mut? Und dann noch in der Öffentlichkeit! Hoffentlich würde die Polizei nicht zu mir nach Hause kommen. Ich versteckte mich im Haus, völlig deprimiert, mit Hoffen und Bangen lebte ich so lange Zeit. Zu meinem Glück kam kein Polizist zu mir.

Schnell ging das Leben weiter, in einem Augenblick war ein halbes Jahr vorbei. Eines Tages fand im Auftrag der Regierung eine öffentliche Gerichtsverhandlung statt. Alle direkt unterstellten Verwaltungsmitarbeiter waren aufgefordert, teilzunehmen. Gemeinsam mit meinen Arbeitskollegen schloss auch ich mich an. An diesem Tag war schönes Wetter. Auf dem großen Platz konnten sich alle Bürger unserer Stadt versammeln. Maler hatten zuvor mit weißer Farbe auf dem Boden Einteilungen vorgenommen, in denen die Namen der Verwaltungsstellen geschrieben standen. Vom frühen Morgen an begannen die Menschen sich einer nach dem anderen einzureihen. Wer ankam, setzte sich auf den Boden, langsam wurde so eines der Felder nach dem anderen besetzt, bis der Platz voll war. Wir hatten etwa drei Stunden gewartet, dann fing die Verhandlung an. Zuerst würde natürlich unsere Stadtführung sprechen; danach wurden alle Verbrecher auf die Bühne geführt. Währenddessen brodelte es in der Menschenmenge, die Leute drängelten sich nach vorn, neugierig, um die Mienen der zum Tode Verurteilten zu sehen. Viele Leute standen auf, um so nahe wie möglich nach vorn zu kommen, auch ich war unter ihnen. Am Veranstaltungsort entstand ein Chaos. „Setzen bitte, alle Leute sollen sich auf den Boden setzen!" Die Organisatoren appellierten: „Alle revolutionären Leute sollen sich auf den Boden setzen und verhüten, sich den Klassefeinden zu nähern! Setzen! Lasst die Klassefeinde sich demaskieren!" Wir alle mussten zurück, um uns in unser markiertes Feld zu setzen, sonst würde den Klassefeinden gedient. So grauenhaft die politische Lage damals war, wurde doch als erste Handlung immer zwischen Freunden und Feinden unterschieden. Die Feinde sollten von allen Leuten angegriffen werden! Jeder von uns hatte Angst, auf etwas nicht genug Acht gegeben zu haben und darum selbst als Feind klassifiziert zu werden. Ich ging sofort zurück in mein Feld, setzte mich auf den kalten Boden. Die Organisatoren sprachen über einen Lautsprecher. Jeder fühle sich einem ohrenbetäubenden Lärm ausgesetzt, der aber sehr undeutlich war, so dass nur wenige Leute verstanden, was gesagt wurde. Die Mehrheit der Leute saß erstarrt da, bis die Versammlung beendet war. Dann stand ich auf, wir mussten aber immer noch warten, da sich die Felder in einer vorgegebenen Reihenfolge leerten. In dieser Zeit herrschte am Veranstaltungsort eine sehr erregte Stimmung. Ich ging mit zwei Leuten, die neben mir diskutierten: „Der Hauptschuldige der Verbrecherbande- Yiming Zheng, er ist tapfer. Andere zum Tode Verurteilte verlieren vor Angst den Verstand, nur er, er kann noch lachen! Glaubst Du ihm, er ist doch auch ein Mensch?! Wie mag er aufgewachsen sein?!" Ich war wie vom Donner gerührt und mein Körper war völlig erstarrt. Mitten in dieser Menschenmenge.

Lieber Gott! Yiming Zheng, der Bruder von Schuang, er wuchs von Kind an mit uns zusammen auf. Er wird heute von einer Kugel tödlich getroffen werden. Er war doch noch nicht erwachsen! Meine Seele wurde zu einem langen Band, das mich Schritt für Schritt zum Haus von Schuang zog. An deren Tür hatte ich lange nicht geklopft.

Früher, immer wenn ich hereinkam, hörte ich gleich die liebe Stimme von Schuang mich laut und freudig begrüßen: „Liebe Changhe, da bist Du ja!" Heute war es im Haus ganz still, als würde alles tief, sehr tief schlafen. Überall gab es noch Spuren von ihrem Bruder, der Hocker stand immer noch in der Ecke der Küche. Der Vater von Schuang saß im Wohnungszimmer am Esstisch. Den Kopf gesenkt wie im Gebet, sah er aus wie eine Skulptur. Als ich hereinkam nach so langer Zeit, überall herumschaute, bewegte er sich nicht und schwieg. Ich wollte wie damals im Weizenfeld, laut zu ihm rufen, aber als ich sein Haar sah, das in einer Nacht gänzlich ergraut war, konnte ich gar nichts mehr sagen.

Schuang kam, sich die Tränen aus den Augen wischend aus ihrem Zimmer. Nun möchte auch ich weinen, aber ich hatte Angst vor den Leuten. Manche würden sagen, ich könne nicht Feind und Freund unterscheiden. Deswegen hielt ich meine Tränen zurück. Wir drei saßen da und schwiegen, die Atmosphäre war sehr gespannt.

Nach einer Zeit gab mir Schuang Tee zu trinken. Sie nahm mit beiden Händen die Teetasse und hielt sie vor mein Gesicht: „Changhe, ich bitte Dich, bitte hilf mir. Ohne Dich kann ich nicht weiterleben. Ich habe eine große Bitte." Sie sagte es mit leiser Stimme, während sie sich vor mir verbeugte und immer wieder ihre Tränen wegwischen musste. Ich war verwundert. Normalweise war Schuang stärker als ich. Seit damals, als wir ihren Bruder gerettet hatten, war sie noch stärker geworden. Immer wenn ich von jemandem schikaniert wurde, hatte sie für mich zurückgeschlagen. So etwas wie dieses Mal, fast mit einem Kniefall mich zu bitten und zu betteln, das hatte es noch nie gegeben.

„Was denn?" Iich konnte es nicht ablehnen. „Begleite mich bitte zum Polizeiamt." Eigentlich hatte ich Angst, zum Polizeiamt zu gehen, nicht nur weil ich in der Öffentlichkeit die Polizei beschimpft hatte, sondern auch, weil ich deren Willkür fürchtete. Einmal war ich an einer Polizeidienststelle vorbei gegangen, da sah ich ein paar Leute im Flur auf dem Boden kauern. Eine davon war eine ältere Frau, sie sah wie eine Angehörige der Intelligenz aus. Als sie mein Befremden bemerkte, erklärte sie mir, wegen eines Fahrradunfalls warte sie, von der Polizei angehört zu werden. Ich dachte damals, wenn man im Polizeiamt kauernd warten müsse, würde ich lieber gar nicht hineingehen. Aber die Trauer von Schuang berührte mich so tief, dass ich einfach ihre Bitte erfüllen musste.

Ich war mit Schuang zum Polizeiamt gegangen, sie war immer noch traurig. Ich dachte, es wäre wegen ihres Bruders. Ich konnte sie nicht trösten, denn auch ich war traurig, aber ich durfte es nicht zeigen. So schwiegen wir beide den ganzen Weg. Als sie den roten Bau des Polizeiamtes sah, begann sie zu zittern.

Vor der Tür kauerte Schuang sich plötzlich neben den Weg, drückte sich in die Sträucher und sagte, beide Hände vor ihr Gesicht haltend: „Changhe, liebe Changhe, meine beste Freundin, ich kann nicht mehr, bitte, bitte." Sie bat mich wieder so demütig, so kniefällig. Ich seufzte und runzelte meine Stirn: „Was ist denn nun wieder?"

„Hier sind fünf Yua", sie streckte mir die Hand hin, in der die genannte Geldsumme lag. „Es ist die Gebühr für die Kugel, mit der Yiming Zheng erschossen wurde. " „Du musst das auch noch bezahlen?" Ich war völlig überrascht. Sie nickte mit dem Kopf: „Es müssen die Familienmitglieder bezahlen. Mir ist so schlecht, ich kann das jetzt nicht mehr------. Bitte, gehe Du hinein, sage Bescheid, es wäre für Yiming Zheng. Sie sagte das halb als Bitte, halb als Forderung. Sie war so traurig, kauerte immer noch nieder, so wie ein Frosch sich auf die Erde drückt. Ihr Gesicht zu mir erhoben, die Augen rot, mit Tränen und Flehen schaute sie auf mich. Arme

Schuang, ich konnte es nicht über das Herz bringen, ihre Bitte abzulehnen.

Ich wollte das nicht, allein mit meiner Angst in das Polizeiamt gehen, mich allein fürchten in dieser Atmosphäre von Schimpfen, Gummiknüppel- und Faustschlägen, ohne um Gnade zu bitten. Diese Aussicht ließ mich zu Tode erschrecken. Und das Ziel war, noch für einen Verbrecher die Kugel-Gebühr zu bezahlen. Ich befürchtete, dass ich, falls sie mich erkennen würden, sogleich eingesperrt würde und nicht wieder herausauskommen könnte. Deswegen befahl ich Schuang energisch: „Du bleibst hier und wartest auf mich, falls ich nach zwei Stunden nicht herauskomme, sagst Du meinem Vater Bescheid."

Als ich in das bestimmte Zimmer kam, glotzte mich der Polizist an und fragte grimmig: „Was machst du hier?!"„Mir rutschte das Herz in die Hose: „Für den Bruder der Schuang, das, das----", ich schluckte meinen Speichel mit Anstrengung herunter: „Die Kosten für die Kugel bezahlen." Der Polizist schaute mich eine lange Zeit an, plötzlich erinnerte ich mich: Er ist der Polizist, der auf dem LKW stand, jener, der auf den Bruder einprügelte.

„Für Yiming Zheng?" Er hatte sich jetzt bestimmt auch vage an mich erinnert, mit einem Nicken bestätigte ich seine Frage, dabei hatte ich das Gefühl, die Wände des Zimmers würden auf mich stürzen und nur ich könnte sie stützen. Ich hatte aber keine Kraft mehr, noch etwas zu stützen.

„So geht das nicht!" Sagte er zu mir: „Wir lassen die Familienmitglieder hierherkommen, um sie zu erziehen, damit sie sich schämen, in der Familie solch einen Verbrecher großgezogen zu haben. Wofür kommst Du hierher? Oder kommst Du zu einem Geständnis?!

„Nein! Nein! Nichts!" Von seiner Einschüchterung brach mir der Angstschweiß aus und ich schüttelte so schnell wie möglich den Kopf: „Ich habe nichts getan! Sie konnte einfach nicht mehr." Ich zeigte zum Fenster, Schuang hockte immer noch auf der Erde, ein paar grüne Zweige und Grashalme verdeckten ihren Körper, sie sah sehr schwach und klein aus: „Sie kann wirklich nicht mehr." Ich sagte das traurig und sanft, in meinen Augen eine Bitte, versuchte ich, das Mitleid des Polizisten zu erregen.

„Auch wenn sie nicht kann, sie muss trotzdem kommen!" Plötzlich gab es einen Knall, der Polizist schlug entschlossen mit der Handfläche auf den Tisch. „Lass sie kommen!" Ich fühlte mich, wie von heißem Wasser verbrannt, sprang auf und floh nach draußen. „Schuang, der Polizist verlangt, dass Du hereingehst, ich darf Dich nicht vertreten. „Die fünf Yuan waren in meiner Hand waren nass und zerknüllt.

Schuang stand langsam auf, noch nie hatte ich sie so gesehen, ihr Gesicht war extrem entstellt von ihrer Angst. Ihr Bruder war ein Straftäter, war es möglich, dass auch sie mit dem Tode bestraft würde? Würde ihr Körper von fünf Pferden zerrissen? Oder mit kleinen Messern Stück für Stück von ihrem Fleisch geschnitten? (Im alten China gesetzlich vorgeschriebene Arten der Hinrichtung) Sie hielt meine Hand fest, Schritt für Schritt gingen wir ängstlich vorwärts, bis zu dem Zimmer. Der Polizist holte mit dem Arm nach mir aus: „Mach dass Du wegkommst!"

Ich konnte nicht verstehen, warum der Polizist zu mir so aggressiv war. Aber hier gab es so viele Dinge, die ich nicht begreifen konnte, darum fragte ich lieber nichts. Unsere Chinesen sagen immer: ‚Die Katastrophe kommt aus dem Mund'. „Wartest Du bitte auf mich?" Schuang bat mich unter Tränen.

Ich stand vor der Tür des Polizeiamts, damit Schuang mich durch das Fenster sehen konnte. Die Zeit aber lief und lief und ich schaute mir derweil rundherum alles an. Vor dem Polizeiamt waren zwei hohe Birken gepflanzt, jedes Blatt drehte sich im Sonnlicht nach oben oder unten. Jedes glänzte anders. Unter den Birken gab es einen eisernen Zaun, dessen Spitzen in den Himmel ragten. Falls jemand über den Zaun zu springen versuchte, würde er sich sicherlich schwer verletzen. Die Zeit wurde lang und länger. Ich schaute die ganze Umgebung des Polizeiamts an, bis es Nacht geworden war. Schuang war immer noch nicht herausgekommen und so überlegte ich, den Vater meiner Freundin zu benachrichtigen.

Dann kam sie endlich heraus. Zwar war ihr Gesicht mit Tränen bedeckt, ihre Kleider zerknittert, aber ihre Miene war nun entschlossen. Ich fühlte, von der einen Schuang wechselte sie wieder in eine andere Schuang.

Von diesem Tag an entfremdeten Schuang und ich einander immer mehr. Es störte mich nun doch, mit ihr zum Polizeiamt gegangen zu sein. Warum sollte ich zum Polizeiamt gehen? Das Polizeiamt war in unserer Vorstellung nur ein Ort für Verbrecher. Mit diesen grausamen Polizisten wollte ich doch gar nichts zu tun haben!

Nachdem die Kulturrevolution endgültig abschlossen war, veränderte sich China radikal. Auch die Abrechnungen mit allen Verbrechern, die sich in diesem Zusammenhang schuldig gemacht hatten, gingen zu Ende. Die neue Regierung stellte den wirtschaftlichen Aufbau Chinas an die erste Stelle. Damals gab es eine Losung: ‚Alles nach vorn sehen‘, die durch unser Volk in ‚Alles nach Geld sehen‘ der Wirklichkeit angepasst wurde, da ‚Geld‘ und ‚vorn‘ im chinesischen die gleiche Aussprache haben. Die Zulassungen zu den Universitäten wurden jetzt erst nach harten Prüfungen der Bewerber erteilt. Die Arbeitsbedingungen für Professoren und Dozenten normalisierten sich. Ich konnte endlich meinen Traum erfüllen, an der Universität zu studieren.

Einige Probleme waren gelöst, dafür kamen andere. Ein Weiser sagte einmal zu mir: „Was ist das Leben“? Leben heißt Probleme lösen, wobei das letzte Problem die eigene Existenz ist; wenn sie überwunden ist, geht das Leben zu Ende.

Ich war jetzt über 30 Jahr alt und hatte noch immer keinen Freund. Zwar sah ich nicht besonders gut aus, aber ich war Studentin, zehn Jahre nach der Kulturrevolution. Zehn Jahre hatten die Universitäten nicht richtig gearbeitet, nach zehn Jahren hatten sich viel zu viele Studienbewerber angestaut. Die Aufnahmeprüfungen für das Studium waren sehr hart, nur etwa einer von hundert jungen Leuten bekam einen Studienplatz. Ich hatte einen bekommen! Ich hatte es geschafft! Wir alle, jeder einzelne Student, war stolz auf sich selbst. Außerdem war es mein Jugendtraum. So konnte ich doch nicht einfach einen Mann nehmen; auch wenn noch so eine lange Zeit zu warten war, dann musste ich eben warten. Aber meine Eltern wollten nicht mehr warten. Die Beiden versuchten mich über viele Freunde und Bekannte mit einem Mann zu verkuppeln. Das war so Brauch in China.

Eines Tages ging ich wieder, um mich mit einem Mann zu treffen, einem Angestellten aus dem Polizeiamt. Die Kupplerin sagte zu mir: „Er sähe zwar auch nicht gut aus, aber hätte dafür eine gute Karriere. Für uns chinesische Frauen bedeutet es: „Karriere gut, alles gut". Darum reizte es mich, ihn kennenzulernen.

Wir trafen uns in einen Restaurant, es war Sommerzeit, Mittag. Draußen war eine Temperatur von über 40 Grad, auch drinnen war es sehr warm. Aber einer der anwesenden Männer trug zwar helle, dünne Kleidung, an der linken Hand jedoch einen Handschuh. Das war unser Erkennungszeichen. „Xü, Changhe", nannte er mich bei meinem Namen. Ich hatte noch gar nicht in sein Gesicht gesehen, aber es schien, als kenne er mich sehr gut. Für mich war sein Gesicht ganz fremd. Ich stand an der Tür und starrte ihn an, die Augen voller Fragezeichen: „ Wer bist du denn?"

Er ließ mich setzen und bestellte ein Glas Tee für mich, später Essen. Dann sagte er zu mir: „Ich stelle mich vor, wenn die Speisen da sind. Wir können dann abwechselnd essen und reden. Es schien, er war zufrieden mit mir, aber ich? Ich war überrascht, enttäuscht und fassungslos. Ich wusste nur, er würde nicht gut aussehen, aber doch nicht so schlecht. Du, lieber Gott, wo sollte ich nur hinsehen?!

„Kein Wunder, Du kennst viele Leute nicht, aber in unseren Justizkreisen kennen Dich viele Leute. Wegen Yiming Zheng! Dem Haupttäter der Bande von Vergewaltigern, der vor sieben Jahren erschossen wurde. Kannst Du Dich noch erinnern? Einmal wurden alle Verbrecher auf der Straße zur Schau gestellt, auch Du hast ihn gesehen und gleich laut geschrien. Ich stand auch auf dem LKW, ich hatte andere Verbrecher abzuführen". Er sah mich an und ich nickte mit dem Kopf. Wie konnte ich diesen Tag je vergessen? Er erzählte weiter:

„Nach diesem Tag befand sich Yiming Zheng in einer furchtbaren Situation. Du hattest ihn mit Deinem Schreien in diese Situation gebracht, weißt Du das noch nicht?!" Er verhärtete sich, die verschiedensten Gefühle spiegelten sich in seinem Gesicht als er zu mir schaute. Ich starrte ihn an und dachte: Er solle doch nicht so übertreiben, was hat das denn mit mir zu tun! „Damals fehlte dem Polizeiamt eine Verbrecherin aus einer Intelligenzfamilie, Du kamst da gerade recht. Weißt du, um Deinetwillen gab es damals bei der Polizei viel Aufregung. Erstens war da der Chef, er hatte eine Aufgabe zu erfüllen, es gab einen Zeitdruck. Zweitens waren da die Mitarbeiter, die mit der Jagd auf eine Verbrecherin beschäftigt waren. Besonders einer der Beiden, die von Dir beschimpft wurden, wollte sich an Dir rächen. Stell Dir mal vor, wie viele Polizisten Dich damals festnehmen wollten." Ich schwitzte, fragte erschrocken: „Ist das wahr?" Er nickte mit dem Kopf. Jeder wusste, damals war es im Gefängnis wie in der Hölle. Geprügelt wurde nicht durch die Polizei, sondern durch die Gefangenen. Ich konnte es mir nicht vorstellen.

„Aber man musste auch Beweise haben, nur einmal in der Öffentlichkeit auf die Polizei zu schimpfen, genügte nicht für eine Verhaftung. Außerdem hattest Du Recht, die Misshandlung des Verbrechers in der Öffentlichkeit war keinesfalls richtig!

Beweise zu erhalten, konnte damals aber auch einfach sein. Wenn der Verbrecher geständig war, konnten die beiden Polizisten, die Yiming Zheng schlugen, ihn ein fertiges Geständnis unterschreiben lassen, mit dem er Dich belastete, zum Beispiel: Du hättest damals der Verbrechergruppe geholfen, die Mädchen zu fangen, dann konnten sie auch Dich festnehmen. Aber er wollte nicht, er sagte, Du seist für ihn wie eine Schwester, als Kinder seid ihr zusammen aufgewachsen, Du hättest ihn ein paar Mal gerettet. Darum wollte er Dir nicht durch Verleumdung schaden. Die Polizei hatte alles vorbreitet, die Unterlagen, das Polizeiauto, alles war schon da, sie brauchten nur noch seine Unterschrift. Aber er wollte nicht!" Er hielt ein im Erzählen, sah plötzlich sehr müde aus. Dann seufzte er einmal ganz tief: „Weißt Du, was er dafür bezahlen musste?" Ich schüttelte meinen Kopf, war sprachlos.

„Schläge; Schlafentzug; hungern und dursten. Es hätte für ihn alles ganz leicht sein können. Drei Schalen standen vor seinem Gesicht: eine mit Wasser, eine mit Kot, eine mit Urin. Was darf er nehmen? Wenn er nicht unterschreibt, darf er nur den Kot nehmen, wenn er noch überlegen möchte, dann darf er den Urin nehmen! Er möchte aufstehen? Nein! Wenn er nicht unterschreibt, darf er nur auf Knien laufen. Als handelte es sich bei ihm nicht mehr um einen Menschen.

Sein Vater kam, ihn zu besuchen. Er hatte den Vater gebeten: Er könne die Qualen nicht mehr ertragen, er möchte unterschrieben, damit er vor dem Erschießen noch einmal als Mensch leben könne. Sein Vater sagte: „Du bist sowieso kein Mensch mehr, Du sollst nicht mehr anderen Menschen schaden". Unsere Chinesen haben einen Spruch: ‚Einen kleinen Tropfen Gnade soll man erwidern so wie er heraussprudelt'. „Sie hatte Gnade für Dich, Du wirst bald erschossen, Du musst durchhalten, nicht noch ein anderes Leben ruinieren, wenn Du das kannst!"

Nach diesem Gespräch heulte der Vater in seiner Verzweiflung wie ein Hund, das Polizeiamt hallte wieder von seinem Heulen. Wir alle konnten dieses Geheul nicht vergessen.

Nachdem sein Vater so gesprochen und geweint hatte, blieb Yiming Zheng nun ruhig, egal wozu man ihn zwingen wollte, er machte mit. Essen oder trinken oder auch nicht, er war ohnehin kein Mensch mehr! Schwer, so auf den Tod zu warten, es war für ihn sehr schwer." Er seufzte, deswegen hatte er wohl viel zu viele Falten im Gesicht, das aussah, als hatte auch er viel miterleben müssen.

Ich konnte nicht mehr denken, nicht mehr reden. In diesem Augenblick war ich zurück in meiner frühen Jugend, nahm ich die Hände des Bruders fest in meine eigenen. Hielt sie fest, damit sie nicht den Körper Jian Laus berühren sollten. Blühten in diesem Augenblick für ihn alle künstlichen Blumen auf meinem Kopf. Die Speisen, alle Fische, Fleische und Huhn auf dem Essentisch waren wieder lebendig, als das Leben von dieser Seit bis zur anderen Seite krabbelte.

Eine sehr lange Zeit saßen wir schweigend. Später fragte ich: „Die Leute, die ihn misshandelt hatten", ich schluckte mühselig, „wo sind sie?"

„Manche wurden zu Gefängnis verurteilt, manche wurden auf dem Polizeiamt umgebracht, einer von ihnen auch zum Tode verurteilt, weil er die Schwester von Yiming Zheng ein paarmal vergewaltigt hatte." „Schuang!" Ich stand vor Schreck auf. „Darum war sie immer so traurig und hatte Angst, wenn Sie zum Polizeiamt gehen musste. Aber sie war doch so stark, warum sollte sie sich vergewaltigen lassen?"

„Um ihrem Bruder zu helfen! Wenn der ihre Beine nicht auseinanderhielt, wenn sie nicht mitmachte, würde er eine Strafe bekommen. Wenn sie mitmachte, musste ihr Bruder zuschauen!" Furchtbar grausam, entsetzlich, das waren keine Menschen mehr, ich schüttelte meinen Kopf. „Aber trotzdem hatten die Beiden mich nicht verraten." Ein warmer Strom floss durch meinen ganzen Körper: „Das waren meine Jugendgefährten!" Ich war stolz darauf. Die unterschiedlichsten Gefühle ergriffen mein Herz: Was hatte ich den Beiden gegeben? Hatten wir nicht bloß in der Kindheit zusammen gespielt? Ich stellte mir vor, ohne den Schutz der Beiden würde ich meine Jugend hinter Gittern verbracht haben, würde ich jetzt einen anderen Lebensweg gehen, könnte ich mich nicht in der Bibliothek den Büchern widmen, das Vergnügen geistiger Beschäftigung genießen. Lieber Gott! In dem Moment, außer nach Gott zu rufen, wusste ich wirklich nichts. Was sollte ich noch tun?

„Wie geht es jetzt Schuang?" Der Polizist hatte Schuang auch nicht vergessen können. „Ich weiß es nicht, hatte schon seit langer Zeit keinen Kontakt mehr zu ihr, ich schäme mich deswegen. Das sollte nicht sein, nein, das sollte nicht sein! Stell Dir doch vor, sie hatten Dich geschützt." „Ja, ich weiß es jetzt, ich weiß es und schäme mich. Ich werde gleich zu ihr gehen."

„Überbringe bitte Schuang herzliche Grüße von mir, ich bin für ewig ihr Bewunderer, sie kann jeder Zeit zu mir kommen", sagte er. Ich nickte mit dem Kopf: „Ich finde sie bestimmt." Es schien, er wäre nicht an mir interessiert, er mochte lieber Schuang. Als ich ihn noch einmal ansah, schien sein Gesicht wie verwandelt, mein Gott, er war überhaupt nicht mehr hässlich. Und dazu noch eine so gute Stellung, warum will solch ein guter Mann mit mir nichts zu tun haben! Schade, sehr schade! Aber für Schuang würde ich gerne vorsprechen.

Ich ging zu Schuang, sie war nicht zu Hause. Ihre jüngste Schwester sagte, sie wäre in einem Restaurant, in welchem wusste sie auch nicht, denn sie hatten inzwischen fünf oder sechs davon. Deswegen hatte sie jeden Tag viel zu tun und jetzt plante sie, ein Hotel zu eröffnen. Aber wir konnten sie telefonisch erreichen. Ob ich ihre Telefonnummer haben möchte? Damals gab es in China wenig Handys, sie waren sehr teuer. Ich hatte noch kein Handy gesehen, Schuang aber hatte schon eins! Ich fragte die jüngste Schwester, „warum hilfst Du Deiner Schwester nicht bei der Arbeit? Sie braucht bestimmt viel Hilfe." Sie entgegnete: „Meine Schwester lässt mich nicht helfen, sie lässt mich lernen, studieren. Meine Schwester sagte, unsere Familienmitglieder teilen die Aufgaben untereinander auf, sie verdient das Geld, wir sollen studieren." Sie erklärte mir das alles und telefonierte dann mit Schuang, gab mir den Hörer und sagte: „Meine Schwester kommt gleich, sie fährt mit dem Auto, Du sollst ein bisschen warten!" „Du lieber Gott, fährt Deine Schwester schon ein Auto, so verdient sie bestimmt viel Geld."

Eigentlich war ich immer nur auf Jian Lau stolz. Jian Lau heiratete nicht, sie wolle das nicht. Jede Nacht ging sie im Mondlicht, sie suchte immer noch die zarten Hände von einst. Aber sie war inzwischen Doktor der Naturwissenschaften, sie forschte auf ihrem wissenschaftlichen Gebiet, ihr Gebiet war für sie wie das Meer so weit und wie der Himmel so hoch. Sie und ihr Professor untersuchten 1 plus 1 gleich 2, die einfache Identität von beiden war so kompliziert, so einschneidend in der Beweisführung. Dafür bekam sie hervorragende wissenschaftliche Preise. Sie war von Kindheit an schon mein Stolz, jetzt war sie es immer noch, und sie würde es immer bleiben!

Schuang aber war für mich wie eine Schwester, war mir gleich, ein ganz normaler Mensch, nicht überragend aber auch nicht zum Untergang bestimmt. Ab heute würde ich auch sie hoch schätzen, sie, die durch so viele bittere Ereignisse gestählt worden war. Auch sie ist ein leuchtendes Vorbild! Meine liebe Schuang, sie ist wirklich großartig, ganz überragend!

Diese Nacht blieb ich bei Schuang zu Hause, wir lagen im gleichen Bett wie damals in unserer Kindheit. Ich sagte zu Schuang: „Genau in diesem Bett lagst Du mit mir und Deinem Bruder, damals war er erst sieben Jahre alt, als ich das erste Mal bei Dir übernachtete. In jener Nacht konnte ich gar nicht schlafen, hatte nur Angst, wenn ich mit einem Jungen zusammen in einem Bett schlafe, könnte ich schwanger werden. Ich war damals elf Jahre alt und meine Mutter würde mich deswegen bestimmt schlagen. Ich versuchte, Deinen Bruder nicht zu berühren. Darum konnte ich nicht schlafen. Wir redeten, redeten, mal weinten und mal lachten wir."

Die Vergangenheit ist ein pfeifender Junge,
er pfiff eine traurige und wehmütige Melodie.
Die Melodie in der Nacht verklang,
sie färbte die Wangen des Mädchens rot.

Ich erinnerte mich an den Mann aus dem Polizeiamt und fragte Schuang nach ihm. Sie überlegte kurze Zeit, dann sagte sie: „Ich merkte damals schon, eine Paar glänzende Augen folgten mir überall im Polizeiamt. Sie haben mich geschützt und mir viel Kraft gegeben. Ich konnte ihn auch nicht vergessen. Männer kenne ich viele, alle möchten mich haben, aber die meisten wegen meines Geldes; weißt Du, denn jetzt habe ich Geld. Ich suche einen Mann, der mich nicht wegen meines Geldes will, der mich um meiner selbst willen liebt. Der Polizist, er kennt mich noch aus meiner schwierigen Zeit. In dieser Zeit hatte ich überhaupt kein Geld, und trotzdem denkt er immer noch an mich. Er meint, ich sei eine großartige Frau und er wird ewig mein Verehrer sein. Diesen Mann möchte ich kennenlernen." Ich nickte mit dem Kopf: „Ich werde es ihm sagen." „Nein, brauchst Du nicht. Ich fahre morgen dahin, um ihn zu besuchen." „Toll, Schuang, du bist wirklich toll!"

Später redeten wir über Jian Lau. Schuang hatte gehört: Jian Lau würde immer noch im Mondschein nach den zarten Händen suchen. Sie schwieg lange Zeit, dann sagte sie: „Bringen wir Jian Lau doch zum Dorf, dort ist das Grab meines Bruders. Wir zeigen ihr das Grab und sagen zu ihr: Die zarten Hände sind lange tot, schon begraben. Das wird sie vielleicht von ihrer Illusion heilen." „Eine gute Idee, sehr gute Idee."

Eine Lange Zeit suchte ich unter Mondlicht Jian Lau. Seit diesem Tag war ich überzeugt, ich müsse Jian Lau und Schuang zum Glück verhelfen. Das war meine Aufgabe. Ich habe endlich eines Nachts Jian Lau entdeckt. Sie war unter dem Mondlicht noch schöner als damals. In dieser Nacht lagen wir bei mir zu Hause. Ich benutzte alle meine Erkenntnis und Lebenserfahrung. Sprach von Philosophie, chinesischer und ausländischer Literatur, alter Zeit und gegenwärtiger. Mit unterschiedlichen Beispielen versuchte ich, Jian Lau ihre Seele zurückzubringen. Aber das alles war bloß nur, wie der Chinese sagte: ‚Klavierspielen für eine Kuh!' Natürlich die ‚Kuh' war nicht Jian Lau, sondern ich, für Jian lau war die Nacht von damals ihre Hochzeitnacht. Alle Männer waren ihr Bräutigam. Endgültig! Egal was ich sagte, ich sprach nur zu mir selbst. Deswegen ‚spiele ich Klavier für eine Kuh,' zu mir selbst! Selbst bin ich die ‚Kuh'! Für Jian Lau war alles so einfach und logisch. Wozu brauchte sie jemanden, um sich jetzt korrigieren zu lassen?!

An einem hellen Tag fuhren Schuang, Jian Lau und ich mit dem Auto von Schuang in ihre Heimat. Weder Jian Lau noch ich besaßen ein Auto. Als sie hörte, Schuang hätte eins, war sie genau so überrascht wie ich, da ich zum ersten Mal davon erfuhr.

Damals war es so: Alle Angehörigen der Intelligenz waren viel ärmer als die Selbständigen. Jian Lau und ich, wir arbeiteten im Öffentlichen Dienst, bekamen vom Staat unseren Lohn, aber der Staat hatte wenig Geld, deswegen verdienten wir auch wenig. Wir konnten nicht einmal von einem Auto träumen.

„Es ist jetzt nicht mehr weit", erklärte uns Schuang: „Damals fuhr mein Vater mit einem Pritschenwagen die Leiche meines Bruders sechs Tage und sechs Nächte von der Stadt bis zum Dorf." „Wie geht es Deinem Vater", fragte ich: „Nach dem Tod meines Bruders hatte mein Vater seine Arbeit gekündigt. Er ging mit meinem toten Bruder zurück in sein Dorf, beerdigte ihn neben dem Grab meiner Mutter und setzte sich jeden Tag mit Schnaps und Speisen zwischen die beiden Gräber. Seitdem redet er nur noch mit den Beiden."

„Oh, es tut mir leid", sagte ich.

„Oh, es tut mir schrecklich leid!" sagte auch Jian Lau.

Das Auto von Schuang war nicht neu, auf dem Weg setzte es ein paarmal aus. Abwechselnd mussten Jiang Lau und ich aussteigen und den Wagen anschieben. Das freie Feld war für uns heilig, es wirkte versöhnend auf uns, Jian Lau guckte nach Westen, nach Osten, in alle vier Himmelsrichtungen und befahl mir dann: „Changhe, geh weg, ich kann allein den Wagen, schieben!" Ich sammelte gerade Kraft, war überrascht, wollte aber gerne verzichten. Jian Lau schob mit beiden Händen unter Anspannung des ganzen Körpers das Auto. Ich konnte mir nicht vorstellen, woher sie so große Kraft hatte. Ihr schöner Körper spannte sich zwischen Auto und Boden wie ein Bambus, dann bog er sich wieder zurück, um sich abermals zu spannen, wie die Elastizität des Himmels und der Erde. Das Auto kam wieder in Gang, Jian Lau lachte laut, wie damals in unserer Kindheit.

Wir erreichten Schuangs Heimat, sie fuhr uns direkt zum Friedhof des kleinen Dorfes. Von weitem schon sahen wir ihren Vater, er trug einen Hut und saß zwischen beiden Gräbern. Im ersten Augenblick sah es aus, als lägen drei Gräber am Horizont.

Ich weiß nicht warum, aber als ich den Vater sah, erinnerte ich mich plötzlich an meine Kindheit, an die hübsche Studentin, die Selbstmord begangen hatte.

Jian Lau und ich nahmen an der Hochzeit von Schuang und ihrem Mann, dem Vize-Leiter von unserem Provinzjustizamt, teil. Alle Freunde von ihrem Mann waren Singles.

Im ersten Augenblick, als sie Jian Lau sahen, wurden sie alle von ihrer Schönheit in Bann gezogen, kamen auf sie zu und wollten mit ihr ein Glas trinken. Für die zurückhaltende Jian Lau musste ich das Anstoßen an ihrer Stelle das eine und andere Mal höflich ablehnen. Auch wenn ich selber ebenfalls gerne einen der Singles kennengelernt hätte, so interessierte sich niemand für mich, auch wenn Schuang und ihr Mann sich bemühten und mich zwischendurch ihren Gästen vorstellten.

An der Seite von Jian Lau wurde ich nur als Beschützerin der schönen Blume angesehen, hatte aber keine eigene Bedeutung.

Jian Lau war die Blume.

## II. Arbeiten auf dem Dorf statt Studieren in der Stadt

Buddha sagte in einem Gleichnis: Wenn zwei Menschen 500 Jahre lang ein ähnlich religiöses Leben führten, (unserer Religion zufolge ist für jeden Menschen Leben und Tod ein ewig während er Kreislauf), dann haben sie ein gemeinsames Schicksal: Im selben Boot können sie zusammen den Lebensstrom von einem Ufer zum anderen überqueren. Es heißt dann, sie haben eine Beziehung aus einem früheren Leben.

Was hatten Guomin He und ich für eine frühere Beziehung? Zweimal hatten wir zusammen Katastrophen überlebt und einander geholfen, doch es war daraus keine dauerhafte Bindung zwischen uns entstanden. Unsere Lebenswege hatten einander nur flüchtig gestreift, und so hatte er mich nicht auf seinem einzigartigen Weg mitnehmen können.

Diese Einsicht brachte jeden von uns zu tiefem Nachdenken.

Ich war 17 Jahre alt, hatte gerade das Abitur abgelegt. Genau wie alle anderen Absolventen unserer Stadt sollte ich als Reaktion auf den Aufruf des großen Vorsitzenden Mao in der Landwirtschaft arbeiten.

Das Gebiet, in welches ich geschickt wurde, heißt Nord-Hui Flachland. Eine große Ebene, die beim ersten Anblick ohne Grenze zu sein scheint. Schaut man abermals, kann man immer noch keine  Grenze erkennen, Himmel und Erde berühren einander auf einer fernen Linie. Es ist wirklich ein sehr weites Land. Die Ebene wird von einem Flussbett durchschnitten, von dem es heißt, das  wäre der alte Verlauf des Gelben Flusses.

Irgendwann in der Vergangenheit wurde der Gelbe Fluss umgeleitet. Die gewaltigen Wassermassen erhielten ein neues Flussbett und das trockengelegte ältere  Flussbett breitet sich seitdem träge auf  dem Schoss der Erde aus,  angewiesen auf das jahreszeitbedingte Regenwasser. Als ich kam, hatte der Flusslauf  gerade einen guten Wasserstand. Das Wasser tränkte das Land auf beiden Ufern. Üppig wachsender Weizen, Mais, Kartoffeln und andere Feldfrüchte bildeten die Ernährungsgrundlage der Menschen  beiderseits des Flusses.

Die Menschen des Flachlandes hatten  einen  guten Charakter: Großherzig, ehrlich, offen,  im Gegensatz zu anderen Gegenden, wo die Leute immer nur mit Cent oder Sekunden rechneten. Ein Land, wo die Menschen am liebsten auf dem Boden lagen, sich von  der Sonne bescheinen ließen und dabei  auf die Wellen des im Wind wogenden Getreides schauten, sein Wachsen beobachteten. Manchmal auch laut über die Mädchen ihres Dorfes nachdachten. Dann waren sie sehr zufrieden mit ihrem Leben. Nur einfach so liegen und faul sein Tag für Tag! Ein Beispiel für ihre Genussfähigkeit ist der jährliche Silvestertag: Jeder Haushalt bereitet die Jiaozi Füllung aus gehacktem Schweinfleisch, Hammelfleisch, Rindfleisch, Pferdefleisch, Karotten, Kohl, grünen Zwiebeln, getrockneten Bohnen, Tofu, Gluten und vielem mehr. Eine Menge von dieser Hackmischung wird in eine große Wanne getan, mit Sesamöl gemixt und dann in den Keller gestellt. Am Neujahrstag dürfen die Familien aus traditionellen Gründen nicht kochen, können aber einiges der gehackten Füllung nehmen und daraus mit einem Teig Jiaozi machen. Das essen sie dann bis zum 15. Januar. Ist das nicht faul?! Bei uns in China dauert die Neujahrsfeier 15 Tage. Den Rest aller Tage im Jahr, der nach dem 15. Januar übrigblieb, würden sie sich ganz einfach ernähren! Man brauchte also nur bis zum nächsten Silvesterabend abzuwarten, um dann immer wieder Jiaozi essen zu können. Aber wenn jemand in dieser Gegend zu Silvester Gäste bekommt, wird der Nachbar von der West-seite mit einer Schüssel gekochter Jiaozi kommen, der Nach-bar von der Ostseite wird gebratene Jiaozi schicken für die Besucher zum Kosten. Welche Familie macht sie besser? Ohne auch nur zu kosten, nur weil der Besucher sagt: Alle sind gut, alle schmecken, sind die Leute zufrieden!

Wegen der Verträglichkeit dieser guten Menschen gilt dieser Landstrich als eine angenehme Gegend. Die gebildeten jungen Leute aus den Städten, die auf das Land mussten, wollten gern dorthin gehen. So versammelten sich Jugendli-che aus Beijing, Shanghai, Hefei, und der Landkreis wurde zum Sammelpunkt vieler junger Intellektueller.

Die Leute plaudern gerne über Mädchen, natürlich am liebsten über die hübschesten Mädchen. Meine beste Dorffreundin Chunhua war wie eine angenehme Melodie, die immer über das Feld schwebte. Alle redeten gerne über ihre schönen Augen, ihre dicken und langen Zöpfe, sie interes-sierten sich, mit welchem Jungen sie heute lange geplaudert hatte, es interessierte eben alles an ihr. Die älteren Leute wür-den mit ihr lachen, die alte harmonische Melodie würde Jahr um Jahr auf den Feldern wiederhallen, das Leben würde so Jahr für Jahr weitergehen. Aber seit die jungen Intellektuellen aus der Stadt kamen, redeten die Leute im Dorf nicht mehr über Chunhua, sondern über die Schanghai Mädchen. Und das kam so:

In einem Dorf wohnte eine Gruppe weiblicher junger Intellektueller aus Shanghai, von denen die älteste 22 Jahre, die jüngste aber erst 16 Jahre alt war. Für die ländliche Bevölkerung galten die Schanghai- Mädchen als wirklich schön. Sie waren die schönsten unter den jungen Intellektuellen. Jede von ihnen hatte ein feines Gesicht, zarte Haut, alles war weiß und sauber. In China gab es damals sehr viel Chaos und schmutzige Gegenden. Weiß und sauber galten aber schon immer als schön. Niemand konnte den Schönsten der Schönen seinen Beifall versagen, noch dazu solchen mit ganz schlanken Körpern, wie diese sie hatten. Die Bauern wurden als Kinder in einer Tragstange auf den Schultern getragen, durch die gedrückte Haltung konnte sich ihr Körper nicht richtig entwickeln, darum blieben sie kleiner, ihre Körper konnten sich einfach nicht richtig entfalten. Die Körper der Shanghai Mädchen hingegen erschienen wie ein Jade Baum, wie Weidenruten, die im Wind flattern, so anmutig war ihre Haltung. Die Bauern konnten ihre Augen nicht mehr von ihnen abwenden. Darüber hinaus waren die Shanghai Mädchen intelligent und gut erzogen. Den ganzen Tag nannten sie die Dorfleute: Onkel, Tante, Schwester oder Bruder. Sie waren sehr sympathisch, arbeiteten fleißig und gaben sich so viel Mühe wie es ihnen möglich war. Ihr Kontakt zu den Bauern aus dem Dorf war von Aufmerksamkeit geprägt. Deswegen, immer wenn Leute über die jungen Intellektuellen sprachen, wurden zuerst alle Shanghai Mädchen gelobt, gleichgültig, ob wir, aus anderen Landesteilen, ebenfalls zu loben waren.

Wenn es viel zu tun gab auf den Feldern, mussten alle an den Arbeiten teilnehmen. Wenn aber zu einer anderen Zeit weniger Arbeit war, konnten die Mädchen abwechselnd ihre Familien in Shanghai besuchen. Jede hatte einen Monat Ferien und kam zurück mit Taschen voller Spezialitäten. Sie verschenkten sie, zu ehren die ländlichen Kader, zu erfreuen die anderen Mädchen, die auf dem Land bleiben mussten und natürlich auch an die Landbevölkerung, mit der sie direkten Kontakt hatten, um diese günstig zu stimmen.

Zum Glück war mein Dorf sehr weit weg von jenem Dorf, in dem überwiegend Shanghai Mädchen wohnten. Mit ihnen hatten wir gar keinen Kontakt. Unsere Bauern behandelten uns sehr gut. Wir wurden wie auf Händen getragen. Sie alle sagten: Ihr seid von unserem Vorsitzenden Mao geschickt, man wagte nicht, unhöflich zu uns zu sein. Alle die genug hatten zu essen und zu trinken, schickten das Beste für uns, soviel wir nur brauchten. Ein junger Bauer scherzte: Schweine, die von den jungen Intellektuellen gezüchtet werden, sind etwas Besseres als die, welche der örtlichen Landbevölkerung als Nahrung dienten. Wir waren die Vertreter des Gesetzes, keiner wagte es, uns zu verstimmen.

Im Dorf hatte ich mit Chunhau meine beste Freundin gewonnen. Wir reden über alles. Eines Tages erzählte sie mir ihr großes Geheimnis, nämlich, dass sie einen Herzensschatz hätte, der in unserem Dorf lebte.

Und so hatte ich mich überall ganz genau nach ihrem Schatz erkundigt. Es war ein Junge in unserem Alter. Sein Vater hatte ihn als Baby, als er noch in den Windeln lag, immer mit an den Gelben Fluss genommen. Zu jener Zeit gab es dort viele Wölfe, deren Geheul weithin zu hören war. Vielleicht darum wurde er ein seltsames Kind, das die Leute hinter seinem Rücken Wolfskind nannten. Der Vater aber verwöhnte ihn. Was er haben wollte, bekam er auch sofort. Darum konnte er die Schule bis zum Abitur besuchen, während andere Kinder bereits arbeiten gehen mussten. Anschließend ging er zur Armee und diente drei Jahre als Soldat. Im Dorf galt damals ein Mensch, der nicht von Geburt bis zum Tod nur dort gelebt und viel von der Welt gesehen hatte als etwas Besonderes. Er war schlau, individualistisch, trat oft gegen Ungerechtigkeiten auf. Er besaß Autorität und Glaubwürdigkeit bei den jungen Leuten im Dorf. Auch sah er gut aus. Ich konnte ihre heimliche Liebe verstehen.

Zu dieser Zeit, wenn junge Frauen heiraten wollten, suchten sie üblicher Weise nach jemandem aus einem reichen Dorf. So konnte ich nachempfinden, dass Chunhua in dieses Dorf heiraten wollte. Unser Dorf war recht wohlhabend, gab es doch hier einen Brennofen zur Ziegelherstellung. Die Arbeiten an den Öfen waren sehr schwer und schmutzig. Zuerst musste nach Lehm gegraben werden, Wasser zugemischt und dann die Ziegel geformt nach einer überlieferten, alten Technologie. Die so vorbereiteten Lehmziegel wurden anschließend einige Tage an der Luft getrocknet und dann in die Öfen geschichtet. Der eigentliche Brand dauerte einen Tag und eine Nacht. Nach ein paar Tagen waren die Öfen ausgekühlt und konnten ausgeräumt werden. Wir konnten neue Ziegel zum Häuserbau verkaufen. Die Öfen waren für das ganze Dorf wie eine Goldmine. Wurden die Ziegel verkauft, bekam jede Familie einen Teil des Erlöses. Man konnte dann Stoffe für Kleider kaufen, ein Radio, Musik zu hören oder einen Ausflug in die Stadt machen. Wir, alle Dorfbewohner, waren angewiesen auf dieses Geld.

Die Öfen lagen sehr weit entfernt vom Dorf, damit man bequem den Lehm fördern konnte, denn der Boden um das Dorf herum durfte nicht abgegraben werden, um die Pflanzungen zu erhalten. Die Öfen standen am Flussufer, man konnte hier den Boden abgraben und das Flusswasser nutzen. Die Menschen, die an den Öfen arbeiteten, lebten auch dort. Die Umgebung war öde, menschenleer, fast als wäre sie von der Welt isoliert. Jede Woche schickte man einen Arbeiter zum Dorf, um etwas Lebensmittel und Kleider zu holen. Auch vom Dorf kam regelmäßig ein Fuhrwerk, um ihnen Nahrung, Bettwäsche, Kleidung und andere lebensnotwendige Dinge zu bringen. Normalerweise wollte niemand freiwillig an den Öfen arbeiten. So wurden vom Dorf zwangsweise Arbeiter hingeschickt, zur Verbüßung von Strafen, ehemalige Gutsbesitzer, reiche Bauern oder Reaktionäre. Auch wenn sie nicht wollten, es gab für sie keine andere Wahl.

In dem Jahr, als ich im Dorf zu arbeiten begann, war in der Stadt gerade die Kulturrevolution auf ihren Höherpunkt. Für die Leute vom Dorf jedoch galt immer noch die alte Bauerregel: im Frühling pflanzen und in Herbst pflügen. Es schien, als wäre es gleichgültig, was in der Stadt geschah, nichts konnte den Frieden dieser ländlichen Ignoranten stören, als wäre für jeden Tag nur das Leben selbst verantwortlich. Alles andere erschien ihren völlig undenkbar. Bis zu jenem Tag, an dem etwas sehr Grausames geschah. Das Ereignis schockierte das ganze Flachland, alle Leute erwachten aus ihrem Dämmerzustand und zitterten als sie bemerkten, nur pflanzen und pflügen ist nicht genug für das Leben.

Über diese Angelegenheit muss ich von Anfang an erzählen:

Eines Tages arbeiteten wir alle auf den Feldern. Der Koch unserer Gruppe brachte das Essen und rief uns zur Mittagspause. Es war die Regel, dass die Feldarbeiten parallel verliefen, neben der Weizenernte erfolgte schon der Reisanbau. Diese Zeit war für die Bauern die wichtigste Saison. An jenen Tagen wurde der Himmel gerade hell, wenn wir von zu Hause zur Feldarbeit losgingen, und es war dunkel wenn wir zurückkamen. Jeder Bauer strengte sich an, und darum war eine Gruppe beauftragt, Essen zu kochen und an die Feldarbeiter auszuliefern. Eines Tages sollte es Lammfleisch geben, um die Leistungsfähigkeit der Bauern zu stärken. Die Köche hatten kein Geld für Zutaten und so hatte unser Dorfvorsteher widerwillig Lammkotelett gekauft. Sie kochten die Knochen für eine Suppe, auf kleinem Feuer und so lange bis alles Fleisch zerfallen war, dann taten sie das Knochenmark in die Suppe, nahmen die Knochen heraus, fügten Chinakohl und Glasnuddeln zu und kochten alles noch einmal bis das Gemüse weich war. Es schmeckte sehr gut. Ich war müde und hungrig, aß gierig, verschluckte mich. Aber ich hatte nicht erwartet, dass ich mit meinem Verhalten dem jungen Mann, der heimlichen Liebe von Chunhua, auffallen würde. Er sah mich lange Zeit an und schimpfte plötzlich: „Sag mal, warum kommst Du eigentlich hierher? Was willst Du denn machen? Uns nur das Essen wegfressen? Wir haben selbst nicht genug und müssen noch mit euch teilen. Das Beste soll für die sein, die immer ihr Bestes geben. Wie Du isst, das sieht nach sehr gutem Appetit aus, hast Du überhaupt kein bisschen Schamgefühl?! Hast Du kein Gefühl dafür, dass Du uns unsere Lebensmittel wegnimmst! In der Stadt hast Du doch genug Essen! "

Ich war schockiert. Immer hatte ich nur gehört: Herzlich willkommen! Unser Dorf braucht junge Intellektuelle. Sie bringen mit neuen Ideen eine neue Kultur aus der Stadt. Sie würden gemeinsam mit den Bauern das Dorf weiterentwickeln. Heute hörte ich plötzlich das ganze Gegenteil - eine Anklage durch die Bauern! Ich kaute gerade etwas, ver-

schluckte mich vor Schreck und  würgte, bis ich fast daran
erstickte. Einen  Moment überlegte ich, um mich  dann zu
verteidigen: „Es ist unser großer Führer Mao, der uns hierher
hat kommen lassen."

„Warum hat unser großer Führer Mao Euch hierher
kommen lassen? Die Probleme der Stadt können nicht gelöst
werden und so verschiebt man sie bloß auf das Land!"

Ich hatte nun überhaupt keinen Appetit mehr: „ Was
sind das für Probleme, die wir in der Stadt nicht lösen können? Wenn wir sie in der Stadt nicht lösen können, wird Dein
Dorf sie lösen können?"

„Richtig! Wir, die ländliche Bevölkerung, sind noch un-
fähiger als die Bevölkerung in der Stadt. Und deswegen sollt
ihr nicht in unser Dorf kommen."

„Na! Unser Führer Mao hat uns hierher kommen lassen!" Ich habe normalerweise eine schwere Zunge, reagierte
noch immer langsam, wusste  überhaupt nicht genau, welche
Probleme es sein sollten, die man von der Stadt zum Dorf
verschieben könnte.

„Du kannst nur diesen einen Satz wiederhohlen! Weißt
du warum unser Führer Mao Euch hat hierher kommen lassen?"

„Wir sollen die Erziehung der armen Bauern voranbrin-
gen und alle Dörfer umgestalten!" Antwortete ich.

„Ha, wie kindisch! Du bist eine Erwachsene und kannst
immer nur wie ein Papagei wiederhohlen was in der Zeitung
steht oder im Radio verbreitet wird. Hast Du kein Gehirn,
kannst Du nicht denken?" Er verzog seinen Mund zu einem
sarkastischen Lächeln.

Ich war jetzt wütend: „Wenn der Vorsitzende Mao uns
kommen lassen will, so kommen wir auf jeden Fall!" Am
liebsten würde ich jetzt meine Essensschale einfach wegwer-
fen.

Der Dorfvorsitzende stand nahe bei uns.
Vorher hatte er nur interessiert zugehört, jetzt riet er
Mir sehr nett: „Du, ignoriere ihn einfach, iss bitte  weiter.
Aufessen, bitte." Dann schimpfte er den Jungen aus:

„Wozu streitest Du mit einem Mädchen über
solch ein Thema, solch eine Politikfrage!
Sie raubt doch nicht nur Dein Essen, auch mein
Getreide, das ich freiwillig mit ihr teile! Geh Du, geh
essen, gleich werden wir alle wieder arbeiten."
„Hast Du gesehen, dass ihre Essmanieren überhaupt kein
bisschen Zurückhaltung und Scham erkennen ließen?" Bemerkte der junge Mann zum Dorfvorsitzenden.

„Warum sollte ich mich schämen?" Ich verstand  nun
wirklich nichts mehr. Er macht viel Ärger um nichts! Was war
das nur  für ein Mensch! Und ich befürwortete noch Chun-
huas heimliche Liebe zu ihm, erschrocken schloss ich  die
Augen. Ich ärgerte mich, konnte nichts mehr essen, wollte die
Schale mit dem Essen auf den Boden schütten. Der Dorfvorsitzende nahm  schnell die Schale weg: „Bitte nicht wegwer-
fen, willst Du wirklich nichts mehr essen, dann esse ich es
auf." Dann nahm er ein paar Bissen in den Mund.

„Du willst sie mitessen lassen, dabei kannst Du selbst
Dich nicht mehr satt essen! Es gibt eben nur eine begrenzte
Ackerfläche, eine begrenzte Menge Getreide-----", sagte der
Junge zum Dorfvorsitzenden.

„Du musst das nicht sagen, es weiß jeder!" Der Dorfvorsitzende unterbrach in scharfem Ton seine Rede. „Den Anweisungen des Zentralkomitees, wer wagt es, sich ihnen zu
widersetzen?! Du darfst Dich hier nicht so großtun!" Ich
wusste wirklich nicht, dass dieser Junge mich hasste, alle
Menschen im ländlichen Gebiet waren so begeistert von uns
jungen Intellektuellen, nur er nicht. Ich aß etwas, was hatte
ich denn mit ihm zu tun! Es war doch noch so viel Essen da!
Wenn Chunhua über ihn redete, erschien er doch als ein sehr
ehrgeiziger Mensch, wollte planmäßig sein armes Heimatdorf
umbilden. Aber zu uns war er unhöflich, nein, es hatte nicht
nur mit Unhöflichkeit zu tun! Er opponierte gegen die jungen
Intellektuellen, die aus der Stadt ins Dorf kamen. Ich würde
ihn fortan ignorieren.

Nach der Saison, eines Tages, kam Chunhau mich zu besuchen, sie nahm eine meiner Hände, sehr glücklich und
aufgeregt, und sagte leise zu mir: „Sein Vater, sein Vater kam

zu meiner Familie, für seinen Sohn einen Heiratsantrag zu machen." „Was sagte dein Vater?" Ich fragte ganz kalt, „mein Vater war einverstanden." Sie blühte jetzt auf wie eine Blume.

„Ah! Nein!" Ich war wütend und stieß ihre Hand weg: „Mit diesem Jungen bin ich aber nicht einverstanden!" „Warum?" Sie war überrascht und völlig fassungslos.

Ich erzählte von der Begebenheit auf dem Feld, was er damals zu mir gesagt hatte. Chunhau seufzte tief, dann sagte sie: „Er ist doch immer so, exponiert." „Das heißt nicht exponiert, sondern gegen die Bewegung: Intellektuelle auf das Dorf, gegen die Revolution." Ich war nun sehr aufgeregt. Sie aber rief mir laut zu:

„Schwester, meine Schwester, bitte sei mir nicht böse. Heute lade ich dich zum Essen, meine Familie hat einen Hahn geschlachtet, ich kam extra dich einzuladen." Dann schaute sie nach meiner Miene und bat mich ganz zärtlich: „Bitte, erzähle niemandem davon, bitte!" Ich schaute in das jugendlich strahlende Gesicht Chunhaus, die sich schon etwas beruhigt hatte und sagte zu ihr: „Aber nicht zu schnell ‚ja' sagen, soll er sich ein bisschen sorgen, nervös werden. So musst du es machen!" Wir stellten uns seine sorgenvolle Miene vor, und plötzlich mussten wir lachen, ein lautes befreiendes Lachen.

Der Junge glaubte nun, mich besiegt zu haben, und er war ganz stolz darauf. Alle sagten: Junge Intellektuelle aus der Stadt sind sehr intelligent. In der Stadt gab es viel zu viele Absolventen, die nach dem Abitur keine Arbeit fanden. Würden alle auf das Land geschickt, müssten die Bauern ihre knappen Lebensmittel mit ihnen teilen, war das eine gute Lösung? Die Leute in der Stadt verdienten doch viel mehr als die Landleute! Diese Fragen konnte niemand beantworten, wer konnte ihn da vom Sinn der Bewegung überzeugen?! Die Bauern waren schon arm genug, konnte man ihnen noch die Lasten der Städter aufbürden?!

Es gibt ein passendes Sprichwort: ‚Ein neugeborenes Kalb ist ohne Furcht vor dem Tiger'.

Regentage kamen, keiner konnte auf den Feldern arbeiten. Niemand hatte etwas zu tun, alle blieben zu Hause. Der

Junge aus dem Dorf kam mit ein paar anderen Dorfjungen zu uns. Wollte mit den jungen Intellektuellen aus der Stadt über unser Streitthema debattieren, wer würde wen überzeugen können?

In unserer Intellektuellen- Jugendgruppe gab es insgesamt 18 Leute, jeder von ihnen war redegewandt, keiner so gehemmt wie ich.

Als er nun das Problem benannte, begannen fast gleichzeitig alle Münder zu argumentieren. Er fragte: Warum kamen wir in das Dorf, etwa bloß um den Bauern die Nahrung wegzuschnappen? Die Ernte war geringer ausgefallen, als erwartet. Davon mussten zuerst Steuern in Form von Getreideabgaben entrichtet werden; danach hatte die Dorfbevölkerung selbst nicht mehr genug und zum Teilen reichte es erst recht nicht. Und nun mussten sie noch das Beste für uns geben! Durch die Ziegelei hatte das Dorf früher 80 Euro im Jahr verdient, im Durchschnitt bekam jede Familie 3 Euro, seit wir kamen und mit uns geteilt werden musste ‚erhielt jede Familie nur noch 2,30 Euro. Den Brennofen erbte eine Generation der Dorfleute von der vorigen, es war ihre Lebensgrundlage. Unsere Eltern in der Stadt verdienten viel mehr, es gab dort viele Chancen zum Geldverdienen. Die Bauern würden nicht in die Stadt kommen und uns zwingen, zu teilen. Wir aber kämen doch hierher, sie zu berauben!

Es war zum ersten Mal nachdem wir hierhergekommen waren, dass jemand es wagte, sich den Ideen des großen Vorsitzenden Mao entgegenzustellen. Darüber waren wir alle verblüfft und erschrocken. Wir alle waren empört, und dann schlug jemand auf den Tisch und zerschlug Stühle, so hart und emotional wurde debattiert: „Du bist kurzsichtig, kannst nur Deinen eigenen Nutzen sehen. Unsere jungen Intellektuellen, die auf das Land gehen entsprechend einem großen strategischen Plan des Vorsitzenden Mao, sind auserwählt, seine Nachfolger zu erziehen. Unsere Elterngeneration erlebte den Zweiten Weltkrieg, kämpfte gegen die Japaner. Danach kamen die Befreiungskriege gegen Jian -Jieshi. Bis das neue China gegründet wird, müssen wir selbst auch viel erfahren, um zu reifen. Und dazu gehört auch die Umgestaltung in den ländlichen Gebieten. Der Vorsitzende Mao sagte:' Die Landwirtschaft ist eine große Welt, wo viel für die Entwicklung der Menschen getan werden kann! Noch wichtiger ist es, die Unterschiede im Lebensniveau zwischen städtischen und ländlichen Gebieten zu überwinden!' Und auf diese Weise ging die Auseinandersetzung weiter und weiter.

Ich hörte zu und konnte nur staunen, warum wusste ich von solchen Theorien nichts, hatte ich so lange umsonst in der Stadt gelebt, umsonst mein Abitur gemacht? Außerdem sind alle noch redegewandter, was habe ich für eine dicke, ungelenke Zunge, peinlich!

„Vordergründig erscheinen einige Probleme nicht gut berücksichtigt. Wie kann man durch Verneinen der Probleme zwischen Stadt -und Land überhaupt dieses Thema erfassen? Abstrakte Theorien kann jeder vertreten, aber wer denkt wirklich dabei an die Lage der Bauern?" Fragte die Dorfjugend.

Es begann eine sehr intensive Auseinandersetzung zwischen der städtischen und der ländlichen Jugend. Beide Seiten waren begeistert, aufgeregt und niemand konnte die andere Seite überzeugen. Allein durch die Diskussion erschienen manchen die Argumente zu schwach, so dass zur Bekräftigung beinahe die Fäuste gebraucht wurden. Unsere städtische Gruppenleiterin brach in Tränen aus, auch einige andere Mädchen hatten zu weinen begonnen. Ich versuchte, auch ein paar Tränen zu vergießen, um mich der gebildeten Jugendgruppe zugehörig zu zeigen, aber es gelang mir nicht. Dadurch, was ich in der Debatte zu hören bekam, entstand in mir der Eindruck, dass die Landjungend doch im Recht war!

Aber unsere Leiterin sah das nicht so. Sie ging anschließend zum Parteivorsitzenden des Dorfes und verklagte den Jungen des Verrats an der Revolution, des Verstoßes gegen die revolutionäre Linie des Vorsitzenden Mao.

Die Debatte war eine Sensation in der Gegend: Landkinder kämpften gegen die städtische Jugend, mit dem Ziel, sie zurück in die Stadt zu schicken. Bei der Landbevölkerung führte die Auseinandersetzung zu einer starken Reaktion, endlos wurden diese Probleme in einem Dorf nach dem anderen besprochen. Im vorher so ruhigen Land gab es jetzt ein unruhiges Echo.

Einige Eltern von Jugendlichen aus unserer Intellektuellengruppe waren hohe Verwaltungsangestellte in der Provinz und plädierten für eine strenge Bestrafung der Aufrührer. Diese Anweisung erging auf dem Verwaltungsweg von der Provinz zur Stadt, von der Stadt zum Landkreis, vom Landkreis zur Gemeinde, von der Gemeinde zu unserem Dorf. Unser Dorfvorsitzender seufzte, die Landkinder waren im Unrecht?! Aber------.

Der Junge wurde als konterrevolutionär benannt, denunziert und vorgeführt durch die Straßen; anschließend gezwungen am Brennofen zu arbeiten. Seine Hochzeitspläne wurden fallengelassen, und sein Vater starb vor Kummer. Nachdem er zum Brennofen gefahren war, kam er nie wieder zurück zum Dorf, nie wieder wurde von ihm gesprochen, so, als hätte er nie gelebt.

Eines Tages kam eines der Schanghai-Mädchen aus dem Urlaub zurück. Ihre Produktionsgruppe wohnte ein paar Kilometer vom Bahnhof entfernt und war nur über einen Feldweg zu erreichen. Es war Frühlingsanfang, sie ging frohgemut im Hochgefühl ihrer Jugend den ganzen Weg, zwei lange Zöpfe wippten im Rhythmus ihrer Schritte, ihre sehr schlanke Taille bog sich wie ein Schilfrohr im Wind, ihre Schritte waren anmutig, wie für eine Bühne inszeniert. Gleichzeitig begrüßte sie alle auf den Feldern arbeitenden Bauern. Jeder musste nach ihr schauen, so schön war sie. Sie faszinierte den ganzen Landstrich. Aber sie ging und ging immer weiter im Bewusstsein ihrer Schönheit und verfehlte dabei den Weg. Plötzlich bemerkte sie, dass gar keine Leute mehr in ihrer Nähe waren. Nur ringsherum weites Land, unüberschaubar, unendlich.

Später, auf Nachfrage der Polizei, gaben viele Bauern an, sie am Vormittag noch gesehen zu haben. Jeder erinnerte sich an sie, und plötzlich, am Nachmittag, war sie wie verschwunden von der Erde. Niemand sah sie jemals wieder.

Sie verfehlte ihren Weg, unbeabsichtigt war sie zu der Wohnhöhle der Ziegeleiarbeiter gekommen. Deren Tage waren im Dunkel, freudlos, es gab immer nur diese eine schwere Arbeit und plötzlich kam eine so wunderschöne junge Frau in ihre Höhle.

Vier von ihnen, junge Bauern, die gerade aufgehört hatten zu arbeiten, standen vor ihr starr vor Staunen: „Worauf warten wir noch, sie ist doch Gottes Belohnung! Nehmen wir sie!" Der Junge, der sich gegen den Einsatz junger Intellektueller im Dorf ausgesprochen hatte, rief die anderen zu sich. Als sie das Mädchen mit sich gezogen hatten, verbanden sie ihr mit einem Kopfkissenbezug die Augen------.

Dieses Mädchen war unerfahren, sie kannte die Welt, die Menschen überhaupt nicht. Abwechselnd vergewaltigten sie sie, um sie anschließend gehen zu lassen. War doch alles ganz schnell gegangen! Aber anstelle still über Rache nachzudenken, drehte sich das Mädchen an der Tür zu ihren Peinigern um und sagte ganz kalt voller Hass: „Wartet nur, das werdet ihr mir büßen." Dieser Satz brachte die vier plötzlich zurück in die Wirklichkeit, führte ihnen die Tragweite ihres Handelns vor Augen. Gleichgültig wie sie flehte oder versprach zu schweigen, sie holten sie ein und zwangen sie zu bleiben. Jeden Tag wurde sie nun von den Vieren vom Leben bis nahe an den Tod, von der Bewusstlosigkeit bis sie das Bewusstsein wiedererlangte, misshandelt. Nach dem späteren Geständnis der anderen Täter konnte der junge Konterrevolutionär immer nur lachen, wenn er auf dem Körper des Mädchens ritt, lange und laut seine Verbitterung in die Welt lachen.

Zu dieser Zeit war auch ich einmal in der Höhle. Wenn ich später daran dachte, begann ich immer wieder zu zittern, so nahe ging mir dieses Ereignis. Damals verteilte unsere Arbeitsgruppe gerade Spargel. Unser Gruppenleiter dachte dabei auch an die vier Arbeiter am Brennofen, die doch das Einkommen der Dorfgemeinschaft durch ihre schwere Arbeit erheblich steigerten. Wer mehr Wert schaffte, der war wertvoller für die Gemeinschaft, politische Probleme interessierten dabei niemanden. Ob einer Konterrevolutionär war, das spielte für die Dorfbewohner keine Rolle. So schickte er einen alten Mann und mich mit einem Fuhrwerk, das Spargel und paar Säcke Getreide geladen hatte, zum Brennofen. Das war für mich eine bequeme Arbeit. Auf dem schwankenden Wagen sitzend, sah ich die schöne Landschaft vorüberziehen und hatte am Ziel nur ein paar Lebensmittel zu entladen. Ich bekam diese Arbeiten, weil ich mich eine lange Zeit beim Gruppenleiter eingeschmeichelt hatte.

An der Höhle angekommen, ließ ich den alten Mann ausruhen und dachte, so ein paar Päckchen könnte ich selbst abladen. Ich hatte auch seinen Vorschlag, die Packen draußen vor der Tür abzustellen, abgelehnt. Damals zeigten wir eine hohe Arbeitsintensität und wir bemühten uns, einen guten Eindruck bei der ländliche Bevölkerung zu machen. Damit wollten wir erreichen, so schnell wie möglich von den Bauern eine Empfehlung zur Rückkehr in die Stadt zu bekommen. Andernfalls müssten wir das ganze Leben lang im Dorf bleiben. Und das wollten wir nicht.

Zur Küche musste man durch den Schlafraum. Auf einer Schlafbank stapelten sich viele Decken übereinander, unter denen ein Körper versteckt zu sein schien. Da die schmutzigen Decken einen Teil dieses Körpers nicht vollständig verbargen, konnte ich ihn erahnen. Obwohl der Körper nicht sauber war, leuchtete er in dem Dämmerlicht der Höhle weiß mit einem feuchten Glanz. Beim ersten Mal, als ich mit den Lebensmitteln durch diesen Raum ging, glaubte ich, Sehstörungen durch den plötzlichen Lichtwechsel zu haben. Der dunkele, stinkende Raum, in dem plötzlich ein Stück weißer, feucht glänzender Haut aufschimmerte, irritierte mich. Als ich zum zweiten Mal durchging, begann ich vor Aufregung ungewöhnlich viel auf die Vier einzureden: „Wisst ihr denn, wie man am besten den Spargel kochen kann? Nicht mit Sojasoße kochen, auch nicht braten! Manche Leute kochen gern Spargel mit Speck zusammen. Nein, auch so nicht! Das zerstört das Aroma vom Spargel. Tatsächlich ist es am besten, die Schalen vom Spargel abzuschälen und ihn dann in Wasser zu kochen, aber nicht zu lange kochen. Wichtig ist dabei, dass alle Spargelstangen im Wasser stehen, so kann auch das Wasser nicht das Aroma vom Spargel zerstören. Aber natürlich gibt es noch andere Methoden---." Ich versuchte mit aller Kraft, über alles Mögliche zu reden, reden und hastig redend, meine Arme und meine Beine schwenkend, egal ob sie mir zuhörten, nur reden und heraus aus der Höhle kommen. Die vier Ausgestoßenen starrten mich alarmiert von allen Seiten an und schienen bereit, mich jeden Moment anzugreifen.

Ich floh aus der Höhle, bevor ich richtig dazu kam, mich zu fürchten. Die Hand auf der Brust, einen Moment tief durchatmend, fragte ich den alten Mann: „Onkel, was sollen wir machen, es liegt dort wahrscheinlich eine Leiche auf der Bettbank." Der alte Mann sagte kein Wort, sehr lange Zeit starrte er mich an, dann seufzte er, einmal und noch einmal und sagte: „Wir fahren nicht zum Dorf zurück, wir fahren zur Gemeinde, zum Polizeiamt, es melden."

Zu jener Zeit gab es kein Handy, ein Telefon gab es nur in der Gemeinde, oft war es kaputt, so dass es besser war, mit dem Fuhrwerk hinzufahren.

Als wir in der Gemeindeverwaltung ankamen, war der Polizeichef nicht da. Er befand sich gerade in der Kreisverwaltung auf einer Konferenz. So fuhren wir zum Kreisstädtchen. Auf dem Weg brach der stille Onkel plötzlich sein Schweigen. Er redete und redete über die vier Männer, über ihre Kindheit, ihre guten und schlechten Eigenschaften. Seine Gefühle waren sehr persönlich und von tiefem Bedauern geprägt. Jedes seiner Worte brachte Mitgefühl zum Ausdruck. Ich hörte und hörte zu, und mein Herz wurde zerrissen. Man sagt, die Landschaft in der man lebt ist wie eine große Welt und deshalb kann man sich auch dort gut auf das Leben in dieser Welt vorbereiten. Ich war zum ersten Mal in meinem Leben mit dieser Sichtweise, wie der Onkel sie hatte, konfrontiert: Liebe in Verbindung mit Hass. Als Verbrecher mussten die Jungen bestraft werden, aber als Schicksalsgenossen tat diese Aussicht meinem Herzen so weh! So weh!

Im Kreisstädtchen fanden wir endlich den Polizeichef unserer Gemeinde. Er fuhr mit uns zum Polizeiamt. Aber bis die Beamten endlich zur Höhle kamen, um sie zu durchsuchen, war fast der Tag vorbei. Und man fand dort überhaupt keine Spuren.

Als das Shanghai Mädchen nicht pünktlich zurückkam, schickte die Gruppe ein Telegramm nach Shanghai und ihre

Familie antwortete, sie wäre schon zurückgefahren. Doch zu diesem Zeitpunkt war sie schon zwei Tage verschwunden. Trotzdem glaubten die Leute, ich wäre nur nervös gewesen, vielleicht hatte ich auch die Nachricht von ihrem Verschwinden gehört und darum einen falschen Eindruck bekommen. Leider zweifelte nun auch ich selbst an meiner Wahrnehmung. Die Höhle war nur so klein, ein Küche und ein Schlafraum, darin ein paar aufgestapelter Bettdecken, warum gar keine Spur? Die ganze Landwehr war da, um einen Radius von zehn Meilen und fünf Metern tief zu durchsuchen. Es fand sich nichts Verdächtiges.

Ich dachte Tag und Nacht daran. Warum gab es gar keine Spur mehr? Das Bild der Toten stand immer vor meinen Augen.

Indessen hatten die vier Männer viel Brennholz für ein Feuer herangeschafft.

Am nächsten Tag bemerkten mehrere Leute, dass die Ziegel aus dem Ofen ausgeräumt wurden, gleichgültig, ob sie schon fertig oder noch ungebrannt waren. Aber da war es schon zu spät. Die vier Verbrecher flüchteten, die Polizei jagte sie überall und konnte später drei von ihnen fangen. Man brachte die Gefangenen zum Ofen und schloss sie dort ein. Das Dorf der Shanghai Mädchen, mein Dorf, alle Verwalter, Verwalterinnen, vom Vorsitzenden bis in die Buchhaltung, die Gruppenleiter, eben alle Kader wurden wegen schlechter Leitung und schlechter Aufsicht von der Regierung zu Konterrevolutionären erklärt , sie mussten hohe Hüte tragen und wurden in ihren Dörfern auf den Straßen zur Schau gestellt. Anschließend schickte die Regierung sie alle zur Ziegelei und zwang sie an den Öfen zu arbeiten!

Die anderen fünf Mädchen aus Shanghai, als sie die verkohlte Leiche sahen, die aus dem Ofen herausgezogen wurde, flohen alle nach Schanghai. Zwei von ihnen hatten sofort einen Nervenzusammenbruch bekommen, die anderen drei erkrankten vor Angst. Keine dachte mehr an ihre Zukunft. (Damals hing ein Arbeitsplatz in der Stadt oder die weitere Ausbildung, ein Studienplatz von der Empfehlung durch die Bauern ab.)

Der alte Bauer, der mit mir zum Kreisstädtchen zur Anzeige des Verbrechens gefahren war, konnte sein schlechtes Gewissen nicht überwinden. Er war der Meinung, die Katastrophe begann durch seinen Bericht. Und so richtete er sich selbst.

Doch es ging weiterhin eine Gefahr von dem entflohenen jungen Konterrevolutionär aus, der als Hauptschuldiger bezeichnet wurde.

Nach diesen Ereignissen lebten die Dorfbewohner ständig in Angst und Bangen. Sie achteten besonders sorgfältig auf uns junge Intellektuelle, besonders auf uns Mädchen aus der Stadt. Beinahe schien es, als wollten uns die Bauern auf Händen tragen. Falls so etwas noch einmal passierte, würden doch zuerst die ländlichen Verwaltungen und Kader von der Regierung bestraft werden.

Über mich, die einen großen Beitrag zur Aufklärung des Verbrechens durch die Polizei geleistet hatte und nun besonders vorsichtig war, sagten die Bauern: Zwar ging sie auch in diese Höhle, aber sie war so klug, ihre Entdeckung nicht zu zeigen, darum wurde sie auch nicht in den Ofen gesteckt. So waren mir alle Leute aus der Dorfverwaltung und die Bauern sehr dankbar. Auch wenn ich manchmal leichte Arbeiten suchte, auch wenn ich kein Klassenkämpfer war. Das war alles unwichtig, wichtig war nur, dass ich mich selbst schützen konnte! Die Bauern empfahlen mich aus Dankbarkeit für ein Universitätsstudium. So wurde ich ein Vorbild für alle jungen Intellektuellen aus der Stadt.

Ich beendete diesen Lebensabschnitt des Lernens und Arbeitens bei den armen Bauern und fuhr zurück in die Stadt.

Ich holte mir eine Hochschulzulassung und packte mein Gepäck. Weißt du, was es bedeutet, wenn man eine große Katastrophe überlebt hat, die sich in der Folge segensreich für einen selbst entwickelt? Ich fühlte, wie mein Leben plötzlich leichter wurde. Unter meinen Gefühlen triumphierte jetzt die Selbstzufriedenheit, ein Zustand, den ich im späteren Leben nicht wieder erleben sollte.

Es war Frühjahr, ich fuhr mit dem Zug zur Universität. Über große Strecken begleiteten gelber Raps und grüne Weizenfelder meinen Weg, so, als hätte Gott mir ein freundliches Zeichen setzen wollen. Die Mitreisenden erschienen mir alle glücklich und lächelten einander zu. Ich hatte sofort zu meinem Banknachbarn Kontakt. Uns gegenüber saß ein etwa 30 Jahre alter Mann. Er hielt einen Azaleentopf in seinen Händen. Er sah noch zufriedener aus, als ich mich fühlte. Die Menschen um uns herum wurden von seiner lauten Stimme angezogen, mit der er uns erklärte: „Diese Pflanze nennt man Azalee, schaut mal, sie hat so viele Knospen; bis ich zu Hause bin, werden sie aufblühen. In meiner Heimat gibt es überall diese Blumen, ganze Berge werden von ihnen rot gefärbt. Wenn alle Azaleen ihre Blüten öffnen, ob du unten am Berg stehst und von unten nach oben schaust, oder wenn du auf der Bergspitze stehst und herunterschaust, ist es eine unbeschreibliche Schönheit." Er sah mich von der Seite an: „Alle sagen: Ihr Mädchen seid schön, doch die Mädchen wie Du eine bist, zu hundert zusammengebündelt, sind nicht schöner als diese Blumen." So hatte er mich mit dieser Anspielung etwas verhöhnt. Und die Menschen ringsherum zeigten das in unterschiedlichen Reaktionen - manche betrachteten mich mit viel Mitgefühl, manche lachten stolz und andere wieder schnaubten verächtlich.

„Wenn Du die Blume nach Haus mitbringst, wird sie sich nicht unbedingt öffnen, einige Blumen, die nur in der Wildnis wachsen, blühen auch nur dort", sagte ich. Seine Frechheit war mir in diesem Moment gleichgültig. Welchen Wert hat denn Schönheit, der Angelpunkt ist doch ein gutes Herz, hatten die Blumen Herzen? Damals, während der Kulturrevolution, waren Blumen und Goldfische Attribute des Kapitalismus, waren einfach verboten worden. Die Leute aus der Stadt wussten fast nichts über Blumen. Und plötzlich gab es so schöne Blumen zu sehen, die rosigen roten Knospen, das fast tropfend frische Grün der Blätter, alle waren überrascht und sehr erfreut bei ihrem Anblick.

„Du verstehst das nicht." Der junge Mann schien, je mehr Zuschauer er hatte, umso mehr mit seinen Kenntnissen angeben zu wollen und sagte: „Einige Blumen öffnen sich nur in der freien Natur und andere wachsen nur in geschlossenen

Räumen. Nur die Azalee kann sowohl in der Wildnis als auch in Räumen wachsen und blühen, es hängt allein vom Gärtner ab." Seine Kenntnisse über Blumen überraschten viele Leute.

„Es scheint, Sie sind ein guter Gärtner." Meine Augen blickten mit Bewunderung auf ihn, er strahlte.

„Sie müssen sich nicht an der Kulturrevolution beteiligen und können es wagen, zu Hause Blumen anzupflanzen?" S pottete jemand über ihn. Er lachte laut und triumphierend, dann sagte er: „Die Kulturrevolution ist gegen Jene, die Macht ausüben, gegen Kapitalisten, Professoren. Die alle sollen brav und gehorsam über ihre eigenen Fehler reflektieren, Selbstkritik üben. Die dürfen nicht Blumen pflanzen und Gras säen. Ich stammte aus einer Proletarierfamilie, bin selbst Arbeiter. Was habe ich zu fürchten?! Ich pflanze Blumen, züchte Goldfische, erfahre dadurch einen anderen Geschmack des Lebens, eine Veränderung meiner Position gegenüber Kapitalisten und Professoren. Man nennt das Rollentausch. Haha, nur wenn ich ihre Positionen persönlich erfahren habe, dann weiß ich genau, weshalb sie reaktionär sind, dann kann ich auch gut kritisieren. Hahaha!" Alle lachten mit ihm.

„Sehr gute Ausflüchte." Ich hatte das mit einem Lächeln gesagt. Gleichzeitig spürte ich einen großen Durst. Damals nahmen in China alle Reisenden für ihren Weg eine Glasflasche mit, um unterwegs Tee trinken zu können. Die Kellner im Zug trugen Thermosflaschen mit kochendem Wasser hin und her, um den Reisenden die leeren Glasflaschen zu füllen. In meiner Glasflasche war noch ein bisschen Tee, den ich ausgießen wollte. Aber der Durchgang des Zuges war voller Leute, die sich drängten. Ohne die Hilfe eines Kellners konnte ich nicht zur Toilette gelangen, um den Teerest auszugießen. Mich umsehend, fand ich keinen anderen Platz für das Wasser als den Blumentopf meines Gegenübers.

Ohne weiter zu überlegen, goss ich einfach den restlichen Tee in seinen Blumentopf und sagte zu ihm: „So schöne Blüten, bestimmt ist die Blume auch durstig, ich gebe ihr zu trinken."

Er schaute mich an und war plötzlich wütend: „Wer gibt dir die Erlaubnis sie zu gießen?! Du, kleines Mädchen, bist nur faul, einfach zu faul, weiß Du, du wirst die Blüten zerstören! "

„Das ist nicht richtig, " sagte ich: „Ich wollte nur etwas Wasser draufgießen."

„Du, Arsch!" Schrie er und schlug auf den Tisch: „Die Blüte verträgt besonders eines nicht: Zu viel und unregelmäßiges gießen. Du bist faul, einmal zur Toilette laufen, wird Dich denn die kleine Mühe umbringen?! Ein Mädchen, das so faul ist wie Du, welcher Mann wird Dich heiraten wollen? Wer wagt es, Dich zu nehmen! Siehst hässlich aus, und das ist noch nicht genug, außerdem bist Du auch noch faul! Mein Gott! Warum gibt es denn solche Mädchen!" Er schüttelte wieder und wieder seinen Kopf.

Seine helle Wut verblüffte mich, noch dazu verbunden mit dieser sehr gewagten Aussage über heiraten oder nicht heiraten. Solch ein Unsinn, ich war darüber fassungslos.

Aber weil ich weit weg von zu Hause war, ging ich dem Streit lieber aus dem Weg, bemühte mich, ihn zu schlichten. Das war so unsere chinesische Sitte. Von ganzem Herzen versuchte ich mich bei ihm zu entschuldigen: „Es tut mir leid! Verzeihen Sie mir. Ich wusste nicht, dass man diese Blume nicht so viel gießen darf. Sonst hätte ich das nicht getan."

„Du weiß doch alles, hast es nur aus Faulheit getan! Ein Mädchen, das schon so hässlich ist und noch dazu faul, welcher Mann würde es wagen, Dich zu nehmen, so schlecht wie deine Eltern Dich erzogen haben?!"

Ich war ganz rot geworden, mal setze ich mich, aber es erschien mir nicht richtig; dann stand ich vor Erregung wieder auf, aber das war auch nicht richtig. Vor so vielen fremden Leuten beschimpft zu werden, das war mir sehr peinlich, am liebsten würde ich ganz schnell verschwinden. Aber ich konnte nur immer murmeln: „Entschuldigen Sie, bitte, bitte…."

„Du junges Mädchen denkst: Für alle Fehler braucht man sich nur zu entschuldigen, dann ist alles erledigt. Nein! So einfach ist es nicht. Heute musst Du dein Wasser hier wieder austrinken, " er zeigte auf den Blumentopf: „sonst werde ich Dich ohne Ende beschimpfen!"

„ Wie kann man das austrinken? Ich------" , eigentlich hatte ich hier zum ersten Mal einen so starrsinnigen Menschen getroffen, und ich wusste mir nicht zu helfen.

„Wenn Du gießen kannst, dann kannst Du auch austrinken. Du musst Dich verantworten, faule Kuh."

„Jetzt ist es aber genug!" Eine grobe Männerstimme ertönte hinter mir: „Das ist aber gemein, was bist Du für ein Hundeschiss! Kannst Dich nur vor einem  Mädchen groß machen. So ein Furz!"

„Wer bist Du denn?" Mein Peiniger blickte wütend auf: „Was hat das mit Dir zu tun? Wenn ich das Mädchen erziehe, tut dir Dein Herz weh?! Du hast Dich wahrscheinlich in sie verliebt, spielst jetzt ( ein Held rettet die Schöne ) Theater, damit Du das Herz der Schönen gewinnen kannst. Aber sie ist nicht schön, bloß ein bisschen besser als hässlich. Solche gibt es überall, davon kann man doch viele haben! Es lohnt sich einfach nicht!"

Ich schaute nicht zu ihm, ich war frustriert, fühlte mich deprimiert.

„Komm Du hierher, Arschloch! Möchtest wohl nicht mehr leben!" Aus der fremden Stimme klang unterdrückte Wut. Ich hatte den Sprecher noch nicht gesehen, wusste nur, dass es ein Mann war.

„Ich habe keine Angst vor Dir! Ich komme sofort." Mein unverschämtes Gegenüber stand auf und ging nach hinten. In dieser Zeit durften sich die Männer nicht schwach zeigen. Die Kulturrevolution war gerade beendet, kämpfen, sich miteinander prügeln war immer noch üblich. Viele Leute hatten Verlangen nach solchen Streitereien, waren sie doch ein Ventil für gesellschaftliche Frustrationen. Aber ich hatte das nicht. Ich war ängstlich, hörte nur, wie zwei Leute meinetwegen gerade hinter mir kämpften. Hörte, wie Faust gegen Faust schlägt und wagte nicht rückwärts zu gucken, war hilflos und zitterte nur.

Ich kann nicht sagen, wie lange die Beiden miteinander kämpften. Der Besitzer der Blume kehrte endlich auf seinen

Platz zurück und ließ sich sehr erschöpft nieder. Sein Gesicht war blass. Ich blickte zu ihm und schwieg. Vielleicht war es Mitleid, das ich jetzt fühlte, und Fassungslosigkeit stand in meinen Augen. Er schüttelte wider Erwarten den Kopf und tröstete mich, bedeutete, dass es nicht so schlimm wäre, bloß eine kleine Verletzung. Dann hielt er die Augen geschlossen, eine lange Zeit fuhren wir in völliger Stille, niemand wagte zu sprechen. Um mich herum saßen entweder Mädchen wie ich oder alte Leute, alle schwiegen. Als er die Augen wieder öffnete, schauten wir alle zu ihm und es schien, auf dieser Reise würden wir nur noch Freude haben dürfen. Es würde keine Rolle spielen, sollte er wieder eine Szene machen.

Als er seine Augen wieder öffnete, richtete er sie auf mich. Die Bedeutung seiner Blicke konnte ich nicht entziffern. „Was ist?" Ich musste ihn fragen. Er aber schaute umher, nach allen Seiten, bis er sicher war, dass der Mann, den er suchte, nicht da war. Dann flüsterte er mir zu: „Der wird Dich besuchen, beachte ihn nicht, er ist sehr gefährlich. Er hat ein Herz voller Hass. Wenn Du zu ihm Kontakt aufnimmst, wird irgendwann etwas Schlimmes passieren. Mädchen, höre auf meine Ratschläge."

„Wen meinen Sie denn?" Ich glaubte, er meinte den Mann, der sich gerade mit ihm geprügelt hatte, und ich wusste gar nicht, warum er mich besuchen sollte. „Er kennt Dich, er hat zu mir gesagt, dass er in diesem Leben nur allein von Dir einen guten Eindruck hat. Nicht nach ihm suchen, nicht hingucken! Ah, ah, er ist ja noch da! Mein Gott, der Teufel ist immer noch da!" Er sah ihn plötzlich und begann zu zittern.

Ich folgte seinen Augen. Du lieber Gott! Meine Augen prallten auf einen Blick, der gleichzeitig Eis und Feuer zu sein schien. Mein ganzer Körper fror unter diesem Blick und brannte im nächsten Augenblick. Plötzlich sah ich das Mädchen, das Mädchen aus Schanghai, ihren verkohlten Körper, und ihre lebendige Seele rief mich. Ich sah den entflohenen Mörder, auch wenn er sein Gesicht hinter dichtem Barthaar zu verstecken versuchte, ich würde ihn immer wiedererkennen, auch wenn er verbrannt wäre und nur Asche übrigbleiben würde, ich würde ihn immer erkennen! Die Veränderung, die plötzlich mit mir vorgegangen war, überraschte die Leute, die um mich herumsaßen. Alle sahen mich an, aber ich sagte nichts. Plötzlich fühlte ich mich nüchtern und ruhig wie ein tausend Jahre alter Schneeberg. Das war hier nichts für Neugierige, dieser Kampf würde grausam sein, und ich wusste nicht, was ich tun sollte.

Ich stand auf und ging los, nur schnell raus hier, mich verbergen, dorthin, wo niemand mich sehen konnte. Ich hatte nicht erwartet, dass der Mann, dem die Blume gehörte, mir folgen würde. Er flüsterte: „Wo gehst Du hin? Du sollst hier nicht herumlaufen, der beobachtet Dich doch!"

„Folge mir nicht!" Mir war nicht klar, möchte er mir helfen oder mich erneut verletzen, und so versuchte ich, von ihm wegzukommen. „Ich werde Dir nicht wehtun, ich will Dich nur beschützen, dieser Mann ist sehr gefährlich, wenn Du in seine Hände fällst, wirst Du umkommen", sagte er zu mir.

Ich schaute ihn an, überrascht von seiner plötzlichen Veränderung.

„Als ich Dich beschimpfte, übernahm ich für Dich Verantwortung, ich muss Dich nun schützen." Ich schaute noch einmal in seine Augen. Darin stand Ehrlichkeit geschrieben. Es war ein großer Unterschied zwischen diesem und dem dämonischen Blick des Mörders. Konnte ich ihm denn vertrauen? Tatsächlich war ich in großer Not und fassungslos, brauchte dringend Hilfe: „Ich, ich wusste nicht mehr, was ich tun sollte. Das ist ein Mörder." Ich gab mir Mühe, meine Angst zu verbergen: „Ich will, also ich will sofort die Polizei, Polizei!" In meiner Not war mein ganzer Kopf leer. Aber Not macht auch erfinderisch: „Ich möchte zur Polizei, Polizei-----", ich schrie jetzt, wie ein Kind.

„Ja doch! Ja! Ich weiß wo die Polizeidienststelle ist, folge mir." Er antwortete mir, dann drängte er sich vor mich und ich folgte ihm. Wir drängten uns durch das Zugabteil bis wir auf halbem Weg sahen, dass von der gegenüberliegenden Seite der Mörder zu uns drängte: „Er hat ein Messer, er hat ein Messer!" Mein Schutzengel schrie sehr laut, und dann versteckte ich ihn hinter mir. Ich hatte keine Wahl, in meiner Not nahm ich von der Ablage einen Koffer und stellte ihn quer zwischen uns und diesen Mörder. Sein Messer schnitt im Gerangel in seine eigene Hand. Jemand schrie laut: „Ergreift den Dieb! Haltet den Dieb fest!" Ich stellte den Koffer auf den Boden, wir liefen schnell vorbei und dann fanden wir das Polizeiabteil. Ohne zu fragen, stürmten wir herein.

„Raus, raus aus dem Raum!" Es saßen zwei Polizisten darin, die es uns befahlen. „Wir haben keinen Platz, zuerst kommst Du, dann kommt er, alle beide ohne Erlaubnis herein, wir haben noch zu arbeiten!"

Unser Atem ging schnell: „Uns ist wirklich etwas passiert, wir brauchen die Polizei." Guoming  He sagte: „Schauen Sie  mal meine Hände an!" Er streckte seine Hand dem Polizisten hin. Anfangs hatte  er seine Hand immer unter seinen Kleidern verborgen, so  hatten wir alle nichts von der Verletzung bemerkt. Jetzt sah ich wie schrecklich er blutete. Es war ein furchtbarer Anblick. Ich drehte meinen Kopf schnell in die andere Richtung, ich konnte diesen Anblick nicht ertragen. Nun gestatteten uns die  Polizisten in ihrem Raum zu bleiben.

Dann hielt der Zug  in einer Einöde, weil jemand  während der Fahrt abgesprungen war. Es war der Mörder. Viele Polizisten kesselten den Fliehenden ein und nahmen ihn schließlich gefangen.  Genau diesen, unseren Verfolger, der das Shanghai Mädchen vergewaltigt und in der Höhle versteckt hatte. Er  trug ein großes Bündel Bauchspeck bei sich, und als die Polizisten ihn abführten, erblickte er mich in der Menge und lachte mich aus. Ich war wie gelähmt, dann wurde mir übel.

Guoming He hielt mich, pflegte mich wie ein älterer Bruder es zu tun pflegt, mal  klopfte er leicht meinen Rücken, dann holte er ein Glas Wasser, um mir  zu trinken zu geben. Und  schwatzte ununterbrochen, um mich zu trösten: „So fängt Dein neues Leben an. Wenn Du es jetzt schon nicht mehr ertragen kannst, was soll dann in der Zukunft werden? Kleines Mädchen, stärke Dich durch diese Geschichte, später werden sich noch furchtbarere Sachen ereignen, wirklich! Das ist ja das Leben!"

Ich dachte damals: „Was!? Das soll das Leben sein, mein Gott, dann will ich lieber doch nicht weiter leben?!"

So lernte ich Guoming He kennen, den Blumenliebhaber. Ich hatte zu ihm danach nur eine lockere Verbindung. Unser Kontakt war zeitweise enger, mal weniger eng und brach schließlich ab, als er wegen eines angeblichen Verbrechens erschossen wurde.

Aber zunächst will ich über den Verbrecher zu Ende erzählen. Der Mörder des Shanghai- Mädchens wurde in das Dorf übergeführt, wo eine öffentliche Gerichtsverhandlung stattfand. Danach sollte er mit einem LKW zum Ofen gefahren und dort erschossen werden. Als aber der LKW unterwegs umkippte und alle Menschen auf dem LKW schockiert oder verletzt waren, nutzte er die allgemeine Verwirrung , um wieder zu fliehen.

Am Tag, als die Beerdigung des Shanghai-Mädchens stattgefunden hatte, waren alle ihre Kameradinnen versammelt. Sie hatten viele Spezialitäten aus Shanghai mitgebracht, um für das Opfer eine große Trauerfeierlichkeit zu veranstalten, eine richtige, um ihre Seele zu verabschieden. Aber als sie hörten, dass der Hauptangeklagte wieder geflüchtet war, fielen gleich drei von ihnen in Ohnmacht. Als sie sich etwas erholt hatten, gingen sie sofort zurück nach Shanghai. Alle Spezialitäten warfen sie auf die Erde vor den Dorfeingang.

Die Tatsache, dass er wiederum flüchten konnte, hatte ich nicht erfahren, sonst hätte ich mich nicht so seelenruhig in meine Klasse an der Uni zum Unterricht begeben.

Das weiße Universitätsgebäude stand hinter vielen wogenden grünen Bäumen, ruhig und idyllisch gelegen. Meine Jungendlichkeit würde hier reifen können wie alter Ingwer. (Chinesischer Spruch: Alter Ingwer ist schärfer, hat mehr Geschmack.)

Nach dem Diplom wurde ich in einer Oberschule als Lehrerin eingesetzt. In jener Zeit mangelte es an Lehrkräften. Als Klassenlehrerin musste ich in einer Klasse mit mehr als 60 Schülern unterrichten. Diese Verantwortung drückte mich schwer. Als Klassenlehrerin hatte ich auch erst einmal die Disziplin als Grundlage für den Unterricht durchzusetzen, damit auch alle anderen Lehrer in Ruhe ihren Unterricht durchführen konnten.

Gab es in der Klasse ein sehr freches Kind, konnte ich selbst kaum unterrichten, noch konnte ich den anderen Lehrern mit diesem Problem zur Last fallen. Darüber hinaus konnten die anderen Kinder nicht richtig unterrichtet werden. Ein Beispiel: Einmal war in der ganzen Schule Disziplinkontrolle, doch während der Lehrer gerade auf dem Höhepunkt seines Vortrages war und alle Schüler sich konzertierten, kam eine Libelle zum Fenster hineingeflogen. Alle anderen Schüler sehen sie bloß heimlich von der Seite an, aber ein Schüler kann das nicht. Nun muss er gleich von seinem Stuhl aufspringen, denn er will die Libelle fangen. Die Libelle flog aber weiter, er jedoch sprang auf die Beine des einen Schülers und von da auf die Arme einer anderen Schülerin, die auf dem Tisch lagen, oder auf Schulbücher, auf Hefte. Mit schweren Schritten trampelte er über die Tische. Seine Augen schauten nur auf die Libelle. Es war ein Lärm in der ganzen Klasse, er aber dache nur an die Libelle bis er sie endlich gefangen hatte. Gerade in diesem Augenblick kam unser Schuldirektor mit einem Ausschuss, der die Lehrer jeder Klasse kontrollieren sollte. Doch in unserer Klasse sahen nun alle das Kind Libellen fangen. Das Kind dachte jetzt an die Unterrichtsdisziplin, sah des Direktors böses Gesicht und präsentierte ihm schnell die Libelle. Das Geltungsbedürfnis des alten Direktors war durch diese Geste befriedigt, unwillkürlich verzog sich sein Gesicht zu einem Lachen und er fragte ihn: „Warum fängst du jetzt die Libelle?"

„Weil sie unsere Unterrichtsdisziplin stört!" Antwortete der Junge.

„Du möchtest die Disziplin bewahren, deswegen störst du die Disziplin?!" Der Direktor nickte mit dem Kopf: "Gut, sehr gut!" Unser Direktor bedankte sich nachher noch bei diesem Schüler.

Aber für mich hatte der Direktor überhaupt kein Lächeln. Als ich in das Direktorenzimmer kam, sagte er zu mir: „Dieses Mal kann Deine Klasse nur die letzte sein. Du sollst selbst darüber nachdenken, warum die Disziplin in Deiner

Klasse so schlecht ist. Selbstverständlich hat das nichts mit dem Schüler zu tun, er ist ein Individualist, ja, er hat eine starke Persönlichkeit. Man kann nicht einfach sagen, er stört die Unterrichtsdisziplin. Es ist wie bei der Behandlung einer Krankheit, man muss entsprechend den Symptomen das Medikament geben! Er möchte die Disziplin schützen, Du sollst geduldig mit ihm reden: Dass er ein gutes Ziel hat, aber den falschen Weg gewählt hat, deswegen auch eine falsche Wirkung eingetreten war, ------. Und immer so fort, lange Zeit gab er mir Ratschläge.

Als ich aus dem Direktorzimmer herauskam, musste ich meinen Ärger herunterschlucken. Dann suchte ich überall auf dem ganzen Schulgelände nach dem Jungen. Ich hatte mir mit der Vorbereitung dieser Stunde so viel Mühe gemacht, fast jeden Schüler gebeten, diesen Tag durchzuhalten, damit wir ein Lob für die Schule gewinnen. Um auch meinen Karrierebeginn gerade mit diesem Höhepunkt gut zu festigen, und da kam er, dieser Schüler und alles war ruiniert!

Ich fand ihn endlich auf dem Sportplatz, musste ihn fast zu meinem Büro tragen: „Sag mal, wie oft habe ich es Dir gesagt! Ich habe Dir mit meinen Reden beinahe dicke Schwielen in Dein Ohr gemacht. Immer bitte ich Dich, im Unterricht nicht zu reden, nichts anderes zu machen, auch wenn Du selbst nicht zuhören möchtest. Aber wenigstens sollst Du nicht die anderen Kinder stören. Aber Du, Du kannst nur über Tische springen, um eine Libelle zu fangen! Du bist ein ganz Tapferer! Ein Bewahrer der Disziplin! Was wolltest Du denn eigentlichen machen!?"

„ Ich wollte bloß schnell die Libelle einfangen, damit Ruhe im Unterricht ist."

„So ein Quatsch! Diese Masche zieht nur beim Direktor, aber nicht bei mir. Du wolltest spielen, einfach nur spielen, sogenannte Disziplin wahren, so etwas Lächerliches!" Ich war so böse, am liebsten würde ich ihn gleich wegzaubern. „Wenn Du doch ein bisschen an Disziplin denken könntest, bloß ein kleines bisschen--." Ich fühlte mich plötzlich erschöpft: „Es ist erledigt! Mit Dir rede ich sowieso umsonst. Lass Deine Eltern zu mir kommen, ich rede lieber mit Deinen Eltern!"

In dieser Zeit, wenn die Schüler nicht brav waren und wir Lehrer keine Möglichkeit sahen, uns erfolgreich mit den Schülern auseinander zu setzen, dann bestellten wir die Schüler mit ihren Eltern gemeinsam in die Schule. Besonders wenn wir mit Schülern Ärger hatten, mussten die Eltern kommen, damit wir Lehrer unserem Zorn Luft verschaffen konnten. „Wie ist denn Ihr Kind erzogen?" Einer unserer chinesischen Sprüche lautet: ‚Ein Drache zeugt einen Drachen, ein Phönix zeugt einen Phönix, der Sohn einer Ratte kann nur Löcher graben!' Dieser Sohn konnte nur Löcher graben! Ich zwang den Vater dieses Schülers in die Schule zu kommen, aber ich hatte überhaupt nicht damit gerechnet, dass es Guoming He sein könnte!

„Kleines Mädchen!" Als er mich sah, sagte er sehr liebevoll: „Erkennst Du mich noch?"

„Nennen Sie mich nicht kleines Mädchen!" Ich sah ihn an: „Natürlich kenne ich Dich, aber jetzt bist Du viel älter als damals." Meinen Ärger über seinen Sohn versuchte ich jetzt, an ihm auszulassen! „Du bist jetzt Lehrerin, ganz großartig! Aber Du bist auch älter geworden, das will man nicht gerne sehen. Aber, Ja! Ja! Du bist die Lehrerin meines Sohnes, natürlich bist du so auch meine Lehrerin, ich sollte Dich auch Lehrerin nennen. Hahahaha! Lehrerin, wir hatten doch früher eine wirklich gute Beziehung", er beugte sich zu mir: „Liebe Lehrerin, ich bitte Dich, meinen Sohn vertraue ich Dir an. Du bist ab heute die Mutter meines Sohnes, in Erinnerung an unseren gemeinsamen Kampf gegen einen Verbrecher, damals im Zug. Wenn Du ihn schlagen oder auch nur ausschimpfen möchtest, brauchst Du nur den Mund oder die Hände zu bewegen, er wird Dich verstehen. Wir, seine Eltern, werden ihn bestimmt nicht verwöhnen. Aber bitte uns Eltern nicht mehr, hierher zu kommen. Wir haben einfach keine Zeit."

„ Man kann doch nicht nur Geld verdienen, man muss doch auch das eigene Kind erziehen." Wir waren miteinander vertraut, darum redeten wir nicht so förmlich wie es in dieser Situation geboten wäre.

„Ich bin Verkaufsvertreter in unserer Fabrik. Wenn wir unsere Waren nicht verkaufen können, dann ist die Existenz der Arbeiter nicht mehr sicher. Weißt Du nun, wie wichtig meine Arbeit ist!" Er bemerkte mein Kopfschütteln: „Du weißt davon natürlich nichts, du bist Beamtin, hast die Unterstützung vom Staat. Du brauchst dir keine Sorgen zu machen. Wir aber sind selbstständig, ohne Geld können wir nur Wind trinken, kleines Mädchen, Du weiß nichts von der Schattenseite des Lebens!" Er sah meine böse Miene: „Natürlich, Du bist Lehrerin, an einem Tag der Lehrerausbildung hast Du mehr gelernt als ein Vater im ganzen Leben. Du bist meines Sohnes Lehrerin, du bist meines Sohnes Vater. Aber der Vater soll männlich sein, Du aber bist eine Frau, dann bist Du eben die Mutter meines Sohnes. Und damit bist Du eigentlich meine Frau. Wenn ich wirklich eine Frau wie Dich hätte, dann müsste ich nicht mehr arbeiten. Dann könnte ich jeden Tag zu Hause schlafen, immer nur schlafen. Oh, das wäre schön, ein sehr schönes Leben." Wieder sah er meine böse Miene: „Nein! Nein! Bloß ein Spaß, Du bist Lehrer, Deine Erkenntnisse hast du aus den Büchern, diese Erkenntnisse passen zu Deinem Leben, nur zu Dir und solchen Leuten wie Du es bist. Wir aber lernen täglich in der Praxis."

„Redest Du immer so unlogisch? Mal ist es gut, mal nicht gut. Deswegen ist Dein Sohn auch so unausgeglichen, mal Regen, mal Wolken, dann wieder Sonne. Nach zwei Stunden reden, weiß niemand mehr, was ist eigentlich das Thema!"

„Was hat er denn falsch gemacht, warum muss ich zu Dir kommen?"

„Er fängt Libellen während des Unterrichts", sagte ich immer noch etwas verstimmt.

Er hob seinen Kopf, blickte nach oben und lachte laut auf: „Genau wie ich damals! Als ich Kind war, fing ich auch gern Libellen oder Schmetterlinge im Unterricht!"

„Es ist wirklich so: Drache gebiert einen Drachen------." Ich lachte höhnisch auf.

„Deswegen schicken wir unser Kind zu Dir, damit du ihn ausbildest. Lehrerin, meinem Sohn sollst Du Dein ganzes Herz schenken, Dich um ihn mehr kümmern als um andere, ihn oft allein unterrichten, denn wenn er von dieser Schule mit guten Zensuren abgeht und zur Universität zugelassen wird, werde ich Dir eine finanzielle Belohnung geben. Ich gönne dir------." Er sah wieder meine abweisende Miene: „Nein! Ich danke dir; ich bedanke mich von ganzem Herzen." Dann, eine Hand auf der Brust haltend, verbeugte er sich sehr tief vor mir.

„Er hat Dich als Vater, es ist doch nicht unbedingt nötig, ihn auf die Universität zu schicken!" Als ich sein Gerede hörte, wurde ich nun endgültig böse, aber wenn er sich korrigierte, konnte ich wieder lachen, so lachen oder böse sein, dass ich nicht mehr wusste, bin ich nun böse oder nicht, darum spotte ich über ihn.

„Es ist doch wahr! Ich habe genug Geld verdient, mehr als er in seinem ganzen Leben brauchen wird, wovor haben wir denn Angst! Eigentlich vor gar nichts!" Er hatte beim Reden laut klatschend auf seine Brust geschlagen: „Du weißt das bestimmt nicht, wir sind nicht wie die normalen Menschen, der Chef unserer Provinz verkehrt mit mir, er ist sehr nett und zuvorkommend zu mir!"

„Bitte, gib nicht so an, sagte ich voller Missachtung, noch nie habe ich solch einen Maulhelden gesehen."

„Wenn ich mich mit der Verwaltung unserer Provinz treffe, wagen sie es es wirklich nicht, mich zu ignorieren." Er straffte seinen Hals: „Missachte Du mich, aber nicht meinen Sohn! Wir haben gute Verbindungen verstehst du, Verbindungen sind wichtig in unserer Gesellschaft."

Das war Guoming He, unbestimmt redend über alles, mal über den Himmel, mal über die Erde, mal war er großartig, mal wieder ein sehr kleiner Mann. Redete ohne vorher zu überlegen, dachte nicht daran, ob er anderen Leuten damit schaden würde. Sein Sohn war natürlich wie er, lernte nicht mit dem Herzen, störte oft die Unterrichtsdisziplin, schlug und beschimpfte seine Mitschüler, war eben ein problematisches Kind.

Einmal, als er wieder ein anderes Kind verprügelt hatte, weil dieses ihm nicht das Ergebnis einer Rechenaufgabe sagen wollte, kam das Kind weinend zu mir. Daraufhin rief

ich den Sohn von Guoming He in mein Büro. Fünf Minuten
lang schaute ich ihn nur an und seufzte dann: „Was soll ich
noch mit Dir reden? Viel zu viel habe ich schon zu Dir gesagt,
aber das war alles  nur in den Wind gesprochen.  Sag mal,
wenn du Deine Faust hebst, erreichen  meine Worte nicht
mehr deine Ohren?! Was soll ich noch reden? Du machst
mich fassungslos. Deine Eltern sollen zu mir kommen!" Diese letzte Aufforderung knirschte ich wütend durch die Zähne.

„Mein Vater, er ist für mich nicht mehr zuständig."

„Ich gebe dir drei Tage Zeit. Nach drei Tagen, wenn
Deine Eltern nicht kommen, brauchst auch Du nicht mehr
die Schule zu besuchen." Ich sagte das sehr bestimmt

Am dritten Tag, spät, es war fast Feierabend, führte ein
fremder Mann Guoming Hes Sohn in mein Büro: „Er ist
mein Onkel, er vertritt meinen Vater."

„Es gibt nichts zu vertreten, ich möchte mit Deinem Vater sprechen, nicht mit-------."

„ Entschuldigung, Lehrerin, sein Vater kann wirklich
nicht kommen. Ich bin der Bruder seines Vaters, er bat mich
zu kommen, sagte, dass der Junge sonst die Schule nicht mehr
besuchen darf. Ich dachte, das ist ein großes Problem, wenn
ein Kind die Schule nicht mehr besuchen darf! Deswegen
komme ich mit ihm her."

„Hören Sie mal, hören Sie! Sie machen mir Vorwürfe,
aber wissen Sie, wenn ihr Neffe bei der Vorlesung  stört,
können alle anderen Kinder nicht richtig dem Unterricht
folgen. Ich kann auf Ihren Neffen verzichten. Dann lassen
sich alle anderen Kinder in Ruhe unterrichten, das lohnt sich
doch!"

„Können Sie auch nicht auf eines von ihnen verzichten?"
Er schaute mich mit verstecktem Lächeln an, selbstbewusst,
und verteidigte ihn vor mir. Er wusste genau, dass ich ihm
zustimmen würde.

„Natürlich", nickte ich unwillkürlich. Aber, ich schaue
ihn an und sagte: „Dieses Kind ist etwas Besonderes. Wenn
seine Eltern ihn völlig sich selbst überlassen, dann sollte er
lieber nicht mehr zur Schule kommen. Denn er kann nicht die
ganze Klasse beim Unterricht stören. Er kann sehr ruhig sein

beim Vortrag des Lehrers, sehr ruhig, aber plötzlich steht er auf und ruft laut: ‚Schaut mal, schaut mal, ein Vogel fliegt gerade am Himmel!' Er kann eine Schlange in den Kragen eines anderen Schülers stecken oder sie einfach in das Klassenzimmer rollen lassen. Er kann auch in der Prüfungszeit, das Prüfungspapier anzünden. So ein gesetzloses und höllisches Kind ist das." Je mehr ich redete, desto ärgerlicher wurde ich: „Ich kann wirklich nicht verstehen, wie ihn seine Eltern so verziehen konnten!"

Sein Onkel seufzte und sagte: „Als sein Vater Kind war, benahm er sich auch so unmöglich."

„Kein Wunder, der Drache zeugt einen Drachen, der Phönix zeugt einen Phönix, der Sohn einer Maus kann nur Höhlen graben." Endlich hatte ich meinen Ärger ausgelassen.

„Sein Vater ist keine Maus!" Korrigierte er mich.

„ Dann ist er ein Drache?" Ich starrte ihn an. Plötzlich musste ich lachen und nun lachte auch er. Sein Lachen war etwas ganz besonderes, sehr natürlich, sympathisch, ich fühle mich gleich davon angezogen.

„Nun, Lehrerin, ich verspreche Ihnen, nachdem ich für dieses Kind die Verantwortung übernommen habe, werde ich kommen, wenn Sie die Eltern sprechen müssen. Ich werde mit Ihnen die Erziehungsarbeit abstimmen, damit er problemlos aufwachsen kann."

„Danke", sagte ich und dachte, „wir werden schon sehen."

Seitdem kam sein Onkel häufig mit ihm zusammen zur Schule und seine Leistungen wurden Tag für Tag besser. Aber ich rief trotzdem immer noch oft die Eltern an. Warum, wusste ich auch nicht. Eigentlich brannte ich aber nur darauf, seinen Onkel zu sehen.

Wieder einmal hatte ich seine Eltern bestellt, aber diesmal kam statt des Onkels Guoming He selbst. „Hallo, Lehrerin!" Er verbeugte sich tief vor mir: „Eigentlich habe ich Dich nie vergessen, ich denke immer noch an Dich."

„Du hast Deinen Sohn von Deinem Bruder adoptieren lassen, weswegen interessierst Du Dich noch für mich?" Ich versuchte, hinter dieser Bemerkung meine Enttäuschung zu verbergen.

„Mein Bruder ist nicht verheiratet, er darf doch noch kein Kind haben." Er beobachtete meine Miene, während er diese gewichtigen Sätze sprach.

Ich maß ihnen im Augenblick keine Bedeutung zu und sagte: „Dein Sohn hat in dieser Klasse große Fortschritte bei der Verbesserung seiner Disziplin gemacht. Siehst du, früher als du noch seinetwegen zur Schule kamst, musste ich ihn immer kritisieren. Jetzt kann ich ihn jeden Tag loben, es ist wohl besser, Du lässt ihn von deinem Bruder erziehen."

„Das geht nicht! Er hat in seiner Fabrik zu viel zu tun! Er hat nicht einmal Zeit, sich um die Liebe zu kümmern. Seine Freundin kommt zu mir und bittet mich um Fürsprache. Das kam schon oft vor, besonders aber, wenn er zu Dir in die Schule kommt. Sie wartet dann draußen vor der Schule auf ihn." Ich bin nun doch ein wenig überrascht. „Einmal hat sie drei Stunden gewartet, worüber redest Du mit meinen Bruder, dass es drei Stunden Zeit braucht?"

„Was? Was meinst du? Ich kann es Dir sagen, natürlich reden und reden wir über Deinen Sohn!" Mein Gesicht war wie eine rote Wolke, meine Augen wichen seinem Blick aus.

Er musterte mich mit listigen Augen: „Mein Sohn verdient es, dass ihr beide drei Stunden über ihn redet?"

„Es lohnt sich! Sicherlich verdient er das!" Ich überlegte kurze Zeit, um meine Erregung über den scharfen Ton, mit dem er mich abkanzelte, abklingen zu lassen: „Du bist als Vater zur Schule gekommen, was redest Du mit mir für einen Unsinn! Es wäre doch besser, wieder Deinen Bruder kommen zu lassen."

„Er ist der Direktor, immer beschäftigt, hat keine Zeit hierher zu kommen. Und ich habe auch keine Zeit, weißt Du, ich und seine Mutter leben nicht mehr zusammen, ich habe mich für eine junge Frau entschieden. Noch jünger als du. Sie macht mir sehr viel Freude, wirklich Freude, oh, ihre Haut ist so glänzend, wie Seide, und die Taille ist so dünn, wenn sie sich dreht, scheint es, als würde sie gleich auseinanderbrechen."

„Wie langweilig!" Ich drückte jetzt meine Missachtung aus: „Kein Wunder, dass du Deinen Sohn so prinzipienlos erzogen hast. Es ist doch besser, ihn weiter von seinem Onkel leiten zu lassen."

„Du bist bestimmt in meinen Bruder verliebt. Leider er nicht in Dich, weil du so hässlich aussiehst." Er schaute in mein farbloses Gesicht: „Nein! Das ist nur ein Spaß. Hauptsache ist, dass die Freundin ihn unterstützt, sie ist Chefingenieur."

„Hat sie auch einen College Abschluss?" Fragte ich, weil ich mich mit diesem Umstand nicht abfinden konnte.

„Was soll diese Frage? Was hat ein Hochschulabschluss für einen Wert? Gar keinen Wert! So etwas ist vielleicht für Dich von Wert, und für solche wie Dich, solche dummen Leute. Bei uns taugt ein Absolvent der Hochschule nur zum Tasche tragen! Mein Bruder hat ein paar solcher Leute täglich zur Verfügung. Ich habe auch einige, die tanzen alle nach meiner Pfeife. Ich lasse sie nach Osten tanzen und sie wagen es nicht, sich nach Westen zu drehen." Dann sah er mich an: „Aber wenn Du zu mir kommen möchtest, kann ich dir einen Arbeitsplatz besorgen. Ich gönne Dir Deine Schale Essen, ja, das kann ich machen. Was würdest Du sagen, wenn ich Dich zum Essen einlade?" So wechselte er plötzlich das Thema und lud mich ein.

„Ich habe keine Zeit." Ich hatte überhaupt keine Lust mit ihm privat in Kontakt zu treten: „Wenn Du Deinen Sohn richtig erziehen würdest, so dass er mich nicht ständig in Schwierigkeit bringt, wäre das für mich besser als die beste Einladung."

„Du magst meinen Bruder, weil er ein Fabrikdirektor ist. Du glaubst, ich dagegen bin bloß ein Verkaufsdirektor. Aber ich sage Dir ehrlich, in dieser Funktion bin ich viel besser als die Luft des Betriebsleiters. Manche Dinge wagt er nicht zu tun, aber ich wage es! Auch wenn er sich bemüht, es wird nicht gelingen, aber ich schaffe es.

„Was sind das denn für Dinge?" Fragte ich ihn misstrauisch.

Er überlegte einen kurzen Augenblick: „Ich sage dir das jetzt nicht, erst später, wir haben genügend Zeit später darüber zu reden!"

Später hatte ich noch mehrmals zu seinem Bruder Kontakt. Es waren wirklich glückliche Begegnungen. Anfangs redeten wir über seinen Neffen und dann sprachen wir über seine Fabrik, über seine Karriere: „Weißt Du, mein großer Wunsch ist es, ein Auto bauen zu können. Jetzt produziere ich nur Autoteile, ich sammele die besten Autoteile, die ich bekommen kann und irgendwann werde ich mit all diesen Teilen ein vollständiges Auto zusammenbauen."

„Produziert Deine Fabrik denn alle notwendigen Autoteile?"

„Das ist unmöglich." Er lächelte: „Wir haben nur eine kleine Fabrik. Aber irgendwann werde ich Dich einladen, mit meinem ersten selbstgebauten Auto zu fahren. Stell Dir mal vor, wie es sich anfühlen würde, darin zu sitzen?"

„Was sagst Du über meinen Bruder?" Jedes Mal, wenn Guoming He zu Schule kam, versuchte er mit mir nicht über seinen Sohn sprechen, sondern blind zu schwätzen. Er wusste genau, was mich wirklich interessierte, lenkte immer das Gespräch auf solche Themen, stellte eine interessante Atmosphäre zwischen uns her.

„Ich glaube, er ist ehrgeizig, ein sehr guter Führer der heutigen Generation von jungen Menschen."

„Leider, äh, sehr schade!" Er schnalzte mit der Zunge um sein ‚leider' etwas abzumildern.

„Warum schade?"

„Er liebt Dich nicht." Er sagte das sehr ernst.

„Warum------? Was hat das hier mit  lieben zu tun-----?" Ich fühlte mich getroffen, enttäuscht und verärgert, dann versuchte ich, ihn mit seinem Sohn zu beschämen: „Kannst Du nicht dafür sorgen, dass sich Dein Sohn in der Schule ordentlich verhält?"

„Ja! Ja doch!" Immer wenn ich ihm seinen Sohn vorhielt, verschwand seine Arroganz sofort. „Deswegen komme ich ja hierher, was kann ich denn noch machen?  Ihn verhauen? Sie lassen doch nicht zu, dass ich ihn verhaue. Werden Sie mich anstiften, ihn zu verhauen? Was soll ich denn nun eigentlich machen?"

„Anstiften? Wann habe ich Dich ‚angestiftet', Deinen Sohn zu hauen? Ich erkläre Dir sein Auftreten in der Schule, Du aber erziehst ihn. Reden, weißt Du, Du musst mit ihm reden." Ich war so frustriert, wie jedes Mal hatte auch diese Diskussion mit ihm keinen Erfolg.

„Reden, das ist doch Deine Aufgabe. Wozu hast Du an der Universität studiert, damit Du über alles reden kannst, nicht wahr? Was kann ich reden? Während Du in der Universität mit den Professoren diskutiertest, arbeiteten wir mit dem Kopf nach unten, hart und bis zur Erschöpfung. Aber ohne unsere Arbeit wäre auch Dein Studium nicht möglich. Jetzt verlangst Du von uns, zu reden, wir haben dich damals wohl umsonst unterstützt!" So beschwerte er sich und rollte drohend mit seinen Augen.

„Ich kann nicht mit Dir reden, es ist schwer, wenn Gelehrte auf Soldaten treffen. Lasse doch Deinen Bruder hierher kommen."

„Du möchtest nicht mit mir reden, ich aber rede mit Dir. Ich möchte immer gerne mit Dir reden. So sind unsere Menschen: Du magst meinen Bruder, mein Bruder mag mich, ich aber mag Dich."

„Keinen Klatsch! Hier sind wir in der Schule." Ich war jetzt wirklich böse: „Dein Bruder hat eine Geliebte, die beiden sind täglich zusammen, warum soll ich ihn da noch mögen? Ich mag niemanden. Ich habe Dich wegen Deines Sohnes hierher bestellt. Bitte, wir sollten nicht immer über andere Themen reden, die wichtigen Dinge versäumen wir darüber."

„Ja, ist gut! Ich gehe jetzt nach Hause, um ihn hart zu verprügeln. Damit ist Deinem Ärger genüge getan, bist Du nun zufrieden?"

„Eigentlich, mein Bruder und seine Freundin, sie sind sehr aktiv, sie liebt meinen Bruder. Mein Bruder ist aber von ihr nicht besonders begeistert. Ich weiß genau, er hat andere Mädchen im Herzen. Deswegen kam sie zu mir, bat und weinte, denn sie weiß auch, mein Bruder würde auf mich hören. Sie möchte, dass ich meinen Bruder beeinflusse, damit er auch weiterhin mit ihr zusammen bleibt. Mein Bruder ist zwar Fabrikdirektor, aber gegen mich hat er keine Chance, wenn ich ihn zwinge zu knien, würde er es tun.

„Angeber!" Ich freute mich plötzlich, mein Herz begann zu hoffen.

„Wirklich, unsere Dorfleute haben eine Regel: Der erste Sohn dominiert alle anderen Geschwister. Ich bin zwar nur zwei Jahr älter als er, meinen Befehlen aber muss er folgen. Andernfalls wären meine Eltern mit meinem Verhalten nicht einverstanden."

„Gibt es wirklich eine solche Regel?" Ich fand das lächerlich. Aber es interessierte mich dabei nur eines: „Wer ist denn in Deines Bruders Herz?" Und da ich sein sarkastisches Lächeln sah, fügte ich hinzu: „Ich frage nur aus Neugierde, es hat keine andere Bedeutung."

„Deine Neugier könnte ich doch verstehen. Du willst nicht mit mir darüber in der Schule sprechen, das ist ja in Ordnung! Ich werde mit Dir an einem anderen Ort, außerhalb der Schule sprechen. Ich werde das organisieren. Wir beide werden in Ruhe und besonnen handeln." Dann stand er auf, klopfte seinen modernen, sehr teuren Anzug glatt und sagte: „Heute reden wir nur bis hierher, ich habe noch andere Termine. Wir reden später, ich werde mit Dir bestimmt noch einmal richtig reden." Mit diesen Worten verabschiedete er sich.

Wer möchte schon mit Dir plaudern, dachte ich, lass doch seinen Sohn den Himmel umdrehen und wenn der Himmel einstürzt, gibt es noch größere Menschen, die ihn aufhalten können, warum soll ich mir also Sorgen machen. So dachte ich, griff nach einem Federballschläger, denn das Wetter war so schön, und ging Federball spielen.

Nachdem einige Tage vergangen waren, verhielt sich der Sohn von Guoming He wie immer. Wenn sein Onkel in die Schule kam, wurde er für ein paar Tage disziplinierter, wenn sein Vater kam, war es, als wäre niemand da gewesen.

Eines Tages, gerade hatte ich wieder den Federballschläger zur Hand genommen, kam ein Mitarbeiter des Wachschutzes der Schule zu mir und teilte mir mit, ein Fabrikdirektor mit Familiennamen He, hätte mich heute zum Abendessen eingeladen. Jetzt war ich aufgeregt. Heute Abend werde ich bestimmt sehr glücklich sein. Federball zu spielen hatte ich keine Lust mehr. Ich ging nach Hause, um mich sorgfältig zu schminken. Damals war es den chinesischen Frauen gerade erlaubt worden, sich zu schminken. Ich kaufte viel Schminke, hatte aber noch nie so etwas benutzt, denn für Lehrerinnen war Schminken noch verboten. Jetzt aber war Feierabend, endlich durfte auch ich das einmal tun. Nach dem Schminken und umziehen, schaute ich in den Spiegel: So eine affektierte Frau! Wieder wusch ich alle Schminke ab. Langsam wurde die Zeit knapp, hastig lief ich zum Restaurant.

In dieser Zeit gingen die Leute selten zum Essen aus. Restaurants waren nur für solche Leute, die Geschäftsessen wahrnehmen mussten. Deswegen waren immer wenige Leute in den Restaurants. Als ich ankam, trat mir ein Kellner entgegen und fragte: „Haben Sie eine Verabredung mit einem Herrn He? Kommen Sie bitte mit mir, er hat schon lange Zeit auf Sie gewartet." Ich folgte ihm in einen kleinen Raum und darin saß Guoming He. „Nein, es sollte nicht dieser Herr He sein", sagte ich und wollte umkehren.

„Ich bin das doch, wo kommt denn noch ein anderer?" Er verzog seinen Mund zu einem breiten Lachen.

„Man sagte mir, ein Fabrikdirektor!" Ich konnte meine Enttäuschung nicht verbergen, die Enttäuschung brachte mich fast zum Weinen. Mit ihm wollte ich doch nicht zusammen essen.

„Ja, ich habe es absichtlich so gesagt, damit Du kommen wirst. Mein Bruder kommt nicht, er weiß gar nichts davon." Er stand eilig auf, kam mir entgegen und griff nach meiner Hand. Ich aber versteckte hastig meine beiden Hände auf dem Rücken.

„Nehmen Sie bitte Platz." Die Bedienung versuchte mich vom Gehen abzuhalten, um den Umsatz nicht zu verlieren. „Jetzt kann das Essen aufgetragen werden, die Küche hat es schon lange vorbereitet." Die Gerichte wurden eins nach dem anderen auf den Tisch gestellt. Alle waren köstlich. In dieser Zeit konnte man nur an Feiertagen so üppig essen.

Aber ich hatte keinen Appetit mehr. Kam ich doch nicht wegen des Essens, sondern wegen des Menschen hierher: „Du hast mich belogen, warum denn?" Ich konnte meine Vorwürfe nicht zurückhalten. Meine Gefühle wechselten zwischen Wut und Hilflosigkeit.

„Nur nicht so hektisch! Setz Dich doch erst einmal, da Du ohnehin hergekommen bist. Das Essen ist auch fertig, setze Dich in Ruhe hin, koste etwas und höre mir mal zu, ich habe Dir wirklich etwas zu sagen." Er war sehr geduldig, in seinem Gesicht spielte viel Freude, jedes Lachen war wie eine Hand, die er zu mir ausstreckte, um mich zu beruhigen. Ich setzte mich, denn ich hatte keine andere Wahl. „Der Fisch aus diesem Restaurant ist berühmt für seinen Wohlgeschmack, koste doch erst einmal." Dann nahm er mit seinem Stäbchen ein Stück Fisch und legte es auf meinen Teller.

Ich hatte immer noch keinen Appetit und so fragte ich nur: „Was möchtest Du mir sagen? Ich werde Dir zuhören."

Er begann jetzt, das Essen in sich hineinzuschlingen, offensichtlich hatte er Hunger. Noch einmal schaute ich ihn genau an, sein Haar, das Gesicht und die Kleider waren mit Sorgfalt hergerichtet. Nur, für mich hätte er das nicht extra tun müssen! Wozu brauchte er mich denn, er hatte doch schon ein Kind!

Er zögerte ein kurzen Moment und überlegte: „Jetzt wollen wir noch nicht über das eigentliche Thema, dass ich mit Dir heute besprechen will, reden. Ich möchte mich lieber erst einmal vorstellen. Du weißt bestimmt noch nicht viel über mich. Ich bin ein reicher Mann, ich habe viel Geld." Nach diesen Worten hielt er in der Rede inne, wartete darauf, dass ich erstaunt sein würde. Als er aber sah, dass ich gar nicht darauf reagierte, fügte er hinzu: „Mein Geld ist so eine Menge, dass ich Dich damit zudecken kann." Ich schaute ihn an, antwortete aber nicht darauf.

Damals waren wir alle noch jung, täglich beschäftigten wir uns mit der Situation in unserem Land, schrieben darüber leidenschaftliche politische Artikel. Geld war für uns ein Übel. Unseren Enthusiasmus konnte niemand mit Geld kaufen.

„Möchtest Du ihn nicht versuchen, den Geschmack des Lebens, des Lebens mit viel Geld? Weißt Du, wie gut es ist, mit viel Geld zu leben? Solches Essen wie hier kann ich mir täglich leisten; ich kann Dich überall hin einladen, mit mir zu verreisen; wir könnten in großen Hotels wohnen mit ausgesuchtem Service für unsere Bequemlichkeit. Wir lassen andere uns bedienen, weißt Du, wie schön das ist? Seine Begeisterung erinnerte mich an unsere Begegnung vor vielen Jahren, als wir einander im Zug trafen. Damals sagte er über die Azaleen: „Die ganzen Berge sind voller Azaleen, von oben nach unten, oder von unten nach oben zu schauen, das ist gleichermaßen wunderschön!" Er hatte damals keine Bemerkung über sein Geld gemacht.

„Woher hast Du so viel Geld?" Ich wusste selbst nicht, warum ich ihn  so direkt mit einer mir fremden Stimme wie ein Vernehmer befragte: „Wir Absolventen verdienen monatlich 53,00 Yuan; Eure Arbeiter verdienen monatlich 35,00 Yuan. Wie kommst Du zu so viel Geld?"

Er machte eine Miene, die zu sagen schien: Weltfremd, versteht mich nicht: „Was hast Du in Deinem Kopf? Die Dinge unter dem Himmel sind nicht so einfach wie Du denkst. Die Gesellschaft ist auch nicht wie Deine Schule. Es gibt inzwischen viele reiche Leute bei uns, überall sind  Möglichkeiten, viel  Geld zu verdienen. Geld vom Staat, das Du mit Deiner Arbeit verdienst, ist eigentlich kein Geld, ist so gut wie nichts, ein Almosen! Deine Gedanken sind zu idealistisch, völlig wirklichkeitsfremd.  Und Du willst  meinen Sohn erziehen? Darauf kann ich mich nicht verlassen.  Er wird doch hoffentlich nicht  genauso blöd wie Du!?"

„Dann nimm ihn von der Schule, darauf hatte ich die ganze Zeit  gehofft." Damals nahm unsere Schule oft an Schulwettbewerben teil. Es konnte von einem einzigen Schüler abhängen, welches Ergebnis die  ganze Klasse erreichte und  jeder Klassenlehrer hoffte darauf, die zurückgefallenen Schüler aus der Klasse  entlassen zu können: „Lass ihn die Schule wechseln oder eine Klasse sitzen bleiben. Ja, richtig, einfach eine Klasse sitzen bleiben. Ich kann Dir dabei helfen, ich leite es in die Wege, wenn Du damit einverstanden bist."

Ich war so begeistert von meiner Idee: „Was sagst Du dazu, soll ich-----?"

„Nein! Heute habe ich Dich nicht wegen meines Sohnes eingeladen." Ungeduldig unterbrach er meine Rede.

„Warum dann? Wolltest Du mir nur erzählen wie viel Geld Du hast? Was interessiert mich das, ob Du Geld hast oder nicht! Das hat doch nichts mit mir zu tun, Du gibst mir doch nichts von Deinem Geld. Warum erzählst Du mir das!" Entgegnete ich völlig uninteressiert.

Seine Augen strahlten mich an: „Damit ich Deinen Anblick genießen kann", er nickte mir bestätigend zu: „So wie Du mir gefällst, werde ich dir Geld geben, damit Du gut leben kannst!"

„Was bedeutet das, möchtest Du------?" Ich sah ihn vorsichtig von der Seite an, um zu ergründen, was er meinte, ob es richtig war, was ich vermutete.

„Es bedeutet: Du schläfst mit mir, einfach nur mit mir schlafen, und ich verspreche Dir, was Dir gefällt, kannst Du Dir kaufen. Du brauchst nicht mehr zur Arbeit zu gehen, ich bezahle alles für Dich." Sehr stolz reckte er nun seinen Kopf hoch.

Ein paar Minuten konnte ich nicht reden, ihn nur immer sehr erstaunt anschauen. Damals waren wir Menschen sehr stolz, unsere Selbstachtung verbot es, uns für Geld zu verkaufen. In China sagt man: ‚Wegen fünf Dou Reis soll man nicht die Taille beugen!' Ich kannte noch nicht den Geschmack der Liebe, ich würde mich nicht für Geld verkaufen! Ich bin doch die Lehrerin seines Sohnes!

„Frech!" Sagte ich: „Das ist einfach gemein!" Guckst dabei noch in den Spiegel, möchtest noch-----.Raus! Raus mit Dir!" Wenn ich jetzt nicht meine Empörung zeigte, würde es mein Einverständnis mit seinem Vorschlag bedeuten!

„Raus sagen ist zu einfach." Er war nicht einmal böse über meine Reaktion, bestimmt war er schon oft in dieser Situation, hat schon oft diese Reaktion auf solch ein Angebot erlebt. „Die Chance für ein Mädchen, das so hässlich ist wie Du, ist einmalig und wenn Du dieses eine Mal verpasst, wird sie bestimmt nicht noch einmal wiederkommen. Es wäre besser, Du würdest Dir mein Angebot noch einmal überlegen."

„Miss! Missachten! Du hast eine Frau, möchtest noch----
--, dachtest Du, wenn Du etwas Geld hast, kannst Du schon
alles haben! Unmöglich!"

Zu dieser Zeit begannen in China reiche Männer, eine
zweite Frau zu nehmen, aber nur solche Frauen ohne Arbeit
und ohne Geld. Ich hatte studiert, hatte eine gute Arbeit,
wollte eigentlich eine Familie gründen, nicht so etwas tun!
Solch ein Ansinnen war für mich nur eine Beleidigung. Ich
konnte ihn nicht mehr ertragen. Und so stand ich auf, um zu
gehen.

„Hahaha!" Er lachte ganz laut: „Ich mache doch mit dir
bloß Spaß." Er rief hinter mir her: „Du möchtest doch nur
meinen Bruder, ich will es für Dich möglich machen." Er
kennt mich doch, er weiß genau, was mein tiefer, heimlicher
Herzenswunsch ist. Als ich das Wort ‚Bruder' hörte, blieb ich
unwillkürlich stehen. Jetzt musste ich mein Gefühl nicht mehr
verbergen: „Wie kannst Du mir dabei helfen?" Fragte ich,
ihm meinen Kopf zuwendend. Er gab keine Antwort, schaute nur starr auf mich. Später erklärte er mir seine Sprachlosigkeit so: Zum ersten Mal hätte er gesehen, wie in meinen
Augen das Glück wie ein Licht erstrahlte. Eine Frau, in deren
Augen das Glück so erstrahlt, wäre eine echte, eine liebende
Frau. Er wollte auch solch eine Frau suchen, deren Augen so
für ihn glänzen würden.

In diesem Augenblick hielt ich mit einer Hand die Tür
geöffnet und schaute plötzlich in ein bekanntes Gesicht.
Meine Augen glänzten nicht nur wegen seines Bruders, sie
glänzten auch aus Entsetzen vor dem bekannten Gesicht,
dem ich mich plötzlich gegenübersah. Sie strahlten nicht nur
verliebtes Leuchten aus, sondern auch Angst. Ich sah den
Flüchtling, den einzigen noch lebenden Mörder vom Brennofen des Dorfes, in dem ich nach dem Abitur gearbeitet hatte.
Ich glaubte, irre zu werden bei seinem Anblick. Die Welt
zeigte sich mir in einem Moment in ihrer großen Güte und
gleichzeitig in ihrem ganzen Schrecken. Mein Sein, schien mir,

würde jetzt in seiner Fülle und Wesensart durch diese Begegnung eine völlige Veränderung erfahren.

Der Raum, zu dem ich die Tür öffnete, mündete in einen Saal. Im Saal waren nur wenige Gäste. Er aber saß gerade gegenüber der Tür. Wir schauten einander direkt in die Augen. Ihn erkennend, wandte ich sofort meinen Kopf ab, aber meine Gedanken reagierten nur langsam, darum dachte ich in dieser Gefahr immer noch an meine Liebe.

Ich ging langsam zurück, setzte mich zu Guoming He und schwieg. Meine Miene, mein Körper waren bleiern. Die Farbe meines Gesichts war von rosa zu schneeweiß gewechselt.

Vor langer Zeit hatte die Polizei mir die Flucht des Mörders mitgeteilt. Ich sollte nun selbst sehr vorsichtig sein. Die Polizei aber würde versuchen, mich sowohl am Tage als auch in der Nacht zu schützen. Das alles lag schon so viele Jahre zurück. Immer war Frieden, immer Sicherheit, so hatte ich ihn fast vergessen. Ich dachte, es würde immer so weitergehen in Frieden, in Ruhe. Warum tauchte er plötzlich wieder auf?

Guoming He war überrascht von meiner Veränderung. Er dachte: Die Frau ist der Liebe begegnet, warum sollte sie sich sonst so schnell, so plötzlich verändern als hätte sie den Teufel getroffen: „Was spielst du hier wieder die Ernste, froh ist froh, spiele doch nicht eine unergründliche Frau, so schlau bist du nicht! Schaust zu mir, hast immer noch keine Worte und guckst nur nach der Tür. Gibt es wirklich einen Teufel da draußen? " Fragte er zweifelnd, stand auf, ging zur Tür und öffnete sie, um nach draußen zu schauen. Ich wollte das verhindern, aber es war zu spät. Er schloss die Tür mit einer schnellen, hastigen Bewegung. „Oh Gott! Es gibt wirklich einen Teufel! Der Teufel ist wieder da! Was für eine Katastrophe! " Er lief hastig zum Fenster: „Wir müssen schnell verschwinden! So schnell wie möglich!" Dann hob er den Arm, um mit den Fingern den Fensterflügel zu kippen, aber es gelang nicht. „Warum ist das Fenster festgenagelt, lächerlich, einfach unmöglich,------ so ein Mist!" So murmelte er vor sich hin. Auf seinen Fluchtplan verzichtend, lehnte er sich mit dem Rücken an die Wand. „Was kann man nun machen! Keine Chance, das zu überleben." Langsam glitt er an der Wand herunter und kauerte sich nieder.

Ich hatte durch sein Verhalten noch mehr Angst bekommen, ich zitterte und bat ihn: „Sei bitte leise. Vielleicht hat er uns noch nicht entdeckt, lass ihn doch------." In diesem Augenblick öffnete sich die Tür und er, der Teufel, kam zu uns herein. Ich und Guoming He, wir beide erstarrten, es war, als müssten wir in dieser Ecke erfrieren.

„Hast Du bestimmt nicht gedacht, dass ich noch lebe?" Als er mich anredete, merkte ich, er war doch noch ein Mensch. Meine Erstarrung löste sich: „Ich habe gar nichts gedacht." Ich saß auf dem Stuhl, schaute ihn an und fühlte, wie mein Herz sich verhärtete: „Sie ist tot, Du aber lebst noch."

„Sie ist tot, aber das war nicht unsere Schuld. Sie wollte nicht mehr essen und trinken. Wir haben sie angebettelt, angefleht. Wir haben vor ihr gekniet, sie gebeten weiter zu leben, aber sie wollte nicht mehr, sie wollte einfach nicht!" Ich sah, als er das sagte, wie sein Gesicht im Bemühen sich zu beherrschen sehr rot wurde, sein ganzer Körper zitterte, jedes Wort brachte er nur mit viel Mühe heraus. Es schien, als hätte er zu lange gewartet, um sich freizusprechen von dieser Last. Er brauchte seine ganze Kraft, nur um diese wenigen Sätze zu sagen.

„Ihr hattet die Ursache dafür gesetzt, dass sie nicht weiter leben konnte. Sie hatte ihr Gesicht, ihre Ehre verloren. Es war für sie unmöglich, weiter zu leben", sagte ich.

Zu jener Zeit war Keuschheit für Frauen sehr wichtig und es war gleichgültig, ob sie ihre Jungfräulichkeit durch Vergewaltigung oder freiwillig verloren.

„Wer will mich nicht weiter leben lassen? Lässt mein Vater zu, dass ich nicht weiter leben kann?" Er war plötzlich sehr impulsiv und bekam einen großen Wutanfall: „Damals, als alles begann, hatte ich bloß eine Frage, eine Unklarheit. Ich versuchte, mich damit auseinanderzusetzen. Nach welchem Gesetz wurde ich zu einem Reaktionär und wurde auf diese Weise behandelt? Wer hat mich damals verteidigt? Wer hat mir geholfen?" Er sprach zornig und schwenkte seine Faust, schlug den herankommenden Guoming He, dass dieser an die Wand taumelte. Vielleicht, weil er jetzt seine Wut ausgelassen hatte, war er plötzlich wieder ganz ruhig: „Ich hatte Dich einmal gefragt, Du aber hast gar nicht geantwortet, wenn Du doch nur etwas gesagt hättest!" Seine Augen wurden zu schmalen Schlitzen: „Arschloch! Aber trotzdem, Du bist doch noch besser als alle anderen."

„Das war wirklich schlecht von mir." Ich sagte das aus vollem Herzen: „Ich habe nachgedacht, damals, ich sollte sofort zu dir kommen, die Fragen, welche du vorgebracht hast, durften doch nicht einfach mit der Situation erklärt werden, ich bereue mein Verhalten sehr. Warum verhinderte ich nicht, dass du zu unserem Heim der jungen Intellektuellen gekommen bist! Ich sollte dich doch daran hindern, dass du mit meinen anderen Kollegen diskutierst! Ich habe seit langer Zeit ein schlechtes Gewissen, konnte lange nicht mehr schlafen. Ich bereue alles sehr. Aber ich habe auch nicht gedacht, mit meinem Verhalten eine so schwierige Situation zu verursachen, eine, die zum Tod vieler Menschen führte." Ich weinte jetzt: „Wenn ich reif genug bin, hoffe ich, noch viele Leben retten zu können."

Meine Ehrlichkeit ergriff ihn: „Du hast Dein Leben gerettet!" Sagte er und schaute durch das Fenster nach draußen.

Der immer noch vor Angst schlotternde Guoming He kam wieder zurück. Er stand da und fragte lächelnd: „Wir können doch zusammen essen, die Gerichte sind noch nicht kalt, kommt, kommt bitte, oder soll ich uns noch ein paar neue Gerichte bestellen?"

„Ist er Dein Mann?" Er erkannte ihn offenbar nicht mehr, ignorierte sein Einschmeicheln, schaute nur zu mir als er fragte.

„Nein." Ich fühlte mich fast am Zusammenbrechen, war vor Schreck wie gelähmt, setzte mich wieder auf einen Stuhl und murmelte: „Du durftest Dich doch nicht an ihr rächen, sie war sehr arm", ich meinte das Schanghai Mädchen.

„Wir hatten Schuld, aber wir verdienten nicht die Todesstrafe. Drei von uns wurden erschossen. Ich muss am Leben bleiben und für die drei die Rehabilitation verlangen. Sie wollte nicht mehr weiter leben. Sollen wir denn vier Leben für ihr eines Leben geben? Das Leben unserer Dorfbewohner war doch so wertlos!" Sagte er, um gleichzeitig mit der Faust auf den Tisch zu schlagen, so dass alle Teller und Schalen hochsprangen und klirrend entzwei gingen: „Weißt du, warum das Gefangenenfahrzeug umkippte? Es waren unsere Dorfleute, die das einrichteten. Damit ich mein Leben behalten konnte, damit ich beweisen kann, dass wir sie nicht ermordet hatten. Sie selbst wollte nicht mehr leben!"

Ich seufzte auf, war sprachlos.

Er sah mich an, schien etwas sagen zu wollen, tat es aber doch nicht. Dann öffnete er die Tür, ging hinaus und die Tür schloss sich krachend hinter ihm. Plötzlich war alles ganz still.

Ich schaute auf Guoming He, er schaute auf mich. Lange Zeit saßen wir so ineinander vertieft, unseren Gedanken nachhängend. Was war das für eine Beziehung zwischen uns, die uns abermals gemeinsam die Todesgefahr überstehen ließ?

„Ist er wirklich weggegangen?" Fragte ich, er aber starrte vor sich hin ohne zu antworten.

Die Bedienung kam herein, schaute auf unseren Tisch und fragte: „Darf ich schon abräumen? Wir machen Feierabend."

„Ja bitte und bringen Sie die Rechnung." Guoming He nickte mit dem Kopf.

„Was können wir jetzt machen, gehen wir zum Polizeiamt?" Fragte ich, ohne Gedanken. Jetzt konnte ich einfach nicht mehr denken.

„Warum denn? Nein!" Er lehnte mein Ansinnen entschlossen ab.

„Er ist ein Verbrecher, wir müssen ihn anzeigen. Wenn wir nichts machen, bedeutet das: Beihilfe, Unterlassen einer Anzeige!"

„Du bist immer noch zu kindisch. Ich habe alle seine Argumente verstanden. Es geschah so, nur weil ihr damals zu revolutionär wart! Das hat ihm geschadet. Jetzt möchtest Du wohl noch mehr solcher dummen Dinge machen? Er hat Dir doch gar nichts getan, musst Du ihn unbedingt tot wissen, damit Du Deine Seelenruhe hast?"

„ Aber", ich überlegte einen kurzen Augenblick, „denkst Du dabei auch mal an das Shanghai Mädchen, sie -----."

„Sie kann nicht wieder lebendig werden! Sie ist tot. Es sind für sie drei Menschen erschossen worden, auch wenn Du ihn noch töten lässt, sie wird nicht wieder lebendig."

„Aber wenn die Polizei erfährt, dass wir ihn gesehen haben und keine Anzeige erstatteten, dann werden wir bestimmt bestraft."

„Wie kann die Polizei davon wissen, sie sind nicht Gott. Bitte, sei Du nicht zu brav, sei nicht noch einmal so dumm, wider besseres Wissen einem Menschen zu schaden. Die Welt ist so vielschichtig, so kompliziert, wie konnte nur eine Frau wie Du, so eine blöde Gans, gezeugt werden! Hast Du das Recht zur Polizei zu gehen? Wenn sie ihn fangen, werden sie ihn zum Tod verurteilen. Wenn er aufgrund Deiner Anzeige getötet wird, kannst Du dann noch ein gutes Gewissen haben? Wirst Du noch schlafen können? Du möchtest nur seine Bestrafung, denn Du willst Dich selbst dadurch schützen, aber bitte nicht, indem Du anderer Leben schadest. Er ist auch ein Leben! Hast Du das vergessen? Ein Leben, bitte beachte das bei Deinen Entscheidungen!"

Es war das erste Mal, dass ich Guoming He so vernünftig, logisch aber voller Mitgefühl reden hörte. Plötzlich musste ich ihn mit ganz anderen Augen sehen.

„Unser gegenwärtiges Problem ist einfach nur, wie kommen wir nach Hause? Mein Gott, ich kann doch nichts ändern!" Er zeigte sich fassungs- und machtlos. Das war typisch für Guoming He, großartig in einem Augenblick und hilflos im nächsten.

„Richtig", ich verunsicherte ihn jetzt absichtlich: „Vielleicht hat er sich hinter einem Baum versteckt, hält ein Messer in der Hand und wartet schon auf uns."

„Aja! Nicht mit Unsinn eine falsche Geschichte schreiben! Euer unmögliches akademisches Denken stinkt einfach zum Himmel!" Er hatte nun wirklich Angst. In dieser Zeit, nach Landessitte, hatte ein Mann, der ein Mädchen zum

Abend eingeladen, sie auch unbedingt nach Hause zu bringen. Wenn er sich als echter Mann beweisen wollte, konnte er sich vor dieser Verantwortung nicht drücken. In China gab es damals noch keine Taxis. So musste er zuerst mit mir im Bus zu meinem Haus fahren, danach mit einem anderen Bus zu seinem Haus. Es würde sehr spät für ihn werden. Das gefiel ihm nicht. Aber mich nicht nach Haus begleiten, hieße, er wäre kein großartiger Mann. So war er mit seinem Latein am Ende. Mit einem Gesicht wie drei Tage Regenwetter setzte er sich auf einen Stuhl und schaute mal nach links, mal nach rechts. Eigentlich, jedes Mal wenn er Schwierigkeiten hatte, dachte er gleich an seinen Bruder, jedes Mal war sein Bruder gekommen, um das Problem zu lösen. Aber dieses Mal wollte er meinetwegen seinen Bruder nicht rufen: „Wir bleiben einfach hier über Nacht und fahren morgen früh nach Hause."

„Das geht nicht, das geht überhaupt nicht!" Ich war entschieden dagegen. War ich doch ein Mädchen, noch nicht verheiratet und sollte mit einem verheirateten Mann allein in einem Raum die Nacht verbringen. Wenn diese Nachricht sich überall verbreiten würde, dürfte ich nicht mehr als Lehrerin arbeiten. Die Schule würde mich nicht anhören, seine Frau dürfte mich in der Öffentlichkeit ohrfeigen. Er lachte nicht über meine Empörung, überlegte noch mal, war immer noch fassungslos: „Es gibt keine andere Möglichkeit, als doch meinen Bruder anzurufen."

Inzwischen wollte der Kellner unbedingt die Tür schließen und nach Hause gehen. Die Höflichkeit verbot ihm aber, uns vor die Tür zu setzen. Er wurde schon ungeduldig als er hörte, dass wir telefonieren mussten, ungehalten brachte er uns zum Managerbüro, wo er noch auf uns wartete. Natürlich beschwerte er sich dabei ununterbrochen.

Guoming He ging telefonieren, ich musste auch mitkommen, denn wir beide wagten nicht, irgendwo allein zu bleiben. Am Telefon sprach er in befehlsgewohntem Ton. Das überraschte mich. Würde sein Bruder ihm wirklich ohne Bedingung gehorchen? Nach dem Telefongespräch wurde er wieder lebhaft, er sagte: „Mein Bruder wohnt allein in einer

Singlewohnung der Fabrik. Er wird uns mit seinem Fahrer abholen. Er hört auf mich, wenn ich ihn nach Westen befehle, dann wagt er sich nicht nach Osten." Sagte das und sah mich an. Bestimmt hatte er in meinem Gesicht die Freude aufleuchten sehen, die ich nicht schnell genug hatte verbergen können und so murmelte er nur: „Genau so ein Gesicht hat sie, wenn ich ihn zu ihr schicke." Er seufzte: „Macht haben ist doch besser als Geld haben! So ein Mist!"

Wir warteten ziemlich lange bis sein Bruder mit dem Fahrer kam.

„Wie kannst Du mit ihm  Essen gehen!" Als sein Bruder mich sah, machte er mir das in ärgerlichem Ton zum Vorwurf. Es schien, von seinem Bruder in tiefer Nacht bestellt worden zu sein, war für ihn nicht schlimm. Schlimm war nur, dass ich mit seinem  Bruder in tiefer Nacht zusammen essen war. Guoming He schaute den Bruder an und lächelte: „Sie ist doch nicht Dein eigen, warum darf  sie nicht mit mir einmal zum Essen kommen, nur einmal zusammen essen!"

„Gehen wir! Gehen wir! Habt ihr doch genug Zeit miteinander verbracht, wir können endlich nach Haus gehen." Immer noch war seine Miene streng zu mir und er ignorierte seinen Bruder.

Ich dachte, wenn ich jetzt immer noch schweige, dann werden die anderen denken, ich habe wirklich mit einem verheirateten Mann allein gegessen. Ein Mädchen, das nach Essen giert, gehört zu den schlimmsten. Nach dem Essen wird noch mehr geschehen, man kann sich das doch vorstellen! Aber wenn ich die Situation erklären, sagen würde, mit welcher Falle er mich hergelockt hatte, würde es scheinen, als wollte ich mich nur bei ihm anbiedern. Das aber wollte ich auch nicht. Er hat doch eine Freundin, was soll ich noch------? Und so sagte ich einfach ärgerlich: „Ihr beiden Brüder habt Euch verbündet, um mir zu schaden. Einer hat mit mir telefoniert und gesagt, Direktor He will mich zum Essen einladen; der andere tut sich wichtig und ist deswegen böse zu mir. Ich wurde von beiden betrogen. Ich hatte noch keine Zeit, mich darüber zu ärgern, und schon fängst Du an, mir mein Verhalten vorzuwerfen. "

Die Beiden wurden tatsächlich unsicher, der ältere Bruder lächelte: „Der Direktor He ist ja da, ich betrüge Dich doch nicht." Der jüngere Bruder sagte: „Ich möchte Dich ja immer schon zum Essen einladen, es wäre mir eine große Ehre, Kontakt zu einer Lehrerin zu haben, ich weiß aber nicht, ob sie Zeit für mich hat. Na gut, ich schulde Dir eine Einladung." Er zeigte endlich sein freundliches Lächeln.

„Das Essen können wir uns sparen, reden wir zuerst über die Anzeige bei der Polizei." Ich erzählte in  großen Zügen von der Angelegenheit, wollte mich jetzt nicht in Kleinigkeiten verlieren.

„ Und was ist denn eigentlich passiert?" Fragte er den Bruder.

„Es geschah folgendes:  Wir sind gerade beim Essen, nein! Anders, sie geht zur Tür… Warum möchte sie zur Tür? Ja, sie wollte nicht------."

„Halt!" Er wandte sich zu mir: „Lieber will ich das von der Lehrerin erzählt bekommen, sie kann es bestimmt  kurz und bündig."

„Ja! Natürlich. Und was------?" Eigentlich hatten wir beide  den Schock noch nicht ganz überwunden. Ich holte einmal ganz tief Luft und  beruhigte so mein aufgewühltes Inneres, dann erzählte ich: „Ich  öffnete die Tür, um nach draußen zu gehen und in diesem Moment  fiel mein Blick gerade auf den Mörder. Er saß der Tür  gegenüber, hatte mich im selben Augenblick gesehen. Ich nahm an, er würde gleich flüchten. Ich habe nicht gedacht, dass er hereinkommen, sich zu uns setzen und reden würde." Dann musste ich ihm die ganze Angelegenheit aus der Sicht der Dorfbewohner erklären.  Ich fragte ihn: „Überlege mal vernünftig, in dieser Situation sollten wir nicht zur Polizei  gehen? Keine Anzeige machen? Er sollte nicht nach dem Gesetz  bestraft werden?! Aber Dein Bruder lehnte das ab, er sagte: Der Mörder sei auch ein Leben, wenn die Polizei ihn erwischte, würde sie ihn auf jeden Fall erschießen. Was ist Deine Meinung dazu?"

„Ich meine: Wir wurden von unserer kommunistischen Partei viele Jahr ausgebildet,  also wenn wir auf einen  Verbrecher gestoßen sind, sollten wir  das auf jeden Fall anzeigen, selbstverständlich. Aber heute ist es sowieso zu spät. Er ist nun schon lange auf der Flucht. Auch wenn wir jetzt zur Polizei gehen, können sie ihn nicht finden und festnehmen. Ein oder zwei Tagen später anzeigen spielt jetzt keine Rolle. Jetzt sollten wir alle nach Hause gehen, noch einmal in Ruhe überlegen. Morgen, wenn wir drei darüber unsere Gedanken ausgetauscht haben und uns einig sind, gehen wir zusammen zum Polizeiamt. Wichtig aber ist: Jetzt hat er nichts getan, er ist auch ein Leben, ein, zwei Tage später, das sollte nicht so schlimm sein, nicht wahr?

Er hatte die Meinungen von mir und Guoming He zusammengefasst und einen Kompromiss vorgeschlagen, der auch mich überzeugte. Ich fragte unwillkürlich: „Falls wir morgen zur Polizei gehen, kommst Du auch mit?"

„Sicher, ich möchte Dich doch noch zum Essen einladen." Er lächelte, als er das sagte.

Guoming He aber stand daneben und sah uns spöttisch an.

Am nächsten Tag musste ich unterrichten, den ganzen Tag war ich ohne Unterbrechung beschäftigt. Endlich war Feierabend. Direktor He, eine große und imposante Erscheinung, stand in meinem Büro. „Was für ein Glanz in meiner Hütte: Nun, hast Du richtig überlegt?" Fragte er mich.

Auch wenn meine Augen jetzt seinetwegen glänzten, verlor ich doch nicht meine kühle Vernunft: „Ich brauchte nicht noch einmal zu überlegen, ich war überzeugt: „Die Maschen des Gesetzes waren weit, spärlich manchmal, aber nicht kaputt. Wenn wir keine Meldung machen, irgendwann würden wir dafür bestraft werden."

Er nickte mit dem Kopf, seufzte: „Dann gehen wir eben zum Polizeiamt. Und danach?"

„Was soll danach sein?" Fragte ich lächelnd.

„Dann lade ich Dich zum Essen ein, mach mir die Freude?!"

Ich war nun doch etwas eingeschüchtert, drehte mich nach der anderen Seite, damit er mein rotes Gesicht nicht sehen konnte und nickte schnell mit dem Kopf: „Kommst

Du mit, ich möchte in mein Haus, ein leichteres Kleid anziehen."

Er nickte ebenfalls und folgte mir in mein Haus. Dort setzte er sich in den Gemeinschaftsraum, während ich mich umziehen ging. Als ich wieder zurückkam, sah ich Guoming He: Du bist auch hergekommen, möchtest Du mit uns zum Polizeiamt gehen? Es ist gut, dass Du uns endlich verstanden hast."

„Im Gegenteil", sagte der Bruder, „ich komme her, um Euch beide daran zu hindern, zur Polizei zu gehen. Ich weiß genau, ihr werdet zum Polizeiamt gehen, um ihn zu anzeigen. Von Euch beiden ist einer Funktionär der kommunistischen Partei, der Andere wurde von der kommunistischen Partei zur Lehrerin ausgebildet, und gerade darum gebe ich Euch keine Erlaubnis zu dieser Anzeige."

Als er die Worte sagte: „Ihr Beide, ein-------; Anderer ist-----, " waren wir stolz auf diese Funktion oder Lehrerin. Er aber sagte mit Verachtung in der Stimme: „Ich gebe keine Erlaubnis! " Er war sehr entschlossen.

„Hat er, der Verbrecher, Dich besucht, zwingt er Dich uns umzustimmen?" Ich dachte zuerst an diese Möglichkeit, als ich ihn so direkt fragte.

„Nein! Weil ich es nicht ertragen kann, dass Ihr auch noch dieses Leben zerstören könntet. Ihr wisst genau, was ihn erwartet, falls er von der Polizei festgenommen wird. Und trotzdem wollt Ihr das tun. Das ist ganz furchtbar, habt Ihr denn gar kein Herz? Ihr wisst doch wie kostbar das Leben ist. Der liebe Gott hat jedem von uns ein Leben geschenkt, dafür verlangt er von uns, anderer Leben hochzuachten." "

„Wenn man Geld leiht, muss man zurückzahlen, wenn man einen Menschen ermordet, muss man mit dem eigenen Leben zurückzahlen. Er hat den Tod verdient. Das ist die Regel im Himmel wie auch das Gesetz auf der Erde. Möchtest Du Dich etwa mit ihm verbünden?" Fragte ich.

„Ein Mörder muss mit dem eigenen Leben zurückzahlen! Das ist weder die Regel im Himmel noch das Gesetz auf der Erde. Es war von alters her ein Gesetz der Menschen, dessen Ziel es ist, das Leben zu schützen und zu verhindern, dass die Menschen einander ermorden. Das Leben des Menschen ist heilig wie der Himmel." Und während er das sagte, schaute er hoch in die unendliche Weite, als erwartete er von dort eine Bestätigung seiner Worte.

Ich war verwundert. Immer war er mir nachlässig und oberflächlich erschienen, und doch schien er in wichtigen Dingen sehr gefestigte Prinzipien zu haben. War ohne Kompromissbereitschaft. Kämpfte mit theoretischem Wissen und jedes seiner Worte war geschliffen wie ein Juwel: „Du bist doch nicht so grob und unwissend, ich habe eben die Zukunft Deines Sohnes gesehen", teilte ich ihm meinen Eindruck mit.

„Reden wir jetzt nicht über ein anderes Thema", sagte er: „Ihr seht sehr nach Revolution aus, eigentlich seid Ihr grausam. Ich lasse nicht zu, dass Euer Vorhaben gelingt. Wenn Ihr heute zur Polizei wollt, müsst Ihr über meinen Körper gehen!" Ich und der Bruder schauten einander an. Guoming He war normalweise schlampig, aber im entscheidenden Augenblick war er kompromisslos. Ich hatte eine andere Seite von Guoming He entdeckte.

„Hast Du denn vergessen? Er hat Dich damals im Zug verletzt, Deine Hände haben viele Narben, Du kannst nicht einfach den Schmerz vergessen, weil die Wunde verheilt ist." So versuchte ich noch einmal vergeblich, ihn umzustimmen.

„Richtig, er hat mir viel mehr als Euch geschadet. Ich kann mich mit ihm versöhnen, aber warum wollt ihr ihn umbringen lassen? Unsere Religion sagt: „Ein Menschenleben zu retten ist viel besser, als sieben Tempel zu bauen. Habt ihr in Euren Herzen denn kein bisschen Liebe?"

„Die Gesetze bieten einen großen Spielraum zur Beurteilung einer Tat. Und wenn wir ihn nicht anzeigen, ist es doch jederzeit möglich, dass er gefasst und unser Versäumnis dann vielleicht offensichtlich wird."

„Wenn später so etwas passieren sollte, werde ich alle Schuld auf mich nehmen. Ihr könnt behaupten, nichts gewusst zu haben."
Jedenfalls, verhielt sich Guoming He in dieser Angelegenheit überaus hartnäckig und ernsthaft, abweichend von seinem üblichen Verhalten. Ich konnte es nicht verstehen: „Warum? Warum musst Du ihn so schützen? Er ist nicht Dein Verwandter, nicht Dein Bekannter, warum hinderst Du mich für ihn an meinem Tun?"

Es schien, er würde selbst nicht verstehen, warum er so handelte. Jedes Mal, wenn ich ihn fragte, starrte er mich erschrocken an, konnte lange Zeit nicht darauf antworten. Er war auf alle anderen Fragen vorbereitet, nur über diese eine schien er sich nicht im Klaren zu sein.

Sein Bruder versuchte, inzwischen mit vieler Mühe zu schlichten: „So machen wir es, genauso, Ihr Beiden hört mal zu: Wir überlegen noch einmal, erst wenn wir drei gleicher Meinung sind, legen wir unser Handeln fest. Morgen, morgen werden wir gleicher Meinung sein, dann können wir zusammen das Richtige tun. Heute gehen wir Essen, ich habe versprochen, Euch zum Essen einzuladen, bitte, macht mir die Freude."
Nach diesem freundlichen Vorschlag gingen wir zum Restaurant.
Die Anzeige bei der Polizei hatten wir stillschweigend beiseitegelegt.

Ich wusste, besonders da ich als Lehrerin so viele Jahre von der Partei geschult war, dass ich in dieser Angelegenheit sehr nachlässig handelte. Falls das alles einmal in meiner Schule bekannt würde, könnten sie mein Verhalten nicht begreifen. Und die Folgen für mich würden bestimmt sehr hart sein.
Eigentlich möchte ich doch zur Polizei gehen, warum tue ich es dann nicht? Wenn ich darüber nachdenke, weiß ich, es ist

nur wegen des Bruders. Ich mag seinen Bruder, das ist wahr, das ist der eigentliche Grund.

Seit diesen Tagen wurde die Verbindung zwischen uns immer fester, mal lud er mich zum Essen ein, mal ins Kino. Am Wochenende nahm er mich zur Party seines Freundes mit. Früher war er immer beschäftigt, jetzt hatte er plötzlich viel Zeit für mich, er füllte meine ganze Freizeit aus, ich konnte an nichts anderes mehr denken. Ob er so handelte, weil er in mich verliebt war oder aus einem anderen Grund, ich wusste es nicht, wollte es auch nicht wissen. In China hatte einmal ein Weiser gesagt: „Klug sein ist schwer, dumm sein noch viel schwerer. Aber von klug zu dumm wechseln, wäre am schwersten." Wenn man aber mit Dummheit Glück genießen kann, warum nicht?

Aber eines Tages ergab sich eine Situation, die mich in die Lage brachte, das Verhalten Guoming Hes zu verstehen, die eine Antwort gab auf meine Frage, warum er mit aller Kraft diesen Kriminellen schützte.

Ein Sprichwort sagt: „Wenn der Hase tot ist, wird der Fuchs traurig." Jeder, der ein anderes Leben verletzt, wird auf die gleiche Art leiden. Man sagte: „An der gleichen Krankheit Leidende haben tiefes Mitgefühl füreinander. Gleiches Schicksal verbindet die Menschen. Das war auch das Geheimnis von Guoming He, instinktiv schützte er ihn, wie er selbst beschützt sein wollte.

Eines Tages bekam ich einen Anruf von ihm. Mit sehr ernstem Ton sagte er: „Lehrerin, wenn Du mit mir zusammen Essen gehst, nicht, nicht auflegen------! Ich habe wirklich eine ganz dringende Angelegenheit mit Dir zu bereden. Ich schwöre! Wenn Du kommst, werde ich Dir mein ganzes Leben dankbar sein! Es ist wirklich eine sehr große Sache. Ich kann nur Dir vertrauen. Das Restaurant kennst Du schon, ich warte dort auf Dich, ich werde warten, so lange bis ich tot umfalle."

Ich hatte keine Möglichkeit abzulehnen und so sagte ich voller Unruhe zu. Würde wirklich etwas passieren, wenn ich nicht hinginge, überlegte ich, aber was sollte noch passieren? Der Vater Guoming Hes war Leiter der Kantine der Provinzregierung. Er kannte viele wichtige Politiker, mächtige Leute. In China konnte man mit solchen Beziehungen alles erreichen. Ich entschloss mich hinzugehen, auch weil ich neugierig war.

Als ich in das Restaurant kam, wartete Guoming He schon. Er sah angegriffen und gehetzt aus. Der Bart war stoppelig, ein paar Tage nicht rasiert, die Augen lagen tief in den Höhlen. Als alle Gerichte auf dem Tisch standen, setzte ich mich und begann zu essen. Er aber aß fast gar nichts, schaute nur auf mich und murmelte: „Es ist doch besser gar nichts zu machen, dann hat man auch mehr Appetit."
Ich hob den Kopf, presste die Stäbchen mit der Hand und fragte: „Warum isst Du nicht?"

Er schüttelte den Kopf: „Lehrerin, es ist------." Er zeigte hektisch auf eine große Tasche, die neben ihm stand. Er konnte mit seiner Erklärung nicht mehr bis nach der Mahlzeit warten. „Ich gebe Dir zwanzigtausend Euro." Dann hielt er inne und schaute konzentriert, um meine Reaktion zu prüfen: „Aber ich habe eine Bedingung." Dann wartete er erneut auf meine Äußerung.
Ich nahm gerade etwas Ei mit Paprika, fand aber gar keine Zeit, es in den Mund zu stecken, so verblüfft war ich. Erstaunt legte ich es wieder auf den Teller: „Bist Du verrückt? Warum------? Was ist das für eine Bedingung?!"
In dieser Zeit waren alle Menschen arm, tausend Euro waren schon ein Vermögen. In der Zeitung, im Fernsehen und im Radio wurde überall verbreitet, wenn eine Familie oder eine Person es schaffte, eintausend Euro zu sparen, sie wurden als Vorbild genannt. Aber zwanzigtausend?! Noch nie hatte ich von so einer großen Summe gehört, und die will er mir schenken?

Auch wenn Guoming He in seiner Not nicht dazu gekommen war, sich zu rasieren, sich ordentlich herzurichten, schaute er auf meine hilflos wirkende Reaktion und lachte: „Du sollst meinen Sohn aufziehen, bis er erwachsen ist." Sagte das und seine Mundwinkel zuckten so, als würde er weinen wollen. Aber er beherrschte sich: „Du nimmst ihn von hier weg, irgendwohin, gibst ihm einen neuen Namen. Lass ihn einen normalen Beruf erlernen, so dass er mit eigener Arbeit seine Existenz sichern kann." Nun kamen ihm doch die Tränen: „Ich kann nur Dich bitten, seiner Mutter vertraue ich nicht, traue ihr das auch nicht zu. Ich glaube an Dich." Dann, mit schluchzender Stimme: „Es ist doch so, wir beide hatten in einem früheren Leben eine Beziehung. Ich werde mit meinem Leben für das Geld bezahlen. Nimm Du dieses Geld und mache mir die Freude, dass Du es für ihn benutzen wirst."

„Du?!" Ich saß wie auf Kohlen: „Was ist denn eigentlich passiert?"

In dieser Zeit war die Situation in China so: Einerseits war die Kulturrevolution gerade zu Ende, die Regierung setzte sich für den Wiederaufbau der Wirtschaft ein; andererseits wusste niemand, wie sollte der typisch chinesische Sozialismus gestaltet werden. Man tappte im Dunkeln, orientierte sich hier und dort. In dieser Situation hatte sich im Wirtschaftsbereich eine Grauzone entwickelt, am Rande der Kriminalität. Darum erging ein Aufruf: ‚Schlagt die Wirtschaftsverbrecher!' Der Apell wurde überall verkündet. Ich vermutete nun, dass er hat mit solchen Dingen zu tun hatte!

In diesem Augenblick kamen plötzlich viele Polizisten herein und umstellten unseren Tisch. „Du wagst es, mit dem Geld zu flüchten? Wenn Du das nicht getan hättest, könnten wir Dir noch ein paar Tage die Freiheit lassen. Mit diesen Worten legte einer von ihnen Guoming He Handfesseln an. Die anderen alle sahen sich nach mir um.

„ Schmeckt es gut?!" Fragte eine spöttische Stimme, dann begannen sie lauthals über mich zu lachen, so dass es in meinen Ohren dröhnte.

Meine Hand, die die Stäbchen hielt, fing an zu zittern, Angst peinigte mich, schockiert, erstaunt und hilflos schaute ich vor mich hin, noch zweimal versuchte ich, mit den Stäbchen vom Gericht zu nehmen und etwas in den Mund zu stecken, doch schnürte Panik meinen Hals zu. Ich konnte nicht herunterschlucken, aber auch nicht ausspucken. Ich begann, laut zu husten, mein ganzes Gesicht  färbte sich rot von dieser Anspannung. In meinen dreißig Lebensjahren hatte ich mich noch nie in so einer misslichen Lage wie heute befunden. Ich hörte, wie einer der Polizisten seinen Chef fragte, ob sie mich auch festnehmen sollten? Der Chef überlegte einen kurzen Moment. Aber welche Möglichkeit hatte ich, in diesem Moment zu reagieren? Zum Glück lehnte der Chef das Ansinnen ab. Bevor Guoming He  von der Polizei abgeführt wurde, stellte er mir eine Frage: „Wo ist das Geld, die zwanzigtausend?" Und die Polizei nahm die große Tasche mit, die er vorher neben mich hingestellt hatte. Dann stiegen sie alle in die Polizeiautos.

Guoming He wurde wegen Bestechung und Korruption, zwei verschiedene Straftatbestände, schuldig gesprochen und zum Tode verurteilt. Ohne Aufsehen wurde er erschossen.

Aber ich hatte Glück, der liebe Gott hatte sich in diesem Augenblick wohl doch  meiner angenommen. Was wäre wohl geschehen, hätte ich die große Tasche mit dem Geld schon in meinen Händen gehabt? In den Augen der Polizei wäre ich dann bestimmt mitschuldig, mindestens aber eine Hehlerin. Nur, weil ich damit überhaupt nicht in einen Zusammenhang gebracht wurde, musste ich, nachdem die Polizei abgerückt war, auf Verlangen der Restaurantleitung auch das Essen bezahlen. Ich war aber doch unschuldig! Die Polizei untersuchte sorgfältig alle Umstände, danach kamen sie zu dem Ergebnis, dass ich mich doch ehrlich verhalten hatte. Lieber Gott! Ich bedankte mich von ganzem Herz bei ihm.

Ich konnte weiter unterrichten, lebte mein eigenes, ruhiges Leben. Aber der Sohn von Guoming He besuchte lange Zeit nicht mehr die Schule und das machte mir Sorgen. Das Kind ist doch unschuldig, jedes Kind sollte eine normale Schulausbildung bekommen, dafür zu sorgen, war meine Aufgabe.
Und so ging ich an einem ruhigen Tag seinen Sohn zu Hause besuchen, wollte ihn an die Schule zurückholen.

Nach der Anschrift begann ich, an der Ecke einer kleinen Straße nach der Hausnummer zu suchen. Schnell fand ich die Tür, deren Bretter abwechselnd rot und grün gestrichen waren und deren Farbe schon etwas abblätterte. Ich klopfte leise, öffnete die Tür und sah mich einer alten Frau gegenüber. Ich fragte sie nach dem Sohn von Guoming He. Sie schaute eine lange Zeit prüfend auf mich, dann sagte sie: „Nachdem diese Dinge geschehen waren, wurde das Haus zwangsversteigert, die Azaleen im Garten gefielen mir, und so habe ich es gekauft. Sonst habe ich mit der Familie nichts zu tun." Ich schaute in den Garten wo fünf, sechs Azaleensträucher üppig blühten. In der eher schlichten Umgebung fielen sie sehr auf. Damals, im Zug, zogen mich diese Blumen an, auch jetzt war ich immer noch von ihnen fasziniert.

„Wissen Sie, wie es seinem Sohn geht?" Fragte ich.

„Ja, jetzt reden die Nachbarn alle über die Familie. Auch ich habe davon gehört: Er lebt wieder bei seiner Mutter. Aber sie hat mit dem Onkel vereinbart, wenn dieser heiratet, wird er beim Onkel leben. Seine Mutter hat sich in einer anderen Stadt wieder verheiratet. Es ist so, dass sein Onkel in ein paar Tagen heiraten wird. Die Braut ist Chefingenieurin in der gleichen Fabrik, ein sehr gutes Mädchen. Sich freiwillig um ein so großes Kind kümmern, das wollen nicht viele Mädchen auf sich nehmen. "

Ich fühlte mein Herz nach unten sinken. Sein Onkel war eine bestimmte Zeit sehr nett und lieb zu mir, war das alles nur wegen seines Bruders? Er war überhaupt nicht mit dem Herzen bei mir? Ich mochte ihn doch, ich könnte auch------, all` diese Gedanken gingen jetzt durch meinen Kopf.

Ich verabschiedete mich von der alten Frau, ging zu einer Telefonzelle und rief seinen Onkel an: „Möchtest Du mir nichts sagen?" Meine Stimme war tränenschwer. Hinter der Telefonzelle gab es kleine Berge auf denen viele Azaleen wuchsen, aber durch das Fenster der Telefonzelle schaute ich gerade auf die blühenden Büsche in Guoming Hes Garten. Meine Augen konnten sich nicht sattsehen an ihrem Anblick.

Sein Bruder zögerte einen Moment, dann sagte er zu mir: „Du bist eine gute, eine sehr gute Frau, ich möchte Dein Leben nicht belasten."

„Du belastest mich nicht------. Weißt Du, ich habe gesucht und gesucht, endlich ein----", ich konnte nicht weitersprechen, wieder erstickten Tränen meine Stimme.

Eine kurze Zeit schwiegen wir: „Du, sieh mal: Einerseits habe ich fast Pleite gemacht mit meiner Fabrik, ohne meinen Bruder die Produkte zu verkaufen, ist sehr schwierig , viele Waren stapeln sich im Lager. Zum Glück wird meine Chefingenieurin mit mir zusammen um die Existenz der Fabrik kämpfen, wir müssen die Fabrik retten. Verstehst du?" Er wartete kurze Zeit, als er keine Antwort von mir hörte, erzählte er weiter: „Andererseits habe ich ein Kind, dessen Vater als Verbrecher zum Tod verurteilt ist. Du weiß doch, was für Schwierigkeiten daraus erwachsenkönnen. Sie wird das Kind trotzdem akzeptieren, habe ich noch eine andere Wahl? Bedenke doch mal meine Situation, habe ich eine andere Wahl?" In seiner Stimme war ein Schluchzen, einen Moment war Stille im Telefon, dann redete er weiter: „Bitte, verzeih mir, damals besuchte ich Dich nur wegen meines Bruders. Er verlangte von mir, Dich fest an mich zu binden, damit Du von der Anzeige beim Polizeiamt Abstand nimmst."

„Deinetwegen habe ich das veranlasst. Ich wusste schon, Du würdest auf meinen Bruder hören, ich wollte Dich doch nicht unglücklich machen! "

„Entschuldige! Eigentlich habe ich dich ------. aber, es ist mein Schicksal, alles für meinen Bruder----", sagte er traurig.

„Warum musstest Du mir zum Nachteil Deinen Bruder schützen?"

„Er fühlte mit dem Verbrecher, er identifizierte sich mit ihm! Er versuchte ihn zu schützen, wie er später selbst geschützt werden wollte! Wir schadeten Dir, ja, aber es war nicht aus bösem Willen. Weißt Du, das Leben ist so kompliziert, manchmal geschieht so etwas einfach, verzeih uns!"

Ich wusste nun, es war alles nicht mehr zu ändern, darum seufzte ich tief: „Du brauchst Dich nicht immer zu entschuldigen! Das ist offenbar mein Schicksal. Ich wünsche Euch viel Glück! Falls sein Sohn zu Dir zurückkommt, lass ihn weiter die Schule besuchen."

„Versprochen!"

„Also, noch etwas. Kannst Du mir erklären: Warum hat das gerade Deinen Bruder getroffen, er ist doch bloß ein Verkäufer. Warum?"

„Gut, ich erkläre es Dir. Anderen Leuten werde ich nichts darüber sagen, nur Dir allein.
Mein Bruder war auch für eine andere Fabrik der Verkaufsvertreter. Deren Direktor bat, flehte ihn fast täglich an, die Produkte zu  verkaufen, damit die Produktion weiterlaufen konnte, sonst würde die Fabrik schließen müssen. Aber die Konkurrenz war sehr groß, es gab nicht nur diese eine Fabrik mit solchem Produktionsprofil. Viel zu viele Produkte der gleichen Art stapelten sich in den Läden.  Wir haben keine Marktwirtschaft. Alle Betriebsleiter mussten sowohl dem

Industrieamt als auch den zuständigen Leitern auf der städtischen Ebene und der Provinzebene gehorchen, eine dreifache Unterstellung also mit all ihren Nachteilen. Mein Bruder versuchte, den Chef jeder dieser Stufen zu bestechen, jeden. Aber sicher war es so, dass nicht alle bestechlich waren. Zuerst sollte man eine Beziehung aufbauen, dann------. Mein Vater aber hatte meinem Bruder diese Beziehungen vermittelt."

Diese Schilderung ermüdete ihn offenbar sehr, aber er erzählte mit heiser Stimme trotzdem weiter: „Als die Kulturrevolution begann, war mein Vater Chef einer staatlichen Kantine. Er kannte fast alle hohen Funktionäre der Stadt. In dieser chaotischen Zeit versteckte er einige von ihnen bei uns zu Hause im Dorf für ein paar Monate, um sie vor den Roten Garden zu schützen. Das war möglich, weil wir zur Arbeiterklasse gehörten. Du kannst Dich doch auch noch genau erinnern, wie viele Staatsbeamte durch die Gewalt der Rotgardisten starben.

Aus Dankbarkeit halfen diese Funktionäre nachher, als sie wieder in ihre hohen Ämter eingesetzt waren, meinem Bruder. Sie nutzten ihre Beziehungen, damit er die Produkte der Fabrik verkaufen konnte. Als mein Bruder festgenommen wurde, musste die Fabrik schließen.

„Aber die Leute, die sich bestechen ließen, was ist mit ihnen geschehen?"

„Bis jetzt ist ihnen noch nichts passiert, aber man weiß nicht, was noch kommt, Sicherheit gibt es nicht."

„Danke! Ich glaube, meine Neugierde ist jetzt befriedigt, ich danke Dir für Deine Offenheit!"

„Ich kann auch nicht mehr für Dich tun. Bedanke Dich nicht." Er seufzte.

Ich legte den Hörer auf und dachte, eigentlich war Guoming He doch ehrlich zu mir, und er kämpfte für seine Fabrik, so ehrlich, wie die Verhältnisse es zuließen.

Die Sommerferien kamen, ich hatte vor, in die Neun-Hua-Berge zu gehen. Alle sagten, wenn durch einen Schicksalsschlag die Seele, das Gefühl, gestorben war, könne man dort die Verletzungen der armen Seele heilen oder sie von Sünden reinigen. Ich wollte zu Gott gehen und bitten, er solle die Seele von Guoming He retten, damit auch sie in den Himmel aufsteigen konnte.

Die Gebirgskette war zerklüftet, mal hohe Berge und dann wieder Ebenen, neue Berggipfel hatten sich gebildet, standen in der Form einer Lotosblüte. Mehr als neunzig Tempel lagen dort in einem tiefen Wolkensee. Kein anderer Platz hätte sich besser eignen können für einen buddhistischen Wallfahrtsort. Ich ging von einem Gipfel zum anderen, von einem Tempel zum anderen während sich meine Seele löste von all der Last, die sie bedrückte und mein Herz begann zu gesunden. Auf meiner Wanderung kam mir eines Tages ein Mönch entgegen, er trat auf mich zu, um langsam mit mir ein paar Sätze zu sprechen. Ich antwortete und plötzlich erinnerte ich mich: Dieser Mönch, das war doch jener Verbrecher, den ich einige Male bei der Polizei anzeigen wollte. Guoming He hatte mich immer davon abhalten wollen, immer dessen Leben beschützt. Dieser Verbrecher war jetzt ein Mönch.

Hastig lief ich hinter ihm her, holte ihn ein und erzählte ihm alles über Guoming He, besonders dass dieser ihn geschützt, vor der Polizei gerettet hatte.

Aber dann sah ich an seinen Augen, dass es ihm nichts mehr bedeutete, dass er diese Welt bereits hinter sich gelassen hatte. Leere war in ihnen und Fremdheit. Sollte ich doch seine Weltflucht nicht stören, da er bereits vor einem anderen Richter stand.

### III. Kommunismus ist unsere Religion

*Sundas Verwandlung*

Im diesem Jahr war ich arbeitslos. Eines Tages ging ich zur Kirche, um Gott zu fragen: Was soll ich weiter für meine Existenz tun?

In der Kirche fand gerade eine Gottesdienst statt. Ich schaute erst zu und nahm dann spontan teil. Allmählich war mein Kopf von Religion erfüllt, vergessen der eigene Anfangswunsch. Dann erfüllte mich plötzlich nur ein einziger Gedanke: Über Sunda muss ich schreiben.

„Über Sunda sollte ich schreiben!" Lange Zeit dachte ich: Es ist bloß so ein Gedanke. Doch eines Tages begriff ich endlich: Es war eine Anweisung von Gott.

Deswegen schreibe ich über Sundas Geschichte, über seine Verwandlung.

Wenn man über Sunda schreiben möchte, sollte man zuerst über seine Frau paar Worte sagen.

Sundas Frau war sehr schön.

Als ich sie zum ersten Mal sah, stieg sie gerade aus einem Auto. Zuerst kamen ihre Füße mit den blumenbestickten Lederschuhen heraus und sie blickte mit einem klangvollen Lachen in die Runde. Dann drehte sie sich um und zeigte mit dem Finger nach jemandem, der noch in dem Auto saß, wobei sie den Körper so anmutig wie eine Orchidee beugte, noch immer rückwärtsgewandt lachend. Ihr Anblick brachte allen, die ihr zuschauten, die Sonne ins Herz.

Nachdem sie genug gelacht hatte, stand sie gerade wie ein Bambus im April, aufrecht und frischgrün, zog eine bunte Jacke an und tausend bunte Blütenblätter umhüllten nun ihre Gestalt. Sie brachte uns damit wieder den Frühling.

Sundas Frau ging Schritt für Schritt in einem Rhythmus. Die umherstehenden Männer beobachteten sie aufmerksam, während sie ihnen etwas erzählte, ab und zu Witze erzählend und lachend. Ob Sunda auch zu dieser Männergruppe gehörte, darauf achtete ich in diesem Moment nicht, gemeinsam wie Sterne den Mond umkreisend gingen alle zum Fünf-Sterne-Hotel, das unserem Hotel gegenüber lag. Ich wohnte in einem Hotel von der Kategorie 2,5 Sterne, das überwiegend von jungen Leuten und ärmeren Touristen gebucht war. Viele von ihnen saßen auf den Sofas in der Eingangshalle, ihre Computer auf den Knien, schauten sie mal nach E-Mails und Fotos, mal durch die Fenster nach draußen auf den Platz zwischen beiden Hotels.

Die Frau von Sunda fesselte meine Blicke ebenso, wie sie scheinbar unbeabsichtigt die Blicke fast aller dort sitzenden Leute auf sich zog. Dann hingen aller Augen an der Tür des Hotels, in der sie verschwunden war. Die Tür des Hotels wurde zum Gegenstand kollektiver Anbetung. Sehnsucht und Neid bildeten den Teppich.

Ich kam hierher, um an einer Hauptversammlung für Taiji-Lehrer teilzunehmen. Wenn man in Deutschland Taiji lehren möchte, müssen zuerst Zertifikate eines deutschen Taiji- und Qigong Vereins vorgelegt werden. Die Anerkennungsbescheinigung gilt nur für drei Jahre, nach drei Jahren müssen neue Bescheinigungen beantragt werden. Deswegen zwang ich mich, an der Versammlung teilzunehmen, mit allen Deutschen zwei Tage lang Ingwer-Tee zu trinken, Curry-Zucchini und Reis zu essen, fast noch mehr mönchisches Leben als chinesische Mönche anzunehmen, bis dann die Versammlung zu Ende war. Während ich die Leiterin der Konferenz mit den deutschen Teilnehmern klassische Artikel lesen hörte, hatte ich Sehnensucht nach einer Tasse Kaffee, um mich besser konzentrieren zu können, aber es gab keinen, nirgends, hier gab es nur Ingwertee. Unsere Chinesen sagen: ,Im Winter soll man Rettich nehmen, im Sommer Ingwer'. Jetzt aber war Frühling, im Frühling sind alle Leute wie Schlafmützen, wozu brauchen die Leute dann Ingwertee? So konnte ich nur immer ein Auge zu, das andere Auge aufmachen und geduldig horchen bis die Schulung zu Ende war. Anschließend gingen alle anderen Teilnehmer in ein Restaurant oder eine Bar, Fleisch oder Fisch zu essen und Schnaps zum Entspannen zu trinken. Nur ich ging auf den Platz zwischen den beiden Hotels. (Ich wollte so allen anderen zeigen, wie sich ein richtiger Mönch zu verhalten hatte.)

Die Straßenlaternen begrenzten den Platz zwischen den Hotels, der die Form eines Lotus hatte. Eichenblätter raschelten, Blumen versteckten sich im Mondschatten.

Ich hatte keinen anderen Partner als das Mondlicht, das auf meinem Körper glitzerte. Ich nahm ein Glas Wein, erhob es zum Mond: „Mit meinem eigenen Schatten werden wir drei sein." (Ein bekanntes chinesisches Gedicht.)

In diesem Augenblick kam Sunda vom gegenüberliegenden Hotel  zu mir. Alle hohen Straßenlampen strahlten im Wechsel mit einer weißen Blume, die er in seiner rechten Hand hielt. Reinweiß erglänzte sie in meinen Augen.

„Bist Du eine Chinesin?" Es schien, er wollte gern mit Jemandem sprechen. Als er mein Kopfnicken sah, fragte er weiter: „Reist Du allein?" Ich lächelte: „Das habe ich mir so angewöhnt, eigentlich, wenn man sich ganz in die Einsamkeit vertieft, kann man sie auch genießen. Weil die Gedanken freier sind,  kannst Du Deinen Gedanken auch besser folgen. Darum haben die chinesischen Mönche in alter Zeit auch Zen praktiziert. Sie setzten sich einer Wand gegenüber und blieben zehn Jahre davor sitzen.  Hast Du auch solche Erfahrungen?"

„Ich saß schon davor, habe es genossen." Er lachte: „Meine Frau ist mit ihrer Firma auf die Jagd gegangen. Ich bin einfach mitgekommen."

„Du sagst, Du kommst mit Deiner Frau zusammen her und kannst trotzdem die  Einsamkeit genießen?" Meine Gedanken liefen im Kreis, darum reagierte ich erst nach einiger Zeit: „Jagen, das ist bestimmt sehr interessant, es ist aber nichts, um die Einsamkeit zu genießen, im Gegenteil. Naja, Flugzeug, Schiff, alle wollen nicht mehr sitzen, jetzt ist das Jagen zur Mode geworden, reiche Leute nutzen alle Möglichkeiten, das Leben zu genießen. Du hast Glück, in  den Reichenclub aufgenommen zu sein, ich gratuliere Dir." Ich gab mir  Mühe, meinen ernsthaften Gedanken einen kleinen Hieb auf seine Angeberei folgen zu lassen. Diese Angeberei kam völlig unerwartet, deswegen konnte ich mir diese kleine Stichelei nicht verkneifen. Er aber bemerkte meinen Hohn nicht und stellte eine ganz stolze Miene zur Schau.

Als ich ihn noch einmal ansah, schien es mir, als würde ich ihn kennen: „Ich glaube, ------." Ich zögerte: „Wir sind einander schon einmal begegnet."

Er schaute mich an, dann noch einmal, ganz intensiv: „Ich kenne Dich aber nicht."

„Ihr wichtigen Leute vergesst die anderen oft. Du kannst mich jetzt nicht erkennen, dann soll es so sein. Aber ich habe Dich nicht vergessen." Meine Gedanken klassifizieren und sortieren die Ereignisse der Vergangenheit immer sehr genau, halfen mir so, mich auch an ihn zu erinnern: „Es war vor dreißig Jahren, wir waren in China, Du warst unser Chef, deswegen kannst Du Dich an mich natürlich nicht mehr erinnern."

„Wann denn? Wobei denn? Kannst du mir einen Hinweis geben, warum kann ich mich überhaupt nicht daran erinnern?" Fragte er.

„Auch wenn ich Dir einen Hinweis gebe, glaube ich, Du wirst Dich an mich nicht erinnern. Weil die Angelegenheit für Dich so normal war, wie das tägliche Essen zu Hause. Für mich aber hatte unsere Begegnung eine andere Wertigkeit, sie war für mich wichtig. Ich kann sie nicht vergessen."

„Täglich zu Hause essen! Es fehlte mir gerade. Ich habe nicht so viel Fantasie, ich kann dieses Gleichnis nicht verstehen. Sag es mir noch einmal!" Bat er und biss in die weiße Blume, die er in seiner linken Hand hielt.

„Was für eine Blume isst Du?" Fragte ich erstaunt. Eigentlich erschien es mir nicht ungewöhnlich, eine Blume zu essen. Wenn man viele Jahre in Deutschland gelebt hatte, so wie ich, war man Wunderlichkeiten gegenüber unempfindlich. Aber er war dabei so gewalttätig. Es steckte Blatt für Blatt in den Mund und ließ dabei seine schönen Lippen sehen. Auch seine Hand sollte geschmackvoll mit Nagellack gepflegt sein, dann würde er als Aristokrat gelten. Wie er so die Blume mit grober Hand zerdrückte, sie achtlos und ganz in den Mund steckte, einmal zubiss, dann den Rest mit den Bissabdrücken wieder heraus nahm, wirkte er auf mich geradezu grobschlächtig.

So mit Schönheit zu aasen, dazu kann ich doch nicht schweigen.

„Es ist keine Blume, sondern Käse", sagte er.

„Käse?! Käse haben wir auch schon gegessen, den gibt es im Supermarkt, verschiedene Sorten, aber nicht eine solche, wie Du sie hattest, die so außerordentlich hübsch aussieht. Aber, natürlich, durch Deine Grobheit ist von der Schönheit schon nichts mehr zu sehen."

„Wenn Du im Käsegeschäft suchst, kannst Du auch so etwas bekommen, es ist auch nicht zu teuer." Er betonte teuer und sagte weiter: „Im Supermarkt, da weiß ich nicht genau, ob sie es haben, kann sein, kann aber auch nicht sein. Wichtig ist auch ein besonderes Messer mit dem man drehen und schnitzen kann." Er demonstrierte es mit einer Geste, dann schüttelte er die Hand: „Ich habe heute viel zu viel geschnitzt, mein Handgelenk tut weh davon."

„Der Käse sieht so schön aus, bestimmt schmeckt er auch gut." Meine Einbildung gaukelt mir dessen Geschmack vor. Ich setze mich auf den Platz zwischen Mondlicht und Lampenschein. Es inspirierte meine Fantasie.

„Ich kann mich nicht daran gewöhnen, mit mir allein zu sein. Ich habe nicht nur für mich Käse geschnitzt, sondern für alle Leute der Firma. Und Du, Du kommst doch mit so vielen Leuten zur Konferenz, ist da nicht einer mit dem Du reden kannst, warum sitzt Du hier allein", wechselte er das Thema.

„Wenn man sich zwingt zu suchen, kann man auch jemanden finden. Aber es erschien mir sinnlos. Besser ist es, allein zu sein", sagte ich.

„Das finde ich auch. Gleichgültig wo man ist, gleichgültig wie viele Leute dort sind, ich bleibe gern allein, frei, in meinen Gedanken frei, muss nicht überlegen, was hat der gesagt, muss mir auch nicht Mühe geben, mit welchem deutschen Wort ich meinen Gedanken ausdrücken kann, muss mich nicht überanstrengen."

„Das ist unser Schicksal als Globetrotter", fasste ich zusammen. „Doch, ja, Du wolltest eigentlich wissen, woher wir einander kennen. Ich will es Dir sagen: Ich habe ein bisschen schlechtes Gewissen, vorhin habe ich einfach das Thema gewechselt und nun möchte ich auf die eigentliche Frage zurückkommen. Endlich habe ich einen Bekannten an einem fremden Ort getroffen, den will ich nicht einfach verlieren."

„Ja! Aber nein! Beim nächsten Mal. Ich bin nicht mehr neugierig. Es ist ohnehin nur die Vergangenheit. Ich gehe jetzt zurück zum Hotel, wenn ich zu lange wegbleibe, bekomme ich Ärger." Er sagte es, stand auf und verschwand.

Einsam und gelangweilt sitze ich wieder in der Nacht, die Dunkelheit regt meine Fantasie an. Ich sitze so und grübele lange Zeit. Man sagt: Meditation ist eine gesunde Methode, den Körper in positive Stimmung zu versetzen. Eine natürliche Heilmethode ist auch, durch Musik den Patienten zur Meditation anzuregen. Wichtig dabei war aber, eine klare Grenze zwischen Realität und Einbildung zu ziehen.

Nach einer Zeit, die mir sehr lang erschien, die Nacht war schon weit fortgeschritten, tauchte ich aus meinen Träumereien auf. Ernüchtert die Wirklichkeit schauend, kann ich nur noch in mein Hotel zurückgehen. Ich hatte ein Einzelzimmer und  gab mir große Mühe, reglos wie ein Gecko auf meinem Zimmerboden  auf dem Bauch liegend, den Rest der Nacht zu verbringen, alle Gedanken eines verstörenden Traumes aus meinem Kopf zu verbannen.

Plötzlich krachte eine Pistole. Ich sprang vom Bett auf.

Dann konnte man hören, wie eine Feuerwehr mit lautem Signal in Richtung unseres Hotels fuhr, zuerst eine,  dann zwei, drei Feuerwehren. Ich nahm meine Jacke und lief nach draußen. Auf dem großen Platz war nur ich allein, viele der Deutschen verbargen sich hinter den Gardinen ihrer Fenster, aber aller Augen blickten in die gleiche Richtung wie ich.

Sunda lag auf einer Tragbahre, Rettungssanitäter trugen ihn zur Feuerwehr. Ich kam gerade auf ihn zu: „Was ist Dir geschehen, warum gerade Dir?"    „Meine Frau hat auf mich geschossen. Dieses Mal schoss sie wirklich. Früher nahm sie oft das Gewehr, um auf mich zu zielen, einfach so zum Spaß. Ich hätte nie geglaubt, sie würde irgendwann wirklich schießen. Heute hat sie es getan!"

„Ist es sehr schlimm?" Fragte ich.

„Falls ich nicht mehr zurückkomme, sagst Du bitte der Polizei, dass meine Frau mich ermorden wollte. „Dann steckte er mir einen Zettel in die Hand. Ich schloss meine Faust um das Papier, nickte ihm zu und bat: „Geh nicht einfach so, ich möchte Dir doch noch erzählen, wie wir einander kennen-lernten."

Er schloss die Augen, schüttelte den Kopf, eine Träne lief über seine Wange. Weder das Mondlicht noch der Lampenschein reflektierten sie.

Man lud ihn in den Krankenwagen, der heulend in der Dunkelheit verschwand.

Dann sah ich Sundas Frau, sie trug immer noch ihre bunte Jacke, ihr ganzer Körper schien in der Luft zu vibrieren, jeder Schritt schien Kreise zu erzeugen wie auf dem Wasser. Sie war wie immer umgeben von vielen Männern, doch die meisten waren diesmal Polizisten. Ihr Haar war lockig und zerzaust, die Wangen eingefallen und weiß, ungeschminkt. Ihre fassungslose Miene entstellte ihre Schönheit nicht, hübsch und bedauernswert bewegte sie sich. Als sie mich sah, öffnete sie ihre Lippen, es schien, als wollte sie mir etwas sagen, konnte es aber nicht. Plötzlich ging sie ohne Rücksicht auf die Folgen auf mich zu und fragte: „Wie geht es Ihnen?" Ich war völlig überrascht. Jemand, der von der Polizei abge-führt wird, fragt mich noch so etwas. Zuneigung ergriff plötz-lich mein Herz, ich nickte und sagte: „Danke, gut!" Mein Herz war jetzt voller Mitleid.

„Sie kennen meinen Sunda, ist er denn jetzt schlecht?" Fragte sie, wobei sie die Autotür mit ihren schlanken Händen festhielt. Sie wollte noch etwas sagen, wurde aber von den Polizisten behutsam und doch entschlossen in den Wagen geschoben.

Ein paar Männer aus ihrem Gefolge waren ebenfalls her-ausgekommen. Ein junger Mann wiederholte immerzu: „Er hätte doch weggehen sollen, warum ist er nicht einfach weg-gegangen?" Andere sagten: „Es war, als wollte er sie zwingen, das Gewehr endlich zu benutzen." Alle anderen bestätigten diese Aussage mit einem Kopfnicken: „Ja! Wie viele Male hatte sie gesagt, er solle endlich gehen, viel zu viele Male."

„Er ist einfach nicht gegangen! Arme Dina, Du arme!"
Alle seufzten und schüttelten die Köpfe, schauten dem davonfahrenden Auto hinterher, bis es verschwunden war.

Sie schießt auf ihren Mann und alle bedauerten sie? Natürlich war sie wirklich nett, ihre Art hatte auch mich angerührt. Ich konnte jetzt keine Ruhe mehr finden, setzte mich, schaute auf Sundas Zettel und sah eine Telefonnummer. Nach kurzer Überlegung beschloss ich, dort lieber nicht anzurufen, wollte um diese Zeit nicht fremde Leute erschrecken. Quälend langsam verrann die Zeit, irgendwann, es war noch immer tiefe Nacht, konnte ich es nicht mehr aushalten: „Hallo", fragte ich?

„Es ist Nacht, warum rufst Du jetzt an!" Sunda selbst war am Telefon.

„Es geht Dir nicht schlecht?" Freue ich mich. „Ich verstehe nicht, wozu gibst du mir die Telefonnummer, wenn ich nicht anrufen soll?"

„Mir geht es nicht so schlimm, die Kugel streifte nur meinen Kopf. Aber weil Du Dich aufdrängst, wo ich gerade eingeschlafen bin, kann ich bestimmt nicht wieder einschlafen. Du störst mich einfach. Ok! Reden wir jetzt nicht, es ist Schlafenszeit!"

Ich schalte das Handy aus und denke: Was ist das für eine Mensch? ‚Es ist noch Schlafenszeit'! Ich kann meine Gefühle für ihn nicht einordnen: Sie schwankten zwischen Zuneigung und Ablehnung. Wie kann ein Mensch sich so plötzlich derart verändern? Dieser Sunda war nicht identisch mit jenem Sunda, den ich von früher her kannte. Die heraufbeschworene Vergangenheit ließ mich einen hohen, klaren Herbsthimmel sehen, der sich grenzenlos nach Süden ausbreitete, einen Frühling, der kam und wieder ging, Blumen die blühten und verblühten, und mit den Blumen kam auch die Erinnerung an die Ereignisse von damals wieder zurück.

In jenem Jahr kam ich vom Dorf zurück in die Stadt, um an der Barfuß-Ärzte Hochschule des städtischen Hygieneamtes zu studieren. Die Ausbildung zum Barfuß-Arzt geschah zur besonderen medizinischen Versorgung der Bauern.

Am ersten Tag ging ich, mich anzumelden. Auf dem Campus des Hygieneamtes, sah ich vor mir ein Mädchen, mal gehend, mal tanzend, eine einfache Melodie vor sich hinsingend. Manchmal hüpfte sie nach vorn, manchmal stellte sie sich auf die Zehenspitzen und tänzelte vorwärts. Jede ihrer Bewegungen sieht sehr anmutig aus. Unwillkürlich folge ich ihr, tanze und singe das leichte Liedchen mit, eines, das jeder singen kann: ‚Erhebe den Kopf, schaue zum großen Bären, suche den Führer Mao, suche unseren Führer Mao------.‘ Es war damals eine beliebte Beschäftigung allen Volkes, loyalitätsbezeugende Tänze zu tanzen. Alle Mitarbeiter von Einrichtungen wie Fabriken, Schulen, Verwaltungen, eben alle sollten jeden Tag vor Arbeitsbeginn Loyalitäts-Tänze miteinander tanzen. Darum waren solche Lieder und Tänze weit verbreitet, jeder konnte sie singen und tanzen. Ich glaubte damals, der ganze spätere Lebensweg würde mit Tanzen und Singen zu bestehen sein. So einfach wäre das!

Gemeinsam tanzten wir in das Büro herein, füllten unsere Aufnahmeformulare aus und gaben die Zulassungsempfehlungen vom Dorf ab. Alle Formalitäten waren nun erledigt. Der Direktor unserer Schule ließ uns warten: „Wenn alle da sind, machen wir eine kurze Versammlung.“ Das tanzende Mädchen und ich setzten uns zusammen. Wir hatten einander vorgestellt. Sie sagte, ihr Name sei Wenwen. Als sie noch im Dorf lebte, wurde sie der Gesangs- und Tanzgruppe zugeteilt, sie erhielt die Hauptrolle in der Tanzoper ‚Rote-Mädchen-Armee‘. Jeden Tag gingen sie in die kleinen Dörfer, die Oper aufzuführen, manchmal waren am Tag drei bis vier Aufführungen, ihre Knie waren durch diese starke Beanspruchung abgenutzt. Deswegen hatten die Bauern sie zu einem Hochschulstudium empfohlen.

Mitfühlend sagte ich: „Es ist sehr schade, Du bist noch so jung und Deine Knie sind schon kaputt. Der Weg hierher ist doch ein sehr weiter, wie konntest Du denn hierherkommen?“

Sie antwortete ganz ernsthaft: „Ich finde es nicht schade. Ich bin stolz darauf, so wie viele unserer jungen Soldaten auf dem Schlachtfeld das junge Leben für unsere Sache hinzugeben! Wir dürfen doch nicht einfach in den Tag hineinleben."

Ich bereute jetzt meine Worte. Nur weil ich ein bisschen die Kontrolle über meine Gedanken verloren hatte, war meine wirkliche Einstellung sichtbar geworden. Diese Zeit war die Zeit der Revolution, wollte man seine Zustimmung ausdrücken, so musste man alles hergeben, sei es auch das eigene Leben. Was ich gerade gesagt hatte, widersprach dieser Haltung. Am liebsten würde ich mich jetzt selbst mit der Faust schlagen: „Du hast Recht, wir dürfen wirklich nicht alle ohne Ideale leben. Schon ein einziger wie ich, wäre schon einer zu viel, ".

Sie guckte mich an: „Du würdest doch auch nicht so leben wollen." Aus ihren Augen sprach die volle Überzeugung. Das bedeutete für mich: Jetzt, da wir einander kennen, wird sie sich immer für mich verantwortlich fühlen. Auch wenn ich ein wertloses Leben führen möchte, ab heute geht das nicht mehr.

Danach begann die Einführungsveranstaltung, der Direktor übernahm die Leitung. Kraftvoll und lebendig ging er zur Bühne. Ich flüsterte zu Wenwen: „Unser Direktor ist sehr jung." Wenwen lächelte und flüsterte zurück: „Er sieht aus wie ein Schauspieler." Wir lachten heimlich.

Der Direktor sagte zu uns: „Ihr seid die Auswahl der Dorfbevölkerung, seid die besten von hundert, ja von tausend jungen Leuten. Durch die Bauern wurden zehn von hundert, einer von zehn ausgesucht. Ihr seid die Besten unserer Zeit, Ihr seid die Hoffnung unserer Welt, die Zukunft gehört Euch! In unserer Schule sollt Ihr alle guten Willen und ausgezeichnetes Verhalten zeigen. Alle Leute unseres Amts schauen auf Euch, meine Hoffnung ruht auf Euch, enttäuscht uns nicht. Wird es möglich sein, uns zu enttäuschen?"

„Nein", ein Raunen ging durch die Reihen. In dieser Zeit der großen Worte war es üblich, sich einzuschmeicheln. Es ging uns nicht nah, wir waren nicht gereizt, nicht aufregt von so einer großen Manifestation.

„Bitte, laut antworten, manch ein Student macht den Mund nicht auf!" „Nein!" Dieses Mal verausgabten wir uns.

„Gut, sehr gut." Der Direktor rieb seine Hände: „Jetzt bitte ich unseren Hygieneamtsleiter zu uns zu sprechen."

Der Hygieneamtsleiter ging auf die Bühne, wir alle waren überrascht, denn er war ein noch sehr junger Mann in diesem Amt, wohl etwas über dreißig und sprach die Studenten an: „Ich freue mich, Euch kennenzulernen." Er sagte diese Begrüßungsworte mit weicher Stimme verglichen mit der kräftigen Stimme des Direktors. Auch das Wesen und der Inhalt seiner Ansprache ließen auf ein sanftes, ausgleichendes Wesen schließen: „Heute wollen wir einander erst einmal kennenlernen, möchte ich Euch den Direktor vorstellen. Er ist in unserem Amt der jüngste Kader, gewissenhaft und verantwortungsvoll. Ihr habt Glück, unter seiner Leitung zu lernen. In unserem Amtsbezirk gibt es sechs Krankhäuser, ein Forschungszentrum, eine Hochschule. Ich hoffe, Eure Schule wird die beste Einheit des ganzen Amtes sein. Habt Ihr diese Hoffnung auch?!" „Ja, haben wir!" Dieses Mal wussten wir, dass alle laut antworten müssen. Die Atmosphäre war sehr gut, alle Studenten freuten sich, und der Amtsleiter verließ zufrieden und entspannt die Bühne.

Dann kam der Direktor mit rotem, verlegenen Gesicht erneut auf die Bühne: „Unser Amtsleiter hat mich wohl zu hoch gelobt, denke ich. Er ist ein hervorragender Leiter unseres Hygieneamtes. Er ist zum ersten der beste Chirurg, zum zweiten ein außerordentlicher Politiker. Unter seiner Leitung zu arbeiten, ist für uns alle ein großes Glück. Wir sollten stolz auf ihn seien, sollten ihm mit guter Arbeit Ehre machen, die Schule zur besten Einheit unseres Amtes entwickeln. Gut, heute will ich nicht zu viel sagen, später sehe ich Euch alle bei Eurer Tätigkeit wieder. Jetzt werden wir miteinander ein Lied singen, wer fängt an? Einige von Euch sind stark in kulturellen Aktivitäten, ich habe es in ihren Akten gelesen. Ja, es stimmt, Yeqiu, Du kannst das sehr gut machen."

Yeqiu erhob sich aus der Studentenmenge. Ich schaute zu ihr hin, überrascht, dass offensichtlich alle hübschen Mädchen in unserer Klasse versammelt waren. Eine Wenwen hatte schon genug Geschmackvolles an sich, tauchte jetzt Yeqiu auf, so schien es, als vereinte sie fast alle Schönheit in ihrer Gestalt. Als sie aufstand, war es, als würde ein Schwan in einem Hühnerhaufen stehen. Wir, alle anderen, erschienen plötzlich zurück zu Hühnern zu schrumpfen. Yeqiu war überhaupt nicht befangen, sie sang eine Strophe, dann dirigierte sie und wir sangen ein damals beliebtes Lied: „Auf dem Meer sind wir in Steuermannes Hand!‘

> Auf dem Meer sind wir in des Steuermannes Hand,
> alle Pflanzen brauchen zum Wachsen das Sonnenlicht,
> Regenwasser und Tau machen die Schösslinge stark,
> die Revolution lebt von den Ideen und vom Willen Mao Ze Dongs ------.

Nach meiner Erinnerung waren damals die Studienaufgaben nicht so schwer. An den Vormittagen hatten wir Unterricht, an den Nachmittagen wurden Theaterstücke geprobt. Wir waren die jüngste Einheit des Hygieneamtes, etwa zwanzig Mädchen und mehr als zehn Jungen. Darum war die kulturelle Arbeit eine unserer Aufgaben. In dieser Zeit gab es in der ganzen Stadt über zwanzig Ämter. Jedes Amt hatte eine Kulturgruppe. In jedem Jahr gab es einen Aufführungs-Wettbewerb, bei dem Plätze vergeben wurden. Jedes Amt, jeder Mitarbeiter war bestrebt, einen der ersten Plätze zu erhalten.

Wir probten ein großes Theaterstück: ‚Götter in Weiß‘. Der Direktor sagte zu mir: „Sieh mal, wir haben die beste Tänzerin, die beste Sängerin, es fehlt eine Rezitatorin. Du kannst gut Gedichte vortragen. Das Gedicht muss aber von Dir selbst sein, Du kannst Gedichte schreiben, das weiß ich. Ich habe es in Deiner Akte gelesen.“

Angespannt und aufgeregt warte ich drei Tage zu Hause auf einen Einfall. Wohl tausendmal wiederhole ich laut rufend: „Ah! Götter in Weiß“ und dann sprudelt mein Gedicht aus mir heraus:

> ‚Ah, Götter in Weiß,
> ihr tretet energisch für den Fortschritt ein,
> die Herzen der Patienten hoffen auf euch,

Kräuter und Medizin, silberne Nadeln und silberne Löffel sind Eure Waffen,
mit ihnen treibt ihr die Krankheit aus den Körpern.
Ah, Götter in Weiß,
gütig spannt ihr den Schirm Eures Könnens auf,
gebt den Patienten Schutz,
Skalpell und Stethoskop sind Werkzeuge Eurer Kunst,
machen viele Leute gesund.
Ah, Götter in Weiß, ihr seid Soldaten, von Mao geführt,
Helden, die kämpfen gegen die Krankheit.
Sie schützen die Menschen, erleuchten ihr Leben,
Ihr seid unser Stolz!'

Fertig! Aufgeregt gehe ich damit zu unserer Klasse, lese es allen vor.

Nachdem ich vorgelesen hatte, schwiegen alle, manch einer der Kommilitonen schien Lachen zu wollen, verkniff es sich aber.

„Sagt doch etwas!" Ich war nervös. Keine Reaktion bedeutete, dass mein Gedicht ohne jegliche Bedeutung war. Wie schlecht ich mich fühlte, kann man sich doch vorstellen.

„Ich finde, es ist inhaltsleer, " sagte Wenwen. Sie zögerte ein bisschen, runzelte die Stirn, nickte ernsthaft und meinte: „Bestimmt, das sind doch nur ein paar Losungen."

„Ich finde es gut, ja, wirklich gut!" Sagte Jeqiu.

„Du sagst sowieso immer: Sie ist gut", meinte ein anderer Student bissig zu ihr. Nur weil wir drei in der Klasse bei Prüfungen immer an der Spitze lagen, Wenwen war erste, ich war zweite, Jiequ war dritte, deswegen bewunderte Jiequ immer Wenwen und mich.

„Es heißt auch Gedicht? Nur so ein paar Schlagworte ?" Der Junge grinste: „Nicht jeder kann Gedichte schreiben", und fuhr im spöttischen Ton fort: „Eine Frau wie sie möchte auch Gedichte schreiben! Gibt es im Berg keinen Tiger, spielt der Affe den Oberherrn."(Unter Blinden ist der Einäugige König)

Ich kam nach vorn, setzte mich auf einen Stuhl, steif wie eine Statue, die tausend Jahre auf einem Felsen gestanden hatte.

„Eine Frau wie ich, was bin ich denn? Schlecht oder dumm? Seit wann bin ich ein Affe? Was für ein Oberherr? Ich möchte doch kein Oberherr sein! Aber, klar, ich weiß schon, ihr wollt mir sagen, ich habe kein Talent, Gedichte zu schreiben. Wenn Gott mir das Talent nicht gegeben hat, kann ich es auch nicht ändern."

Zwei Tage später, überall in der Universität hatte ich vermieden, dem Direktor zu begegnen, immer wenn der Direktor zu uns kam, stand ich auf und ging weg. Während ich einem Zusammentreffen aus dem Weg ging, stieg meine Depression bis zu einem Höhepunkt. Ich fühlte mich wie eine Maus, die eine Katze gesehen hat. War ich doch nicht zur Universität gekommen, um das Wesen einer Maus anzunehmen!

Der Direktor fand mich endlich in einer Ecke der Mensa, Wenwen und Jeqiu hatten ihm von dem Vorfall berichtet, worauf er mich überall gesucht hatte: „Kommst Du bitte in mein Büro?" Ich wollte zwar nicht, aber dem Befehl des Direktors musste ich folgen. Also ging ich mit ihm zum Büro und dachte dabei über eine Erklärung nach, mit der ich begründen konnte, keine Gedichte mehr zu schreiben.

„Ich weiß, Du hast Probleme, erkläre mir bitte, warum schreibst Du nicht mehr?" Der Direktor setzte sich mir gegenüber und fragte.

Seine Güte und Teilnahme ergriffen mein Herz. Wie ein Bruder schien er mit mir zu fühlen und mich zu verstehen. Die ganze Last des unverstanden Seins fiel wie ein Stein von meinem Herzen. Vertrauensvoll sagte ich: „Direktor, ich bin eigentlich nicht so begabt, wie Sie denken. Die Dorfleute haben mich nicht empfohlen, weil ich die beste war. Ich bin nicht wie Wenwen und Jeqiu, die für die Revolution ihr Leben lassen würden. Bei dem Vorfall mit dem Brand, wollte ich vor allem mein eigenes Leben in Sicherheit bringen. Die Dorfleute waren mit meinem Handeln sehr einverstanden, denn wenn mir etwas passiert wäre, hätte die Regierung zuerst einmal die

Dorfverwaltung und die Kader bestraft. Da ich mich selbst schützen konnte, galt ich bei ihnen als Vorbild. Direktor, Sie sollten nicht mehr auf mich vertrauen, ich habe kein Talent, ein Gedicht zu schreiben. Ich kann einfach nur die gängigen Parolen schreiben, damit führte ich schon die Dorfleute in die Irre. Ich bin bestenfalls ein Affe und es gibt in unserer Klasse viele Tiger. Sie können das Gedicht von ihnen schreiben lassen."

Der Direktor hörte meine leidenschaftliche Rede: „Hahaha", lachte er darauf laut: „Es gibt ein paar Tiger in unserer Klasse, die werden uns alle auffressen." Er überlegte kurze Zeit, dann  erzählte mir: „In unserer Klasse gibt es einen Studenten, ich will seinen Namen nicht nennen, weißt du, warum die Dorfleute ihn empfohlen haben?" Ich konnte nur mit dem Kopf schütteln.

„Das Dorf, in dem er lebte, grenzte an eine andere Provinz. Auch der Fluss, der es begrenzte, war geteilt, oben gehörte er zu seinem Dorf, der untere Teil jedoch zu einem anderen Dorf. Dieses andere Dorf versuchte immer die Bewohner seines Dorfs zu schikanieren. Oft schickten sie Bäuerinnen herüber, etwas zu stehlen. Besonders waren sie auf die Fische des Flusses aus. Weil aber die Sitte in seinem Dorf besagte: Ein guter Mann kämpft nicht mit einer Frau! Auch darf nicht Frau gegen Frau kämpfen! Das wäre unmöglich! So mussten seine Dorfleute hilflos dem Diebstahl zuschauen, mit bösen Augen und Zorn im Herzen. Die diebischen Bauern nahmen viel vom Vermögen der anderen. Es dauert eine lange Zeit, von dieser Provinz bis zur anderen Provinz, Stufe für Stufe nach oben die Vorfälle zu melden. Später brauchte es ebenso lange Zeit, bis die Entscheidungen Stufe für Stufe wieder herunterkamen. Die Verwaltungswege waren einfach zu kompliziert, um ein Problem in angemessener Zeit lösen zu können. Daher entstand ein sehr großer Verlust für sein Dorf.

Eines Tages, er schwammt gerade im Fluss und wie es dort üblich,  war er ganz nackt. Einige Frauen vom anderen Dorf kamen, laut lachend, genau wissend, die Leute der anderen Seite könnten ihnen sowieso nichts tun.  In aller Offenheit begannen sie, Fische von der anderen Seite des Flusses zu fangen.

Der Dorfvorsteher wurde sehr böse, er konnte diesen offenen Diebstahl nicht mehr ertragen und so sagte er zu unserem Jungen: „Mein kluger Junge, versuche mal die Frauen zu vertreiben, sie kommen schon wieder, unsere Fische zu stehlen!"

Der Befehl des Vorgesetzten war für den Jungen wie ein Gesetz. Er hatte auch schon oft von diesen Diebstählen durch die Frauen des anderen Dorfes gehört. Und immer sprach man mit Zähneknirschen darüber. Auch er war empört. So stieg er aus dem Fluss, lief schnell zum Ufer und wollte die Frau vertreiben. Aber in der Eile hatte er vergessen, seine Hose anzuziehen. Beim Anblick seiner Nacktheit waren die Frauen vom anderen Dorf schockiert, es machte ihnen große Angst und sie begannen, vor ihm zu flüchten. (Nach unserer Dorftradition dürfen Mädchen, die noch nicht verheiratet sind, nicht den Penis eines Mannes sehen! Sonst gelten sie als unsauber. Reinheit war für sie sehr wichtig, sonst würde sie kein Mann haben wollen. Auch die verheirateten jungen Frauen dürfen nur den eigenen Mann sehen.)

So war die Nacktheit des Jungen eine ganz große Beleidigung. Seit diesem Tag kamen die Frauen nie wieder in sein Dorf, um zu stehlen. Die Dorfleute hatten auch nicht gedacht, dass ein so schwieriges Problem von dem Jungen auf so einfache Weise gelöst werden könnte. Alle bedankten sich bei ihm, alle meinten, er sei sehr ehrlich und deswegen verdiente er ein Lob. So bekam er eine Empfehlung für unsere Hochschule. Ich hatte interessiert zugehört, musste eigentlich lachen, aber mir fehlte der Mut dazu.

Die Bauern des anderen Dorfes aber wollten nicht, dass der Junge so einfach ohne Strafe davon kam. Sie kamen zwar nicht mehr um zu stehlen, wollten aber den Jungen fangen und zu Tode prügeln. Währenddessen kamen Polizisten beider Provinz-Polizeiämter, den Streit zu schlichten. Der Dorfvorsitzende des Jungen musste sich im anderen Dorf öffentlich entschuldigen. Und dann schickten sie den Jungen so schnell wie möglich in die Stadt zurück.

Auf einmal wurde dem Direktor bewusst, dass er mir vielleicht etwas zu unbesonnen diese Geschichte erzählt hatte. Und so schien er nach einem weniger verfänglichen Übergang zu suchen. Daher erzählte er, um meinen Eindruck zu zerstreuen, von einer anderen Begebenheit: Zhangsheng, ein Dorfleiter, schickte den Jungen mit einem Brief zum Verwaltungszentrum, wo die Mitarbeiter schon auf ihn warteten. Der Dorfleiter sorgte sich jedoch, der Junge könnte sich verspäten und so hatte er ihn ein paar Mal ermahnt, sich unbedingt zu beeilen. Der Junge nahm seinen Auftrag sehr ernst, und weil er nicht zu spät kommen wollte, hatte er keine Zeit, zur Toilette zu gehen. Als er in das Büro der Buchhaltung hereingehetzt kam, mit vollen, stinkenden Hosen, konnten die Buchhalter fast nicht mehr atmen. Die Hosen voll, aber pünktlich! Die Bauern mussten noch lange den Spott ertragen." Ich konnte jetzt einfach nicht mehr still zuhören, so laut schüttelte mich ein Gelächter.

„Du kannst dich ja auch selbst beschützen, wie wir bemerkt haben. Du warst ebenfalls eine große Hilfe für die Bauern. Wenn ich dabei gewesen wäre, würde ich Dir auch gedankt und Dich für ein Studium empfohlen haben. Ihr seid ehrlich und habt gute Herzen, das ist die beste Voraussetzung, die man hierher mitbringen kann."

Die Rede des Direktors stimmte mich ein wenig optimistischer: „Wirklich, Direktor, ich bin nicht schlechter als andere, die Tiger oder Affen sind?"

Selbstverständlich, nickte mir der Direktor zu und meinte: „Ich habe gehört, dass Du schon ein Gedicht geschrieben hast, darf ich es einmal durchlesen?" Ich gab das Gedicht dem Direktor, er las es durch, dann noch einmal, brummelte kurz und meinte: „Du hast Dir schon Mühe gegeben, aber es ist wirklich zu oberflächlich. Das ist aber mein Fehler. Du bist erst vor kurzer Zeit hierhergekommen, Du hast fast gar keine Einsicht in den Arztberuf, so kann Dein Gedicht auch nicht tiefgründiger sein. Auch ich habe oberflächlich gearbeitet, habe beinahe deine Aufgeschlossenheit kaputtgemacht, verzeih mir bitte! Weißt du, ich komme aus der Armee, habe noch gar keine Erfahrung in der Arbeit als Direktor." Er hatte so herzlich um Verzeihung gebeten, ich schüttelte rasch meinen Kopf, es war überhaupt nicht möglich, ihm böse zu sein.

„Wir machen morgen folgendes: Ich nehme Dich, Wenwen und alle anderen, wir gehen zusammen die Krankenhäuser besichtigen. Und wenn Du dann mehr Einsicht und Erfahrung hast, wird Deine Inspiration auch reicher und tiefgründiger."

Am nächsten Tag führte der Direktor mich, Wenwen und alle anderen Studienkollegen zu jedem Krankenhaus in dieser Stadt, sie alle zu besichtigen. Als würden wir auf einem Pferd einmal über eine Blumenwiese reiten, von oben herab alles ansehen, gelegentlich vom Pferd absteigen, um einige dieser Blumen aus der Nähe zu betrachten. Der Direktor sagte: Das Wissen für den Arztberuf sei sehr umfangreich, alles auf einmal anzueignen, wäre einfach unmöglich, aber immerhin hätten wir jetzt schon einen kleinen Einblick.

Ich schrieb dann doch noch ein sehr außergewöhnliches und ergreifendes Gedicht, nachdem ich meinen Ärger überwunden hatte, mich nicht mehr krampfhaft an den Buchstaben festhielt, um unbedingt meine versteckten Talente zu zeigen. Zur Aufführung sang Yeqiu mit ihrer schönen Stimme ein Lied, bis Wind und Wasser sein Echo wiederzugeben schienen; Wenwen begann langsam im Rhythmus des Windes und des Wassers ihren Tanz, hob die Arme, die Beine und gewann mit ihren harmonischen Bewegungen die Herzen aller Zuschauer . Mit Überzeugung und Leidenschaft für mein Gedicht rief ich laut:

.

    Ah! Götter in Weiß !

    Weiß wie Birnenblüten seid ihr geboren, das
Leben zu hüten, lasst ihr Blütenträume
      wachst zu den Sternen,
      macht euch die Natur zunutze, das Grün der
Pflanzen, das Gespinst der Seidenraupen,
      immer webt ihr an der Schönheit des Lebens,
      die Meridiane der Menschenkörper sind euer
Lebensweg, fünfundzwanzigtausend Kilometer lang

lasst ihr Energie in das Blut strömen gleich glühendem Sonnenlicht!

Ihr fühlt den Puls am Grund der Gesellschaft, deren Bewegung entspringt die Kraft zur Entwicklung.

Ihr schreibt mit dem Stethoskop an der Geschichte der Menschheit,

mehr als fünftausend Jahre lang habt ihr die unendlichen Wunden des Lebens geheilt.

Kühn tanzt ihr auf der Nadel Spitze,

das Leben wechselt im Rhythmus der Jahreszeiten, der Schnee vergeht und der Frühling kommt.

Ah! Götter in Weiß !

Euer Skalpell schreibt ein brennend Blutgedicht,

Ihr trennt mit einem Schnitt den Körper vom Geist.

Eure Kunst macht die Menschen gesund,

das Leben ist Bühne für die Entfaltung Eueres Könnens.

Spürt Ihr die unendliche Dankbarkeit der Menschen?

Fünf Seen und vier Meere würden sie füllen.

Schaut, die Fahne der Kommunistischen Partei erfüllt Euch mit Leidenschaft.

Der Ausgleich zwischen weiblichen und männlichen Eigenschaften ist Euch Herausforderung,

ihre Erforschung ist das Geheimnis eines langen Lebens.

Nach dem Vortrag schlug unser Amtsleiter vor Begeisterung auf seine Oberschenkel: „Du lieber Gott! Hahaha!" Und begann, vergnügt laut zu lachen. Alle anderen Zuhörer hatten vorher nicht gewagt zu lachen. Jetzt bekamen sie die Erlaubnis, ihrer Freude ebenfalls Ausdruck zu geben und so lachten alle herzlich, trampelten hingerissen mit den Füßen. Es schien mir, der Vortrag war sehr gut angekommen.

Wir hatten insgesamt ein sehr gutes Ergebnis. Unser Amt bekam den ersten Platz der ganzen Stadt.

Seit dieser Aufführung, betrachteten uns die Mitarbeiter unseres Amtes mit ganz anderen Augen. Besonders wir drei fühlten uns, als wäre plötzlich in der Nacht ein Frühlingswind aufgekommen und an tausend, zehntausend Bäumen blühten nur wir drei Blumen. Jeder, den wir trafen, musste uns jetzt mit Bewunderung und Zuneigung anblicken. Die jungen Ärzte und Mitarbeiter unseres Amtes schienen immer mit Absicht oder zufällig in unsere Nähe zu geraten. Wir, nach einer Anweisung des Direktors, gingen nur noch zusammen, hielten arrogant die Köpfe hoch, unsere Augen schauten hoch über die Menschen hinweg , wir ignorierten ihre Anbiederungsversuche, die wir als geschmacklos empfanden.

Wie zum Beispiel bei dieser Begegnung:

Eines Tages fand in unserem Amt ein Erfahrungsaustausch statt. In unserem Amt gibt es einen großen leeren Saal und jedes Mal bei einer Versammlung muss jeder selbst einen Hocker mitbringen und irgendwo in den Saal stellen. Wir drei setzten uns zusammen, umgeben von einer Gruppe Jungen, die wir am Anfang gar nicht bemerkten. Wir plauderten und lachten, ohne auf unsere Umgebung zu achten. Nach einer Weile konnte sich die Personalchefin, sie saß auch in unserer Nähe, einfach nicht mehr beherrschen. Während der Pause sagte sie zu uns: „Na, ihr drei, seid mal nicht so stolz und schaut mal. Hier sitzen ein paar glänzende Jungen, die ich euch vorstellen möchte: Er", sie zeigte auf einen, „das ist ein Anästhesist, er arbeitet im Ersten Krankhaus. Die Narkose, wenn ihr das versteht, ist die Grundlage der Operation, ohne sie kann nicht geschnitten werden. Seine Fähigkeiten liegen nicht unter denen eurer Aufführung." Der Anästhesist wurde ganz rot im Gesicht, schaute aber trotzdem mit glänzenden Augen auf uns und nickte, indem er nickte, stellte Personalchefin weiter vor: „Dieser, ein junger Verwalter im Dritten Krankhaus, ist vom Charakter ganz exzellent, bei der Arme verdiente er in seiner Klasse den dritten Preis. Wisst ihr, in Friedenszeiten kann man nicht so einfach solch einen Preis bekommen." Der junge Verwaltung sagte zu ihr: „Danke, Große Schwester." Dann legte er beide Handflächen zusammen und verbeugte sich tief vor uns. „Jener, entstammt einer

Familie, in der die traditionelle chinesische Medizin gepflegt wird. Später, wenn ihr Blut- und Energiemangel oder Mängel im endokrinen System feststellt, müsst ihr ihn konsultieren." Er lächelte der großen Schwester zu und dann auch zu uns: „Hoffentlich müsst, ihr mich nicht wegen Fehlern im eigenen endokrinen System besuchen." Dann grinste er: „Hier sind noch mehr, ein Chirurg, Chef der Operationsmesser; ein Arzt für Innere Medizin, Experte für Diagnose, manch älterer Arzt fragt ihn um Rat. Sie alle sind sehr gute Ärzte, gut auch für die Ausbildung zukünftiger Ärzte und Verwaltungsfachleute. Ihr sucht Freunde, jeder von ihnen würde Euch Ehre machen. Darum bitte, nicht die Nase so hoch tragen!"

Wir setzten uns in die Mitte der Jungen, deren interessierte Blicke nun abschätzend auf uns ruhten. Obwohl wir mit der großen Schwester noch nicht gut bekannt waren, setzte sie sich ebenfalls dazu und neckte uns, indem sie über den Zusammenhang zwischen Blut und Energie, endokrinen Vorgängen und dem Verhältnis zwischen Jungen und Mädchen stichelte. Solche Betrachtungen, wenn auch scherzhaft, waren damals für uns beinahe tabu, sie machten uns sehr verlegen. Außer rote Gesichter bekommen und kichern, konnten wir gar keinen Beitrag leisten.

Wenwen gewann ihre Fassung als erste. Sie sagte und lächelte zur Personalchefin: „Große Schwester, Sie sind doch exzellent, kein anderer ist besser als Sie." Ich und Jeqiu veralberten sie nun ebenfalls: „Genau, große Schwester, Sie sind die Beste, wir alle sind nicht besser als Sie. Wir drei zusammen können es nicht mit Ihnen aufnehmen!"

„Ich? Ich bin schon verheiratet, meine Zeit ist vorbei. Jetzt seid ihr dran, meine guten jungen Schwestern. Aber seid nicht zu schüchtern, sucht Euch doch einen unter denen aus, die ihr Götter in Weiß nennt. Sie sind Götter, Ihr werdet Göttinnen sein, Götter und Göttinnen passen doch am besten zueinander. Ihr werdet uns doch nicht enttäuschen?" Die große Schwester lächelte über uns, so wie die Stimmung gelassen war.

„ Wir denken noch nicht an diese Dinge,------." Ich sprudelte schließlich diesen halben Satz heraus, „ ja doch, die

Revolution ist noch nicht vollkommen, obwohl sich alle solche Mühe geben. Große Schwester, bitte verspotten Sie uns nicht." Wenwen sagte. „Ja, große Schwester, wir sind auch einfach noch zu jung dafür." Jeqiu aber schmeichelte sich bei der großen Schwester ein: „Noch zu jung!?" Die Schwester wiederholte jedoch ihre Ansicht für uns: „Einundzwanzig, zweiundzwanzig, das ist das Alter an diese Probleme zu denken, seid nicht dumm, wartet nicht bis Ihr zu alt seid." Wir drei umringen die Schwester, lachten verlegen, halb aus kindlicher Naivität, halb mit erwachsener Ernsthaftigkeit. Die große Schwester lachte auch, die Jungen, um uns herum, alle staunten über unsere Worte, die das Ergebnis reifer Überlegungen zu sein schienen.

Ein anderes Mal, ich ging gerade vom öffentlichen Badehaus nach Hause, als mir mein nachlässig eingesteckter Kamm zu Boden fiel. In diesem Augenblick kam mir gerade ein Mann entgegen. Er beugte sich nieder, hob den Kamm für mich auf, um ihn mir dann zu geben. Ich erhob in Erinnerung an die Ermahnung des Direktors den Kopf, schaute überhaupt nicht zu dem Mann hin und dachte bei mir, es wäre sowieso nur ein Junge aus dem Krankhaus. Ich nahm den Kamm, immer noch zum Himmel schauend, dankte kurz und ging einfach weg. Nach ein paar Tagen kam die Personalchefin zu mir und beschimpfte mich: „Was ist denn mit Dir los, so unhöflich wie Du bist! Nur einmal öffentlich einen Vers gelesen und nun denkst Du, dass Du schon so großartig bist, unserem Amtsleiter keine Höflichkeit entgegenbringen zu müssen!"

Als ich „Amtsleiter" hörte, stand vor Schreck mein Mund offen, ich war wie gelähmt, musste mich an der Wand stützen und hatte keine Worte zu meiner Verteidigung. Die Schwester wollte eigentlich noch weiter auf mich schimpfen, aber als sie nun meine Niedergeschlagenheit sah, tröstete sie mich: „Es ist nicht so schlimm, unser Amtsleiter ist sehr großzügig, er wird es Dir nicht nachtragen. Sei nicht so verängstigt, es ist gut, alles ist jetzt gut." Als die große Schwester ging, kam Jeqiu. Sie sah mich stehen wie einen blöden Holzblock und fragte mich nach dem Grund meiner Bestürzung.

Ich erzählte von der Begebenheit mit dem Amtsleiter, sie aber nahm mich gleich in ihre Arme , es war , als hätte sie sich verbrüht als sie erzählte: „Mir ist auch etwas Ähnliches geschehen, das war wirklich schlimm, ------. Ich habe bereut mit Rückenbeugen und Aufstampfen: Einmal traf ich den Amtsleiter, er sah, dass ich eine große Tasche zu tragen hatte, er bot mir seine Hilfe an. Ich aber habe ganz kalt abgelehnt! Ich wusste damals nicht, wer er eigentlich war. Er nahm von hinten meine Tasche, ich aber dachte, jemand wolle meine Tasche rauben! Schnell schlug ich auf seine Hand. Er hat hinterher nichts darüber gesagt, aber die große Schwester hat mich sehr lange Zeit beschimpft. Das ärgerte mich so maßlos, dass ich vor Wut nur noch trampeln konnte, sobald ich daran dachte! Ich fragte: Warum wollte unser Amtsleiter meine Tasche tragen?" Die Schwester sagte: „Das weiß ich nicht, ich kann nicht einschätzen, ob seine Absicht gut oder schlecht zu mir war."

„Ganz richtig, ja richtig! Warum wollte der Amtsleiter meinen Kamm aufheben!? Wie kann ich ihn dabei als Amtsleiter anerkennen!"

In dieser Zeit war unser Schicksal sehr vom Amtsleiter abhängig. Nach Abschluss der Universität wurden uns von dort die Arbeitsplätze zugewiesen. Die Universität entschied, ob man in der Stadt bleiben konnte oder zurück zum Dorf musste, um zu arbeiten. In das ferne Dorf oder in die nahen Dörfer bei der Stadt, keiner konnte selbst über seinen weiteren Weg entscheiden. Wir durften nur gehorchen, andernfalls würden wir gar keine Arbeit bekommen. Außerdem wurden von der Universität Beurteilungen für unsere Personalakten geschrieben. Wir selbst durften diese nicht lesen, nur der Vorgesetzte des neuen Arbeitsplatzes hatte das Recht. Daher wagten wir nicht, unseren Amtsleiter zu kränken. Ich und Jeqiu bereuten wehmütig unser schroffes Verhalten. Als aber Wenwen kam und uns nach dem Grund unserer Verzweiflung fragte, meinte sie: „Was bringt es, hier zu seufzen! Auch wenn ihr beide bis morgen weinen wollt! Sprecht doch lieber mit der Personalchefin, um eine Möglichkeit zur Entschuldigung beim Amtsleiter zu erhalten. Sehr ernsthaft und feierlich müsst ihr euch erklären." Wenwen war damals unsere Gruppenleiterin, wenn etwas geschah, würde sie einen Ausweg wissen. Wir brauchten nur zu tun, was sie sagte und unsere Probleme würden sich von selbst lösen. Auf sie konnten wir uns verlassen. Und so gingen wir drei zum Personalbüro.

Im Büro trafen wir die große Schwester hinter ihrem Schreibtisch sitzend an, als sie uns sah, runzelte sie die Stirn und schaute uns vorwurfsvoll an. Sie hörte auf unsere Erklärung, schaute uns drei nacheinander an, verdrehte die Augen und sagte zu uns: „Wir können folgendes machen, unser Amt organisiert gerade eine Kampagne zur Unterstützung der Bauern durch junge Ärzte. Die Aktion soll drei Monate dauern. Unser Amtsleiter wird sie persönlich führen. Ihr drei könnt euch dafür anmelden und mit auf das Dorf fahren. Wenn ihr dort seid, könnt ihr selbst mit dem Amtsleiter reden. Er wird euch bestimmt verzeihen."

Ursprünglich war vorgesehen, dass unsere medizinische Gruppe die Bauern in einem sehr weit abgelegenen Dorf ohne Verkehrsanbindung unterstützen sollte. Es war gerade Hochsommer, sehr heiß und von Wassermangel gezeichnet, so dass sich kaum Freiwillige melden würden. Die große Schwester sorgte sich darum, wie sie mehr junge Ärzte überzeugen könnte, sich freiwillig für den Einsatz auf dem Dorf anzumelden. Wir drei trafen gerade zum richtigen Zeitpunkt bei ihr ein. Als sich herumgesprochen hatte, dass wir drei mit zum Einsatz auf dem Dorf gehen werden, meldeten sich gleich alle jungen Ärzte ebenfalls an, so dass die notwendige Personenzahl erreicht war.

Aber der Amtsleiter konnte wegen einer wichtigen Operation nicht mit zum Dorf kommen. Der Stellvertreter übernahm daher die Führung. Der Amtsleiter aber befahl, dass wir drei nicht mit zum Dorf fahren durften: „Es ist zu weit abgelegen. Wenn wir die drei Mädchen gehen lassen und ihnen etwas passiert, wer könnte das verantworten?!" Was der Amtsleiter sagte, wog schwer wie das Wort eines Königs und so fuhren wir nicht mit. Die armen jungen Ärzte aber hatten dort unter bakterieller Dysenterie, Malariaanfällen, mindestens aber Sonnenbrand zu leiden. Mit großer Kraft und Geduld überstanden sie die drei Monate, um danach sehr verärgert zurückzukommen.

Eines Tages ließ uns der Direktor in sein Büro kommen und sagte, dass der Amtsleiter uns drei empfangen wolle. Als er sah, dass wir drei kaum auf diese Mitteilung reagierten, fuhr er ruhig fort: „Wenn der Amtsleiter auf euch aufmerksam wurde und euch empfängt, ist es ein gutes Zeichen für eure Zukunft."

„Ja!" Jeqiu nickte zustimmend mit dem Kopf in seine Richtung, um die Bedeutung seiner Worte zu würdigen. Ich und Wenwen pflichteten ihr bei und sagten schnell: „Wir freuen uns natürlich, es kommt uns sehr gelegen."

„Das ist gut!" Der Direktor war erleichtert: „Ihr drei geht heute Nachmittag zum Büro des Amtsleiters, aber geht nicht alle drei zusammen hinein, sondern eine nach der anderen. Seid höflich, antwortet auf seine Fragen, nicht dazwischenreden und versucht, mit Aufmerksamkeit zuzuhören. Habt ihr alles verstanden?" Dann schaute er uns an: „Ja, noch etwas, Jeqiu, Du sollst heute Nachmittag nicht die weiße Arbeitskleidung vom Krankenhaus anziehen, ziehe bitte ein frisches Kleid an. Du", er zeigte auf mich: „Bevor du den Amtsleiter triffst, musst Du Deine Haare noch einmal kämmen. Nicht so halb zusammengebunden, lass es etwas locker." Dann schaute er zu Wenwen, fand vielleicht, dass Wenwen schon gut genug aussah und es gar nichts zu beanstanden gab. Aber sicher, Wenwen trug kurzes Haar, zwei große Augen strahlten, gleichgültig um welche Zeit, sie sah immer gut aus. Bei mir war das anders. Mein Haar war zu dick und zu lang, oft war es zerzaust. Wenn ich es in mein Gesicht hängen ließ, so hatte ich den Vorteil, im Unterricht schlafen zu können, ohne dass der Lehrer es entdecken konnte. Deswegen hatte Wenwen schon einige Male mit mir geschimpft, aber jedes Mal wurde ich von Jeqiu verteidigt: „Wenn sie alles versteht, wird sie in jeder Prüfung die zweite sein, das ist doch gut so."

Dann legte der Direktor die Reihenfolge, in der wir zum Amtsleiter gehen sollten fest: Jeqiu sollte zu- erst hineingehen, ich sollte zweite und Wenwen dritte sein.

Nachmittags gingen wir also zusammen zum Büro des Amtsleiters. Jeqiu ging zuerst hinein, ich und Wenwen setzten uns in das Vorzimmer und warteten. Wir beide horchten angestrengt, um etwas von drinnen zu hören. Aber es war nur undeutlich die Stimme des Mannes zu hören. Nach ungefähr einer Stunde kam Jeqiu mit hochrotem Gesicht heraus, ihre Miene zeigte große Ratlosigkeit. Als sie uns sah, wie wir beide ausgelassen warteten, wurde ihr ganzer Körper starr vor Empörung.

Ich hatte keine Zeit Jeqiu zu fragen, worauf ich achten sollte, als ich schon an die Reihe kam. Der Amtsleiter sah etwas müde aus. Er saß hinter dem Schreibtisch auf seinem Chefsessel und schaute mich unverwandt an, bis ich beinahe die Fassung verlor. Meine Hände und Füße schienen mir überflüssig, am liebsten hätte ich sie abgestreift und zur Tür hinausgeworfen. Plötzlich erinnerte ich mich an einen Ratschlag des Direktors, und nun schaute ich ihn ebenfalls direkt an. Meinen Augen gab ich einen respektvollen Blick, beinahe mit religiöser Inbrunst, er sollte sagen: Ich achte Dich hoch wie meinen besten Freund. Endlich begann er zu sprechen: „Sie können sehr gut Gedichte vortragen, ja, wirklich, meine Freundin." Ich dachte erstaunt: „Seit wann bin ich seine Freundin?" Aber ich lächelte nur und nickte mit dem Kopf, tat, als wäre er schon mein Bruderherz.

„Ihr seid mir meine Morgensonne täglich von acht bis neun Uhr. Sonne, weißt Du?" Die Sonne kenne ich natürlich und so nickte ich immer wieder mit dem Kopf. „Unser Führer Mao hat das sehr gut beschrieben: Ihr jungen Leute seid stark und voller Hoffnung, so, wie sich die Sonne am Morgen zwischen acht und neun Uhr zeigt. Man kann Hoffnung in Euch setzen."

Ich dachte jetzt, er wollte uns vielleicht befördern. Und so veränderte ich den Ausdruck meiner Augen, dass sie noch viel heller, viel gläubiger, respektvoller auf ihn schauten. Meiner Augen Blick sollte ihn mit Verehrung einhüllen.

„Wenn ich Euch sehe, erinnere ich mich an meine Jugendzeit. Jugend ist schön." Er ist ein Mann, wir sind Frauen, was verbindet uns mit seiner Jugendzeit?

Ich fahre vor Aufregung mit der Zunge über meine trockenen Lippen und möchte sagen: ‚Herr Amtsleiter, Sie sind immer noch jung' oder ‚Sie gehören doch noch zu den jungen Leuten.' Aber solche Schmeicheleien wage ich schließlich doch nicht zu sagen. Jedenfalls, er redete viel, ununterbrochen, aber eigentlich war es, als hätte er gar nichts gesagt. Ich musste mich sehr konzentrieren. Meine Augen hingen an seinem Mund, so sehr fürchtete ich, den Sinn seiner Rede nicht verstehen zu können. Und trotzdem erfasste ich nichts von dem, was er mir in dieser endlos erscheinenden Zeit sagte. Was wollte er ausdrücken? War Jeqiu darum auch so fassungslos herausgekommen?

Dann war Wenwen drinnen. Wir konnten hören wie beide im Zimmer redeten und lachten, mal die Männerstimme, mal die Frauenstimme, eine ausgelassene Stimmung. Ich und Jeqiu schauten einander an, beide gleichzeitig zu der Überzeugung gelangend, dass nur Wenwen, aber keine von uns beiden die mögliche Auswahl für eine Führungsposition bestanden hatte.

Die Niederlage vorausfühlend, wirkten Jeqiu und ich wie zwei Klebereiskuchen, die nach dem Drachenbootfest von den Köchen auf der Herdplatte vergessen waren. Man hatte sich viel Mühe gegeben, aber keiner wollte sie noch haben. Als Wenwen herauskam, bestürmten ich und Jeqiu sie mit großer Ungeduld: „Was hat der Amtsleiter mit dir geredet? Sag schnell!" „Ihr beide plauderten in so ausgelassener Stimmung! Was hat er gesagt? Sag!" Wir bedrängten sie.

„Was er gesagt hat?" Wenwen guckte zuerst mich an und dann Jeqiu. In ihrer Stimme war Ratlosigkeit: „Er hat viel gesagt, aber eigentlich ------!" Und nach wiederholtem Nachdenken: „Er fragte mich nach der Sonne, ob ich etwas über die Sonne wisse? Die Sonne kennt doch jeder!" Als hätte er gar nichts gesagt. Ich und Jeqiu lachten laut vor Erleichterung. Wenwen, angesteckt von unserem Lachen, stimmte laut mit ein. Damit aber der Amtsleiter in seinem Büro unser Lachen nicht hören sollte, hielten wir unsere Münder zu und flüchteten weit vom Büro weg.

Erst nachdem wir drei uns über die ganze Sache unterhalten hatten, begriffen wir den eigentlichen Hintergrund seines Verhaltens. Der Bürgermeister unserer Provinz war am Kopf erkrankt, ein Tumor, der sich als gutartig erwies. Unser Amtsleiter übernahm seine Operation. Er war in dieser Zeit der Erste Chirurg unseres Amtes. Die Operation gelang, ebenso gut gelang nach der Operation die Pflege, die der Amtsleiter dem Bürgermeister persönlich Tag und Nacht angedeihen ließ, wofür es einen persönlichen Grund gab: Wieso wurde ein so junger Mann wie unser Amtsleiter Chef einer so großen Verwaltung? Natürlich war er ein sehr guter Arzt, arbeitete mit viel Fleiß und Mühe, sein Charakter war tadellos, auch das war einer der Gründe. Die Leute unseres Amtes hatten sich damit abgefunden, keiner neidete ihm seine Stellung.

Doch während der Amtsleiter den Bürgermeister im Krankhaus pflegte, schlief seine Frau zu Hause mit einem anderen Mann. Bei uns heißt es: ‚Die rote Mandelblume hinter dem Zaun zeigt ihre Schönheit‘. Eines Tages aber ging der Amtsleiter nach Hause, um seine Kleidung zu wechseln, weil der Bürgermeister ihn versehentlich bespuckt hatte. Dem Bürgermeister war das natürlich sehr unangenehm, er entschuldigte sich tausend Mal bei ihm, so dass der Amtsleiter ihn noch trösten musste: „Sie können doch nichts dafür, es geschah nur wegen der Krankheit." Dann ging er zum Umziehen nach Hause und traf gerade seine Frau mit einem anderen Mann im Bett. Es wurde ihm gleich so übel, dass er sich erbrechen musste, bis sein Körper zusammenbrach.

Die Scheidung schien nun unvermeidlich, aber er liebte seine Frau sehr. Er hatte stets alles nur für seine Frau getan, für sie wuchs er über sich hinaus. Sie aber sollte doch, wie die vielen grünen Lotosblätter auf dem See auf ‚Loto‘ warten und ihn schützen. Er würde wie ein Lotos aus dem Schlamm wachsen, ohne schmutzig zu werden. Doch nun stand sie nur noch als schmutziges grünes Blatt vor ihm, ohne ihn vor dem Schlamm zu bewahren. Wie herrlich hätte er als Lotos in Reinheit erblühen können!!! Auch wenn die Vorgesetzten ihn als Amtsleiter immer weiter befördern würden.

Der einsame, traurige Mann wurde als Amtsleiter befördert und hatte natürlich gleich viele neue Freunde gewonnen.
Die Freunde sollten ihn nicht trösten, sondern ihm lieber
hübsche junge Frauen vorstellen. Er will durch sein Reden:
„Ah, Sonne wissen Sie nicht, was ich meine?", unter der äuße-
ren Schönheit der Frauen ihr gutes Herz zu ergründen versuchen.

Er mochte natürliche, herzliche, hübsche Frauen. Dieses
Auswählen jedoch verstärkte noch seine Qual. In seiner Umgebung gab es zu viele hübsche Frauen, wie Wolken hüllte
ihre Ausstrahlung ihn ein, ihr Duft, der Klang ihrer Stimmen,
ihre Bewegungen, die seine Sinne reizten. Er war auch nur ein
Mensch, ein Arzt, dessen Beruf eben den Körper zum Gegenstand hatte. Besonders die Körper der Frauen, die er sich
so tief, so durchdringend, so klar wie Glas aneignen konnte.
Diese Körper, die er ständig berühren konnte, ob mit Kleidung oder ohne, spielte dabei keine Rolle. Mit Stethoskop
oder mit bloßen Händen, alles war sinnlich! Das Herz war das
Haupt der Fünf Elemente Organe, sitzt auf der linken Seite
des Körpers, unterhalb der Brust. Herzklopfen, Puls, alles war
einfach zu ergründen. Aber das Sinnen des Herzens, das kann
man mit der Medizintheorie nicht erforschen. Zwanzig bis
dreißig Frauen gab es, auf die seine Wahl gefallen war. Alle
waren gut, aber nicht so gut, wie seine Frau. Seine Frau war
jedoch unerreichbar! Unser Schuldirektor war sein bester
Freund, und so hatte er uns drei zu ihm geschickt, damit er
prüfen sollte, ob eine von uns die Lücke ausfüllen konnte, die
seine Frau gerissen hatte. Er mochte natürlich reizende Mädchen, aber auch unter uns dreien konnte er sich nicht entscheiden: Welche kann mit ihm jede Nacht zusammen sein,
ihn begleiten Jahr für Jahr?

Einmal, als unser Amtsleiter eine Operation, nur eine
einfache Hämorriden-Operation, ausführen musste, litt er
solche Schmerzen am Körper und Herzen, dass er in eine
tiefe Depression verfiel.

Weil zum Medizinstudium auch Krankenpflege gehörte,
hatten wir die Aufgabe, den Amtsleiter zu pflegen. Diese
Aufgabe nahmen wir abwechselnd wahr.

„Weiber, Ihr Weiber, Weiber sind ja keine Dinge!" Der Amtsleiter lag auf dem Krankenbett, hatte nichts zu tun, konnte viel nachdenken und dachte über die Liebe zu seiner Frau nach. Er erinnerte sich noch mal an ihren Ehebruch, wurde wütend und sagte zu uns: „Wie kann ich ihr noch glauben, ich wollte noch für sie ein Klavier kaufen, war eben kein Mensch das Ding! Ein Ding ist ein Ding, ein Ding ist kein Mensch! Das ist doch logisch!" Wenwen aber konnte ihn jedes Mal zurechtweisen, immer wenn Wenwen etwas sagte, wurde er ruhig, richtete Gesicht und Augen zur Decke: „Ein guter Mann kämpft nicht mit Frauen," konnte man aus seiner Miene lesen. Das bedeutete Missachtung der Frauen, es lohnte sich nicht, etwas dazu zu sagen.

Wenn Jeqiu ihn pflegte, bekam er oft plötzlich Wutanfälle: „Weiber, Ihr Weiber, Euer Name ist lügenhaft!" Er schimpfte laut und zerbrach die Schale, in der ihm Jeqiu gerade eine Suppe oder etwas Wasser gereicht hatte. Immer wenn das geschah, lief Jeqiu laut weinend nach draußen. „Weinen, immer weinen, wegen so einer kleinen Ungerechtigkeit gleich weinen, später, wenn Du jemanden wie mich getroffen hast, was kannst du dann noch machen!" Widerstreitende Gefühle ließen ihn vor sich hinmurmeln, fast auch schon weinen.

„Warum soll ich jemanden wie Dich treffen, ich treffe doch niemanden, überhaupt keinen!" Jeqiu stand draußen vor der Tür, mal weinte sie laut, mal beschwerte sie sich heimlich.

Als ich ihn pflegen sollte, hörte ich von beiden die Klagen an, die sich schon überall herumgesprochen hatten. Der Amtsleiter sah mich kommen und wurde gleich böse, denn ich ähnelte seiner Exfrau, besonders die Augen. Er schimpfte so laut wie er konnte, und mit einem Sprung nach oben versuchte er, die Decke des Zimmers zu zerschlagen: „Sie sieht doch ehrlich aus, ich bin------, meine Augen, ich bin blind, ich glaubte ihr immer und alles. Ich bin so ein dummer und leichtgläubiger, blöder Mann! Wenn ich nicht mit eigenen Augen Zeuge ihrer Untreue geworden wäre, glaubte ich immer noch ihre Lügen, was habe ich nur für Augen!" Sagte er und schlug in seiner Verzweiflung wie wahnsinnig mit beiden Fäusten auf das Bett. Angesichts dieser inneren Not nahm ich schnell Watte aus meiner Tasche, die ich vorbereitet hatte, um damit meine beiden Ohren zu verstopfen. Dieses sogenannte Vorbereiten bedeutete, dass ich die Watte Stück für Stück sehr fest zusammendrehte, so dass ich, wenn ich sie in meine Ohren steckte, überhaupt nichts mehr von außen hören konnte. So stand ich etwas von ihm entfernt, die Watte wurde von meinem Haar verdeckt und ich sah seine böse Miene, sah seinen Mund sich öffnen und schließen, Speichel zerstäuben, beide Hände hin und herschwenken, als würde er eine Pantomime vorspielen. Das erschien mir so komisch, ich konnte es nicht ertragen, ich musste einfach laut lachen.

Er stutzte und hörte auf zu schimpfen, hob den Kopf, schaute mich fragend an und dachte: Wie hat diese Frau in ihrer Ausbildung so gut gelernt, dass sie noch mit Schmähungen überhäuft, lachen kann!

Der Amtsleiter entschied sich endlich, eine von uns dreien zu nehmen. Mit Herzenswärme sagte er zu unserem Direktor: „Jeqiu war zärtlich und schwach, sie wird abhängig sein vom Mann, sie wird ihren Mann auch nicht betrügen. Aber ihr Man muss stark sein, muss sie immer unterschützen. Er selbst aber traute es sich nicht zu, er wäre eigentlich nicht so stark, könnte Jeqiu daher nicht immer schützen; Wenwen war aufrichtig, trotz seiner Fehler würde sie ihn nicht verlassen. Sie würde mit ihm in schlechten und guten Zeiten zusammenstehen. Aber unter den Augen von Wenwen, fühlte er sich selbst nicht überzeugend, er fühlt sich kleiner, er hatte Angst, später irgendwann würde Wenwen von ihm enttäuscht sein; und dann ich, immer wenn er sich mich vorstellte, möchte er schon lachen". Dann sagte er: „Ich war wirklich dumm, schwachsinnig, mit mir kann man das ganze Leben nur lachen, aber", seufzte er: „Ich bin ein so schlauer Mensch, wie kann ich mit einer so blöden Schwester ein ganzes Leben verbringen! Die Gedichte, die sie vorgetragen hat, sie hat sie bestimmt irgendwo abgeschrieben."

154

Der Direktor versuchte halbherzig mich zu verteidigen: „Sie ist nicht dumm, ich habe nie gehört, dass jemand sich über ihre Dummheit beschwert hätte!"

Aus ehrlicher Einsicht sagte der Amtsleiter später zu unserem Direktor: „Deine drei Studentinnen sind drei gerade erblühte Blumen. Wer wagt schon, so etwas zu pflücken!" Der Direktor war der beste Freund des Amtsleiters, konnte mit ihm auch über Herzensangelegenheiten reden: „Nicht einfach pflücken, nur eine davon sollst Du doch heiraten, Gott wird es erlauben."

„Welche denn?" Fragte der Amtsleiter hilflos. „Das musst Du gerade mich fragen!" Der Direktor schaute ihn mit bösen Augen an: „Hast Du selbst keinen Kopf?" Und nach kurzem Nachdenken: „Auch wenn Du keinen Kopf hast, so kannst Du doch fühlen!"

Unser Amtsleiter lud uns ein paar Mal ins Kino ein. Jedes Mal waren es keine öffentlichen Filmvorführungen, nur für den inneren Zirkel der kommunistischen Partei bestimmt. So viele Verwaltungskader bekamen Eintrittskarten, das normale Volk wie wir, würden sie kaum zu sehen bekommen. Es lockte uns daher, wir gingen gerne hin und kamen voller Begeisterung zurück. Auf dem Weg redeten und lachten wir zusammen, doch mit dem Amtsleiter sprachen wir kein Wort. Wir versuchten aber, auch mit ihm zu reden, damit es ihm nicht zu langweilig wurde und er uns nicht für unhöflich hielt. Aber es gelang uns nicht. Der Amtsleiter war sehr großzügig, kaufte für uns immer Eis, Bonbons oder Melonenkerne. Versorgte uns, bis der Film zu Ende war und er uns zu unserem Wohnheim begleitet hatte. Wenn ich mich erinnere, war er nur einmal wütend auf uns: Dieses eine Mal sahen wir den Film „Sanben 56", einen japanischen Film. Auf dem Heimweg sprachen wir über den Film: „Sanben sieht sehr elegant aus, hat Willenskraft und ist tapfer, ist eben ein richtiger Mann, japanischer Mann bedeutet ein wirklicher Mann. Er kann unseren Respekt verdienen." Wir waren so begeistert, aufregt und nachdenklich. Alle drei wollten ihn heiraten.

Der Amtsleiter unterbrach unser Reden plötzlich in ernstem Ton: „Redet nicht solch einen Quatsch! Er ist ein

Kriegsverbrecher! Wer wagt es, Kriegsverbrecher zu loben, der wird eine Strafe bekommen."

Wir waren nun sehr erschrocken und wagten nichts mehr zu sagen. Er aber meinte sofort versöhnlich: „Ihr Mädchen, denkt nur an das Aussehen, ob elegant oder nicht elegant, die Politikrichtung ist nicht mehr wichtig?!"

„Wir werden zuerst einmal an die Politikrichtung denken, natürlich denken wir daran. Wir versprachen es ihm, immerfort nickend. Jetzt konnte er sich nicht mehr über uns beschweren. Bis zu dieser Zeit dachten wir immer noch nicht an andere Gründe für sein Verhalten, wir dachten nur, er würde einer von uns dreien eine Karriere eröffnen wollen. Für uns schien es eine ganz großartige Chance zu sein. Wenn man gut in seinem Beruf war, konnte man nicht nur bekommen, was man sich wünschte, sondern es wäre auch möglich, über das Schicksal der anderen Menschen zu entscheiden. Jede für sich baten wir heimlich: Bitte, wir drei möchten zusammen ausgewählt werden, nicht nur eine allein.

Aber die Tatsache, dass der Amtsleiter uns ins Kino einladen hatte, verbreitete sich doch überall. Viele Bekannte, Kollegen aus allen Dienstebenen, die sich dieser Angelegenheit auskannten, gaben ihm Hinweise, wollten ihn beraten, prüften uns drei immer wieder. Eine gegen die anderen, immer wieder, doch der Amtsleiter konnte sich immer noch nicht entscheiden.

Unser Direktor begriff seinen Freund nicht. Er meinte, es könne nicht so weiter gehen. Solch ein Verhalten wäre nicht gut für unseren Ruf. Er schlug ihm vor, er selbst würde uns drei fragen, wer an ihm interessiert sei, vielleicht ist es nur eine, oder gar keine, das wäre doch auch möglich. „Denn sieh mal, sie sind doch alle noch Kinder."

Der Amtsleiter meinte, er wäre gespannt auf die Antworten, falls ihn aber wirklich nicht eine von uns mochte, würde er seine ganze Hoffnung, seine Freundlichkeit verlieren. Gib ihnen bitte mehr Zeit, damit sie mich wirklich verstehen können. Eigentlich bin ich ein überzeugter Ehemann, wer mich heiratet, wird nur Glück haben. Und wenn ich es bedenke, jede der drei würde ich gern nehmen, nur muss sie einverstanden sein. Er sagte das mit ganz schwacher Stimme, ohne wirklich davon überzeugt zu sein.

„Aber es geht doch nicht so!" Der Direktor sagte schließlich: „Diese Angelegenheit muss ganz schnell erledigt werden. Es haben schon zu viele Leute davon erfahren. Auch wenn Du eine von ihnen nimmst, was wird mit den anderen beiden, ist ihr Ruf dann noch sauber?" Und trotz seiner Zweifel hörte der Amtsleiter auf unseren Direktor, obwohl er einen höheren Dienstrang hatte.

Der Direktor bestellte uns drei zu einer Unterhaltung. Lange hatte er darüber nachgedacht, ob es besser wäre, mit uns dreien zusammen zu sprechen oder mit jeder einzelnen allein. Würde er mit jeder allein über Liebe reden, wäre es schwer, sie zum Sprechen zu bewegen. Wir würden uns vielleicht auch beleidigt fühlen.

Der Direktor verabredete also mit uns eine Unterhaltung. Seit wir das Gespräch beim Amtsleiter hatten, fühlten wir schon, dass ein Problem existierte und waren verunsichert. Nun bestellte uns der Direktor wieder zu sich und wir nahmen an, dass inzwischen eine Entscheidung getroffen worden war. Nur zu welcher Frage? Den ganzen Tag bangten und warteten wir. Es gab für jede von uns nur noch die Sorge: Wer würde als die Nachfolgerin des Führungskaders befördert werden. Jede von uns will es doch! Bis zum Mittagessen hielten wir aus, dann explodierte Jeqiu zuerst: „Ich bitte euch, bitte lasst nicht zu, dass ich allein ausgewählt werde. Ihr beide lasst mich bitte nicht allein zurück."

„Wer wird wen zurücklassen?" Ich runzelte meine Stirn: „Ich fühle, die werde ich sein, ich singe nicht so gut wie du; tanze nicht so gut wie du; ihr beide seid Gedichtvortrag besser als ich, ich werde bestimmt vor euch beiden ausgesondert." Ich war sehr fassungslos.

„O.K. Wir drei wollen einander fest versprechen", sagte Wenwen ganz ernsthaft: „Egal was passiert, wir drei werden einander immer helfen."

„Einverstanden! Auch wenn dieses Mal eine von uns abgelehnt wird oder nur einer der Weg für eine Karriere geebnet wird, später wird diese immer versuchen, die anderen Zwei nachzuziehen. Wir drei wollen immer zusammen bleiben. Versprochen." Wir schworen, versprachen einander, dann endlich konnten wir unser Mittag zu Ende essen.

Am Nachmittag geschah jedoch etwas, das den Plan des Direktors, mit uns zu reden zunichtemachte.

Nachmittags, noch während der Arbeitszeit, kamen ein paar Polizisten, die unseren Amtsleiter in Handfesseln abführten.

Das war eine Sensation, die zweite nach der Beförderung des Amtsleiters vom Chirurgen zum Amtsleiter durch die vorgesetzte Behörde. Das ganze Amt war schockiert, auf allen Ebenen von unten bis oben, an allen Ecken diskutierten die Leute über diesen Vorfall. Es war ebenso wie immer, wenn irgendwo Menschen mit einem spektakulären Ereignis konfrontiert werden, ein paar Tage werden sie nur über dieses reden. So war das auch hier. Und es stellte sich heraus, dass er außer zu uns dreien noch Kontakt zu anderen Frauen, Geschiedenen oder Witwen, aufgenommen hatte. In seiner Funktion als Amtsleiter waren viele Leute bestrebt, sich ihm gefällig zu erweisen, es gab viele, die sich bei ihm vorstellten, darunter auch viele Frauen.

Er hatte ohnehin keine eigenständigen Ansichten. Konnte die Frauen einfach schwer einschätzen. Hauptsache eine Frau, dann ist alles gut. Aber es waren auch schlechte darunter. Manch besonders hinterhältige Frau versuchte, ihn mit Sex an sich zu binden. Er hatte keine Kontrolle über sich selbst. Ein paar Frauen gingen durch sein Bett wie Fische durch das Wasser, einfach zur Befriedigung der Sinne. Nur an uns drei wagte er nicht, derartige Ansinnen zu stellen. Das hinderte natürlich, wir konnten nicht unsere starken weiblichen Waffen einsetzen, um ihn für uns einzunehmen. Andererseits wollte er auch nicht den natürlichen Schatz der Jungfräulichkeit opfern, wofür er annahm, Gott würde ihn dafür strafen. Er wollte also bis zur Hochzeitnacht warten. Damals wurde von den Menschen das Recht der ersten Nacht sehr hochgeachtet. Als er seine Wahl auf uns zu konzentrieren begann, fühlten die anderen Frauen sich betrogen und zeigten ihn bei der Polizei an, da es in dieser Zeit in China keine

Gerichte oder Richter gab. Der Amtsleiter wurde beschuldigt, die Frauen vergewaltigt zu haben. Sex ohne Eheversprechen war ein Tabu. Als er nun verhaftet wurde, stand auch gleich sein Posten zur Disposition.

Seit der Amtsleiter festgenommen war, fühlten wir drei wie sich die Atmosphäre in unserem Amt veränderte. Vordem überstürzten sich die Jungen, wenn sie uns sahen, plötzlich sahen sie uns nicht mehr. Der Anästhesist, der Arzt für klassische chinesische Medizin. Wenn sie uns jetzt begegneten, machten doch lieber einen Umweg, auch wenn wir gerade auf sie zugingen, sahen ihre Augen durch uns hindurch, zeigten sie keine Regung. Im Gegenteil, Verachtung schien aus ihnen zu sprechen, so, als würden sie uns gleich anspucken. Wir waren uns bewusst, dass sich in unserer Umgebung die Stimmung gegen uns in allen Arbeitsbereichen veränderte. Sie wuchs sich zur allgemeinen Verachtung aus.

Aber noch wussten wir nicht warum.

Trotzdem erzielten wir bei den Prüfungen die besten Ergebnisse; trotzdem erzählten wir zusammen mit der Personalchefin Witze; trotzdem tanzten wir drei zusammen in der Tanzgruppe des Amtes. Das alles gehörte zu unserem Frühling.

Eines Tages geschah aber in der Kantine ein Ereignis, das ein Licht auf das Verhalten der Menschen um uns herum warf und uns endlich diese gravierende Veränderung verstehen ließ: Was war das doch für eine verlogene Gesellschaft, welches waren die echten Gefühle der Menschen?

Wir saßen gerade an einem Tisch beim Essen, waren entspannt, es schmeckte uns gut. Plötzlich knallte eine Hand auf unseren Tisch, erschrocken schauten wir auf, beinahe hatte ich mir auf die Zunge gebissen: „Was ist los? Lässt man die Leute nicht mehr essen!" Schrie ich.

„Ihr drei Huren!" Ertönte jetzt eine giftige kalte Stimme laut an meinem Ohr. Ich konnte wirklich nicht glauben, dass wir gemeint waren. Wenwen und Jeqiu hörten auf zu kauen und schauten auf. „Wer sind Sie, warum beschimpfen Sie uns so?" Fragte Wenwen. „Wen beschimpfen Sie?" Fragte auch ich. Essen konnte man sowieso nicht mehr.

„Euch beschimpfe ich, Euch drei! Ihr drei seid ohne Anstand! Kleine Nutten! Möchtet doch hoch hinaus, guckt Euch doch selbst an, ob dieser Platz ganz oben zu Euch passt oder nicht?!" Wir sahen uns um, ein paar fremde Männer und Frauen  hatten sich um unseren Tisch gestellt, offenbar, schien es, als wären sie extra gekommen, um zu provozieren. Aber wir wussten gar nicht, warum. „Ich bin die Ehefrau vom Amtsleiter." Die Frau schlug sich selbst auf die Brust, als sie sich ganz überheblich vorstellte.

„Oh,  Du bist die, die  mit anderen Männern schläft. Wie peinlich! Und   Dein Mann hat Dich ertappt, nicht wahr? Peinlich, peinlich!" Sagte ich nun ganz spontan.  Darauf hob sie die linke Hand, um mir eine Ohrfeige zu geben. Es gelang mir jedoch sie abzuwehren.

„Ihr betrügt mich mit meinem Mann und dann beleidigt ihr mich noch! Ich prügele Dich tot!" Sie stürzte sich wieder auf mich, dieses Mal  hatte sie eine Helferin: „Ihr seid drei Schlampen, bloß jünger als die Frau des  Amtsleiters. Es war ein hohes Amt, wie konnte ein so junger Mann diesen nur bekommen?" Mal redete sie, mal riss an meinen Kleidern, während ihre Helferin meine Hände festhielt.   Sie schrie: „Zieh die Kleider aus! Die beste Strafe für solch eine schamlose Hure ist es, sie nackend vorzuführen!" Wieder streckten sich ein paar Hände aus und versuchten, meine Kleidung herunter zu reißen. Zum Glück war es Winter, es war sehr kalt, auch in den Zimmern gab es keine Heizung. Alle Leute trugen Mäntel, Jacken, Pullover, alles übereinander. Ich hielt mit aller Kraft  meine Kleidung fest. Aber wie es so heißt, viele Hunde sind des Hasen Tod, und so war ich den vielen Händen unterlegen. Mein Mantel wurde herunter-, von der Jacke zwei Knöpfe abgerissen, schon griffen die Hände nach meinem Pullover… Damals, wenn ein Mädchen in der Öffentlichkeit alle Kleider auszog, wenn auch unter Gewalt,  war das eine große Strafe und Beleidigung.  Ich rief ganz laut: „Hilfe! Hilfe!"

Auch Wenwen und Jeqiu waren von fremden Leuten umstellt.  Wenwen und ihre Gegnerinnen rupften einander die Haare aus. Wenwen trug nur einen Trainingsanzug.

Jeqiu umklammerte mit beiden Händen ihre Schulter und wurde von den Leuten hin und her geschubst. Erschöpft rang sie nach Atem. Als beide meine Rufe hörten, begannen auch sie, laut um Hilfe zu schreien!"

In diesem Moment holte gerade unser Direktor sein Essen. Eben wollte er sich am Fenster niederlassen, in einer Hand Reis und Speisen, in der anderen Hand eine Schale voller Suppe haltend, hörte er plötzlich unsere Schreie. Seinen Kopf hebend, horchte er einen Moment auf, um sofort loszurennen. Beide Schalen fielen zu Boden. Er rannte zu uns. Im gleichen Augenblick ergriff er eines dieser Weiber, die mich festhielten und weiter ausziehen wollten; mit der anderen Hand griff er die Exfrau des Amtsleiters und schubste sie von mir. Anschließend warf er ein anderes Weib um, das gerade die Faust erhob, um Jeqiu zu schlagen und verjagte eine weitere Frau, die mit Wenwen kämpfte: „Was macht Ihr denn hier, gibt es überhaupt keine Gesetze mehr!?" Der Direktor hatte bisher nur seine Arme gebraucht, schlagen, kämpfen war in diesem Augenblick das Wichtigste. So rettete er uns und nun schrie er laut auf, denn das Ereignis war ihm sehr zu Herzen gegangen.

„Jetzt ist Dein Herz geschmolzen, nicht wahr? In welche hast Du Dich verliebt oder kannst auch Du Dich nicht zwischen ihnen entscheiden?" In dieser Zeit, wenn ein Mann einer Frau beistand, wurde sofort solche Frage gestellt. „Du magst sie, ob auch sie ein Auge auf Dich geworfen haben? Du bist doch nicht höher als Dein Amtsleiter!" „Schau Dich mal selbst an, Du schnaufst wie ein Bulle, das lohnt sich doch nicht!" Alle grinsten und lachten jetzt.

Der Direktor schob uns hinter seinen Rücken: „Wenn ich heute hier bin, darf niemand sie anrühren, sie sind meine Studenten, ich habe Verantwortung für sie, muss die drei schützen. Das ist meine Verantwortung. Wenn jemand versucht, sie zu verletzen, werde ich immer bei ihnen sein." Der Direktor sagte das voller Ernst, indem er die Beleidigungen der Frauen ignorierte.

Von den Leuten, die mit dem Haufen der Angreifer gekommen waren, traten nun einige Männer dem Direktor entgegen: „Gibt es wirklich jemanden, dem Sexualität wichtiger ist als sein Leben? Wollen wir das mal testen? Testen wir, wer hat Angst von wem?!" Die das sagten, waren mit der Exfrau des Amtsleiters in einer Operngruppe. Auf der Bühne führten sie ab und zu leichte Kampfsportübungen vor, daher trainierten sie täglich Gongfu, jetzt durften sie also keinen Rückzieher machen. Diejenigen, die uns ergreifen wollen, wurden vom Direktor daran gehindert, auch er zeigte jetzt seine Gongfu Fertigkeiten, schlug mit den Fäusten, trat mit den Beinen, stieß mit seinem ganzen Körper. Wir aber duckten uns hinter ihm, hörten das Klatschen der Schläge, sahen Fäuste und Füße auf seinen Körper einschlagen, mal links, mal rechts. Völlig verängstigt starrten wir staunend zu ihnen hin.

Einen Augenblick später kamen die jungen Leute von unserem Amt. Die jungen Ärzte, der Anästhesist, der Leiter des Kommunistischen Jugendverbands und der für den Wachschutz zuständige Vize Amtsleiter. Die Schläger guckten: nur noch wenige gegen viele, dann begannen sie zu schimpfen und schimpfend entfernten sie sich.

Der Direktor hob seine zerrissenen, zerknüllten Kleider vom Boden auf, und legte sie sorgsam zusammen. Er beruhigte seinen Atmen, sah zu den Leuten und sagte: „Eigentlich war mein Fehler die Ursache für dieses Missverständnis. Ich muss mich bei den Dreien entschuldigen. Ich habe die Drei dem Amtsleiter vorgestellt, sie wussten überhaupt nicht warum, sie dachten, unser Amt würde sie brauchen. Das Amt würde ihnen eine neue Arbeit anbieten. Sie sind unschuldig und sauber. Das ist meine Schuld, ich wollte dem Amtsleiter einen Gefallen tun. Ich dachte nur: Er ist der Amtsleiter, er sollte sich eine neue Ehefrau aussuchen. Dabei habe ich nicht bedacht, dass er sich so verhalten könnte." Nach diesen Worten seufzte er tief: „Ich muss nun alles aushalten, alle Bestraften, alle Beleidigten sollen zu mir kommen, dass ich es ihnen erkläre und sie bitte, Euch nicht zu verachten. Heute bitte ich auch Euch Drei feierlich, mir zu vergeben." Dann verbeugte er sich einmal ganz tief gegen uns.

Die ehedem so aufgebrachte Menschenmenge beruhigte sich nach einer Weile.

Jeqiu aber war zu aufgeregt. Immer noch war sie von Schreck und Angst beherrscht. Ihre Stimmungen sammelten sich wie in einem Fluss, bald würde sie darin ertrinken. Sie konnte sich nicht mehr kontrollieren, heulte laut und warf sich in den Schoß des Direktors.

Was sollte der Direktor tun? Normalweise würde er sich zurückhalten, den geäußerten Verdacht vermeiden, er wäre auch an uns interessiert oder hätte gar mit uns schon ein Verhältnis. Nun warf sich Jeqiu vor allen Augen in seinen Schoß. Er hätte zumindest eine Frau vor sich stellen können, um Jeqiu daran zu hindern und den anderen nicht die Möglichkeit zu geben, ihn zu verdächtigen. Damals war es so Sitte, dass Männer und Frauen einander nicht berühren durften, lediglich kurzes Handschütteln war erlaubt. Wenn aber ein Mann und eine Frau ein Verhältnis hatten, wurden sie verachtet, es konnte geschehen, dass ihr Ruf, ihre Karriere, ihre ganze Zukunft negativ beeinflusst wurde. Alle vermieden so gut es ging derartige Beziehungen. Der Direktor hatte auch Pläne für die Zukunft, er möchte im Beruf aufsteigen, jeder konnte das verstehen. „Stoß doch Jeqiu weg", riet ihm eine nebenstehende Frau, „und dann geh einfach weg! Das beweist doch Deine Sauberkeit, alle Leute könnten das verstehen! Alle Leute würden auch so handeln!"

Aber er hat das nicht getan, er konnte nicht! Er wollte nicht! Er nahm Jeqiu zärtlich in seine Arme, gestattete ihr, sich in seinem Schoß laut auszuweinen. Er legte einen Arm um Jeqiu, mit der anderen Hand klopfte er beruhigend auf ihren Rücken. Eine spannungsgeladene, trockene Hitze breitete sich in der Kantine aus. Wenwen fasste meine Hand, aber ihre Augen schauten zum Direktor, auch sie schluchzte. Ich konnte sie aber nicht beachten, zwar ergriff ich auch ihre Hand, genau wie ihre, schauten auch meine Augen nur zum Direktor. In diesem Moment glaubte ich, die Männer zu verstehen.

Jeqiu kam endlich zu sich, ich und Wenwen holten sie vom Direktor weg. Der Direktor zog seine Kleider wieder an, nickte uns allen zu und ging weg. Allmählich zerstreute sich auch die Menschenmenge.

Wenwen ergriff mit beiden Hände die Jeqius und fragte ganz nebenher: „Du hast Dich auf seinem Schoß geborgen gefühlt, sehr stark, ganz sicher?" „Ja, und auch ganz warm." Jeqiu sagte das sehr stolz. „Jeqiu", flüsterte jetzt Wenwen: „Ich bin eifersüchtig auf Dich, ich glaube, wenn ich mich jetzt auf ihn stürzen würde, er würde mir vielleicht ausweichen, bestimmt würde er das tun." „Nein", meinte Jeqiu: „Das ist nicht möglich, er behandelt uns drei alle gleich gut." „Das ist nicht wahr. Du bist sehr gut, egal was passiert ist, ich möchte Dich schützen! Vor Unglück bewahren. Ich glaube, der Direktor verhält sich so, weil Du makellos bist, wie ein Stück Jade, ohne Schönheitsfehler. Ich bin anders, ich bin nicht so schön wie Du, nicht so rein wie Du, nicht so faszinierend wie Du."

Das hatte ich nicht gedacht, dass Wenwen auch einmal von sich selbst nicht überzeugt sein könnte. Ich hörte dem Dialog der Beiden zu, den kritischen Bemerkungen über sich selbst, ihre eigene Geringschätzung: „Wenn ich das gewesen wäre, er würde mir nicht nur ausweichen, vielleicht würde er sich zur Seite drehen, es könnte auch sein, dass er nach mir ein Bein stellen würde, mich zum Fallen bringen, mir den Mund mit Erde abknabbern würde." Die Beiden lachten plötzlich laut auf, ich erschrak, während ich versuchte schnell die Tränen von den Augen zurücklassen.

Die Leute schauten wieder nach uns.

Was nach diesem Ereignis geschah, war ganz folgerichtig. Wir drei verliebten uns gleichzeitig in den Direktor, keine Medizin konnte uns davor retten. Er war unsere erste Liebe, süß und bitter. Wir wagten nicht, es zu zeigen. Nicht nur unseretwegen, sondern weil der Direktor schon verheiratet war. Seine Frau war ein Vorbild für die Krankenschwestern unseres Amtes, war voller Weisheit, blieb aber bescheiden. Wenn sie arbeitete, vergaß sie sich selbst. Wenn sie Kranke pflegte, bemerkte sie nicht, ob es Tag oder Nacht war, daher hatte ihr Mann keine andere Wahl, als immer an sie zu denken. Immer war Liebe die Grundlage der Gedanken und

Sorgen des Mannes. Und so liebte unser Direktor seine Frau mehr als sich selbst. Wie konnten wir, denen jede Lebenserfahrung fehlte, die überhaupt noch kein Verständnis für die Regeln dieser Gesellschaft hatten, mit ihr konkurrieren?

Diese erste Liebe war süß und bitter, sie war wie die Knospen vom lebendigen Körper des Frühlings, wie sollte man das überwinden? Jeqiu war die Elendste von uns Dreien. Sie allein hatte seine Umarmung erlebt, in ihr wirkten die Gefühle von Wärme und Geborgenheit weiter. Man kann das Herz am tiefsten und am solidesten Ort beruhigen. Sie hatte zum ersten und gleichzeitig zum letzten Mal dieses Gefühl erlebt, die ganze Palette von Liebe und Leid. Sie erkannte selbst: Um vergessen zu können, muss Sie sich selbst betäuben! Folgerichtig heiratete sie den jüngsten Anästhesisten des ersten Krankhauses.

Wenwen diskutierte wohl tausend Mal mit dem Verwalter der Jungengruppe des dritten Krankhauses über das Thema: Was soll man tun, wenn man sich in einen schon vergebenen Mann verliebt? Anfangs dachte sie: „Eine junge Frau soll ihre Liebe bis zum Letzten verteidigen", aber der Verwalter der Jungengruppe berieselte sie mit klassischen Schriften und theoretischen Modellen aus Politik, Philosophie und Literatur. Das alles stürmte wie Wellen endlos gegen ihren Kopf. Endlich ließ sie los und seufzte: „Ich bin sowieso nicht mehr jung". Sie packte alle Theorie in ihren Koffer, nahm ihn mit und heiratete der Verwalter der Jungengruppe des dritten Krankhauses.

Ich fühlte mich maßlos von ihnen verraten, aber wer kann schon ewig seinen Jugendlieben treu bleiben? Ich grämte mich, bis mein Körper anfing, Widerstand zu leisten, mein endokrines System in ein Ungleichgewicht geriet. Die beiden anderen trieben und schoben mich bis in die Klinik für traditionelle chinesische Medizin. Bei dem Arzt, der männliche und weibliche und alle fünf Elemente erforschte, sprudelten plötzlich zehntausend Worte, tausende Sätze aus mir hervor, es war, als würde sich der Wasserfall meines Leides vor ihm ergießen. Er hörte mich geduldig an. Als ich alles herausgesprudelt hatte, meinte er vertrauensvoll, wie man bei uns

165

Chinesen sagt: „ Alle Dinge der Welt haben zwei Seiten, eine Seite ist männlich, die andere Seite ist weiblich; und auch im weiblichen wiederum gibt es männliches, im männlichen gibt es weibliches. Niemand und kein Ding können der Logik entbehren. Unsere Aufgabe kann bloß sein: Die beiden Seiten auszugleichen." Und weil das nun so ist, heiratete ich ihn, damit männlichen und weiblichen Teile ausgeglichen werden könnten.

Wie also ging die Geschichte weiter: Unser Amtsleiter musste bloß nur ein Jahr im Gefängnis bleiben, er hatte mit unterschiedlichen Methoden der Nachweisführung glaubhaft gemacht, dass die Frau, welche ihn angezeigt, ihn verführt hatte. Der Amtsleiter erwies sich als sehr geschickt und so wurde er freigesprochen. Seine Strafe aber war, dass er auf dem Dorf als Chirurg arbeiten musste. Nicht lange danach wurde dieses Dorfkrankenhaus überall berühmt für seine hervorragenden Operationen. Beschäftigte der Verwaltung auf allen Ebenen, von der Provinz bis in den Staatsapparat, nahmen gern dessen chirurgische Abteilung in Anspruch. Darum erhielt dieses Krankenhaus auch mehr Geld für moderne Einrichtungen, medizinische Geräte und konnte mehr exzellente Ärzte einstellen als andere. Natürlich gab es dort auch das berühmte gute Huhn. Nach Operationen wurde zur Stärkung der Kranken Hühnersuppe gereicht. Im medizinischen Kräuterraum des Krankenhauses wurde auf zehn Herden täglich aus über zehn Partien Suppenhühnern die sogenannte perfekte medizinische Nahrungssuppe gekocht.

Hier gingen meine Erinnerungen an Sunda zum Ende. Der Himmel wurde allmählich heller, ich fiel langsam in einen tiefen Schlaf.

Die Türklingel riss mich plötzlich aus meiner bleiernen Erschöpfung!

Ich musste mich zwingen, aufzustehen! Ich wusste nicht, an diesem Ort und zu dieser Zeit, wer konnte meine Einsamkeit stören? Ich öffnete die Tür, vor der ein fremder, etwas verschämter Mann stand: „Guten Tag!" Er beugte sich ein bisschen vor, streckte die Hand aus und nahm meine, um mich zu begrüßen. Er stellte sich unter dem Namen Schmidt als Anwalt von Dina vor. Dina hätte ihn beauftragt, ein Gespräch mit mir zu vereinbaren. Wenn ich ihm eine Stunde meiner Zeit geben könnte, wäre er sehr dankbar. Er war wirklich nett, dazu gut gekleidet, höflich. Konnte ich seine Bitte ablehnen?

Dina war die Frau von Sunda, was möchte sie mir mitteilen? Was könnte sie von mir wollen? Schon aus Neugierde würde ich das Gespräch nicht ablehnen. Und so sagte ich ihm, wir könnten uns in einer Stunde in der Rezeption des Hotels treffen.

Um meine Müdigkeit zu überwinden, trank ich Kaffee und duschte. Eigentlich war es immer so, dass ich mich freute, wenn mich jemand brauchte. Nach eine Stunde ging ich erfrischt und voller Erwartung zur Rezeption. Er saß schon da, hatte mich erwartet. Als er mich kommen sah, stand er erleichtert auf, gab mir noch einmal seine Hand und bat mich, neben ihm zu sitzen.

Dann sagte er: „Herr Sunda war ihr Kollege! Gestern berichtete er darüber Dina. Alle waren sehr verwundert. Weil er fast keinen Kontakt hatte, überall allein war, als Deutscher nur schlecht chinesisch sprach, hatte ihn niemand verstanden, wenn er etwas Kommunikation wollte, es war schwer. Sehr schwer!" Sagte er wehmütig.

Ich wollte lachen und fragen: Wann werden Sie sie heiraten? Aber er ließ mir keine Zeit, redete weiter: „Also, Dina, ich rede jetzt erst mal mit Ihnen über unsere Dina. Dina war eine Begabung. Die Firma war ihr Familienbetrieb. Als sie die übernahm, lief die Firma nicht so gut, hatte eigentlich keine Zukunft. Aber ihr Designer war gut, nur durch seine Kreationen erzielten sie üppige Gewinne auf dem Markt. Die Damenmäntel, von ihm entworfen, erhielten internationale Preise."

Es schien, er war sehr stolz auf seine Mandantin: „Ihr Charakter war ------, " er brummelte kurze Zeit, „sie brauchte neue, frische Anregungen. Es war für sie Voraussetzung für ihre Tatkraft. Damit sie allen Herausfordern begegnen könnte. Ich kann das gut verstehen. Jeder hat seine Individualität, nicht wahr?" Nachdem er zu mir schaute und fragte, sah,

167

dass ich nickte, redete er weiter: „Aber Sunda konnte das nicht verstehen, er verstand sie einfach nicht! Damals, als sie ihn heiratete, wollte sie ihm unbedingt helfen. Mit ihrer Hilfe funktionierte er gut, sehr gut. Jetzt aber war sie seiner überdrüssig, wollte nicht mehr an ihn gefesselt sein, nicht in ihrer Entwicklung von ihm behindert werden. Aber er ging diesen Weg nicht mit. Er konnte das alles nicht verstehen, täglich folgte er ihr wie ein Schatten. Er würde sie so zum Wahnsinn bringen. Sie half ihm, aber er klammerte sich wie ein Verrückter an sie." Der Anwalt schüttelte den Kopf: „Niemand konnte ihn überzeugen, er hasste uns alle, blockierte, sobald wir über das Thema sprechen wollten. Deswegen bitten wir Sie, uns zu helfen."

Nun verstand ich endlich sein Anliegen: „Möchten Sie mich bitten, ihn zu überreden, Dina freizugeben?" Ich dachte im Stillen: Wahrscheinlich will der Anwalt Dina für sich selbst haben, deswegen versuchte er, Sunda hinauszuwerfen. Das aber würde ich nicht unterstützen können. Außerdem, wo konnte er hingehen? Er war ganz allein in einem fremden Land.

Der Anwalt seufzte: „Wir können das Problem auch mit Hilfe der Gesetze lösen. Aber Dina------? Wir würden für ihn einen Ausgleich zahlen, auch für Sie." Bekräftigend nickte er mit dem Kopf.

„Für Geld kann ich es überhaupt nicht tun! Er würde mich dafür beschimpfen, würde auch mich hassen. Aber wenn Dina ihn wirklich satt hat, seiner überdrüssig ist, warum geht er nicht von allein weg, warum wartet er, bis sie eine Kugel auf ihn abfeuert!?" Ich konnte mich natürlich auch in die talentierte Dina hineinversetzen. Er kam aus dem Osten, am Anfang hatte er sicher viel Neues und Anderes, was Dina reizte. Von ihm kriegte Dina leidenschaftliche Gefühle, aber wenn er beabsichtigte, Dina mit seinen festgefahrenen Moralvorstellungen an sich zu binden, würden beide Seiten deren Bitternis zu spüren bekommen. Das war schon vorherzusehen.

„Wir haben auch Angst, Dina ist sehr gutmütig, aber sie konnte sich selbst nicht immer unter Kontrolle halten. Sie ist emotional, sehr emotional. Falls irgendwann -----. Auch wenn wir das Gewehr sicher aufbewahrten, eine 100%ige Sicherheit gibt es nicht. Denk` an gestern, wenn sie nicht mit Absicht danebengeschossen hätte, das Ergebnis wäre furchtbar. Wenn das eines Tages wirklich passierte, wäre es für uns alle eine Katastrophe, nicht wahr?!"

Der Anwalt überzeugte mich mit seiner einleuchtenden Darstellung: „Es wäre wirklich eine Katastrophe, wenn so etwas passierte." Ich senkte den Kopf und überlegte eine kurze Zeit. Wenn es ein Problem mit Sunda gab, darf ich nicht einfach gleichgültig vorbei gehen und so hob ich den Kopf, um ihm meine Entscheidung zu sagen: „Ich kann es versuchen, aber ich kann nicht garantieren, dass es gelingt."

„Danke!" Der Anwalt stand erleichtert auf: „Sie können mich jederzeit anrufen, wir hören voneinander." Dann nickte er sehr höflich und ging weg.

Nachdenklich saß ich eine sehr lange Zeit auf meiner Bank und grübelte. War da doch noch Liebe da, fragte ich mich versonnen. Lieber Leser, nun rate einmal, wer war der jetzige Sunda? Der Amtsleiter oder der Direktor?

Mein Herz, mein schmerzendes Herz! Ihr werdet bestimmt alle sagen, er war der Amtsleiter.

Nicht wahr? Aber es ist nicht richtig, nein! Gar nicht. Sunda war unser Direktor, der von uns allen respektierte Direktor. Wie konnte er sich so zum Schlechten verändern? Er hatte nach unserer gemeinsamen Zeit immer eine gute Karriere. Nach der Kulturrevolution wurde er Generalsekretär. Ich hatte zu dieser Zeit China schon verlassen. Was war geschehen, dass mit ihm eine so große Veränderung stattfand?

Ich hatte die Telefonnummer von Sunda, konnte ihn jederzeit anrufen und so sprach ich mit ihm 10-mal, 15-mal. Er aber bedauerte jedes Mal, mir damals in der Aufregung seine Telefonnummer gegeben zu haben: „Du kannst mich nicht immer anrufen, nicht so oft stören! Ich habe eine Ehefrau, meine Frau ist ideal für mich, niemand kann sie ersetzen. Ich kann auch nicht ihre Gefühle bändigen, nur um Deine Neugierde zu befriedigen." Immer kam nur solch eine unhöfliche Ablehnung von ihm.

„Aber klar! Im Leben streben wir immer nach etwas, das wir nicht bekommen! Wir bekommen immer nur das, was wir nicht angestrebt haben, " hat Herr TGR gesagt. Ich sagte das auf Chinesisch.

„Ja! Dieser Ausspruch interessiert mich. Das hast Du gut übersetzt."

„Danke!" Ich freute mich:" Noch ein chinesischer Spruch: viermal Glück im Leben bedeutet: 1. Ausgiebiger Regen nach langer Trockenheit, 2. Die erste Nacht nach der Hochzeit, 3. Deinen Namen nach bestandener Prüfung auf dem Gold-Aushang sehen, 4. Freunde in einem fremden Land treffen. Unser Glück ist doch der vierte Punkt."

„Ja! Aber meine Frau ist für mich viel wichtiger als so etwas." Er zögerte.

„Das hat doch nichts mit mir zu tun. Du denkst immer an Deine Frau, bist sehr treu, sehr gut. Aber Du darfst doch nicht Deine Frau einengen, so, wie ein Efeu einen Baum fest umschlingt. Auf diese Weise wird der Baum in der Umklammerung sterben."

„Es ist nicht wie Du denkst, wir können uns nicht trennen. Du bist allein, verachtest die Ehe, strebst nach Freiheit. Darum darfst Du bitte nicht die anderen gegen die Ehe aufwiegeln. Müssen denn alle Leute so sein wie Du, immer allein? Bist Du dann zufrieden? Du, nie wieder sollst Du mich anrufen, auch wenn Du in mich verliebt bist. Mit meiner Frau kann sich keine vergleichen, Du sollst Dir nicht falsche Hoffnungen machen!"

Ich konnte kein Wort entgegnen. Ich wollte bloß mit ihm als einem Bekannten Kontakt haben, mit seiner Ehe hat das überhaupt nichts zu tun! Er ist unmöglich, so unzugänglich. Damals, als mir sein Verhalten Achtung abverlangte, war er auch spitzzüngig, er konnte immer so verletzend sein. Aber jetzt war doch eine ganz andere Zeit. Was war eigentlich mit ihm los? Konnte ich in Zukunft noch mit ihm telefonieren?

Zum Glück verstand mich Dina, sonst hätte ich mich sehr geschämt mit Sunda in so eine missliche Lage geraten zu sein. Er glaubte immer nur, jemand möchte seine Ehe zerstören. Alle Zeit würde er aber für ihren Bestand kämpfen!

Dina befahl Sunda, mit mir Kontakt zu halten, damit sie sich etwas freien Raum schaffen konnte und weil Sunda Kontakt zu anderen Menschen brauchte. Als Sunda sich gezwungenermaßen mit mir verabredete, wollte ich am liebsten den Telefonhörer hinwerfen, so ein unverständiger mieser Kerl! Aber Geduld! Gerade dadurch hatte ich die Möglichkeit zu erfahren, aus welchem Grund Sunda eine so große Veränderung vollzogen hatte. Wer oder was konnte das schaffen?

Eine Zeit später saß ich mit Sunda in einem Café, es war angefüllt mit vollen Bücherregalen, ständig besucht von vielen jungen Leuten. Wir saßen mit Cocktails an der Bar vor brennenden Kerzen, seine Erzählung entzündete wie Feuer die Kerze; und wir sahen mit einander auf die Ufer des Rheins, um uns über aktuelle Ereignisse auszutauschen, immer mehr vertieft in seine bittere, mit Kälte vorgetragene Geschichte. Damals öffnete China Ausländern seine Tür zur Hälfte, das normale Volk aber durfte nicht in das Ausland gehen. Nur staatliche Stellen, darunter das Personalamt der Provinz, durfte den Auslandsdienst organisieren, durften Auslandsreisen genehmigen. Einmal flog Sunda mit einer Gruppe nach Italien. Alle Ausweise der Reiseteilnehmer wurden vom Reiseleiter aufbewahrt. Niemand durfte etwas allein unternehmen, überall sollte die Gruppe zusammenbleiben. Natürlich wollte niemand etwas allein machen, waren doch die Sprachkenntnisse beschränkt.

Zu Mittag gab es zwei Stunden Mittagspause im Hotel, viele Chinesen hatten die Angewohnheit, mittags zu schlafen. Aber Sunda konnte an einem Tag nicht schlafen, er konnte einfach nicht, vielleicht wegen der Zeitumstellung. Er schlenderte daher durch die Straßen, wollte bloß etwas vom Leben der Italiener sehen. Das war auch erlaubt, nur sollte er pünktlich zurückkommen.

Auf der Straße, schaute er mal hier, mal da, die Schrift konnte er nicht entziffern. Er wollte ohnehin nichts kaufen, alles war viel teurer als in China. Als er so entlang einer Straße spazieren ging, kam er an einen Asia-Shop. Das Schild über der Tür war auf Chinesisch geschrieben. Den Kopf hocherhoben stand er und betrachtete die Schrift. Die Worte waren sehr gut geschrieben, bloß alle mit chinesischen Langzeichen. In China hatte eine Rechtschreibreform stattgefunden, Langzeichen waren seitdem nicht mehr gebräuchlich.

Als er den Kopf erhob, um die Schönheit der Kalligrafie zu genießen, bemerkte ihn ein anderer Mann, der im Geschäft saß und ihn durch das Fenster musterte. Es war ein alter Mann, der Besitzer des Shops. In der Mittagszeit waren kaum Leute im Geschäft, der alte Mann nahm eine letzte Zahlung entgegen und kam zu ihm: „Junge, komm doch herein, ich habe eine Tasse Tee für Dich; wir können uns mit einander unterhalten. Schon lange Zeit hat niemand mit mir in chinesischer Sprache gesprochen, es fehlt mir sehr." Sunda wollte zwar nicht, aber in der chinesischen Kultur ist es nicht üblich, eine so herzlich angetragene Einladung abzulehnen. Daher setzte er sich dazu. Die Beiden redeten viel, Sunda wollte alles über das Leben der Chinesen in Italien erfahren; der alte Mann hingegen über das Leben aller Chinesen in China. Einer fragte, der andere antwortete, immer im Wechsel, und so entspann sich eine sehr angenehme Unterhaltung. Bis der alte Mann fragte, aus welchem Teil Chinas Sunda kam? Sunda erwiderte: „Ich komme aus Xian, Provinz Shangxi." Der alte Mann starrte plötzlich Sunda an, lange Zeit schien er sich nicht fassen zu können. Schon wurde Sunda bange und unruhig.

„Kennst du Ganyi Zhang?" Fragte der alte Man plötzlich Sunda, und aufgeregt weiter: „Bist Du etwa Verwandtschaft von Ganyi Zhang?" Dann ergriff mit beiden Händen Sundas Arm.

„Ich kenne keinen Ganyi Zhang, wie sollte ich ihn kennen?" Sunda fühlte sich unangenehm, an beiden Armen von jemandem so festgehalten, weswegen er scharf antwortete: „Ich bin auch nicht mit ihm verwandt." Dann entriss er sich gewaltsam der Umklammerung.

Der alte Mann wurde ganz rot im Gesicht, seine Augen füllten sich mit Tränen: „Entschuldigung", sagte er enttäuscht: „Du siehst ihm  sehr ähnlich, es scheint, Ihr aus Shangxi habt alle ähnliche Gesichter. Ganyi Zhang kam auch aus Shangxi, als ich Dich im ersten Augenblick sah, dachte ich: Der Lebensfluss kehrt wieder zurück, wie damals wird er mich jetzt besuchen." Dann schwieg er, und zwei Reihen Tränen liefen über sein Gesicht.

Sunda bereute, sich mit Gewalt von dem alten Mann losgerissen zu haben, eigentlich half er immer spontan schwachen Leuten. Dass der alte Man so traurig war, konnte er nicht ertragen  und so fragte er: „In welcher Beziehung standen Sie zu ihm? Sie vermissen ihn sehr?"

„Er war mein Retter, hat mein Leben gerettet; mein Blutsverwandter, mein geliebter Freund, Bruder, man kann so sagen: Er bedeutete mir alles, ohne ihn hätte mein Leben keine Bedeutung!" Der alte Mann sagte das sehr bewegt und dieses Gefühl übertrug sich auf Sunda.  Sunda konnte sich nicht vorstellen, dass in seinem Leben  ein anderer Mensch auch so eine herausragende Bedeutung erlangen könnte! Es schien, dieser Mensch wäre wichtiger als der Vater, lieber als ein Bruder oder Freund. Wodurch war diese Rolle in dessen Leben begründet?

„Wir waren fast zwanzig Jahre ohne Kontakt, können Sie sich keine Vorstellung meiner Sehnsucht machen? Zwanzig Jahre lang dachte ich jeden Tag an ihn------." „Warum haben Sie ihn nicht gesucht?" „Ich suchte ihn überall, auf alle mögliche Weise,  aber immer noch habe ich keine Nachricht." „Vielleicht ist er schon tot?" „Nein! Er würde nicht gehen, ohne sich zu verabschieden, er würde uns nicht so verlassen." „Was denken Sie denn, wohin er gegangen ist?"

„Er ist in Shangxi, im Kreis Sanyuan, wir können keine Verbindung aufnehmen."  Flehend schaute er Sunda an: „Junger Bruder, könnten Sie mir helfen, könnten Sie ihn für mich suchen? Helfen Sie bitte einem alten Mann, was Sie dafür brauchen, ich kann es Ihnen geben.  Brauchen Sie Geld, das  bezahle ich gern. Egal wie viel! Sagen Sie bitte zu!" Er würde dann sofort mit seiner Familie telefonieren, die würden das Geld schicken.

„Nein, Nein!" Sunda hinderte sofort den alten Mann: „Wenn Sie Geld geben, traue ich mich nicht mehr ihn zu suchen, aber wenn er so wichtig für Sie ist und schon so lange Zeit verschwunden, werde ich überall für Sie nachfragen." „Ja, junger Bruder, ich danke Dir für Deine Güte, ich danke sehr" und dann beugte er sein Knie. „Das geht aber nicht." Sunda nahm den alten Mann und half ihm aufzustehen: „Bei uns, wenn ein Alter das Knie beugt vor einem Jungen, wird das Leben des Jungen zu Ende sein, bitte tun Sie das nicht. Ich weiß, er war sehr wichtig für Sie, ich versuche alles, was mir möglich ist, ihn zu finden. Das verspreche ich Ihnen."

Dann kamen die Familienmitglieder des alten Mannes; junge Leute verbeugten sich, alte legten beide Hände zusammen, alle sagten: „Danke, danke und bitte, bitte!" Die Enkelkinder nahmen einen Briefumschlag, schrieben seine Adresse darauf: Name, Straße, Hausnummer, alles, was sie wussten. Aber sie schrieben alles auf Italienisch, obwohl alle wussten, Sunda konnte nicht Italienisch. Deswegen schrieb der Alte selbst zu Ende und ließ es Sunda mitnehmen. „Sie müssen nicht mit Ihm in Kontakt treten, fragen Sie nur nach dem Namen. Wenn er noch da ist, kann ich dann schon mit ihm die Verbindung aufnehmen." Der alte Mann bat tausend Mal, zehntausend Mal beauftragte er ihn. Sunda konnte sich einfach nicht vorstellen, welcher Mann so wichtig für die Familie sein konnte! Aber er war hilfsbereit.

Von Italien zurückgekehrt, arbeitete Sunda sehr fleißig. Im Amt wurde schon überlegt und geprüft, ob er zum Amtsleiter ernannt werden sollte. Er müsste aber eine Prüfung bestehen. Deswegen hatte er keine Zeit nach Sanyuan zu fahren, um den Mann zu suchen.

Bald kam der Sommer. Vor der Tür des Hygieneamts standen jetzt oft Bauern, um von einem Handkarren Wassermelonen zu verkaufen. Der Wachschutz durfte sie nicht herein lassen, aber wenn Leute vom Hygieneamt Wassermelonen kaufen wollten, konnten sie selbst zur Tür gehen. Auch Sunda kaufte einmal einige Wassermelonen und ließ sie vom

Sohn des Verkäufers nach Hause bringen. Danach hockte er sich zu den Bauern, um sich zu unterhalten. Es war sein Vergnügen, mit verschiedenen fremden Leuten zu schwatzen. So bekam er Informationen von überall her. Diese Bauern waren Vater und Sohn, der Junge schwieg und trug die Wassermelonen im Jutesack aus. Der Ältere schwatzte mit Sunda: „Woher kommt ihr?" Fragte Sunda aufs Geradewohl.

„Aus dem Sanyuan Kreis", erwiderte der Ältere.

„Sanyuan Kreis?" Wiederholte Sunda und erinnerte sich an den Auftrag der chinesischen Familie in Italien. So fragte er weiter: „Ich suche einen Mann mit Namen Zhang Ganyi. Haben Sie diesen Namen schon einmal gehört?"

"Fragen Sie nach ihm?" Der Ältere staunte ihn an, der Junge hielt in seiner Arbeit inne, wandte den Kopf, um nach Sunda zu schauen.

„Als ich in Italien war, hat mich jemand beauftragt, ihn zu suchen, denn sie suchen schon lange Zeit nach ihm. Ist er auch mit Ihnen zusammen?"

„Italiener suchten nach ihm?" Vater und Sohn schauten einander aufgeregt an. „ Ja, richtig, er ist da, er lebt mit uns zusammen, er wird immer mit uns zusammen sein!"

Sunda schenkte der Aufregung von Vater und Sohn keine Aufmerksamkeit. Er freute sich, weil dieser noch immer im Sanyuan Kreis lebte, und dass er nun einen Brief nach Italien schicken konnte. Er würde sich als Beauftragter der Familie nicht als unwürdig erweisen!

Sunda erinnerte sich weiter und sagte, er habe damals, als er nach dem Namen fragte, wichtige Gesichtspunkte vernachlässigt. Gleichgültig, ob es sich um die Familie aus Italien oder die des Bauern, zu der Vater und Sohn gehörten handelte, hatte er sie im Bedürfnis zu helfen, als sehr achtenswert eigeschätzt. In einer weichen Stimmung habe er nicht gründlich nachgedacht: Wer war eigentlich dieser Mann, verdiente er die Hilfe der Leute, die so stolz darauf waren, mit ihm verbunden zu sein? Nachdem er sich von Vater und Sohn verabschiedet hatte, ging er nach Hause, er schrieb einen Brief mit nur einem Satz: Zhang Ganyi lebt immer noch im Sanyuan Kreis und unterschrieb mit Sunda. Er nahm den Briefumschlag, fügte die Anschrift hinzu, steckte ihn ein und brachte ihn zur Post.

Nun lebte Sunda eine Zeit lang sehr gut, hoffnungsvoll und sorglos. Bei uns nennt man diese Zeiten ruhig und gut. Es bedeutet ein schönes Leben.

Eines Tages aber ließ das Personalbüro der Stadt über seinen Vorgesetzten bestellen, dass er am nächsten Tag unbedingt dorthin kommen müsse, da der Büroleiter mit ihm reden wolle. Er hatte ein schlechtes Gefühl, war bestürzt. Der staatliche Personalchef würde nie ohne schwerwiegenden Grund mit jemandem reden. Nach Feierabend fuhr er also mit dem Fahrrad zu einem Bekannten, der in dem Personalbüro arbeitete. Sunda wollte sich erst einmal bei ihm nach dem Grund der Vorladung erkundigen: Worüber will die Personalabteilung vom Parteikomitee der Stadt mit ihm reden, was war passiert? Im damaligen China konnte niemand sein eigenes Schicksal lenken.

Der Bekannte wollte aber keinen Kontakt zu ihm. Seine Frau sagte zu Sunda, er wäre nicht zu Hause, sie wisse auch nicht, wann er zurückkommen wird. Aber Sunda hatte ihn schon durch das Fenster gesehen. Sunda konnte das nicht verstehen, er glaubte an sich, da er immer fleißig arbeitete, ein aufrichtiger Mensch war; vom Charakter her gutmütig, zurückhaltend, nie selbstsüchtig und seinen guten Ruf vor jedem verteidigend. Er konnte sich auf sich selbst verlassen, wenn ihm etwas Schlechtes passieren würde, auch das könnte er noch überwinden! Nachts lag er im Bett, er hatte mit seiner Frau lange und sorgfältig alle seine Reden und all sein Verhalten besprochen. Nein! Er konnte zwar nicht schlafen, aber dafür war er überzeugt, nichts falsch gemacht oder gesagt zu haben!

Am nächsten Tag fuhr er mit dem Fahrrad zum Personalbüro des Parteikomitees der Stadt. Er schob das Fahrrad durch den Garten, lehnte es in einer Ecke an einen Baum und schloss es an. Nur einen kurzen Augenblick dachte er an den Moment, da er wieder mit Fahrrad nach Haus fahren dürfte. Im Büro führte ihn jemand in ein kleines Zimmer, sein Herz sank ihm jetzt, denn daraus erkannte er eine Gefahr. Handelte es sich um eine normale Angelegenheit, würde er direkt im Büro des Sekretärs warten; wenn er befördert würde, dürfte er zum Leiter oder Stellvertreterbüro. Die Atmosphäre wäre zwar ernst aber entspannt. Das konnte man an den Gesichtern des Leiters oder des Stellvertreters oder schon des Sekretärs bemerken. Jetzt aber saß Sunda einsam in einem kalten Zimmer. Damals hatten alle Kader Angst, plötzlich zum Personalbüro des Parteikomitees der Stadt bestellt zu werden und lange Zeit in einem kalten Zimmer im Ungewissen zu verharren.

Sunda saß also da, scheinbar ruhig, sein Kopf aber kam nicht zur Ruhe. Er überdachte verschiedene Abschnitte seiner Arbeiten, seines Lebens, was hatte er gesagt, was getan, nachdem er die Aufforderung vom Personalchef bekommen hatte. Seine Gedanken drehten sich immer im Kreis. Letzte Nacht lag er mit seiner Frau im Bett, die ganze Nacht hatten sie all seine Reden und sein Verhalten nachgeprüft, hatten aber nichts, überhaupt nichts entdecken können, was ihm vorzuwerfen wäre!

Der Leiter des Personalbüros kam endlich, Sunda stand mit größtem Respekt auf und verbeugte sich tief: „Ich bedanke mich, dass Sie persönlich kommen."

Der Leiter seufzte: „Nehmen Sie Platz!" Dann kam ein Protokollführer und schloss die Zimmertür. Die drei setzten sich, der Leiter fragte nun Sunda: „Wissen Sie, wie die Strategie unserer Partei ist: Geständige mild behandeln, die sich widersetzen hart behandeln. Sie sind viele Jahre von der Partei ausgebildet. Dieses Grundprinzip, was ich jetzt nicht noch einmal wiederholen möchte, kennen auch Sie gut. Sunda nickte, er wollte nur schnell zu dem Anlass kommen in der Hoffnung, dass es sich vielleicht um ein Missverständnis handelte: „Leiter, ich werde kooperativ sein, klären wir die Probleme. Ich fragte mich schon selbst, ich habe mir nichts vorzuwerfen, es kann alles überprüft werden."

Der Leiter seufzte wieder lange, dann fragte er: „Haben Sie in letzter Zeit einen Brief geschrieben?"

„Einen Brief?" Nachdenkend brummelte er kurz vor sich hin: „Ja, selbstverständlich habe ich geschrieben." Damals gab es keine E-Mail, SMS oder andere elektronische Kommunikationsmittel, entfernte Kontakte geschahen immer durch Briefe: „Ich schrieb an meine beiden Neffen und meine Mutter."

„Gab es noch andere Menschen, denen Sie schrieben?" „ Nein."

Der Leiter senkte den Kopf, seine Hand schlug unwillig auf den Tisch: „Du bist unehrlich! Wir haben Dich schon gewarnt, Dich nur bei einem Geständnis mild zu behandeln. Wir beherrschen jetzt die Situation, Dein Benehmen spielt eine wichtige Rolle, Du solltest Dein Gewissen erforschen!"

Sunda hatte noch nie von seinem Chef so energische Kritik gehört. Alle wissen doch, dass er immer angestrengt arbeitet, sein Erfolg war auch beachtenswert, das Lob, das er bekam, hatte ihn immer euphorisch gestimmt. Und vom Charakter war er redlich und stark: „Wann war ich unehrlich? Ich bin immer ein ehrlicher Mensch. Wenn Sie so einfach sagen, ich sei unehrlich, sollte ich dann wirklich unehrlich sein? Haben Sie denn Beweise?"

Der Leiter war jetzt wütend: „Du verlangst von mir noch Beweise! Jetzt befehle ich Dir: Gestehe ehrlich! Du hast Deine Straftat sehr tief verborgen!"

„Was, ich habe eine Straftat begangen?" Wann jemals musste Sunda eine so große Beleidigung ertragen: „Sie sollten sich für ihre Anschuldigungen verantworten, ich werde Sie bei unserem Führer Mao anklagen!"

Der Schriftführer ruft nun laut: „Ruhig, Sie sollten sich beruhigen, ohne Grund würde unser Leiter  nicht so mit Ihnen reden. Jede Antwort wird protokolliert,  das wird später sehr schlecht für Ihr Urteil. Dieses Mal war Sunda an der Reihe zu seufzen: „Ich werde noch vor Gericht verurteilt?"

„Gut, wir kehren zurück zu Deinem Brief, oder hast Du etwa keinen Brief in das Ausland geschrieben?" Der Leiter hatte Erfahrung im Verhör, er versuchte Sunda aufzuregen, und selbst ruhig dabei zu bleiben!

Sunda riss beide Augen ganz groß auf, ein Donnergrollen explodierte auf seinem Kopf: „Ja, ich habe, habe das, habe doch geschrieben! Aber er ist bloß ein normaler Bürger, die ganze Familie lebt von einem Assia Shop. Außerdem habe ich nicht mehr geschrieben, habe mich nur nach einem Menschen erkundigt."

„Weißt du, was das für ein Mensch war?"

„Ja, ich weiß es, er war sein Retter, sein Bruder. Vielleicht sind beide jetzt wieder verbunden. Ich habe doch nur etwas Gutes getan."

Der Leiter schüttelte den Kopf und seufzte: „Du, du,----- -. Er war ein Priester, kam aus dem Vatikan, ein Spion, ein Spitzel aus dem Vatikan. Damals bekam er als Held Auszeichnungen von der reaktionären Regierung. Jetzt ist er bei uns im Gefängnis. Der Vatikan forderte nach Deinem Brief unsere Regierung auf, ihn frei zu lassen. Dein Brief war der einzige Beweis für den Vatikan, dass er sich in China befindet." Die starke Anspannung und Angst führten dazu, dass Sunda in dieser Situation plötzlich eine Inkontinenz entwickelte.

„ Du hast Dein Vaterland verraten, ein Geheimnis offenbart", sagte der Leiter, um dann mit  dem Protokollführer wegzugehen.

Sunda durfte nicht mehr nach Hause. Er lebte in einem 6 Quadratmeter großen Raum, wartete auf die Entscheidung der Regierung.  Er saß da, zerbrach sich den Kopf über sein Unglück, erinnerte sich an die kurze Zeit in Italien. Jeder Satz, alle Worte, die beide gesagt, jeder Augenblick; jede Bewegung hin bis fast zu jedem Atemzug beschrieb er in seinem Geständnis. Seite für Seite wie Blätter eines Baumes, lagen auf dem Boden, stapelten sich übereinander, überschwemmten seine Füße.  Und jedes Mal befreite er seine Füße, damit sie im nächsten Moment wieder über und über von Papier bedeckt waren. Jedes Mal sagte der Protokollführer nur: „Immer noch ist nicht alles gestanden, noch einmal neu schreiben!"

So verging Tag für Tag, bis neun Monate vorüber waren. Endlich hatte die Personalabteilung der Provinz über die Behandlung von Sunda entschieden: Nur weil er sich nicht mit Absicht strafbar gemacht hatte, wurde er nicht als Verbrecher ins Gefängnis geschickt. Aber man entließ ihn aus dem Staatsdienst und kündigte auch seine Mitgliedschaft in der Kommunistischen Partei. Seine Parteimitgliedszeit wurde gegen seine Schuld aufgerechnet.

Als Sunda vom Haftraum nach draußen kam, sah er als erstes sein altes Fahrrad. Es lehnte immer noch am Baum. Bedeckt vom Sonnenschein, präsentierte es sich ihm als treues Lebenzeichen. Mit verkümmerter Gestalt und erschöpfter Seele stand er vor seinem Fahrrad. Und Sunda entschied: Zwar spürte er nur noch ein blutendes Herz in seiner Brust, aber er würde weiter leben!

Er ließ sich von seiner Frau scheiden, um ihre politische Zukunft nicht zu verbauen. In dieser Zeit gab es zwar keine Sippenhaft mehr, aber die politische Beeinflussung der Familienmitglieder war sehr stark. Die Kinder würden bei der Mutter leben, das gesamte Vermögen sollte auch der Mutter gehören. Es war das Einzige, was er machen konnte. Was er noch tun könnte, wusste er nicht.

Sunda war Soldat, nach dem Abitur ging er zur Armee, bei der Armee wurde er zum Offizier befördert und kam dann als Verwalter in eine Gemeinde. Damals hatte die Armee die Aufgabe, Führungskader für die Gemeinden ausbilden, in dieser Zeit wurden viele Verwaltungskader von der Armee geschult. So arbeitete er zehn, zwanzig Jahre, außer Macht auszuüben, hatte er nichts gelernt. Ohne Macht war er unfähig, sein Fachwissen war gleich null, ebenso seine Fähigkeit, sich an die Gesellschaft anzupassen. Sein Gesicht drückte Machtwillen aus, seine hohe Position durfte nicht untergraben werden.

Nach der Kündigung vom Staatsdienst arbeitete Sunda im Dorfkrankenhaus bis sein bester Freund, unser Amtsleiter, dieses Krankenhaus übernahm. Er hörte von den Problemen Sundas und lud ihn ein, in seiner Verwaltung zu arbeiten. Der Ex Amtsleiter hatte keine eigenständigen Ansichten, achtete immer auf die Entscheidungen Sundas. Aber die Zeit war nicht mehr wie damals. Ehemals war allen staatlichen Unternehmen gleichgültig, ob sie profitabel arbeiteten oder Verlust beim Wirtschaften machten, alles wurde vom Staat getragen. Gewinn oder Verlust war kein Problem. Nach der Wirtschaftsreform mussten Verluste selbst getragen werden.

Monat für Monat verlor das Krankhaus immer mehr Geld. Der Ex- Amtsleiter operierte so fleißig und nahm immer noch weniger ein als er Ausgaben hatte. Wie konnte das Krankhaus so weiter existieren? Der Ex- Amtsleiter kontrollierte daher sorgfältig die Rechnungen des ganzen Jahres. Es stellte sich heraus, dass Sunda zu vielen Dorfleuten kostenlose Behandlungen ermöglichte. Nur weil jemand sagte, er habe kein Geld, wies er eine kostenlose Behandlung an.

„Das geht nicht, so geht es nicht! Es geht einfach nicht!" Unser schwacher Ex-Amtsleiter stand wieder einmal auf, da er keine andere Wahl hatte! Er stritt mit Sunda und sagte ihm deutlich die Meinung: „Wenn Du hier bleiben möchtest, kriegst Du nur noch einen Job als Wachschützer, mehr nicht!"

Und so verließ Sunda das Krankenhaus.

Aber er musste doch Geld verdienen. Zuerst weil er ein Mann war und Männer müssen ihren Wert beweisen. Man kann aber nur durch Geld den eigenen Wert messen, in dieser Gesellschaft lautet die Spielregel so. Außerdem musste er essen, also konnte er seine Existenz nur durch seine Arbeit sichern. Er musste um jeden Preis Geld verdienen. Daran hatte er früher nie denken müssen.

Ein Freund stellte ihn beim Antiquitätenhandel ein. Er fuhr mit dem Freund in die Jingdezhen Chinesische Porzellanzentrale, ein paar Kartons mit Imitat Porzellan zu kaufen. Anschließend sollte er in seiner Stadt versuchen, diese als echt zu verkaufen. Er bekam mit jedem Tag ein schlechteres Gewissen, bis er es eines Tages nicht mehr ertragen konnte. Eine ältere Frau kaufte für ihre Gäste aus Taiwan antiquarisches Porzellan als Geschenk. Er sah, wie die ältere Frau aus der Tasche Geld nahm, sah, wie ihre Hände zitterten. Sein Gewissen konnte das nicht verkraften und so sagte er zu der älteren Frau: „Kein Imitat verschenken, unser ganzer Kontinent würde dadurch das Gesicht verlieren."

Er zankte sich hinterher mit seinem Freund und verließ das Antiquitätengeschäft.

Ein anderer Freund sah seine Notlage, half ihm bei den Formalitäten für ein Studium in Deutschland. In dieser Zeit öffnete China endlich seine Grenzen für das eigene Volk, damit auch einfache Menschen im Ausland studieren, es besuchen und bereisen könnten. Er war jetzt 40 Jahre alt, für ein Studium zu alt; außerdem, auch wenn er fertig studierte, niemand brauchte ihn in China als Wissenschaftler, Lehrer, Politiker usw., da er aus der Partei, aus dem Staatsdienst ausgeschlossen war.

Er bekam eine Aushilfsarbeit in einem chinesischen Restaurant in Deutschland. Sunda erklärte mir, er fürchtete sich nicht todmüde zu sein, nicht Bitternis zu ertragen, er fürchtete nur, seinen Ärger herunterschlucken zu müssen. Denn immer wenn ein Restaurant nicht gut lief, würde der Chef gleich Ärger machen. Den Ärger dürfte er aber nicht am Koch auslassen, auch nicht am Kellner, sondern nur an ihm, der doch nicht alles allein machen kann, der nur Geld kostet. Er würde zum Prügelknaben werden. So gab es große Auseinandersetzungen mit seinem Restaurantchef, auch mit den anderen Restaurantbesitzern. Eine Kündigung konnte nicht vermieden werden. Immer wieder stand seine Existenz vor großen Herausforderungen.

Umherziehend wusste Sunda nicht mehr, wie er die kümmerlichen Tage durchstehen sollte. Würden Himmel und Erde noch einmal für ihn bereit sein? Gab es für ihn noch grüne Bäume, ihn zu beschatten? Blumen blühten wie Brokat! Und nur, weil er einen Brief geschrieben , eine Wahrheit gesagt hatte, seine Strafe würde ohne Ende sein! Er war enttäuscht an Körper und Herz, er wusste nicht, ob das Leben sich für ihn überhaupt noch lohnte!

Eines Tages ging er in den Kölner Dom, Musik zu hören. Das Kirchenschiff war gewaltig, viele Menschen waren darin, ganz ruhig, nur die Melodien strömten langsam und tief durch ihre Herzen. Er war todmüde, setzte sich dem Altar gegenüber auf eine Bank, schloss die Augen, gab sich nur dieser Musik hin. Kein Gedanke, kein Wunsch, nur Ruhe, eine lange ruhige Zeit saß er so. Allmählich löste sich Bitterkeit von seinem Herzen und rollte als Träne über sein Gesicht. Es folgten noch viele, versickerten auf der Haut, ein endloser Strom.

Als er Augen wieder öffnete, sah er Dinas lächelndes Gesicht. Sie stand direkt vor ihm und fragte: „Könnten Sie ein Foto von uns machen?" Sie reichte ihm den Fotoapparat und er dachte dabei: „Was ist das für ein Lächeln?" Als Sunda mir diese Szene beschrieb, war er immer noch aufgeregt: „Man kann das nicht einfach als Schönheit beschreiben, die Bezeichnung wäre zu simpel, wäre eben Volksmund. Sie hatte Ausstrahlung, man konnte Hoffnung aus dem Lächeln schöpfen. Sie lachte nicht um des Lachens willen, sondern für Dich, damit Du aus ihrem Lachen eine Botschaft entnehmen solltest. Du wärst begeistert. Sunda nahm den Fotoapparat, richtete das Objektiv auf die Beiden, Dina und ihr Freund umarmten sich und küssten einander innig. Sunda bekam ein bitteres Gefühl bei diesem Anblick. Seit er vom Staat gekündigt wurde, war der Gedanke an die Liebe in weite Ferne gerückt, er kämpfte schwer um seine Existenz, hatte keine Zeit an solche Dinge zu denken. Aber als nun die beiden vor seinen Augen ihre große Liebe in Szene setzten, erinnerte er sich und es reizte seine Nerven. War es etwa so, dass er erst geisteskrank werden oder sterben musste, damit alle seine Strafen vorüber wären?

Nach dieser Begegnung blieb Sunda eine lange Zeit in dieser beeindruckenden Kirche sitzen. Ihre Heiligenfiguren, die Lichter der Lampen und der Kerzenschein, verbunden mit der Kirchenmusik beruhigte seine aufgewühlte Seele, schenkte ihm Kraft, weiter zu leben! Dann ging er hinaus. Auf dem großen Platz vor der Kirchentür waren viele Leute. Sie fotografierten, Jugendgruppen diskutierten, Kinder spielten. Es war eine so dichte, lebendige Atmosphäre, wenn man ein Streichholz anstrich, könnte man daran fast ein Feuer entzünden. Er war in das Leben geraten, das er gern leben würde, das er glaubte, verloren zu haben.

Er ging nun um die Kirche herum. Die Kirche war sehr groß, von vorn bis hinten war es eine weite Strecke, er spazierte entlang der Mauer bis er sein Ziel fand, ein großes freies Gelände, kaum Leute, gerade seiner Stimmung entsprechend, das Wasser des Rheins floss langsam vorbei. Es waren schon zwei Leute da, ein Mann und eine Frau, sie saßen dort und zankten miteinander. Sunda lauschte nicht mit Absicht, doch einige Sätze erreichten seine Ohren: „Sagst Du bitte den Grund. „ "Es gibt keinen Grund, mir reicht es, einfach so." Die Stimme der Frau drang jetzt deutlich an Sundas Ohr, „Du bist flexibel, zu flexibel!" „Ich gebe es zu. Du kannst mich nicht mehr fesseln. Entschuldige bitte!"

Sunda dachte: „Das deutsche Ehepaar zankt sich auch so oft, wie ein chinesisches! Dann ging der Mann weg, die Frau saß eine lange Zeit allein. Sunda sorgte sich, dass sie in den Rhein springen könnte. Er setzte sich eine Weile hinter sie, doch dann wurde ihm langweilig, und so begann er Taiji 84 zu üben.

Von der Bewegung aufgeschreckt, drehte Dina sich um und beobachtete neugierig die Taiji Übungen von Sunda. Jetzt erkannte Sunda in ihr die Frau, die sich vorher von ihm hatte fotografieren lassen. So schnell trennte sie sich von ihrem Freund?

„Sind Sie Chinese?" Fragte Dina, worauf Sunda nickte: „Sie trainieren sehr gut. Meine Ärztin sagte, ich soll Taiji üben, weil Taiji gut gegen Depression ist. Darf ich bei Ihnen Taiji lernen? Ich bezahle das selbstverständlich." Als sie Sunda nicken sah, sprang sie sofort von der Bank auf: „Ich habe aber ein Glück, wollen wir jetzt gleich anfangen? Doch, gleich, jetzt, ich kann es nicht mehr erwarten!"

Dina und Sunda verabredeten, sich jeden Dienstagnach-mitttag um 14:00 Uhr, hinter der Kirche zum Taiji üben zu treffen. Sunda trainierte gewissenhaft. Eine Figur, die er übte, heißt das Wildpferd teilt sein Haar. „Witzig, sehr witzig, meine Pferde teilen ihre Mähne doch nicht so." Sunda sagte: „Könnten Sie das doch etwas ernster nehmen, die Hand soll über den Kopf gehoben werden." Dina lachte wieder, ihre Arme waren sehr schwach, es schien, als wären keine Kno-chen darin, sie konnte sie überhaupt nicht hochheben. Sunda musste sie stützen.

Dina sagte: „Dieser Name ist gut, ich werde meiner De-signer Kollektion auch diesen Namen geben. Wirklich, gibt es noch andere?" „Ja, diese Bewegung heißt: den Schwanz des Phönix ausbreiten." „ Das ist auch gut, Phönix Schwanz ausbreiten, toll, der Name ist sehr apart. Du bist großartig! Stimmt, Du gibst mir Inspiration. Kennst Du Obaya! Die ist lange nicht mehr zu mir gekommen. Schnell, schnell------. Aber nein! Warte, warte, ich muss das aufschreiben." Dina nahm aus der Tasche einen Notizblock, blätterte ein, zwei Seiten, um dann etwas aufzuschreiben, zu malen. Sunda stand daneben, schaute zu, am Anfang dachte er, Dina würde nur Spaß machen, aber nachher sah er, dass es Dina sehr ernst war, immer wenn Dina etwas schrieb, blieb er geduldig stehen und guckte ihr über die Schulter. Er sah durch Dinas Augen bis in ihr Herz. Dina entwarf eine Kleiderkollektion mit dem Wildpferd Label nach östlichem Geschmack. Sunda nahm die Entwürfe mit nach China und ließ sie dort produzieren, dann brachte er die Kleider wieder nach Europa, wo sie sich auf den Märkten sehr gut verkauften.

Dinas Firma entwickelte sich sehr gut und dabei fand Sunda seine Selbstachtung zurück. Endlich konnte er Dina mit ruhiger Stimme über sein Schicksal berichten, so, als würde er eines anderen Menschen Geschichte erzählen. Dina war schockiert: „Gibt es das wirklich, wahrhaftig? Nur wegen dieses einen Briefes wurde Dir gekündigt? Warum hast Du Dir keinen Anwalt genommen? Hast die Sache nicht vor Gericht gebracht!"

„Nein! In dieser Zeit waren in China die Gerichte nicht unabhängig, mussten sich auch der kommunistischen Partei fügen. Weißt du, als ich aus dem Gefängnis kam, sah ich mein Fahrrad im vollen Sonnenlicht strahlen, ich fühlte, das Leuchten des Sonnenlichts hat eine Botschaft für mich. Heute weiß ich, es kündigte mir an, dass ich dich treffen würde. Jetzt verstehe ich die Bedeutung dieses Hinweises.

Dina nickte bestätigend mit dem Kopf: „Richtig, richtig. Der Hinweis kam bestimmt vom lieben Gott. Eigentlich, Sunda, als Du aus dem Gefängnis kamst, solltest Du sofort zur Kirche gehen, Gott wartete dort auf Dich."

„Wirklich?" Sunda kam aus China, in dieser Zeit wurden Religion und Gläubige nicht von der chinesischen Regierung gefördert, besonders Mitgliedern der Kommunistischen Partei war die Religionsausübung verboten, daher wusste Sunda kaum etwas über das Christentum. Er sah Dina jetzt wie am ersten Tag, Dina lächelte so schön, so faszinierend. -------.

„Dina ist ein Engel, sie ist von meinem Gott geschickt, sie veränderte radikal mein Leben, nicht nur materiell, wichtiger noch ist die Veränderung meiner Persönlichkeit, meines Selbstbewusstseins. Sie gab mir mein Selbstwertgefühl zurück. Ich brauchte nicht mehr das böse Gesicht des Chefs vom Restaurant zu sehen. Nicht für meine Existenz immerzu meinen Rücken beugen. Ich verhandelte für ihre Firma mit chinesischen Firmen, kontrollierte die Produktion und transportierte die fertige Kleidung nach Europa über viele Häfen. Am wichtigsten aber war es, die Qualität zu kontrollieren. Ohne Qualität kann man sich nicht auf dem Markt behaupten. Verstehst Du nun, wie können wir beide uns trennen? Ich bin so wichtig für die Firma, warum bedenkt das niemand?" Er überlegte kurz: „Naja, ich gebe zu, jetzt ist chinesische Arbeit zu teuer, die Firma orientiert sich nach Afrika. Aber irgendwann kommen sie wieder zurück, wer weiß? Sage nun Du selbst, können wir beide uns trennen? Ohne sie kann ich nicht weiter leben, aber ohne mich können sie und ihre Firma auch nicht gut weiter leben, nicht wahr?!"

Es war schwer, ihn von einer Trennung zu überzeugen: „Zuerst will ich Dir sagen, sie ist nicht Gott, sie ist Gottes Engel, Gott schickte sie, Dir zu helfen. Sie hat ihre Aufgabe gelöst, sie möchte jetzt zurück in ihr eigenes Leben, Du darfst das nicht verhindern."

„Warum will Gott uns nicht ewig zusammenleben lassen? Wir haben uns damals wirklich geliebt, wirklich."

„Damals ist nicht jetzt. Ihr beide versteht Euch nicht so gut, Du hast Dir keine Mühe gegeben, deutsch zu lernen, Ihr beide habt ganz unterschiedliche Charaktere. Lange Zeit aneinander gebunden, würden beide Seiten unglücklich. Außerdem ist Dina ist eine Künstlerin, Du behinderst ihre künstlerische Inspiration. Bedenke, Sie hat Dir sehr geholfen, aber Du behinderst sie in ihrer Entwicklung, lohnst ihre Güte mit Undank."

Sunda seufzte tief: „Ich bin kein Egoist, ich kann ihr verzeihen. Was sie tun möchte, es steht ihr doch frei, auch wenn sie mit anderen Männern ins Bett gehen will. Ich wünsche mir nur, sie täglich zu sehen, täglich, diese Forderung ist doch nicht zu viel! Nicht wahr?" Fragte er etwas unsicher.

Ich kann das wirklich nicht verstehen, unser tapferer, selbstsicherer Direktor, seit wann war er so grundlegend verändert? Was soll ich ihm antworten? „Ich glaube, ja ich glaube, Dina möchte Dich auch glücklich sehen. Ich habe doch ein bisschen asiatische Denkweise: Wenn sie sieht, Du lebst ihretwegen in so einer faulen Kompromisslage, so unfähig und feige, kann sie auch nicht glücklich sein!"

Sunda schaute mich gedankenverloren an, lange Zeit blickte er hinunter zur Erde vor seinen Füßen, es schien, er könne durch die Erde tief in ihr Inneres sehen, dort sein Schicksal ergründen. Hatte er dort etwas Schönes entdeckt? Was ist das denn, versuchte ich zu ergründen, aber seine Einsicht blieb mir verschlossen. Nach einer endlos langen Zeit hob er den Kopf und sagte zu mir: „Jetzt kann ich mich endlich erinnern, Du warst die Studentin, die ein Gedicht vortrug, nicht wahr?"

Bejahend nickte ich mit dem Kopf: „Richtig, Direktor, ganz richtig." Er nickte mir noch einmal zu, sehr nachdenklich und es schien, als erinnerte er sich wieder an jene Zeit, da er uns als Direktor vorstand. Er erhob sich, verließ mich ohne Abschied.

Nach einigen Tagen rief Dina mich an: „Wissen Sie, was mit Sunda los ist? Er schaut nach mir Tag und Nacht, manchmal, wenn ich aus einem Traum erwache, fühle ich seine Blicke so intensiv auf mich gerichtet, dass ich glaube, nicht vom Traum, sondern von seinen heißen Blicken zu erwachen."

„Ist Hass in seinen Augen?" Ich fühlte meinen ganzen Körper kalt werden. Was bin ich nur für ein Helfer!

„Nein, im Gegenteil", antwortete Dina aus einer schönen Stimmung, zart und harmonisch. „Dann ist ja gut!" Ich entspannte mich. „Aber es ist nicht in Ordnung." Dina sorgte sich: „Er hat ------, Du, ich meine, er hat vielleicht eine Geisteskrankheit?" „Du, lieber Gott!" Ich weiß, wie viel Potenzial ich habe: „Ich kann Ihnen leider nicht mehr helfen. Was ich sagen konnte, habe ich alles gesagt. Ich glaube, jetzt sollten Sie ihn vielleicht zu einem Psychologen bringen."

Dina seufzte, ich ebenfalls. Dina weinte, ich konnte schon nicht mehr weinen, meine Tränen waren vertrocknet durch das bittere Leben.

Aber der Frühling kam zuverlässig wie jedes Jahr.

Wieder waren einige Tage vergangen, als mich der Direktor eines Tages unerwartet anrief, sich mit mir zu verabreden. In einer Bar sollten wir einander treffen. Unser Direktor verabredete sich mit mir zum Alkohol trinken? Ich dachte, er weiß auch schon, dass es hier nicht wie in China ist, wo nur Ehepaare oder Verliebte in eine Bar gehen dürfen, hier können auch ganz normale Menschen zusammen etwas trinken. Ich kann also nicht einfach Nein sagen. Ich möchte ihm nicht die Freude verderben. Außerdem sagte er, er hätte eine gute Nachricht, die er mit mir zusammen feiern will.

„Bitte eine Flasche Xian panier." Er bestellte mit großer Geste, als hätte jemand sein Alter um dreißig Jahre vermindert. Ich bekam darüber einen großen Schreck, denn er hatte niemals ein Getränk, das über 2,50 Euro kostete , niemals ein zweites Getränk bestellt, auch wenn er 6 bis 8 Stunden in der Bar gesessen hatte; niemals für mich auch nur einen Euro bezahlt. Natürlich bezahlte ich für ihn auch nicht. „Wenn Du Sekt trinken möchtest, können wir ihn doch im Supermarkt kaufen, uns irgendwo auf eine Wiese setzen und trinken. Hier ist ein Xian panier sehr teuer, fast das 4 fache des Preises im Supermarkt", schlug ich ihm vor.

Er schüttelte den Kopf, lachte ein bisschen.

Ich kann es immer noch nicht fassen: „Wenn Du bestellst, muss Du auch bezahlen. Ich habe nicht so  viel Geld mit, kann weder eine Flasche, noch ein Glas bezahlen!",, Ich lade Dich ein", nickte er.

„Was gibt es für eine gute Nachricht? Du bist völlig verändert, sag es mir bitte, ich möchte nicht ohne Anlass Sekt trinken." So fragte ich neugierig, ließ mich von seiner Begeisterung anstecken.

Der Direktor sagte, er hätte neulich einen Brief an seine Söhne und Freunde nach China geschickt, hatte über sein

**188**

Leben in Deutschland, eigentlich über die ganze Zeit, seit er aus China wegging, geschrieben. Damals, als er mit Absicht alle Verbindungen zerschnitt, glaubte er nicht mehr daran, je wieder einen Brief zu schreiben, da er politische Nachteile für die in China zurückgebliebenen Verwandten und Freunde befürchtete. Jetzt bekam er eine Antwort, alle versuchten, ihn zu überzeugen, zurück nach China zu gehen und dort zu leben. Sagten, gegenwärtig wären in China ganz andere Verhältnisse, jetzt würde die Regierung eine Politik der Harmonie und des Wirtschaftsaufschwungs verfolgen. Das Leben des Volks wäre viel leichter und reicher als damals. Der ehemalige Amtsleiter, Du kannst Dich doch noch an ihn erinnern, kaufte vor zehn Jahren das Dorf-Krankenhaus. Viel zu viel Geld hatte er, wusste gar nicht, wie er es ausgeben sollte. Jetzt wurde er Rentner, das Krankenhaus wurde verkauft, neben dem Krankenhaus kaufte er ein fünftausend Quadratmeter Grundstück, baute darauf ein Altersheim. Nahm alte Leute aus ganz China auf. Als er hörte, ich würde zurückkommen, schenkte er mir ein Grundstück und sagte zu meinem Sohn, alle Mitglieder des Krankenhauses würden ein Grundstück bekommen. Ich arbeitete damals in der Krankenhausverwaltung, deswegen stand auch mir eins zu. Meine beiden Söhne bereiteten alles vor, bauten ein Haus mit zwei Zimmern für mich, das sollte erst einmal für mich zum Leben genügen. Später, wenn beide Geld genug haben, werden sie darauf noch ein Stockwerk setzen, damit sie auch mit ihren Familien zum Urlaub kommen können.

„Das ist aber sehr schön", sagte ich. „Ich hoffte immer, ein Haus zu bauen, aber nie ist es mir geglückt. In China kannst Du im eigenen Haus wohnen, ein Traum geht in Erfüllung, großartig! Darauf sollen wir wirklich Sekt trinken!" Nun war auch ich begeistert.

Sunda lachte: „Der einmalige Amtsleiter sagte: Früher habe er auf mich gehört, jetzt, wenn ich zurückkommen werde, solle ich auf ihn hören. Er ordnete schon an, Montag ist Angel-Tag , es gibt einen See in der Nähe, Dienstag werden wir Majiang spielen, Donnerstag machen wir eine Bergwanderung, dort gibt es eine Reihe von Bergen. Ich soll  der Leiter sein, da ich tapfer bin. Am Mittwoch und Freitag werden wir singen, ------.‟

„Das ist wie ein Traum, das ist ein Leben wie im Himmel.‟ Ich beneidete ihn wirklich.

„Weißt Du, wer die Frau vom Amtsleiter ist?‟ Und als er sah, dass ich den Kopf schüttelte: „ Wenwen ist es, Du hast doch oft über sie gesprochen.‟

„Das ist ja eine nette Überraschung, die Beiden passen gut zusammen, die Beiden sind sehr passend.‟ Wir tranken darauf unseren Sekt. „Noch etwas, weißt Du, wer sein Krankenhaus kaufte?‟

„Ich weiß es nicht, wie kann ich es wissen?!‟Jetzt war ich es, die sich unwissend und schwach zeigte.

„Der damals noch junge und zukunftsversprechende Anästhesist und seine Frau Jeqiu.‟ Erneut überrascht, musste ich nochmal Sekt trinken: „Die Beiden leben immer noch zusammen?‟ Ich unterdrückte jetzt meine Aufregung.

„Die Beiden baten mich, Dich an den gemeinsamen Schwur von damals zu erinnern.‟ Meine Augen gingen nun über, ich konnte die heißen Tränen nicht mehr zurückhalten: „Das würde ich nie mehr vergessen!‟ Das Leben brachte die Erinnerung an Früher in die Gegenwart, jetzt lebte ich fast täglich mit den Beiden zusammen. Der Direktor schaute mich an, seine Augen voller zärtlicher Gefühle. Plötzlich hatte er sich erinnert, auch ich bin ein Flüchtling.

Als der Direktor endgültig zurück in die Heimat flog, verabschiedete ich ihn am Flughafen. Dort traf ich auch wieder Dina mit ihren Männern. Sie alle begrüßten mich mit dankbarem Lächeln, natürlich, nur Dina, sie weinte vom Anfang bis zur letzten Sekunde vor dem Abflug. Sie schaute mit widersprüchlichen Gefühlen auf Sunda, der klopfte ihr leicht die Schulter, tröstete sie immer zu: „Wenn ich dort alles in Ordnung gebracht habe, könnt ihr auch kommen. China ist ein großer Markt, Ihr werdet dort bestimmt gute Geschäfte machen. Sieh mal, dann wirst Du Dich nicht von mir trennen können.‟ Unser Direktor hatte seine Selbstsicherheit zurück, er umarmte Dina fest, ein Versprechen in die Zukunft.

Dann stand das ganze Team zum Abschied in einer Schlange, allen schien die Trennung schwer zu fallen und alle redeten zehntausend Worte, tausend Sätze zu Sunda. Ob die beiden Seiten einander richtig verstanden, das weiß nur Gott allein.

Ich sah, hier gab es für mich nichts mehr zu tun, so ging ich nach draußen, um mich auf meine Art vom Direktor zu verabschieden. Als das Flugzeug unter ohrenbetäubendem Lärm abflog, hob ich den Kopf zum Himmel und es war, wie wenn meine Stimme sagte: „Sunda, lebe wohl!" Ich schaute weiter nach oben, und plötzlich erklang: „Direktor, eigentlich war doch Gott immer bei Dir."

So schloss sich ein Kreis. Und der Mensch, der ohne Absicht für Gangyi Zhang gelitten hatte, wurde durch die Güte eines anderen versöhnt. So stellte sich uns die Verbindung dar zwischen Menschen, die einander fremd und doch schicksalhaft miteinander verbunden sind. Wer will noch Gott oder das Schicksal leugnen?

„Dann warte------." Er weinte nun fast.

Ich seufzte: „Ja! Du bist ehrlich, ich warte und wenn dem Direktor etwas passiert, dann sage ich ihr es in der ersten Minute."

Er lachte, aber gleichzeitig hatte er Tränen in den Augen. Er nickte und nahm mir so mein Versprechen ab.

Nachtrag

Gangyi Zhang. 01.23.1907 geboren im Ort:     Sanyuan
Bezirk Shanxi , China

1925 Beginn des Theologie Studiums

1930 Weiterführung des Studiums in Italien

1937 Tätigkeit als Priester

1940 Einsatz im Internationalen Kriegsgefangenenlager als Priester, über 4000 Kriegsgefangene aus England und Amerika u. deren alliierten Streitkräften waren dort gefangen. Als die alliierten Streitkräfte an Land gingen und die italienische Regierung kapitulierte, entschied das Naziregime, alle Kriegsgefangenen zu erschießen. Der Priester Gangyi Zhang hatte von diesem Befehl gehört, er und ein Kollege öffneten in der Nacht das Tor, so dass alle Kriegsgefangenen in die Freiheit gelangen konnten.

Die Nazis wollten Gangyi Zhang für diese Tat mit dem Tod bestrafen. Während der Vorbereitung zur Exekution, etwa eine halbe Stunde vorher, tauchten plötzlich am Himmel mehr als zehn Bombenflugzeuge der alliierten Streitkräfte auf und griffen an. Der Priester Gangyi Zhang wurde gerettet.

1947 flog er nach China und bekam von der alten Regierung einen Preis: Er wurde zum National Helden ernannt. Danach übte er in China eine missionarische Tätigkeit aus.

1949 kam in China die kommunistische Partei an die Macht.

1959 lehnte er als Vertreter der Katholischen Kirche ab, im patriotischen Verein teilzunehmen, wurde festgenommen und für 21 Jahre ins Gefängnis gebracht.

1988 wurde er von der italienischen Regierung eingeladen, zur Preisverleihung nach Italien zu kommen (als Dank für die Rettung der über 4000 Kriegsgefangenen). Danach hatte er eine Audienz beim Vatikan, er bekam eine religiöse Willkommensfeier und wurde vom Papst umarmt.

1989 gründete er gemeinsam mit einigen katholischen Priestern auf der Sanyuan Konferenz eine Katholische Kirchengruppe für ganz China. Er wurde erneut festgenommen und ins Gefängnis gebracht.

Im Juni 1990 kam er frei

1992 wurde er noch einmal vom Vatikan eingeladen und hoch geehrt

Am 20. 03. 1997 starb er.

## *IV. Bailan*

### *1. Teil*

In Deutschland gibt es viele begabte Menschen, ebenso in China.

Aber in Deutschland wird ein begabter Mensch durch gute Erziehung und perfekte Schulbildung geformt. Auf der Grundlage seiner angeborenen Intelligenz kann er seine Talente und Fähigkeiten verbunden mit hohen moralischen Eigenschaften entwickeln und sich so von der Masse der Menschen unterscheiden. In China wäre das nicht genug. Es würde bei Weitem noch nicht ausreichen, in keiner Weise genügen. Ein begabter Mensch muss sich neben all diesen Vorzügen durch Bitternis stählen, denn nur Bitternis macht einen Menschen unbeugsam. Und nur durch Unbeugsamkeit kann man in China zu einer Persönlichkeit heranwachsen, sich entwickeln und menschliche Größe erlangen.

Bailan war eine begabte Frau. Sie war mein Vorbild, dieses eine Leben würde nicht ausreichen, mich ihren überragenden Fähigkeiten anzunähern. In einem zweiten Leben könnte ich mit großer Mühe versuchen, ihr ebenbürtig zu sein, ein Mensch wie sie zu werden, mit ihrer Mentalität, ihrem Geschmack, ihrer Kultur. So wie sie das Leben von einer höheren Warte aus betrachten.

Bekannt wurde ich mit Bailan durch eine Angelegenheit, über die eigentlich nicht gesprochen werden dufte. Diese Angelegenheit ließ mich von Anfang an Macht über sie gewinnen. Stets musste sie sich vor meinem Wissen fürchten und mir gegenüber demütig sein, obwohl wir beide Mädchen waren. Ich war aber damals erst 12 Jahre alt, sie bereits 22 Jahre.

Damals hatte ich einen geheimen Ort, sehr versteckt, er lag hinter dem Unterrichtsgebäude in dem meine Eltern arbeiteten. Wir wohnten auch dort, nur eine Mauer trennte die Universität von den Wohnungen. Hinter den Unterrichtsgebäuden befand sich ein stiller Wald. In dessen Mitte, oben auf der größten Pappel, war mein heimliches Versteck. Ein sehr starker Ast, umgeben von vielen kleinen Zweigen war mein Chefsessel, oft saß ich darauf und schaukelte, ließ meine Träume mit dem Wind davonfliegen.

An einem besonders schönen Sommertag, gerade nach dem Rasenmähen, lag unter meinem Versteck ein Heuhaufen. Im Heuhaufen gab es eine Höhle, die rundherum vom Gras sehr dicht verdeckt wurde. Man konnte sie von draußen nicht sehen, aber von oben hatte ich freie Sicht bis in das Innere. An diesem Tag wehte ein heißer Wind, alle Vögel waren erschöpft vom Zwitschern, auch ich ermüdete und schlief ein. Als ich nach einer Zeit wieder erwachte, schaute ich zum Himmel, der sich sehr schön über mich wölbte, dann sah ich nach unten, was war das------!? Ich atmete eine eisige Luft aus, war erschrocken! Schrecklich! Gab es unter dem Himmel denn solche Dinge? So hässliches, ekeliges! Ich fiel aus dem Baumwipfel hinunter in den großen Heuhaufen, der meinen Sturz abfing, dann kullerte ich in die Höhle, auf die beiden nackten Körper und hörte nur: „Aha!" „Aha!" „Aha!" Dreimal schreckliches, panisches Aufschreien, dann stand ich zwischen den Beiden, und meine aufgerissenen Augen schauten in ängstlich verkniffene Augen, schauten auf die Wände aus Gras.

„Du bist das?!" Die Frau war zwar immer noch bestürzt, aber ihre Stimme klang schon etwas erleichtert. Es war Bailan, meine Nachbarin. Sie absolvierte gerade ihr Studium für traditionelle chinesische Medizin, um anschließend unserer Universität als Arzt zugeteilt zu werden. „Wie geht's dir? Hoffentlich ist Dir nichts geschehen, warum musst Du auch auf den Baum klettern, es ist doch gefährlich! Guck Dich mal an, bist Du irgendwo verletzt?!" Besorgt fragte sie mich während ihre Augen über meinen Körper glitten.

„Zieh schnell deine Kleider an, schnell! Es ist so hässlich!" Sagte ich und trampelte mit meinen Füßen, drehte mich um, ihren Blicken auszuweichen. Zum ersten Mal sah ich die nackten Körper von erwachsenen Menschen und dazu gleich zwei. Ich fand das sehr

ekelig! „Ja, ja, ich ziehe schnell meine Kleider an." Bailan nahm hastig ihre Bluse um sie anzuziehen. Der junge Mann nickte mit dem Kopf, atmete tief ein und aus, schwieg und zog ebenfalls schnell seine Kleider an. Dann schaute er zu Bailan, nickte ein paarmal mit dem Kopf und ging weg.

„Kannst Du über diese Angelegenheit schweigen?" Bailan rückte ihre Kleider zurecht und bat mich auf sehr nette Weise. Ich neigte meinen Kopf von einer Seite zur anderen und fühlte mich plötzlich hoch über ihr stehend: „Nach Deiner Bitte muss ich------." Plötzlich dachte ich an ihre Hilfe: Sie hatte mich damals zur Schule getragen. Unsere

Vorfahren hatten ein Sprichwort:" Wenn ein Tropf ein bisschen Hilfe bekommt, muss er sie vielfach zurückgeben." Darum nickte ich ihr freundlich zu und sagte: „Nein, ich erzähle es nicht weiter."

„Sie trug mich zur Schule" verhielt sich folgendermaßen: Damals besuchten die Kinder der Mitarbeiter unserer Universität alle eine nahe gelegene Schule. Vom Tor unserer Universität bis zur Schule gab es zwei Wege, einen kurzen, unbefestigten und einen langen asphaltierten. Der lange Weg war fast viermal länger als der kurze. Eines Tages gingen wir zur Schule, es regnete, der kleine Weg war matschig und rutschig, die Erde war klebrig, viele Kinder versanken mit den Stiefeln in der Erde, das Wasser lief in die Stiefel, bei jedem Schritt musste man mit aller Kraft die Füße aus dem Schlamm ziehen. Ein Kind ging, zog mit letzter Kraft seine Stiefel heraus und weinte dabei laut, ein anderes Kind konnte seine Stiefel nicht mehr herausziehen, darum setzte es sich einfach auf den nassen Boden und heulte ebenfalls. Der Vater meinte nachher zu unserem Universitäts- Direktor: „Wenn mein Kind nicht weiter die Schule besuchen kann, wie soll ich dann in Ruhe hier arbeiten?!" Unser Direktor wusste zuerst nicht, wie er darauf reagieren sollte. Sollte er lachen oder weinen. Da erinnerte er sich an unsere Rote Armee. Zwei hunderttausend und fünf tausend Kilometer lange Märsche hatte sie bewältigt. Ohne die langen Märsche hätten wir nicht siegen können! Aber nach dieser Bemerkung überlegte er noch einmal gründlich und entschied so: Unsere Universität verfügte damals nur über wenig Geld und so sparte er stets die finanziellen Mittel für die ärztliche Allgemeinuntersuchung seiner gesamten Angestellten. Mit diesem Geld kaufte er jetzt aber viele Pflastersteine und ließ von den Studenten in zwei Arbeitseinsätzen einen kompletten Weg zwischen Universität und unserer Schule anlegen. Das geschah aber erst später. Jetzt aber stand ich unentschlossen zwischen beiden Wegen und zögerte. Bailan stand neben mir und ermutigte mich: „Geh doch den kurzen Weg, zieh die Stiefel aus, nackte Füße kann die Erde nicht ansaugen." Sie sah mich immer noch fassungslos und meinte: „Ist doch kein Problem! Ich habe erst gestern die

Leute alle kleinen Steine und Glasstücke vom Weg auflesen lassen. Lauf doch los, es gibt auf den Füßen Reflexionspunkte des ganzen Körpers, die Füße werden stimuliert und das gleiche geschieht mit dem ganzen Körper. Das tut dir nur gut." Sie war die Ärztin, die sich um alle Kinder der Universitätsmitarbeiter zu kümmern hatte.

„Aber, aber", ich zögerte immer noch: „Wenn Mädchen barfuß laufen, sieht das nicht gut aus." Wir strebten damals nach Zivilisation, nackte Füße galten als unfein.

„Bis zur anderen Seite nur, dann kannst du dir mit warmem Wasser die Füße waschen und deine Stiefel wieder anziehen. In der Schule bereitet die Lehrerin schon warmes Wasser." Sie lächelte: „Dann wirst du wieder gut aussehen." Ich machte wie sie gesagt, es ging wirklich gut. Seit diesem Tag laufe ich oft barfuß, wenn es regnet. Bailan stand immer an meiner Seite, ihr Lächeln begleitete mich. Als der Winter kam, wollte ich an einem kalten Tag wieder barfuß laufen. Sie hinderte mich daran: „Es ist jetzt kalt, auf der Fußsohle gibt es einen wichtigen Punkt, den Anfang des Nieren-Meridians. Die Niere ist ein Organ des Wassers, man muss auf sie aufpassen, darf sie nicht verkühlen, im Winter darf man nicht mehr barfuß im kalten Matsch herumlaufen."

„Damals hast du mich barfuß laufen lassen, jetzt soll ich es nicht mehr! Nein! Ich werde so zu spät kommen, ich will keine Verspätung, ich gehe doch den kürzeren Weg."

„Ja, ja! Ich habe Schuld, ich habe es dir nicht richtig erklärt, darum lass mich dich tragen." So sprach sie und nahm mich schließlich auf ihren Rücken. Sie lief mit mir zur Schule und ich kam nicht zu spät.

Dürfte ich solch einen Menschen bedrohen?

Nach dieser Angelegenheit, am übernächsten Tag, wartete Bailan vor dem Schultor auf mich: „Abaya! Ich kann dich nicht immer zum Spielen begleiten, ich muss Gras mähen. Unsere Schule hat jedem von uns ein Fünf- Kilo-Soll Grasmähen aufgegeben." Ich war jetzt verärgert über ihre Argumente, war ich doch selbst erwachsen, brauchte niemanden zum Spielen, warum musste sie mich suchen?!

„Ich muss auch Gras abliefern, genau wie ihr! Ich kann dir beim Gras- schneiden helfen!" Sie war vorher unangenehm berührt, aber gleich  sagte sie versöhnlich: „Du kannst kein Gras schneiden, und du hast auch keine Sichel. Ich aber habe eine Sichel, gerade habe ich zehn Kilo Gras abgeliefert. Wir schneiden jetzt für dich das Gras gemeinsam ab." Der Vorschlag war wirklich nicht schlecht, und so  wandte ich mich um, das Gras mit meinen Händen auszurupfen während Bailan sichelte.

So wurde ich in unserer Klasse die beste Schülerin, da ich viel mehr Gras ablieferte als die anderen. Ich bekam dafür ein Lob von unserer Lehrerin. Aber danach sagte die Lehrerin weiter: Beim Grasschneiden hat sich unsere Klasse große Mühe gegeben, wir waren die besten. Wir verschönerten unsere Stadt, und sammelten auf diese Weise auch Dünger für die Landwirtschaft. Das ist sehr schön. Die nächste Aufgabe aber wäre: Vier schädliche Tiere zu vernichten: alle weißen Fliegen, Mücken, Kakerlaken und Mäuse, denn sie sind die Feinde der Menschen. Wir müssen die Mäuse bekämpfen, jeder Mitschüler soll mindestens zwei tote Mäuse beim Lehrer abgeben, je mehr er aber abgab, desto besser. Diese Aufgaben sollte auch wie das Grasschneiden ein Wettbewerb sein. Wer würde der Beste sein?

Diesmal besuchte ich Bailan, und sagte in unhöflichem Ton zu ihr: „Was kann man da machen! Du musst für mich Mäuse fangen, Du hast mir  viel zu viel Gras gegeben, diesmal wird die Lehrerin noch mehr von mir verlangen, wenn ich die Beste sein will".

Bailan seufzte: „Ich habe große Angst von Mäusen." „Ich auch", sagte ich, „die Maus hat eine spitze Schnauze, wenn sie die Zähne fletscht, sieht es furchtbar aus. Unsere Lehrerin hat gesagt: Sie vermehren sich viel schneller als Menschen, wenn wir sie jetzt nicht vernichten, irgendwann werden sie unter dem Himmel die größte Macht sein. Stell dir mal diese Zeit vor, wie können wir Menschen dann noch weiter leben?!" Ich überzeugte sie mit den Worten der Lehrerin.

„Ja", sagte Bailan widerwillig, „ich helfe dir gern, die Mäuse zu vernichten." Sie überlegte: „Wir wollen sie in ihren

Nestern fangen, wir verschließen einfach die Mauselöcher."
Bailan war zwar älter als ich, aber es schien, als würde sie
trotzdem gern mit mir zusammen sein. Wir gingen oft hinter
die Unterrichtsgebäude. Da waren selten Leute, doch
manchmal verschwand sie plötzlich. Der Heuhaufen war
noch da, und so vermutete ich, dass sie dorthin ging, weil
jemand auf sie wartete. Aber ich wollte sie nicht nach ihren
privaten Dingen fragen, nicht an ihre hässliche Nacktheit
erinnert werden. Deswegen blieb ich immer allein dort, entweder mähte ich Gras oder fing Mäuse. Sie aber tauchte
immer wieder von selbst auf, wenn ich nicht mehr warten
wollte.

Eigentlich machte es mir keinen Spaß, Mäuse zu fangen.
Einmal lief eine Maus, nervös gemacht durch unsere Jagd,
rundherum, hin und her, verirrte sich und fühlte sich gefangen. Da drehte sie sich plötzlich um und spurtete mit aufge-
rissener Schnauze, die spitzen Zähne fletschend in Panik auf
Bailan zu. Bailan hatte nicht damit gerechnet, sie sprang drei
Meter zurück und kreischte laut auf. Ihr Gesicht verfärbt sich,
wurde weiß wie Papier. Ich bemerkte das Entsetzen Bailans,
konnte nun nicht mehr darüber lachen und mit schlechtem
Gewissen sagte ich zu ihr: „Ja, ist gut! Ich weiß, Du denkst,
Du musst Dich bei mir so anbiedern, nur wegen des Ver-
stecks. Du musst mir nicht in den Hintern kriechen, ich
schwöre Dir, ich verberge Dein Geheimnis immer."

Sie legte ihre Hand auf das Herz und schien erleichtert.
Und obwohl sie glücklich war, schüttelte sie mit dem Kopf:
„Es ist nicht nur deswegen, ich fühle mich wohl mit dir, es
war alles so einfach, nur das Einfache, Ehrliche macht mir
solche Freude." Dann spottete sie wieder: „Aber Mäuse fangen, das ist nicht meine Sache."

Ich musste nachher zwei tote Mäuse kaufen. Damals gab
es viele tote Mäuse zu verkaufen, damit alle ihre Aufgaben
abrechnen konnten. Meine Lehrerin bedauerte es sehr, dass
ich diese Aufgabe nicht so vorbildlich erledigt hatte wie das
Grasscheiden. Sie wollte mich als Klassensprecherin vor-
schlagen, nun musste sie, ohne den eigentlichen Grund zu
kennen, darauf verzichten.

Die Kulturrevolution begann. Am Anfang erschien sie nicht so bedrohlich. Die Studenten und Lehrer teilten sich aufgrund ideologischer Gegensätze in zwei Lager. Der eine Teil wollte den Direktor, die Professoren und Leiter anklagen, der andere Teil wollte sie beschützen. Eines Tages kamen einige Soldaten der Roten Garden zu uns nach Hause und befahlen meinem Vater mitzukommen. Auf die Frage meines Vaters, wohin und warum erwiderten sie nur: „Komme doch einfach mit, wir sind Deine Schutzgruppe, da andere Dich festnehmen wollen. Wenn wir Dich mitbringen, können die Anderen Dir keinen Schaden zufügen." Mein Vater nickte und ging mit diesen Leuten mit. Meine Mutter wartete unter Gebeten und Bitten den ganzen Tag zu Hause auf den Vater, doch bis zum Abend war er immer noch nicht zurück. Meine Mutter verlor völlig die Fassung, in ihrer Not ging sie zum Treffpunkt des Ortes, wo damals die Leute Informationen austauschten. Wenn man also keine Informationen oder Verhaltensmaßregeln in einer schwierigen Situation hatte, dann ging man zu diesem Platz, wo viele Leute, die sich in der gleichen Lage befanden, versammelt waren. Alle besprachen die Probleme, überlegten miteinander und beratschlagten sich. Als meine Mutter vom Platz zurückkam, schickte sie mich, für meinen Vater Essen zu bringen. Als das älteste Mädchen, war es für mich selbstverständlich zu helfen, wenn etwas passierte.

Ich trug den Essenkorb zum Unterrichtsgebäude. Dieses war in einem weißen Gebäudekomplex, alle Sektionen der Akademie arbeiteten und unterrichteten hier. Um Ruhe und störungsfreies Arbeiten zu garantieren, gab es nur vier Ein- und Ausgänge, aber drei davon waren abgeschlossen, nur noch der Haupteingang stand

offen. Ein Wachposten saß davor. Als ich eintreten wollte, hinderte er mich indem er sagte: „Hier dürfen doch keine Kinder spielen, gehe Du draußen spielen."

Ich erwiderte, dass ich nicht zum Spielen käme, sondern für meinen Vater Essen bringen wolle. Seit mein Vater von den Roten Soldaten mitgenommen wurde, hatte er den ganzen Tag nichts essen können. Meine Mutter hatte mir aufgetragen, Essen zu bringen. „Es geht trotzdem nicht", sagte der

Wachmann: „Essen bringen, für einen Konterrevolutionär?! So etwas habe ich noch nicht erlebt! Jetzt befinden wir uns in einem sehr komplizierten Klassenkampf, ihr Kinder sollt euch nicht von jemandem ausnutzen lassen! Geh weg, geh weg und störe mich nicht bei meiner Arbeit, sonst geben sie Deinem Vater doppelte Schuld."

Mit Tränen in den Augen schickte ich mich an, wieder nach Hause zu gehen.

In diesem Augenblick kam mir Bailan gerade aus dem Haus entgegen und fragte neugierig: „Warum weinst du? Hier sind nur Erwachsene, wer kann Dich da kränken?" Ich zeigte noch einmal meinen Essenkorb und erklärte ihr die ganze Angelegenheit. Bailan tröstete mich: „Mach Dir keine Sorgen, unsere Abteilung ist für den Schutz der Mitarbeiter zuständig, wir brachten Deinen Vater hierher, um ihn vor anderen Gruppen zu schützen. Komm mit mir, ich bringe Dich zu Deinem Vater." Bailan ging mit mir an den leeren Unterrichtsräumen entlang, bis wir ganz hinten im Dunkeln, auf viele erleuchtete Zimmer trafen. Sie zeigte mir einige Zimmer und sagte: „Diese Zimmer gehören zum Fachbereich Deinen Vaters. Ich weiß nicht, in welches davon Dein Vater gesperrt wurde."

Ich stellte mich auf die Zehenspitzen, konnte aber nicht das Fenster erreichen, dann ging ich ein paar Schritte zurück, konnte aber immer noch nicht in das Innere der Räumen sehen. So schaute ich mich suchend um, ob irgendwo ein Stein oder ein Brett lag, das ich unter meine Füße legen könnte. Aber es gab nichts! Bailan bemerkte meine Ratlosigkeit, wurde nervös und meinte: „Komm her, Du kannst Dich auf meine Schultern stellen, ich helfe Dir, Deinen Vater zu suchen." Sie sagte es, kauerte sich nieder und ich sah von oben auf ihre schlanke Figur, ich zögerte: „Ich bin sehr schwer, Du wirst mich nicht tragen können."

„Komm nur! Dein Vater wird sonst verhungern!" Gehorsam stellte ich mich auf ihre Schultern, sie stand auf, so dass ich in die Zimmer sehen konnte: „In diesem Zimmer ist er nicht!" Ich war enttäuscht. „Du schaust nach und dann gehen wir immer weiter bis wir ihn gefunden haben", erwiderte sie.

Ich hatte wirklich nicht gedacht, dass sie, die scheinbar einen so schwachen und weichen Körper besaß, eine so große Energie entwickeln konnte. Sie stand unter mir, mit beiden Händen an die Wand gestützt, trug mein Gewicht und bewegte sich nun Schritt für Schritt von Zimmer zu Zimmer. Fast waren wir schon enttäuscht, als ich endlich meinen Vater sah. Er saß an einem Tisch und schrieb etwas mit seinem Füller.

„Papa", schrie ich. „Pst", Bailan hinderte mich sofort daran: „Du darfst nicht schreien, die Leute dürfen es doch nicht hören, sonst wird Dein Vater vielleicht isoliert. Wenn Du ihn dann noch sehen möchtest, wird es sehr schwer."

Mein Vater hatte aber meine Rufe gehört und kam zum Fenster. Es war schon dunkel geworden. Er kam zum Fenster, dann entdeckte er mich, erschrak und fragte: „Warum kommst Du hierher? Wozu denn?" Ich sagte: „Mutter lässt mich Dir Essen bringen." Dann gab ich meinen Vater den Essenkorb, das Essen war schon recht kalt: „Iss es sofort. Mutter fragt noch, wann Du wieder nach Hause kommst", fragte ich ganz verwirrt.

„Gut, sehr gut", mein Vater nahm den Korb: „Hier gibt es zu Essen, bringe nicht nochmal etwas. Ich soll bloß einen Artikel schreiben, man wird mich nicht anklagen", tröstete er mich.

„Doch wann kommst Du nach Hause?" Mein Vater wusste es nicht und wollte mich nicht betrüben, darum wechselte er das Thema: „Wie kannst Du so weit oben stehen?" Stolz antwortete ich: „Bailan ist bei mir, sie unterstützt mich." Ich dachte, Du bist so groß geworden." Vater lachte, ich lachte mit ihm. „Bleib zum Essen

hier, aber dann musst Du so schnell wie möglich nach Hause. Heute am Tag war überall ein Chaos, geh schnell nach Hause und bringe nie wieder Essen."

„Ja, Vater, versprach ich stieg von Bailan herunter und wollte gehen. Ich war sehr traurig, konnte nur noch weinen. Bailan sah meine Miene, sie riet mir: „Mach Dir keine Sorgen,

Dein Vater wird nach Hause kommen." „Du lügst", jetzt war ich böse: „Ich habe die Tränen in den Augen meines Vaters gesehen." Dann kauerte ich mich auf den Boden, mit beiden Händen die Augen verbergend, weinte ich vor mich hin.

„Du lügst auch! Es war so dunkel, Du konntest gar keine Tränen sehen. Wie lächerlich bist Du denn, versteckst Dein Gesicht und steigerst Dich in solche Gedanken, glaubst noch, dass es wahr ist." Sie versuchte mich zu ärgern.

Es stimmt, was sie sagt, dachte ich. Dort gab es keine Lampe, wie hätte ich Tränen sehen können. Bestimmt hatte ich mir das nur eingebildet! Dann lachte ich laut, und sie stimmte ein: „Kleines Mädchen, kleines Mädchen, ich dachte, Du kannst nicht mehr lachen!"

Etwas später gingen wir zum Waldrand, setzten uns auf einen großen Stein. Ich sah das erleuchtete Unterrichtsgebäude und fragte: „Gibt es dort auch Betten?" „Sicher." Sie antwortete sehr geschickt: „Wo sonst könnte Dein Vater schlafen." Sie schaute mich an und lenkte mich ab: „Hast Du schon einmal überlegt, was Du später machen willst?"

Ich schaute hinüber zum Unterrichtsgebäude und bewunderte die tausend Lichter, die aus den Fenstern schienen, ich sagte: „Meine Sehnsucht ist es, später auch wie alle Studenten, wenn es schon dunkel ist, nicht nach Hause zu müssen, sondern mit meiner Schultasche in das Klassenzimmer zum Selbststudium zu gehen."

Sie lachte: „Du möchtest bloß nicht nach Hause gehen, auch wenn es spät ist, Du bist verrückt auf Spiele!" Nun lachte auch ich, hatte sie mich doch ertappt.

Dann waren plötzlich alle Unterrichtsgebäude dunkel. Aus ihrem Inneren ertönten schimpfende und streitende Stimmen. „Gehen wir nach Hause, es ist schon spät", sagte Bailan.

Aber ich fürchtete mich immer noch: „Sie lassen meinen Vater doch schlafen? Wann werden sie meinen Vater frei geben? Sie lassen seine Lampe doch leuchten?"

„Sicher! Sicher! Kleines Mädchen, mach Du Dir keine Sorgen!" Sie umarmte meine Schultern und fühlte nun mein Zittern: „Was hast Du für Angst, ich sage doch, die Kulturrevolution ist bloß eine Bewegung, nur für einige Tage, sie wird nicht lange dauern."

„Dann werden die Tage lang?"

„Ja!" Sie nickte sehr bestimmt mit dem Kopf.

„Aber warum wird die Bewegung nicht lang, wenn die Tage lang werden?" Ich verstand das alles nicht, wollte bloß zu meiner Beruhigung fragen. „Weil die Bewegung von Menschen ausgeht, die Tage werden jedoch von Gott gegeben." Ich verstand noch immer  nicht, aber da sie es so bestimmt sagte, hatte ich keine Angst mehr.

Als wir wieder einmal so saßen, sahen wir nicht weit entfernt zwei Leute, die eine große Tasche trugen, sie zögerten, deuteten mit den Köpfen zum Wald, es schien, als würden sie einen bestimmten Platz suchen.

„Herr Direktor, Frau Direktor, Sie gehen auch spazieren?" Bailan kannte die beiden und begrüßte sie.

„Ah, Kollegin, so spät sind Sie noch im Wald?" Der Direktor grüßte zurück. „Direktor, Sie kommen auch hierher!" Bailan lächelte.

„Da wir uns nun durch Zufall treffen, will ich Ihnen den Grund nicht  verheimlichen. Wir haben nur ein paar Bücher, suchen irgendwo einen sicheren Platz, sie zu verstecken." Damals waren die Menschen  ehrlich zueinander, hatten nicht so viele Dinge zu verbergen. Wegen  der Roten Garden, die bei jeder Gelegenheit die Wohnungen  durchsuchten und besonders vier Arten von Wertgegenständen beschlagnahmten: Bücher, Antiquitäten, sowie Tempel-und Kirchen- schätze. Da hatten die Leute keine andere Wahl, als schöne Dinge zu verstecken.

„Nun, Direktor, ich kann ihre Bücher verbergen, die  Roten Garden  werden sowieso nicht zu mir kommen", sagte Bailan: „Ich bin eine normale Bürgerin, die werden mich nicht beobachten."

Die Frau vom Direktor schaute zu Bailan und erklärte dann sehr feierlich: „Ist abgemacht! Wir geben Ihnen alle Bücher. Es sind alles  Bücher der Weltliteratur. " „Ich werde sie sorgfältig behandeln und lesen. Aber bewahren ist bewahren, wenn diese Bewegung vorbei ist, kommt Ihr nochmal, sie abzuholen." Der Direktor und seine Frau lächelten, beugten die Köpfe, gaben Bailan ein Paket Bücher, dann strichen sie meinen Kopf und gingen mit schweren Schritten weg.

„Du, kleines Mädchen, über solche Dinge darfst Du nicht sprechen. Weißt Du, was Du heute gesehen hast, darfst Du auch niemandem erzählen." Sie trug die schwere Tasche, während sie mir das einschärfte.

„Ich weiß das, mach Du Dir keine Sorgen, ich sage bestimmt nichts." Ich konnte verstehen, weswegen sie immer so unterwürfig zu mir war, sie hatte Angst, ich könnte ihre privaten Angelegenheiten an die Öffentlichkeit bringen. Aber eigentlich plauderte ich es nicht aus, weil niemand mich fragte, weil niemand daran interessiert war, was ich so zu sagen hatte, ich war einfach uninteressant. Auch brauchte sie sich nicht bei mir so anzubiedern, denn meine Mutter sagte, wenn die Angelegenheit sich verbreiten würde, wäre es auch für mich schlecht, ich würde dann als unkeusch gelten. Mit 12 Jahren schon einen nackten Mann anzusehen, das sei doch sehr schmutzig!

Aber leider hatte Bailan selbst diese Dinge preisgegeben.

Eines Tages war kein Unterricht in der Schule. Durch die Ereignisse wurde der Schulleiter entweder festgehalten oder versteckte sich, keiner wusste es, niemand kümmerte sich um den Unterricht. Die Lehrer und Lehrerinnen fühlten sich in Gefahr, wagten nicht, uns zu unterrichten. Ich ging früh nach Hause. Auf dem Weg kam mir eine Demonstration entgegen, an dessen einer Seite laut brüllende Menschen liefen: „Gegen Hurerei!" „Wenn die Hure nicht Buße tut, soll sie verrecken!" Als ich genauer hinsah, erkannte ich in dem Opfer der Leute Bailan. Sie trug um den Hals eine lange Kette mit alten, kaputten Schuhen daran, ihre Frisur war durcheinander. In den Händen hielt sie einen kaputten Gong. Sie lief, schlug den Gong und rief dabei laut: „Ich bin ein kaputter Schuh! Ich bin ein kaputter Schuh!" „Kaputter Schuh" war in dieser Zeit in China für eine Frau eine sehr große Beleidigung. Es bedeutete, dass sie mit einem fremden Mann schlief, vielleicht sogar mit mehreren! Warum beschuldigte Bailan sich selbst------? Ich fühlte mein Blut im ganzen Körper erstarren, schaute fest nach ihren Augen, fing ihren Blick ein und schüttelte den Kopf, um ihr zu bedeuten: Ich sage gar nichts aus. Sie nickte mit dem Kopf, ihre Augen spiegelten tausend Ängste und ich sah darin auch ein bisschen Trost für mich.

Nebenstehende Zuschauer sagten: „Bailan arbeitet sehr gut, sie fühlte sich für die Patienten verantwortlich, das war vielleicht ein Fehler." „Richtig, ich wurde auch von ihr behandelt, ich bin zufrieden mit ihr. Sie ist eine gute Ärztin!" „Ihr dürft nicht unverantwortlich gegen ein Mädchen handeln, sie ist ein reines Mädchen, ihr braucht erdrückende Beweise!" Sagten viele tief betroffene Leute und versuchten so, Bailan zu retten.

Die Chefin der Ambulanz meinte: „Wir sind auch sehr traurig, jeder mag Bailan, sie war nett und mit Eifer bei der Arbeit. Aber die Wahrheit sieht man dort, sie ist nicht verheiratet, schaut mal auf ihren Bauch. Sie zeigte mit dem Finger direkt auf den Unterleib Bailans. „Das könnt ihr alle selbst ansehen." Aller Augen richteten sich jetzt ganz automatisch direkt auf den Unterleib Bailans. Ihre Kleidung über dem Bauch war von jemandem absichtlich mit einer Schnur so festgebunden, dass seine Wölbung auffällig zu sehen war. Die Leute, die daneben standen, hatten einen Moment zur Besinnung. Manche machten enttäuscht die Augen zu, andere seufzten um eine verblühende Blume, wieder andere verhöhnten sie mit dreckigen Bemerkungen. Manche demonstrierten in ihren Mienen Missachtung: Ein Mädchen hatte sich selbst nicht disziplinieren können.

Nur ich war fassungslos, hilflos schaute ich Bailan an, beinahe hätte ich gefragt: „Was sollen wir denn jetzt machen?" Sie schloss die Augen, dann sagte mir ihr Blick: „Wie es auch kommt, Du musst ruhig bleiben."

Die Chefin der Ambulanz schien etwas von unserer stillen Zwiesprache bemerkt zu haben und sagte jetzt: „Eigentlich wollen wir alle sie nicht anklagen, da sie noch sehr jung ist. Aber wenn sie über die Umstände aussagt, was geschehen ist, warum sie nicht heiratet, können wir vielleicht gemeinsam eine Lösung finden, auch wenn es etwas schwierig sein wird. Versuchen wir doch, ihren guten Ruf wiederherzustellen. So fragten sie Bailan wieder und wieder, aber gleichgültig, wie oft sie fragten, baten oder fast bettelten, sie sagte nichts! Sagte einfach gar nichts! Was konnten wir da noch machen? Durften wir sie doch nicht einfach frei lassen!?" Hilflos hob sie ihre beiden Hände, ihre Miene war fassungslos. Sie hoffte, auf Vernunft und Mitgefühl rechnen zu können. Die Kulturrevolution begann gerade erst, und nun geschah in der Ambulanz so ein schmutziger Skandal, was ohne Frage bedeutete: Diese Person lähmte die Bewegung. Die Vorgesetzten müssten einen anderen Chef dorthin abordnen, der neue Chef muss diese Dinge erst einmal ernsthaft untersuchen.

„Solch eine Kriminelle, es scheint: sie ist noch überheblich! Unmöglich!" Die Zuschauer empörten sich: „Guckt mal, guckt mal, sie schämt sich gar nicht! Ein Mädchen kann selbst nicht ihren Gürtel bewachen, schamlos!" In dieser Zeit, sollten alle ihren Hass auf Kriminelle zeigen, denn das gehörte zur Revolution. „Warum willst Du denn schweigen!? Du wirst nachher misshandelt, musst viel bitteres Leid ertragen, aber der Mann, den Du schützen möchtest, der macht es sich bequem----? Er hat Dich in eine sehr schwierige Situation gebracht, warum schützte Du ihn noch! Bist doch eine dumme Kuh!" „Wenn Du aussagst, Du bist nur angelogen worden, werden wir mit ihm abrechnen!" Manche schimpften, manche versuchten sie zu überreden, manche bedrohten sie. Aber gleichgültig, was die Leute sagten, Bailan senkte ergeben den Kopf, verschloss ihr Gesicht und schwieg hartnäckig.

Währenddessen dachte ich plötzlich an ein Detail, das ich immer vernachlässigt hatte: Wer war denn der Mann? Damals im Strohhaufen hatte ich meine Aufmerksamkeit nur auf seinen Unterkörper gerichtet, aber der Oberkörper----?" Plötzlich erinnerte ich mich, er hatte mir den Rücken zugewandt und auf Bailan geschaut. Er war ein bekannter Mann an unserer Universität! Ich begann zu zittern, erblasste und presste meine Lippen zusammen. Ich fühlte mich, als würden die Leute alle mich befragen. Bailan musterte mich sehr streng. Als unsere Augen einander begegneten, schien es, als verhinderte ihr Energiestrom, dass ich in einem Augenblick der Schwäche etwas von meinem Wissen preisgab. Nur weil ich kleiner war als alle anderen, konnte niemand meinen verzweifelten Ausdruck bemerken.

„Knie hin, hinknien", befahlen manche Bailan: „Jetzt bist Du aufgeblasen! Schamlos!"

Bailan jedoch zeigte sich unbeeindruckt, kalt.

Die Menschenmasse war unruhig, manche drängelten mit Absicht, schubsten Bailan, sie schwankte nach links und rechts, wäre fast gefallen. Ich streckte meine Hände dazwischen, wollte sie stützen, sie aber stieß meine Hand weg: „Kind, geh weg. Geh nach Hause", flüsterte sie mir zu. Dann fiel sie auf den Boden. Das Gesicht nach unten, unbeweglich, resignierend.

„Stellt sich tot", schimpften einige, „sie soll aufstehen und weiter auf die Kritiken hören!" „Sie soll aussagen, sonst machen wir ihr gewaltsam den Mund auf! Sie ist wirklich wie ein Urinstein, stinkend und hart!" Die Menschen verhielten sich unterschiedlich. Manche beleidigten eben gern mit bösen Possen die schwachen Leute.

„Erledigt, erledigt! Unsere Aufgabe ist erledigt." Die Direktorin sagte laut, „wenn sie die Hilfe von uns nicht annehmen will, muss sie dafür bezahlen und die Folgen alle selbst ertragen. Los, weitergehen, los!" Die Direktorin war eigentlich nett, sie wollte nicht länger und tiefer in Bailan dringen, wollte auch nicht weiter die ganze Angelegenheit aufbauschen. So versuchte sie nun, die Leute zu verscheuchen.

Bailan hielt sich an der Erde fest, die Leute gingen an ihr vorbei, aber     sie bewegte sich nicht. War jemand darunter, der ihr aufhelfen mochte, wagte er es aber nicht, zögerte, stand einen Moment fassungslos und ging dann fort.

„Du kannst nun aufstehen, alle gehen jetzt weg." Nur ich wusste, dass sie sich nicht verletzt hatte. „Oh", reagierte sie sofort, hob den Kopf und schaute sich nach allen Seiten um: „Gott sei Dank", meinte sie erleichtert.

„Warum nur sagst Du nichts? Wenn Du aussagst, werden die Leute Dich frei lassen!" Ich verstand sie nicht.

„Ich darf ihn nicht verraten! Man darf doch nicht den Liebsten verraten! Als Menschen sollten wir bestimmte Prinzipien befolgen." So sprach sie zu mir, dann erhob sie sich und versuchte aufstehen.

„Jetzt ist doch Kulturrevolutionszeit, solche alten Regeln haben keinen Bestand, alles verändert sich." Ich konnte das nicht gut heißen: „Die Revolution war doch das Allerwichtigste."

„Verändern! Gültige Regeln für das Handeln der Menschen dürfen sich doch nicht verändern! Der Mensch darf nicht zum Wolf werden, alle würden einander nur noch bekämpfen", ihre Miene, die vorher gegenüber all den bösartigen Leute gleichgültig geblieben war, veränderte sich jetzt zu einem leidenschaftlichen Ausdruck.

„Das stimmt", sagte ich: „Falls die Menschen sich alle veränderten und wie Wölfe würden, einander nur beißen würden, das wäre wirklich furchtbar!" Ich begann, selbst zu überlegen. Sie stand nun langsam von Boden auf, und plötzlich verspürte ich einen Blutgeruch: „Pfui", ich hielt mir meine Nase zu: „Es riecht ganz stark nach Blut, das ist ein sehr schlechter Geruch!"

Und nun sah ich, wie das Blut, einem roten Band gleich, entlang den Beinen von Bailan zur Erde hinunterfloss und blütengleich in der Erde versickerte. „ Ein Abort, mein Kind---", ihre Augen schlossen sich, ihr Körper wurde plötzlich so schwach und fiel zusammen, ich musste sie schnell stützen. Eigentlich wollte ich in dieser Zeit nicht  mit einer Angeklagten zusammen sein, niemand wollte das. Die anderen Kinder würden mich verhöhnen, aber ich hatte keine andere Wahl. Außer uns Beiden war kein anderer da. Sie fiel zu einer Zeit, da ein kalter Wind blies, möglich, dass sie alleingelassen sterben würde. Ich stützte nun ihre eine Seite und wir liefen nach Hause, ständig nach allen Seiten Ausschau haltend, in der Furcht, einen Kollegen zu treffen.

Endlich kamen wir nach Hause. „Kleines Mädchen", sie lag keuchend auf dem Bett und sagte mit einem kläglichen Lächeln  zu mir: „Ich habe keine Verwandten in dieser Stadt, nur Du bist noch für mich da, ich kann nur Dich um Hilfe bitten." Sie zeigte mir eine Schublade: „Darin ist Geld, besorgst Du für mich eine Packung braunen Zucker? Ich habe viel Blut verloren, ich brauche ihn, um den Blutverlust auszugleichen."

Ich hatte geglaubt, meine Aufgabe wäre jetzt erledigt, niemand dürfte mich mit einer stinkenden Hure sehen. Ich wollte auch nichts weiter mit ihr zu tun haben! Ich hatte gelernt, zu jeder Klasse eine deutliche Trennungslinie zu ziehen. „Nein!" Schroff lehnte ich ab und sagte: „Gehe doch selbst." Nach dieser Ablehnung schaute ich Bailan nicht mehr an und ging schlecht gestimmt nach Hause.

Als ich zu Hause war, wusch meine Mutter gerade Wäsche, ich half ihr beim Auswringen, damit die nassen Kleider schneller trocken würden. Ich sah wie das Wasser von den Kleidern floss und dachte dabei an das Blut vom Bein Bailans. Und so fragte ich automatisch meine Mutter, „Was ist mit Bailan los?"

Sie seufzte: „Arme Bailan, so ein nettes Mädchen! Wie werden diese Dinge sich noch entwickeln, welche Strafen------ ." Meine Mutter murmelte: „Vielleicht sollte sie es nicht von Anfang an verbergen. Wer weiß?" Dann schüttelte sie den Kopf: „Die Kulturrevolution hat alle Gedanken durcheinander gebracht!" Sie sagte zu mir: „Bailan ist jetzt krank. Wir sind auch Menschen, die den revolutionären Humanismus befürworten. Du sollst etwas für sie tun, wenn sie Hilfe braucht." Darum ging ich wieder zu Bailan, sie war fast im Koma. Ich holte das Geld, ging zum Geschäft und kaufte den Zucker. Zurück bei Bailan, machte ich ein Zuckerwasser, das ich ihr Löffel für Löffel eingab. Dann suchte ich aus einer Schublade rote Datteln, Gojibeeren, Ginseng und noch einiges und kochte es nach Bailans Anweisung mit braunem Zucker zusammen in Wasser. Sie studierte die traditionelle chinesische Medizin, sie wusste natürlich selbst, wie man den eigenen Körper gesund machen kann. Sie bat mich ganz vorsichtig, morgen früh ein altes Suppenhuhn auf dem freien Markt zu besorgen. Hühnersuppe war jetzt sehr wichtig für sie, je älter das Huhn, desto besser. Aber vorsichtig, keinen Hahn nehmen, je älter der Hahn, desto schlimmer.

Ich durfte ihre Bitte doch nicht verweigern.

Am Morgen des zweiten Tages ging ich früh zum Markt, stand vor dem Geflügelstand, suchte und suchte, Henne oder Hahn, das kann man leicht unterschieden, aber ein junger oder ein alter? Alle Verkäufer präparieren ihre Hühner, zum Glück kam ein Kenner vorbei. Er suchte sorgfältig, dann empfahl er mir eins, ich bezahlte, er half mir wieder dabei, dass die Henne geschlachtet und ihre Federn mit heißem Wasser abgebrüht wurden. Dann kaufte er ein paar Ingwerwurzeln und Lauchzwiebeln und sagte zu mir: „Mädchen, ich muss jetzt zu einer Versammlung gehen, nimm dort einige Zeitungsblätter und packe das Huhn ein. Dann ist alles erledigt." Er schenkte mir ein Lächeln: „Du bist ein gutes Mädchen, Du rettest ein Leben, bestimmt bekommst Du später alles vergolten", damit ging er.

Ich tat, wie er gesagt, mit einer Zeitung packte ich das frische Suppenhuhn ein und ging wieder zu Bailan. „Es ist die beste Henne", ich packte sie aus und zeigte sie Bailan: „Ein junger Mann hat es mir empfohlen, er war sehr nett." Bailan lächelte, Glück strahlte aus ihren Augen. Zufällig guckte ich auf die nasse Zeitung, Du lieber Gott! Ein Foto unseres Führers Mao Zedong war durchnässt und zerknautscht. „Nein, nein", entsetzte ich mich bei der Erinnerung an eine Begebenheit vor einigen Tagen. Ein Mann hatte sich auf eine Zeitung, in der ein Foto von Mao abgedruckt war, gesetzt. Er wurde fast von den empörten Leuten totgeschlagen. „Ich wollte das nicht. Ich------", ich zitterte nun vor Angst, unwillkürlich ging ich in eine Ecke, fürchtete, laut zu weinen.

Bailan sagte etwas zu mir, aber ich hörte nichts, ich war wie betäubt, legte beide Arme um den Kopf, wollte gar nichts mehr hören oder sehen. Nur schreien, laut schreien.

Nach einer Zeit, ich weiß nicht mehr, ob lang oder kurz, nahm mich Bailan ganz fest in die Arme! Sie flüsterte mir etwas zu, versuchte mich zu beschwichtigen: „Niemand hat es gesehen Kind, wir sagen nichts, gar nichts! Vergessen wir es, habe nur keine Angst."

Sie hatte mich endlich beruhigt. „Ja, wirklich?" Ich schluchzte, musterte sie mit einigen Zweifeln: „Aber wir sollen doch ehrlich sein!?" Die Kulturrevolution verwirrte die alte Zivilisation, ihre Gedanken und Prinzipien. Ich wusste in dieser Zeit nicht mehr, wie sollte man sich richtig verhalten.

„Ehrlich sein ja, aber nicht unschuldigen Menschen Schaden zufügen", sagte sie entschlossen, zerriss mit beiden Händen die Zeitung und verbrannte sie: „Es passiert gar nichts!?" Ich sah ihren Kopf energisch nicken: „Selbstverständlich!" Als sie meine Erleichterung sah, ließ auch ihre Spannung nach und plötzlich fiel sie in eine Ohnmacht. Ich sah jetzt die Blutspur vom Bett bis zu mir. Wie viel Kraft hatte sie gebraucht, nach dem Blutverlust diese kleine Entfernung zu mir zu überwinden. Ich hatte nur eine Minute gezögerte, dann wusste ich schon, was zu tun war. Ich gab Bailan so schnell wie möglich vom braunen Zuckerwasser, Löffel für Löffel und sie wurde wirklich schnell wieder wach.

Ich seufzte erleichtert, dann legte ich sie wieder ins Bett, stützte ihren Körper mit zwei Kopfkissen, bevor sie sich hinlegte: „Jetzt versuche ich, das Suppenhuhn zu kochen, Du erklärst es mir." Dann kochte ich zum ersten Mal ein Suppenhuhn. Sie gab mir Anweisungen: Zuerst das Huhn in Wasser und kochen bis es brodelt, dann das Kochwasser wegschütten, frisches, heißes Wasser, mit Ingwer, Lauch, Salz, Gojibeeren, Ginseng usw. noch einmal aufkochen und mit kleiner Flamme weiter kochen. Dann mache die untere Tür des Herdes zu, damit kein Wind bläst, so bleibt nur ein schwaches Feuer darunter, oben aber lege viel Kohle nach, damit es die ganze Nacht hindurch kochen kann. Ich tat es, stellte den Topf auf den Herd, „morgen haben wir eine köstliche Suppe zu essen".

Etwas später kam ihre Mutter aus einer anderen Stadt, um sie zu pflegen, so würde sie allmählich genesen. Aber nach einem Tag ging ihre Mutter wieder zurück: „Warum treibst Du Deine Mutter nach Hause?" Als ich es hörte, spürte ich meine Kopfhaut taub werden: „Warum wirfst Du Deine Mutter hinaus? Weißt Du, vom Suppenhuhn habe ich auch ein paarmal mit gegessen, es hat wirklich gut geschmeckt. Bei mir zu Hause sind viele Kinder, an normalen Tagen können wir uns kein Fleisch zum Essen leisten, und wenn endlich einmal ein Suppenhuhn gekocht wird, können wir es nicht so extravagant kochen. Einfach nur mit Wasser auf den Herd, noch nicht einmal richtig durchgekocht, schon kosten viele Münder fast alles auf." Deswegen, das bedeutete: falls ihr wieder etwas passierte, musste ich doch sofort die Verantwortung übernehmen.

Sie seufzte: „Mein Vater ist Bürgermeister einer anderen Stadt, wegen dieser Sache wird er von den Roten Garden kritisiert, meine Mutter muss meinem Vater zur Seite stehen." Ich konnte darauf kein Wort erwidern.

Aber Bailan, mit ihrer außerordentlichen Vitalität und ihren medizinischen Kenntnissen, überwand sowohl meine Sorgen als auch ihre Schwäche, sie erholte sich schnell.

Als sie wieder zu arbeiten begann, durfte sie keine Patienten mehr behandeln, sondern musste einen hohen, spitzen Hut tragen, auf dem geschrieben stand: „Schlechter Mensch Bailan." Sie war gezwungen, bei jeder öffentlichen Veranstaltung, auf der die Gefährlichkeit eines kapitalistischen Weges angeprangert wurde, den Direktor unserer Universität zu begleiten. In dieser Zeit veröffentlichte unser Führer Mao eine Wandzeitung (Kritik der Leitungs- und Verwaltungsorgane), um die Kulturrevolution voranzutreiben. Auf dem Universitätsgelände gab es jetzt überall Wandzeitungen. Jeder musste andere anzeigen, die irgendwo und irgendwann gegen die Revolution gesprochen oder gehandelt hatten. Alle vermieden jetzt den Kontakt zu ihren Kollegen, Freunden oder Bekannten, brachen die Verbindungen ab. Aufzudecken waren Bestrebungen gegen die Revolution. Gegner mussten totgeschlagen werden. Die Schutzgruppen lösten sich auf, niemand wagte noch, die Vertreter der alten Macht oder unsere Professoren zu schützen.

In unseren Grundschulen fiel jetzt oft der Unterricht aus, täglich, wenn mir langweilig war, ging ich die Wandzeitungen lesen: Welcher Mann hatte mit welcher Frau ein Verhältnis, welcher Vize Direktor war an welcher Frau interessiert,------ Privatsachen, Gerüchte, usw. Ich bemerkte damals: Auch in unserer offenen Universität gab es eine dunkele Seite. Der Direktor und alle Fachbereichsleiter waren Führer nach kapitalistischer Art. Eine Professur und gutes Wissen deuteten auf reaktionäre wissenschaftliche Autorität hin. Oft wurden diese von den Roten Garden kritisiert und ihre Wohnungen durchsucht. Viele wertvolle Dinge, Antiquitäten wurden beschlagnahmt. Wer wagte, etwas dagegen zu sagen, bekam Backpfeifen, Strafen und Beleidigungen. Gab es noch nicht genug Verräter, schlechte Menschen, so schufen die revolutionären Leute absichtlich Feinde, um die Bewegung am Leben zu erhalten.

Einmal feierten wir in der Halle den Sieg der erfolgreichen Revolution. Die Leute reckten die Arme hoch und schrien laut: „Gegen die Reaktionäre!" „Gegen die Macht der Anhänger des Kapitalismus!" „Wenn der Feind nicht von selbst kapitulieren will, lassen wir ihn untergehen!" Eine große Anzahl an vermeintlichen Feinden, hohe spitze Hüte tragend, mit den Köpfen nickend, an beiden Armen von zwei Roten Soldaten gehalten, wurden hoch gehoben und zur Bühne abgeführt. Bailan war auch darunter. Alle trugen dunkele Kleidung, weiße Hüte, die ganze Bühne war voll von ihnen. Unser Direktor stand in der Mitte, er war sehr verbittert, selbst krank, und seine Frau, die die Beleidigungen nicht mehr hatte ertragen können, hatte Selbstmord begangen.

Unterhalb der Bühne setzten sich die revolutionären Studenten und Lehrer, ungefähr 3000-4000 Leute, auch wir waren dabei, die gelangweilten Kinder. Wollten bloß zugucken. Die Versammlung begann. Der Sprecher stieg ebenfalls auf die Bühne und begann des Direktors Machtmissbrauch und andere Sünden aufzudecken. Der Direktor war der Hauptangeklagte, er hatte nur Unterricht gemacht, keine Revolution!

Der Direktor konnte plötzlich nicht mehr stehen, er schwankte, sein spitzer Hut fiel zu Boden. Die beiden Roten Soldaten, die ihn abgeführt hatten, mussten ihn jetzt aufrichten und einige Zeit stützen. Aber es ging immer noch nicht---
---.

„Ah!" Bailan sprang hinzu und warf den Hut wie unabsichtlich beiseite, sie hatte sich plötzlich erinnert: „Unser Direktor ist augen- krank, durch Schläge verletzt, er darf kein Licht sehen, Licht bringt ihm tödliche Schmerzen, wir müssen das Licht ausschalten." Die beiden Roten Soldaten, die ihn stützten, begriffen nicht, und so entriss sie den Direktor ihren Armen und da sie immer noch nicht reagierten, ging sie an die Seite der Bühne, öffnete die Tür zu den Schaltern und schob einfach den Hauptschalter nach oben. Die ganze Halle war sofort dunkel.

Die plötzliche Dunkelheit verwirrte die Leute, eine Weile waren sie desorientiert. Während dieser buchstäblichen Stille vor dem Sturm fasste Bailan den Direktor unter und führte ihn zum Pausenraum, der neben der Bühne lag.

Die Lampen wurden nach und nach wieder eingeschaltet, die empörte Menschenmasse brodelte. Erbost schwenkten sie ihre Arme und schrien: „Wer wagt es in so einer ernsthaften Versammlung die Lampen auszuschalten, wer das wagt ist ein Feind der Revolution!" „Wenn die Feinde nicht kapitulieren, bereiten wir ihren Untergang!" „Sie haben ihr eigenes Grab geschaufelt!" Parolen erschütterten die ganze Halle, Welle auf Welle. Ich zitterte am ganzen Körper vor Angst, die Menschenmasse schien verrückt zu werden. Noch nie hatte ein Mensch gewagt, bei solch einer Versammlung das Licht auszuschalten: „Der Klassenfeind will die Revolution angreifen, wir dürfen nicht das nicht durchgehen lassen, müssen kämpfen, müssen schlagen!" Es schien, jeder hatte den Wunsch, plötzlich die Faust zu schwingen und andere totzuschlagen. Jeder schien in Gefahr, von anderen totgeschlagen zu werden. Nach der Parole: Schlägst Du mich, schlage ich zurück. So lange bis alle getötet sein würden! Zitternd war ich zurückgegangen, suchte die Tür und wollte weglaufen.

Aber, je mehr ich das Geschehen beobachtete, merkte ich, es war nur eine künstliche Empörung. Wie unser chinesischer Spruch sagt:

‚Ein lautes Gewitter bringt wenig Regen'.

Die Leute schrien aus Leibeskräften bis zur Erschöpfung, ohne einen Befehl erhalten zu haben! Es war doch so: Unser Direktor dachte mit ganzer Seele nur an das Unterrichten. Er gab sein Bestes der Universität, auch als seine Frau erkrankte, hatte er keine Zeit, sie zu begleiten. Niemand konnte ihn also hassen. Bailan war ein nettes Mädchen, mit ihrem Verhalten hatte sie sich selbst geschadet, was hatte das mit anderen zu tun! Wir haben in unseren Herzen so viel Liebe, woher kam plötzlich der viele Hass. Nur die Situation ließ keine andere Reaktion zu.

Bailan versuchte derweil die Tür zu schließen, zu blockieren. Als es nicht klappte, drehte sie sich um, stützte den Direktor und führte ihn hinaus in den Schutz der Nacht: „Hier wird es vielleicht besser für Sie sein", flüsterte sie dem Direktor zu.

„Kollegin, Du sollst mich nicht retten, sie werden Dich dafür schlecht behandeln." Der Direktor sagte das mit schmerzendem Herzen. Zu dieser Zeit kannte er Bailan noch nicht genau. An der Universität gab es fünf bis sechstausend Leute, er kannte nur die Leiter der Fachbereiche, die Abteilungsleiter, die Professoren. Bailan war neu angestellt, sie aber kannte den Direktor daher, dass die jungen für die alten Ärzte die Medizinkoffer tragen und hinter dem Direktor bei der Behandlung assistieren mussten.

„Was soll ich Angst haben, noch schlimmer ist nur der Tod. ‚Köpfen ist schlimmer als den Hut im Wind verlieren' ", sagte Bailan tapfer. Der letzte Satz war einem berühmten Lied entnommen. Der Direktor hatte auch in dieser Situation ein Lächeln: „Der Wind hat Deinen Hut weggeblasen? ------ Hehe! Weggeblasen!" Nach einem kurzen Schweigen sagte der Direktor in gerührtem Ton: „Danke, mein Kind! Überlege jetzt noch einmal, ich habe noch eine Bitte an Dich, egal wie bitter, wie schwer Dein Leben sein wird, Du musst weiter leben! Davon musst Du überzeugt sein, sie wird nicht lange dauern, diese Revolution, diese Bewegung kann einfach nicht lange dauern!" Der Direktor, der sehr großen Schmerz durch den Selbstmord seiner Frau erlitten hatte, ahnte, dass Bailan ebenso große und viele Leiden bevorstanden in ihrem Leben, wie ihm selbst geschehen. Er beschwor sie mit großem Ernst.

Bailan nickte mit dem Kopf: „Ich bin bereit, egal was kommt, ich will weiterleben. Mein Vater spricht ebenso."

Gleichzeitig gab es in der Halle ein Chaos, viele Leute lärmten, wollten jetzt den Direktor und Bailan kritisieren, man sollte die Beiden zurückbringen. Einige liefen schon nach draußen: „Haltet sie auf, nehmt sie fest! Wagt sie die Versammlung zu unterbrechen! Unerhört!" So schimpften manche.

„Haltet sie", der Versammlungsleiter, Lichen, schrie auch. Dann überlegte er und fragte die Chefin der Ambulanz, ob der Direktor wirklich unter der Krankheit litt, von der Bailan gesprochen hatte.

Falls es wirklich wahr wäre, dürften sie die Versammlung schließen. Bei öffentlichen Kritiken ein Leben zu vernichten, davon hatte er noch nie gehört, falls es aber wirklich geschehen würde, wäre es bestimmt nicht gut für das Ansehen der Revolution. Unsere Universität würde dadurch berüchtigt!" Er hörte schon die Spötter laut rufen: „Berüchtigt!"

Da schworen alle Ärzte aus der Ambulanz gemeinsam: „Es ist wahr!"

Die öffentlichen Kritiken gegen Bailan verstummten jetzt, aber es begannen andere Strafen.

Das Revolutionskomitee unserer Universität gab Bailan zwei Strafen zur Wahl, sie musste sich innerhalb einer Woche entscheiden. Und nur aus revolutionärer Menschlichkeit gestattete man ihr, die Wahl zwischen einer Landarbeit auf der Farm, die zur Universität gehörte, oder als Putzfrau für den ganzen Campus, die beiden öffentlichen Toiletten zu warten. Als Ärztin dürfte sie ohnehin nicht mehr arbeiten. Wer würde es wagen, eine Frau, die eigene Ansichten hatte, andere behandeln zu lassen, dann würden die Kranken auch solche schlechten Ansichten annehmen. Aber, wenn sie den Namen des Mannes aussagte, der Vater ihres Kindes war, wäre eine Arbeit als Ärztin möglich.

Damals gab es auf den öffentlichen Toiletten noch kein Wasser. Wenn man sie säubern wollte, musste man zuerst zwei Eimer Wasser von weither zur Toilette tragen. Dann, sparsam die Bürste in das Wasser tauchen, von oben bis zum Abfluss alles abbürsten und mit Wasser noch einmal nachspülen. Weil das Wasser so weitab von der Toilette lag, benutzte jeder nur sehr wenig davon, um nicht so schwer tragen zu müssen. Alle Leute hielten sich auf der öffentlichen Toilette die Nase zu, schauten aufmerksam auf den Boden, um nicht etwa mit dem Fuß hineinzutreten. Normalweise reinigten die Dorfleute unsere öffentlichen Toiletten, denn sie brauchten den Dünger für ihr Getreide. Immer wenn sie ihn abholten, säuberten sie auch gleich.

Bailan ging schweigsam zur Farm, aber nach drei Tagen kam sie zurück, wollte doch lieber putzen.

Bailan hatte Sehnsucht nach Sauberkeit, sie hatte Medizin studiert, ein Bewusstsein für Sauberkeit entwickelt. Alle Dinge, die mit dem Mund in Berührung kamen, mussten noch einmal desinfiziert werden. Immer zog sie weiße oder mit Blumen bedruckte Kleider an, aus Seide, Leinen oder Wollstoff. Sie sah ohnehin anmutig aus, und nun musste sie die Toilette putzen. Als die Chefs der Ambulanz sie dazu anwiesen, fragten sie nochmal, wer war der Mann? Wenn sie gestehen würde, dürfte sie Ärztin bleiben. Auch würde man den Vorfall auf der Versammlung vergessen.

Aber sie schüttelte entschlossen den Kopf.

Oje, Du lieber Himmel! Lange Zeit wagte ich nicht, nach ihr zu schauen. Sie trug jetzt ein dunkles Kleid und eine ebensolche Hose. Alle Öffnungen waren mit Gummi fest verschnürt, ihr Haar war in ein Handtuch fest eingebunden, ein Mundschutz bedeckte ihren Mund. Von der anderen Straßenseite schwenkte sie einen großen Besen, fegte in einer dicken Staubwolke, langsam, ganz langsam kam sie näher. Ich konnte auch nicht mehr die öffentliche Toilette benutzen,

die sie mit ihren Tränen reinigte! Ich weinte laut, ich war sehr traurig um sie.

Einmal war es zu dringend, es war ein Sommertag. Im Sommer stank die Toilette extrem und überall krochen Würmer. Ich wollte da gar nicht hingehen. Aber an diesem Tag ging es nicht, ich musste einfach rein. Als ich gerade vor der Tür stand, stieg ein Gestank in meine Nase, als ich das roch, war ich fast betäubt. Guckte ich aber in die Toilette, war alles sauber und bequem, die Wände waren weiß gemalt, der Boden mit Kalk geebnet, es war fast unglaublich, ein Wunder! In unserer Heimat blüht im Sommer eine weiße, sehr lieblich duftende Blume, diese Blume wurde Bailan genannt. Wenn dieser Duft überall durch die Gassen und Häuser zog, fühlten alle Einwohner: Das Leben ist so schön wie im Himmel. Die Einheimischen Frauen und Mädchen tragen gern diese Blume im Haar und an der Brust. Überall, viel verlockender als Chanel, als Dior Parfüm. Aber wer kann sich das schon vorstellen? In der Toilette, auf dem Fensterbrett, in den Ecken, überall standen weiße Teller, in denen ein paar Blumen lagen. Der Duft überdeckte bald allen anderen Gestank. Oje! Bailan, liebe Bailan, sie kaufte von ihrem ganzen Gehalt diese Blumen. Sie widmete sich der Toilettenreinigung als sei es ihre Karriere, ihr Leben.

Ich ertappte mich bei dem Gedanken, dass meine Traurigkeit so nicht angebracht war. Die Toilettenreinigung war auch eine wichtige Arbeit für die Gesellschaft. Trauer darüber war nur angebracht, wenn man über die Vergeudung ihrer Fähigkeiten nachdachte. Aber man sagte damals immer, revolutionäres Arbeiten unterschied sich nur im Grad der Verantwortlichkeit, hoch qualifizierte oder niedrige Arbeit, das war nicht entscheidend. Also ging ich eines Tages, sie zu besuchen. Ich sagte zu ihr: „Viele Leute lassen mich Dir ausrichten, sie seien Dir sehr  dankbar, denn seit Du die Reinigung der Schulgebäude organisierst, ist die ganze Umgebung sehr sauber, besser geht es wirklich  nicht. Damals wurden die Revolutionsgegner von der Gesellschaft gemieden, niemand traute sich, mit ihnen Kontakt zu pflegen, niemand außer uns Kindern.

Bailan lachte, ihr ganzes  Gesicht strahlte im Frühlingswind. Noch lange Zeit würde ich ihr Lachen in der Erinnerung behalten: Den Kopf erhoben, den Mund leicht geöffnet, das wichtigste aber waren ihre strahlenden Augen. Als ich ihr Lachen sah, erinnerte ich mich an eine Gedichtzeile: ‚Durch den Schmutz nicht befleckt, durch das  Wasser aber nicht ausgewaschen. Du bist eigentlich eine Lotosblume, täglich musst Du mit dem Schmutz kämpfen, doch Du selbst bleibst immer noch sauber. Oh ja, nein, nein! Du bist doch eine Bailan-Blume, unsere Bailan-Blume, die eine lange Zeit so stark duftet, dabei aber nicht aufdringlich ist!‘

Sie freute sich nun sehr: „Mädchen, Du wächst heran, entwickelst schon eigen Gedanken. Aber jetzt komm, wir wollen essen." Sie sagte es und ging in die Küche, die Gerichte und den Reis zu holen. Ich zögerte einen kurzen Augenblick. Früher aß ich gerne bei ihr, es gab viele gute Gerichte, nur für uns beide. Sie tat mir verschiedene Gerichte auf meinen Teller und während wir aßen, plauderten wir über alles Mögliche. Es war eine sehr schöne Zeit. Aber seit sie die Toiletten putzte, hatte ich das Gefühl, hier nicht mehr essen zu können. Jetzt schaute ich auf die schneeweißen Wände, sie glichen zarter Haut, glatt wie Jade. Im Raum stand der Geruch nach guten Gerichten und Reis: „Ja, ja! Ich bin eine revolutionäre Genossin, ich werde von Dir korrumpiert, nach unten gezogen." Sie amüsierte sich: „Du fürchtest bloß Gestank und Schmutz an mir. Eigentlich trage ich jeden Tag bei der Arbeit einen Mundschutz und Hygienekleidung, die ich in der Ambulanz entwendet habe, wenn sie das entdecken würden, können sie das sowieso nicht mehr zurücknehmen. Nach den Putzarbeiten wasche ich mich gründlich bis fast in jede Pore, drei, vier Flaschen heißen Wassers reichen nicht, zum Glück ist das Wasser kostenlos.

„ Aber, wenn Du in die Toilette eintrittst, wird Dir nicht übel?" Ich nahm ein Stück Schweinefleisch in den Mund, damals konnte man das Fleisch nur auf Marken kaufen, jede Person bekam monatlich nur ein halbes Kilo Fleisch und sie gab es mir zu essen. Zu Hause konnte ich nicht so viel nehmen, auch wenn es mir schmeckte, es gab überhaupt keine Abwechslung.

„Anfangs ja", gab sie zu: „Jedes Mal wenn ich von der Arbeit nach Hause kam, musste ich erbrechen. Aber, wenn Du überhaupt keine andere Wahl hast, ist nur Zähigkeit die einzige Möglichkeit zu überleben, dann wirst Du zäh."

Ich nickte zu ihren Worten ständig mit dem Kopf, Respekt bezeugend. „Bitte, gib mir nicht das ganze Fleisch, Du musst doch auch essen. Wenn Du so hart arbeitest, dann brauchst Du doch Kraft, ohne Essen keine Kraft", machte ich ihr Vorhaltungen.

Sie lächelte: „Ich bin älter, brauche nicht so viel Essen, Du aber wächst gerade, Du solltest mehr essen. In meinem Alter belastet das viele Essen nur die Organe, darum ist es für mich nicht gut."

„Aber warum kochst Du so viel? Bei mir zu Hause, kaufen wir jedes Mal nur ein halbes Pfund Fleisch, kochen es mit viel Chinakohl und lassen meinen Vater das Fleisch essen. Er muss Gräben schaufeln, dazu braucht er viel Kraft. Wir anderen essen den Chinakohl, mit Fleisch zusammen gekocht, schmeckt er auch sehr gut." Ich aß nun bis mein ganzes Gesicht vor Anstrengung fettig glänzte, hatte nun viel Energie zur Unterhaltung.

„Ich koche zu viel? Ja, stimmt, weil ich feiern möchte", erwiderte sie: „Heute bin ich sehr froh. Gut, ich trinke noch ein bisschen Schnaps, Du aber iss weiter, immer weiter. Zum Schnaps darf ich Dich nicht verleiten, ich trinke allein." So sprach sie und ging in die Küche, ein kleines Glas Schnaps einzugießen, nahm es und kam zurück, einen kleinen Schluck in den Mund zu nehmen.

„Gibt es etwas Schönes?" Fragte ich, dann aber fühlte ich ihrer Erwachsenenstimmung nach und antwortete mir selbst: „In dieser Jahreszeit gibt es doch keine schönen Sachen."

„Doch, jede Jahreszeit hat schöne Momente!" Sie nickte, mit ganzer Kraft Glücksgefühle verbergend.

„Was denn ?" Ich hielt die Stäbchen, sah, dass sie zögerte: „Sag doch, wenn Du es nicht sagst, esse ich auch nicht mehr."

„Er lässt sich scheiden, er lässt sich scheiden .Es wird alles gut werden!" Sie beschönigte nicht ihr Glück, es war tief in ihr.

„ Wer?" Ich guckte sie blöd an.

„Gibt es noch einen anderen? Außer Lichen." Sie stand auf, benahm sich wie volltrunken und ihr ganzes Glück wurde sichtbar.

Lichen war Stellvertreter des Direktors unserer Universität, alle wussten, er hatte sich von seiner Frau getrennt, möchte sich scheiden lassen. Seine Frau war seine ehemalige Nachbarin, eine Gelegenheit hatte dazu geführt, dass sie nur ein einziges Mal miteinander intim waren, ohne Liebe oder nur verliebt zu sein. Die Begegnung hatte keine Folgen, wurde jedoch den Eltern der Frau bekannt, worauf sie eine Heirat erzwangen. Ein typischer Fall für den Spruch: ‚Einmal falsch getreten, und man muss tausend Jahre bereuen‘.

Nach der Heirat spürten beide, dass sie nicht zueinander passten und   wollten sich nun scheiden lassen. Aber in China wurden Eheprobleme schon immer nicht nur von der betroffenen Familie besprochen. Beider Eltern, der Vorgesetzte am Arbeitsplatz, Kollegen und Freunde, alle würden versuchen, die Scheidung durch Zureden zu verhindern. In China gibt es einen Spruch: ‚Lieber reißt man einen Tempel ab, als eine Ehe zu scheiden‘. Es bedeutet hier, die Ehe ist heilig. Wenn zwei eine Scheidung wollen, wird das nie etwas Privates und ein Geheimnis sein. Alle werden es wissen und Anteil nehmen,   fast automatisch sind zuerst einmal alle dagegen. Dann wäre auch das Gericht gezwungen, nach der Meinung der Allgemeinheit die Scheidung abzulehnen. In dieser Zeit war die Ansicht  der Gemeinschaft wichtig, galt als Grundlage zu urteilen. Deswegen wurde jede Scheidung unendlich schwer, so schwer, als müsste man in den Himmel laufen!

„Er war der Mann-----“, ich erinnerte mich jetzt, „der mit Dir im Heuhaufen gelegen hatte“. Bailan errötete vor Scham bei der Erinnerung an dieses Ereignis. „Als ich das Suppenhuhn kaufte, war er in der Nähe, er suchte das Huhn aus“, ich erinnerte mich weiter. „Deswegen sagtest Du nie aus, weil er ein verheirateter Mann ist. Falls er mit Dir zusammen ist und es wird bekannt, er wird nicht nur seines  Amtes enthoben, er wird auch als Krimineller behandelt! Deswegen hast Du lieber die Toiletten geputzt. Als Revolutionär musstest Du ihn schützen, konntest den Namen nicht sagen.“ Ich war ergriffen, schaute zu Bailan: „Du bist sehr zuverlässig, mutig. Aber er, er sieht auch wirklich gut aus, hat viel Energie, anscheinend ermüdet er nie. Immer ist er noch freundlich.“ Ich musste einfach Bailans Wahl gutheißen.

„An der Schwangerschaft war ich selbst schuld, habe nicht genug aufgepasst, konnte ihm doch keine Vorwürfe machen. In dieser Zeit habe ich nicht mitgerechnet, seine

Scheidung dauerte einfach zu lange Zeit. Er ist mein Sonnenlicht, schau ich in seine Augen, gibt es nichts, was nicht möglich wäre, nur wenn er es wollte! Und er bringt sein Lachen überall hin. Verstehst Du mich?"

Ich hatte zu viel gegessen, war ganz träge, aber ihrer Schilderung musste ich zustimmen.

Nach einigen Tagen, ging ich zur Campushalle Federball spielen. In dieser Zeit war die Kulturrevolution in eine neue Phase getreten. Es wurde mit Waffen gekämpft. Die Herrschaft der Regierung war vorbei, Schulen und Universitäten wollten wieder unterrichten, aber das Studium wurde immer unwichtiger, die Leute hatten keine Sicherheit, was sollte man machen, machte man es richtig? Dann taten alle lieber gar nichts. Wer nichts tut, kann keine Fehler machen oder Sünden begehen. Die Halle wurde nicht benutzt, deshalb benutzten wir sie als Sporthalle.

Jeden Tag nach der Schule ging ich Federball spielen.

Eines Tages waren jedoch andere darin. Die Tische und Stühle (vorher hochgestellt) waren zu einem Viereck zusammengestellt. Auf jedem Tisch standen vier Teller mit Bonbons, trocknen Roten Datteln, Erdnüssen und Kernen von Wassermelonen. Teegläser und Zigaretten standen daneben.

Es schien, hier würde eine Hochzeit stattfinden. Wir alle standen vor der Tür, die Federballschläger in den Händen. In dem Augenblick kamen zwei Leute mit einem Spruchband und versuchten, es auf der Bühne aufzuhängen. Darauf stand: Glückliche Hochzeitsfeier für Lichen und Wang Mohe. „ Es gibt eine Hochzeitsfeier!" Wir jauchzten auf, denn es bedeutete, wir würden Bonbons und Erdnüsse zum Essen bekommen.

Lichen? Ich erinnerte mich plötzlich, mein Ballschläger schwenkte herum, schlug beinahe mich selbst. Lichen war der Stellvertreter des Direktors der Universität. Wang Mohe aber war die neue Direktorin. Lichen musste Wang Mohe gehorchen, er hatte Angst vor ihr. Damals hatten die Roten Soldaten zwei jüngere Genossen als Direktoren der Universität eingesetzt.

„ Er hat Angst vor ihr? Glaube ich nicht", ich fühlte mich unangenehm berührt, konnte aber nicht sagen warum, dann kritisierte ich: „Er hat Angst vor ihr, das ist unmöglich, er ist ein Mann, ein Mann wird eine Frau fürchten? Unmöglich!" Wiederholte ich.

„ Wirklich", die Erklärende meinte belustigt: „Wenn die Beiden gemeinsam eine Versammlung leiten, kannst Du es schon bemerken. Die Beiden stehen auf der Bühne, sie steht immer in der Mitte, er neben ihr. Einmal, als sie über etwas stolperte, streckte er die Hand aus, um sie zu halten, plötzlich aber zog er die Hand wieder zurück, ließ sie hinfallen. Darum sagten alle, er hat Angst vor ihr." Ich ging nun schweigend weg, ich musste unbedingt zu Bailan, musste Bailan diese Nachricht überbringen. In diesem Augenblick war ich nicht sicher, ist es eine gute oder schlechte Nachricht.

Bailan machte gerade Feierabend, stand vor der Haustür und zog die Arbeitskleidung aus. Als ich ihr die Angelegenheit erzähle, verändert sich ihr Gesichtsausdruck abrupt. Die Freude über den Feierabend verschwand, sie zog zwar weiter ihre Kleider aus, aber die Knöpfe konnte sie nicht mehr öffnen, so zitterten ihre Hände. Ich lief in Panik hinaus, der Geruch der Kleidung reizte meine Nerven. Sollte sie doch allein nachdenken.

Nachher, als ich zu Freunden ging, um mich zur Hochzeitsfeier mit ihnen zu verabreden, kam ich am Fenster von Bailan vorbei, hörte ihr herzzerreißendes Weinen bis draußen, gleich würde ich es unter meiner Haut spüren. Die weinende Stimme war ohne Vorsicht, wie eine hohe Welle riss sie an meinem Herzen. Es war das erste Mal, dass ich Bailan so verzweifelt weinen hörte. Darum ging ich, Lichen zu suchen. Ich trat laut auf, damit er mich kommen hörte. Er sollte sich dieses Weinen anhören!

Ich wusste, wo Lichen wohnt, hatte ihn schon besucht, warum aber habe ich denn heute nur solche Angst? Am Pförtnerhaus angekommen, rufe ich ihn nicht wie die anderen Leute mit Direktor oder Lehrer Li, ich rufe laut: „Lichen! Komm heraus", denn ich wusste nicht, welches sein Zimmer war.

Lichen war gerade in der Gemeinschaftstoilette etwas waschen. Als er meine Rufe hörte, war er überrascht, steckte den Kopf zum Flur hinaus und schaute, wer da rief. Wir trafen uns im Flur: „Kannst Du Dich noch an mich erinnern", fragte ich energisch, normalerweise bin ein Feigling, aber jetzt machte mir die Verzweiflung über Bailans Weinen Mut. Er schaute mich fassungslos an, es schien, dass er sich nicht erinnern konnte: „Ich bin diejenige, die auf Ihren Kopf gefallen war, als Du mit Bailan im Heuhaufen sch--", ich stotterte, „schliefst!" Er schloss sofort den Wasserhahn, beugte den Kopf zu mir und sagte: „Leise, leise! Komm, komm mit mir, bei mir im Zimmer können wir reden." Nach kurzem Zögern folgte ich ihm in sein Zimmer. Er schloss sorgfältig die Tür, ich aber ging zum Fenster. Bei uns gibt es eine Regel: „Man darf nicht daran denken, dass jemand einem schaden will, die Gedanken müssen darauf gerichtet sein, sich selbst zu schützen." Am Fenster fühlte ich mich sicher, falls etwas passierte, musste ich bloß laut nach draußen rufen, alle würden es hören. Als er sich mit zuwandte, sagte ich patzig: „Bailan weint zu Hause!"

Er seufzte tief, setzte sich schwerfällig auf einen Stuhl: „Ich habe keine andere Wahl! Du weiß nicht, wie stark mein Leid ist. Ich weiß, ich bin schuldig vor Bailan, Sie gab viel für mich, aber---. Eigentlich gilt meine Vorliebe nicht Mohe, endlich bin ich geschieden, ich will doch nur Bailan." Er beschwichtigte mich, dann erzählte er weiter: „Mit Mohe war ich zusammen zu einer Konferenz in einem Hotel, alle hatten viel getrunken, sperrten uns beide in ein Zimmer, aber ich will nichts, gar nichts von ihr! Aber Sie------! Auch wenn ich gar nichts getan hatte, wollte niemand mir glauben. Darum muss ich wieder gegen meinen Willen heiraten, ich habe keine andere Wahl!" Er schien noch mehr zu leiden als Bailan, schlug sich auf die Brust und trampelte auf den Boden, beinahe weinte auch er. Jetzt war auch ich fassungslos.

Lange Zeit dachte ich nach und schaute ihn an: „Aber Du warst mit Bailan zusammen, warum willst Du nicht Bailan heiraten?"

„Mit Mohe in einem Zimmer, das hatten viele Leute gesehen, mit Bailan, das hast nur Du gesehen." Er schaut aufgeregt zu mir.

„Dann------." Ich weiß nicht, was soll ich noch sagen.

„ Ich habe eine gute Idee", er schaut in mein Gesicht: „Du sagst Bailan Bescheid, sie soll auf mich warten, ich werde mich nach dieser Heirat sofort scheiden lassen, dann ist Bailan an der Reihe, versprochen!"

„Es wäre Unrecht an Bailan!" Ich weiß nicht mehr, was wirklich falsch war, aber es schien, er war überhaupt nicht glücklich, darum hielt ich alle meine Vorhaltungen, alle meine Schimpfworte zurück.

So ging ich wieder zurück zu Bailan.

Bailan hörte in Ruhe meine Schilderung bis zum Ende an: „Er hat gesagt, er wird sich so schnell wie möglich von Mohe scheiden lassen, dann bist Du dran."

„Er sieht wirklich gut aus, nicht wahr?" Sie fragte mich unter Tränen.

„ Ja", nickte ich.

„Dann wird er noch mit wie vielen Frauen schlafen? Heiraten und sich wieder scheiden lassen, wie oft wird er das wiederholen? Ja, seine Familie hat europäisches Blut. Wenn eine Frau und ein Mann zusammen leben, müssen sie miteinander schlafen. Nach unserer Tradition sollen beide Seiten sich damit gedulden bis sie heiraten. Ich will nicht noch einmal für ihn leiden!"

„Was kann man da machen?" Ich bin ratlos.

Sie nickt mit dem Kopf und denkt nach: „Kind, geh Du nach Hause, meine Probleme muss ich selbst lösen." Und ganz frustriert bemerkte sie noch: „Ich kann doch nicht ewig so weiter leben." Wieder weinte sie: „Was bin ich dumm, wirklich dumm."

Darauf verließ ich Bailan, denn ich wollte nicht immerzu mit ihr traurig sein. Seit mein Vater zurückgekommen war, konnte ich wieder vergnügt sein. Das Leben war für die Erwachsenen schwer, für die Kinder doch immer noch glücklich. Wenn ich an den Abend denke, an die Hochzeit, bin ich lustig. Wir werden Bonbons und andere Süßigkeiten haben, wenn meine Freunde kommen, können wir alle miteinander spielen. Wenn ich an die Hochzeit denke, empfinde ich Freude, kann nicht immer an der Trauer Bailans Anteil nehmen.

Am Abend, als die Hochzeit begann, setzten sich die Erwachsenen in Gruppen zu acht jeweils um einen Tisch, wir Kinder aber standen daneben. Man sagt, eine Hochzeit ohne Kinder bringt Unglück, je mehr Kinder, desto feierlicher. Damals gab es auf revolutionären Hochzeiten anstelle von Schnaps nur Tee. Alle Anwesenden sangen ein oder zwei revolutionäre Lieder, dann wurden Braut und Bräutigam über die Liebe befragt und belehrt: Wann und warum sie verliebt waren, dann mussten sie einander ein bindendes Versprechen geben, dass sie ewig, bis ihre Haare weiß würden, einander immer lieben werden, auch wenn die Steine zerbrechen und das Meer austrocknet, das Herz wird sich nicht verändern.

Ich schaute mit giftigem Blick auf die Braut, verglichen mit Bailan, war sie nicht halb so schön. Gleichzeitig kam Bailan herein, als ihr lebendiges Gesicht erschien, glaubte ich, eine Halluzination zu haben.

Bailan war schön, viel schöner noch als ich sie jemals gesehen hatte, sie trug ein weißes Kleid, auf dessen Grund viele grüne Blätter gestickt waren. Ein Qipao, ein klassisches chinesisches Kleid. Wegen der Revolution wagten die Frauen kaum, bunte Sachen zu tragen, alle hatten dunkle Kleider, Hosen. Rock und Kleider anzuziehen war eigentlich verboten. Aber Bailan, so attraktiv sie war, war sie auch mutig. Als sie ankam, zog sie die Blicke aller auf sich. Sie hatten gerade für die Braut gesungen, nun hörte niemand mehr hin.

„Bailan, warum kommst du her?" Fragte sie die Chefin der Ambulanz, „Ich komme zu gestehen. Ich gebe mein Geheimnis preis, wer der Vater meines Kindes war", sagte Bailan laut. „Aber jetzt, hier--?" Die Chefin zögerte, sie wollte nicht die Hochzeit der beiden Direktoren stören.

„Der Vater meines Kindes war er!" Bailan ignorierte die Chefin, funkelte ihren heimlichen Liebhaber an und gab weitere Informationen: „Ich schützte seinen Ruf, damit er nicht als Bigamist bestraft wird, lieber wollte ich die Toiletten putzen. Aber er, er hat mir meine Treue so zurückgeben." Empört und traurig sprach Bailan, dann weinte sie laut.

Alle Leute waren überrascht, dann begannen einige zu schluchzen, andere wieder diskutierten.

„ Nein!" Der Bräutigam war schockiert. Zuerst schaute er zärtlich auf die weinende Bailan, dann, als er die Tragweite des Ereignisses begriff, erstarrte er, war fassungslos. Erst nach einigen Minuten versuchte er, sich selbst zu schützen: „Du, sag doch nicht so etwas! Sag mal, warum ------?" Vor dieser dramatischen Veränderung gewann er langsam seine Fassung zurück: „Ich habe nicht mit ihr--." Er schaute jetzt nach links und rechts, schaute noch einmal auf die weinende Bailan, zögerte wieder und wusste nicht mehr, was er machen sollte.

Die Braut drängte ihn: „Es ist Klassenkampf, Du musst es leugnen!"

„Ich bin nicht der Mensch, wie sie es gesagt hat, glaubt ihr mir oder ihr?" Er war entschlossen, die Härte zurückgeben. Fragte das mit heftiger Empörung. Alle Leute schwiegen, jeder wusste: Schweigen ist Gold. Damals war der Klassenkampf sehr hart und bedrohlich, alle hatte Angst davor.

„Du sagst ‚ja', ich sage ‚nein' ", 50 zu 50, die Argumente sind nicht stichhaltig, nicht zu beweisen." Lichen erlangte sein Selbstvertrauen wieder: „Solch eine Anschuldigung erlebe ich nicht zum ersten Mal, sie möchte mich haben, aber ich nicht sie------. Sie will sich an mir rächen." Lichen spielte eine sehr schäbige Rolle.

„ Wenn Du keine Beweise hast, ist das Verleumdung!" Die Braut versuchte nun, Bailan zu verunsichern, sie ist eine Vorgesetzte in unserer Universität. Mohe war ebenso wie auch Bailan nach dem Studium vom Staat hierher geschickt worden.

„ Ich habe hier etwas", Bailan sagte es und streckte ihre Hand aus, in der sie ein Männerhemd hielt. Die Braut nahm das Hemd, schaute es genau an: „Wie kann man beweisen, dass es sein Hemd ist? Früher habe ich ihn solch ein Hemd tragen sehen. Das gleiche Hemd gibt es viele Male", widersprach die Braut. Bailan war früher sehr stark, aber jetzt begann sie wieder zu weinen: „Es ist wirklich sein Hemd, bitte, glaubt mir! Bitte!" Sie hatte nicht gedacht, als sie gegen den Mann aussagte, dass niemand ihr glauben würde.

„Du sollst nicht einen guten Menschen verleumden! Du bist sowieso schon schlimm genug, warum musst Du mich dem aussetzen!" Lichen fragte das mit böser Stimme.

„Was ist Dein wirkliches Ziel?" Mohe fragte ebenfalls in scharfem Ton: „Der Klassenfeind versucht, seinen Platz zurück zu erobern!" " Es ist wahr, es ist wirklich wahr!" Bailan kämpfte für ihr Recht, sie wollte nicht mehr schwach sein: „Ein Mann sollte doch die Wahrheit sagen, nur die Wahrheit!"

„ Du sagst, es ist Wahrheit, aber Du hast keine Beweise, ohne Beweise ist es Verleumdung, verstehst Du?! In aller Öffentlichkeit verleumdest Du den revolutionären Direktor unserer Universität, wie viele Sünden willst Du noch auf Dich laden?! Ich werde Dich als Verbrecher der Polizei übergeben!" Dann überlegte Mohe kurz, drehte sich zu den Gästen und setzte sich in Positur. Laut sprach sie in die Runde: „Ich frage lieber erst mal das Volk, wir sind abhängig vom Volk und glauben doch an das Volk. Gibt es jemanden, der ihre Worte bezeugen kann? Wer kann Bailans Geständnis beweisen? Wenn nicht, wird sie der Polizei übergeben." Sie hatte das ganz ruhig und selbstgewiss gefragt.

Die Frage reizte mich, ihre Art, sie zu stellen, ebenfalls, ich fühlte mich provoziert. Für mich war es wie beim Unterricht, wenn die Lehrerin uns etwas fragte und ich es wusste, erhob ich meine Hand ganz automatisch, ganz selbstverständlich!

Als ich meine Hand hob, zitterte sie, denn ich ahnte Lichens Anblick voraus, seine Traurigkeit, seine Enttäuschung, die mich bedrücken würden. Schon möchte ich meine Hand zurückziehen, aber in dem Augenblick sah ich Bailan, und deren wahres, stärkeres Motiv wog viel schwerer: „Ich kann es bezeugen, ja, ich, ich habe die Beiden im Heuhaufen zusammen gesehen." Nach diesen Worten schloss ich meinen Mund, Gott, ich durfte es doch nicht sagen. Nach Ansicht meiner Mutter war doch ein Mädchen, das solche Dinge gesehen hat unrein, meine Augen würden nie wieder sauber, meine Reinheit, so wichtig für ein Mädchen, war nicht mehr da, kein Mann würde mich später haben wollen.

Aber Bailan, aus ihren Augen sprach so viel Dankbarkeit für mich. Es schien, als wolle ihr Blick mir versprechen, dass auch sie für mich alles tun würde, mir geben, was auch immer ich brauchte. Aber diese Erfahrung hatte ich mit ihr doch schon gemacht. Unter ihren Blicken wurde ich allmählich ruhig und stark.

Nachher war ich einige Tage damit beschäftigt, überall als Augenzeugin aufzutreten. Mit allen Erwachsenen zu meinem „Spiel-platz" zu gehen, doch den hatte ich schon lange nicht mehr benutzt. Wie oft musste ich die Tatsache schildern: Unter dem Baum gibt es einen Heuhaufen. Und endlich erkannten die Leute die Wahrheit. Unsere Direktorin trennte sich von unserem Vize Direktor. Sie wollte ihn nun auch nicht mehr haben. Der Vize Direktor kündigte selbst seine Arbeit. Eines Morgens nahm er sein Gepäck, allein ging er von unserer Universität fort.

An diesem Tag trug ich einen Korb voller Gemüse und Fleisch, kam vom Einkaufen zurück. Damals gab es nur wenige Waren, wenn man frische Waren kaufen wollte, musste man in der halben Nacht aufstehen und sich anstellen. Ich trug meinen vollen Korb nach Hause und lief gerade Lichen entgegen, als er die Universität verließ. Wehmütig lächelte er mir zu. „Hasst Du mich jetzt?" Ich fragte ihn mit schlechtem Gewissen. Eigentlich wollte ich ihm auch nicht mehr begegnen, aber hatte ich eine andere Wahl? Er schüttelte nur den Kopf, dann ging er vorbei.

Zu Haus stellte ich den Lebensmittelkorb ab und besuchte gleich Bailan: „Er ist weggegangen, ich habe ihn durch Zufall an der Universitätstür getroffen."

„Er kann die Niederlage nicht ertragen", Bailan sagte es und ihre Augen waren rot geschwollen: „Ich habe ihm fast alles vergeben, auch die große Niederlage. Aber er sagt, lieber will er tot sein!" Ich schaute sie an, Bailan war immer noch traurig, es sah aus, als würde sie gleich wieder weinen. Ich versuchte sie zu trösten: „Was hast Du für ein Problem? Wenn er die Niederlage nicht ertragen kann, suchst Du Dir einen Mann, der stärker ist. Unser klassischer Spruch dazu heißt: „Einen dreibeinigen Frosch findet man schwer, aber einen zwei beinigen Menschen, der eine Niederlage ertragen kann, gibt es doch überall!"

Bailan lachte erst mal laut, dann aber fragte sie mich unsicher, „gibt es ihn wirklich?" Jetzt war auch ich schwankend in meiner Überzeugung und fragte zwinkernd: „Gibt es ihn nicht? Wirklich nicht?" Bailan antwortete mir nicht, sie senkte den Kopf, dann erhob sie ihn wieder, entschlossen.

Aber viel später fand sie doch einen sehr guten Mann, er brachte ihr Glück, Glück und nur noch Glück.

Damals, wegen des Geständnisses brauchte Bailan nicht mehr zu putzen. Weil in der Zeit der Kulturrevolution viele Leute sich nur damit beschäftigt hatten, fehlten überall Ärzte, Ingenieure und Lehrer usw. Bailan ging wieder in die Ambulanz zurück, konnte wieder als Ärztin arbeiten. Eines Tages kam der ehemalige Direktor: „Ärztin, wissen Sie noch etwas über meine Augenkrankheit, die Behandlung wurde damals nicht zu Ende geführt. Ich kann doch nicht überall mit Sonnenbrille hingehen. Wenn ich sie aber nicht trage, sagen die Leute schon, ich gehöre zu den Rindern, Teufeln, Schlangen und bösen Geistern. Wenn ich aber mit der Brille gehe, heißt es, der Teufel will Unfrieden stiften." Der Direktor war immer ein Optimist, hatte Humor, ließ sich nicht unterkriegen.

Bailan hatte laut gelacht. Seit diesem Tag hörte man sie oft lachen. Der Garten der Ambulanz hallte davon wieder.

## 2. Teil

Mit der Zeit festigte sich die Situation in der Gesellschaft. Die Arbeiterklasse übernahm die Macht an der Universität, beherrschte sie in all ihren Bereichen. Zuerst wurden bewaffnete Auseinandersetzungen verboten, man versuchte, die bestehenden Konflikte, die sich aus der Kulturrevolution ergeben hatten, zu versöhnen. Anschließend ging die Macht von den Arbeitern an die Armee über, die begann, einen normalen Unterricht durchzusetzen.

Der Direktor durfte zwar nicht mehr als Direktor arbeiten, wurde aber auch nicht mehr von allen kritisiert. Er arbeitete jetzt in der Bibliothek, als Bibliothekar, sein Gehalt wurde sehr gekürzt, dafür war aber seine Arbeit auch leichter. Er hatte während der Arbeitszeit viele Möglichkeiten, Bücher zu lesen. Bailan arbeitete wie immer mit ihren Patienten, wurde von allen gemocht. Es gab keine öffentlichen Attacken gegen sie, das ganz normale Leben kam langsam zurück.

Eines Tages ging ich zur Bibliothek, um Bücher zurückzugeben. Als ich zur Tür hereinkam, hörte ich eine bekannte Stimme: „Keluofow (russischer Erzieher) sagt hier sehr eindringlich, das Wesen der Erziehung sei es, die Fähigkeiten der Studenten auszubilden, nämlich die Gedächtnisleistung; die Verständnisfähigkeit und die Kombinationsgabe------." Ich räumte mein Buch ein und sah nun, es war Bailan. Sie zeigte mit dem Finger auf eine Seite eines dicken, geöffneten Buches.

„Aber die Grunderkenntnisse sind auch sehr wichtig, es ist eine Sammlung von Theorie und Praxis, ein Extrakt, der sich über einige Generationen herauskristallisiert hat und der durch die Schulausbildung generell für alle Schülergenerationen gelten sollte. Es sollte das Kernstück des Bildungswesens sein", sagte jetzt der ehemalige Direktor und gegenwärtige Bibliothekar. Die Beiden standen da und diskutierten.

„Die Erkenntnis kann man doch später selbst gewinnen, wenn man eine Lernfähigkeit hat, wird es leicht, alle Erkenntnisse nachzuvollziehen." Bailan sagte das sehr bedächtig, und ihre Stimme wurde allmählich sanfter, wie auch die Stimme des Direktors sich ihrer anpasste.

Du lieber Gott! Bailan, eine Toilettenputzfrau, die jetzt mit dem ehemaligen Direktor, jetzt zwar nur Bibliothekar, über das Wesen der Bildung diskutierte, so tief gehende, schwer erfassbare Theorie! Vor Überraschung konnte ich beinahe nicht mehr meinen Federballschläger halten. Ich kam, um das Buch „Die Leiden des jungen Werther" zurückzugeben, ein sehr schöne Geschichte, so mit Liebe und Gefühl, das war meine Welt. Hier aber ging es um den Kern des Bildungswesens------!? So ein hochfliegendes Problem.

Als ich danach mit Bailan nach Hause ging, konnte ich mir nicht verkneifen, zu fragen: „Du hast doch Medizin studiert, warum bist Du immer noch an Bildung interessiert?" „Dieses Buch ist sehr gut geschrieben, diese Theorie wurde durch die Herzforschung hervorbracht, das Herz gehörte immer schon zu meinen Forschungsthemen. Die Ursachen der Herzerkrankungen sind grundsätzlich bei der Ausbildung zu berücksichtigen. Außerdem gibt es noch Ausführungen unseres Direktors, seine Anregungen veranlassten mich, darüber zu hören." „Was ist das für ein Direktor, der bloß ein Bibliothekar ist, meinte ich obenhin." Aber die Erkenntnisse der Menschen von Generation zu Generation waren doch sehr wichtig, was er sagte, war doch richtig, was wagst Du, ihn zu missachten!" „Ich verstehe nun fast nichts mehr." „Hier wird über das Ziel befunden, ob es das Erste oder das Zweite ist, niemand wagt diese Erkenntnis zu missachten!" Erwiderte sie, dann betonte sie: „Für mich war er immer Direktor, wird es ewig sein, niemand kann sich mit seinem schlauen Kopf, seinen umfangreichen Kenntnissen und seinem großzügigen Wesen vergleichen."

Ich nickte: „ Eigentlich respektiere ich ihn auch sehr."

Ich habe nun gar nichts mehr zu sagen, mein armes, leeres Gehirn, darin geht es nur um die eine Sorge, die Leiden des jungen Werther!

Im Jahr 1976 war die zehn Jahre dauernde Kulturrevolution endlich abgeschlossen. Die Leute jubelten, die Vierer-Bande wurde gestürzt. Wir unterstützten unseren alten Führer Deng Xiao Ping (vor der Kulturrevolution war er Vize Präsident und gehört zur Liu Gruppe), der jetzt als Regierungschef arbeitete. Zuerst versuchte unsere neue Regierung alle Fehler aus der Kulturrevolution zu korrigieren. Die Masse der sogenannten Schuldigen erlangten ihre vorherigen Posten zurück, darunter auch unser Direktor. Die ausstehenden Gehälter wurden ebenfalls zurückgezahlt. Alle beschlagnahmten Schätze mussten von den Roten Garden zurückgegeben werden, vorausgesetzt, sie waren noch auffindbar und alle damaligen Täter wie schlechte Menschen, Konterrevolutionäre wurden völlig rehabilitiert. Bailan gehörte auch zu dieser Gruppe. Sie war nun nicht mehr ein schlechter Mensch, sondern wurde wegen guter Arbeit zur Leiterin der Ambulanz berufen. Auch an der Universität trat eine Normalisierung ein. In einer harten Prüfung wurden Studenten ausgewählt. In zehn Jahren Kulturrevolution hatten sich viele Abiturienten angesammelt, die jetzt zu den Universitäten drängten. Die Plätze waren beschränkt, daher ein hartes Auswahlverfahren. Nur einer von hundert konnte einen Studienplatz bekommen.

Ich hatte die Prüfung bestanden, trug sehr stolz die Symbole unserer Universität, als die Studiengänge nach der Kulturrevolution wieder begannen.

Bailan, als auffälligste Person unserer Universität, veränderte sich ebenfalls: Erstens war sie die jüngste Abteilungsleiterin an unserer Universität, ihre Ambulanz hatte über hundert Ärzte, Krankenschwestern und Pfleger, rechnete man die Kranken auch dazu, dann hatte sie die Verantwortung für die meisten Menschen. Also lag auch eine große Macht in ihren Händen. Ich war so stolz auf sie! Zweitens war sie die Schönste unter uns. Nach der Kulturrevolution durften sich die Frauen wieder schminken. Viele Frauen machten sich so viel wie möglich zurecht, aber gleichgültig wie sie es auch versuchten, keine erreichte die natürliche Schönheit Bailans. Denn, Lotos kam aus dem klaren Wasser, in der Natur war Schönheit ohne Schminke. Drittens wollte sie unbedingt heiraten. In dieser Zeit sollten alle Frauen schamhaft und zurückhaltend sein, gerade in dieser Angelegenheit: Wenn sie einen Mann suchen wollten, durften sie es doch nicht öffentlich machen. Aber Bailan war anders, sie war die erste Frau, die es im Fernsehen ausplauderte, dabei lächelte und allen Leuten bekanntgab: Sie möchte heiraten, damit sie ein Kind bekommen darf. Ihre Werbung erschien als Schlagzeile auf der ersten Seite der Zeitung. Auch wenn die Leute das gar nicht wissen möchten, keiner kam daran vorbei! Zu ihr nach Hause kamen nun viele Bewerber, junge Leute, lasen Gedichte oder sangen, oder diskutierten über Politik und über die Liebe. Der erste Mann hatte sie zwar enttäuscht, aber nicht ihr Verlangen nach einem Mann zerstört. Sie war keine Frau, die leicht eine Niederlage akzeptieren konnte. Auch deswegen wurde die Suche nach einem Ehemann für eine Zeit lang ihr ganzes Bestreben.

Damals, wenn eine Frau mit einem Mann zusammen sein wollte, musste sie zuerst heiraten, andernfalls waren die Leute in ihrer Umgebung nicht mit ihrem Verhalten einverstanden. Bailan hatte fast alle guten Voraussetzungen einer Frau für die Ehe, normalerweise wäre sie der Gegenstand der Sehnsucht vieler Männer. Die Männer mochten sie wirklich, viele umwarben sie, aber kaum einer wagte es, sie zu heiraten. Nur weil sie einmal nicht geheiratet hatte, aber geschwängert war. Ihr Ruf war schlecht. Die Männer hatten Angst, nach einer Heirat müssten sie den Grünen Hut tragen. Es war eine Beleidigung für Männer, wenn die Frau nach der Heirat fremdging, also mit anderen Männern das Bett teilte.

Bailan hatte keine Angst, Sie sagte: Wo ist das Problem? Habe ich ohnehin keine andere Wahl! Sie ging trotzdem zur Partnersuche im Fernsehen, sich mit diesem oder jenem Mann zu treffen, angenehme Stunden zu verbringen. Es wurde in unserer Universität überall als schöne Neuigkeiten verbreitet, wie etwa: „Weißt Du, wieder hat sie einen Neuen kennengelernt." „Einen Besseren?" „Nein!"

Einmal, in der Universität auf einer Konferenz der mittleren Leiter und Leiterinnen sagte unser Direktor sehr ernsthaft: „Manche Kollegen von uns, darunter Leiterinnen, sollten die Frage bedenken: „Was soll eine Leiterin sein? Vorbild, Vorbild für ihre Angestellten. Alle Angestellten werden von ihr lernen, sich nach ihrem Verhalten richten. Sie muss doch selbstkritisch ihre eigene Lebensführung betrachten! Darf doch nicht hemmungslos überall verkünden: Ich will unbedingt einen Mann aussuchen! In unserer Universität gibt es kaum Leute, die das noch nicht wissen. Ist diese private Sache wirklich so wichtig?! Muss sie so an die große Glocke gehängt werden!?

Bailan wurde bei diesen Worten ganz rot im Gesicht, war kurze Zeit fassungslos, dann versuchte sie, sich zu rechtfertigen: „Habe ich einen Fehler gemacht, wenn ich einen Mann suche? Sie sind der Direktor, denken nicht an das Privatleben der Mitarbeiter! Ich kämpfe für das eigene Glück, nun aber bekomme ich Vorwürfe. ‚Sie können doch nicht nur das Pferd laufen lassen, müssen Pferde nicht auch Gras fressen'? Was habe ich getan, hat es etwa meine Arbeit beeinflusst!? Seien Sie doch ein bisschen menschlich! Ich weiß nicht mehr, was ist ein Vorbild, ich weiß nur, die Zeit rennt vorbei, was während der Kulturrevolution versäumt wurde, sollten wir schnell nachholen. Später, wenn ich alt bin, kann ich niemanden mehr suchen. Können Sie das verantworten?!"

„Sie, eine Genossin, dürfen mich doch hier nicht kritisieren! Ich ermahne Sie, auf ihr Ansehen zu achten, für ihre Ambulanz ein Vorbild zu sein. Ich verbiete Ihnen nicht, ‚Gras zu fressen'. Soll ich mich etwa dafür verantworten, was soll ich noch alles verantworten?!" Der Direktor traf normalerweise nicht auf solche Menschen, mit beiden Händen nach allen Seiten gestikulierend, im Gesicht rot und der Hals angeschwollen, war er jetzt erbost.

„Zeit war wichtiger, was ist figurativ! Figurativ war so wichtig nicht! Falls ich die Zeit verpasse, werde ich eine alte Frau sein, wer nimmt mich dann noch? Dann musst Du das verantworten, ich werde Dich fragen." Bailan sagte das, ohne an die möglichen Konsequenzen zu denken.

„Du willst mich fragen? Ich habe keine Angst davor, ich habe überhaupt gar keine Angst. Bloß weil ich ein alter Mann bin, wenn Du mich haben möchtest, dann nimm mich doch!"

Der Direktor antwortete mit erhobenem Kopf und aufgerissenem Mund.

„Perfekt! Dieses Problem haben wir schon gelöst." Unser Vize Direktor schlug plötzlich mit der Hand auf den Tisch, sehr fest und laut, entschieden. Abgebrochen war der Zank der Beiden, die jetzt erstarrt standen und befremdet auf den Vize Direktor schauten. Aber alle anderen Anwesenden lachten laut und jauchzten, klatschten, um ihr Einverständnis zu zeigen.

Die pikante Angelegenheit kursierte gleich im ganzen Campus, als ich es erfuhr, war ich aufgewühlt und ich lief hinter das Unterrichtsgebäude, möchte in aller Stille darüber nachdenken. Aber nach der Kulturrevolution, wegen der Zunahme der Bevölkerung und des daraus entstandenen Wohnungsmangels, waren die Bäume hinter dem Gebäude gefällt worden. Es gab es nur Baustellen, überall baute man Wohnhochhäuser, auch auf meinem Lieblingsplatz. Enttäuscht ging ich wieder zurück. Aber trotzdem freute ich mich immer noch über die Aussicht, denn falls der Direktor mir auch so nahe wäre wie Bailan, mein Einsatz nach dem Abschluss würde kein Problem sein, das war mein heimlicher Gedanke. Andererseits freute ich mich auch für Bailan. Der Direktor war in einer so hohen Stellung, unsere Universität hatte den gleichen Rang wie eine Provinzverwaltung, der Direktor war einem Provinz Gouverneur ebenbürtig. In 9-Klassen Büros gab es in ganz China nicht über 100 Plätze, das monatliche Gehalt würde über 200 Yuan betragen. Damals waren die Wohnungsmieten sehr gering, ein Ei kostet 8 Feng, ein Suppenhuhn kostet 1,5 Yuan. Man konnte sich also vorstellen, bei einem Gehalt wie dem des Direktors, täglich Suppenhuhn essen zu können.

„Bailan, ich gratuliere Dir, Du hast hoch gespielt und endlich gewonnen, geh doch den Direktor besuchen", als ich Bailan traf, ermunterte ich sie.

„Schau einmal auf seine verstaubten Ansichten, es scheint, ich soll mich bei ihm anbiedern!" Bailan schmollte jetzt.

„Ach! Er ist der Direktor, obwohl wir ein so großes Land sind, wie viele hohe Ämter gleich seinem gibt es?! Ich habe gehört, viele Frauen möchten ihn haben", versuchte ich sie zu reizen.

„Auch mich möchten viele Männer haben!" Bailan zwinkerte mir zu.

„Ach je, Du bist nicht mehr Du selbst! Vor einigen Tagen hast Du noch einem Eierverkäufer schöne Augen gemacht und jetzt stehst Du schon so über allem?" Ich war jetzt fast verärgert: „Er ist ein Drache (chinesisches Sternbild), wenn Du solch einen Menschen getroffen hast, wird es doch Dein Glück sein! Diese Chance sollte man festhalten", ich ärgerte mich wieder.

Aber Bailan erschien jetzt nicht mehr so auffällig, offensichtlich hatte sie diese Angelegenheit beiseitegelegt.

Tag für Tag verging wie im Flug!

In einer melancholisch stimmenden Nachmittagssonne ging ich allein im Campus spazieren, der Direktor, ebenfalls allein, kam mir entgegen. Eigentlich wollte ich sofort hinter einem Baum verschwinden, da ich ihn sonst mit viel Respekt begrüßen müsste. Das machte ich aber nicht so gerne. Nach kurzem Zögern, in Gedanken an Bailan, hatte ich einen Einfall. Ich spannte meine Kopfhaut an, hart wie ein Schutzschild, lächelte und grüßte: „Hallo, Direktor, gehen Sie auch spazieren und allein?!" Meine Stimme zitterte bei dieser mutigen Ansprache.

„Richtig!" Der Direktor lächelte mir zu und schickte sich an weiterzugehen.

„ Direktor", ich lächelte verlegen, wobei ich ihm in den Weg trat: „Können Sie sich noch erinnern: Sie hatten einen Koffer mit Büchern bei Bailan deponiert, es war am Anfang der Kulturrevolution vor einer sehr langen Zeit. Jetzt könnten Sie diese doch zurückholen. Sie hat nur eine ganz kleine Ein-Zimmer- Wohnung, kaum Platz für einen Bücherkoffer."

Der Direktor guckte mich starr und kurz an: „Wirklich? Ich habe damals die Bücher bei Bailan gelassen? Das war wirklich Bailan?" Mit einem Nicken bestätigte ich es. „Ich konnte mich nicht erinnern, wem ich damals die Bücher gegeben habe. Sie haben sie eine sehr lange Zeit belastet, wenn sie nur eine so kleine Wohnung hat, ist mir das sehr unangenehm!"

„Naja, Sie sind immer beschäftigt, können doch nicht alle Kleinigkeiten bemerken." Ich nickte und setzte hinzu: „Wir wollten Sie doch nur erinnern, Ihnen behilflich sein". Nur eben nicht einschmeicheln, in China hofften wir alle, einen Vorteil zu gewinnen, wenn wir uns bei hohen Beamten anbiederten, das lag so in unserem Blut.

„Nein!" Des Direktors Gesicht errötete, nach der Kulturrevolution könnte er Schmeicheleien nicht mehr annehmen: „Das war wirklich Bailan? Ich kann mich nicht erinnern", es überraschte ihn doch: „Wem habe ich die Bücher gegeben. Sie war damals gerade an unsere Universität gekommen, war noch nicht so bekannt." Ich habe zum ersten Mal gesehen, dass der Direktor gereizt war.

„Jetzt wissen Sie es doch. Besuchen Sie sie und fragen nach, sie hat alle Bücher fertig gelesen, auch ich habe schon alle gelesen. Manche Bücher lasen wir mehrmals."

„Ja?! Alles durchgelesen, gut, hat Dich etwas besonders beeindruckt?" Der Direktor war jetzt aufgeregt: „Wir könnten uns darüber austauschen."

„Was!?" Ich bin ganz gespannt: „Ich habe viele Eindrücke, natürlich, aber es fällt mir schwer, sie auszudrücken." Falls er mich jetzt prüfen wollte, dann würde es bestimmt peinlich. Ich weiß selbst genau, wie dumm ich bin, und so weiche ich aus: „Fragen Sie Bailan, sie hat viele Eindrücke." Ich zwang mich zu einem Lachen, drehte mich um und lief fort.

„Danke", der Direktor lachte hinter mir her.

„Nichts zu danken", rufe ich und bin so stolz auf mich selbst.

Am nächsten Tag, im Sonnenschein wie am Vortag, kam der Direktor mit ölig gekämmtem Haar, in einem strengen Mao-Anzug und neu gekauften Lederschuhen. Während der Kulturrevolution durfte man keine Leder Schuhe tragen, das galt als Erscheinung des Kapitalismus. Es wurden keine produziert. Jetzt gab es sie wieder, aber sie waren sehr teuer. Er ging, beide Hände auf dem Rücken verschränkt, mit andächtiger Miene und klopfte an Bailans Wohnungstür, indem er rief: „Bailan, Doktorin Bailan! Ich komme, um meine Bücher zu holen!" So laut, damit alle Leute in der Umgebung es hören konnten. Aber alle taten, als hätten sie nichts gehört.

Bailan öffnete die Tür und sagte: „Hallo, Direktor, Sie können sich noch daran erinnern, ich dachte, Sie würden mir die Bücher schenken." Der Direktor stand wie versteinert vor der Tür: „Habe ich denn schenken gesagt?" Sein eben noch rotes Gesicht erblasste, beide waren jetzt peinlich berührt.

Ich hatte mich gerade hinter meiner Wohnungstür versteckt, nun aber trat ich einen Schritt vor und sagte: „Nein! Nein! Nicht verschenken, Bailan sagte, sie würde sie zurückgeben." Dann schob ich Bailan von der Tür weg und lud den Direktor ganz herzlich ein: „Herein, bitte Herr Direktor, kommen Sie herein. Bailan hat gerade frischen Tee bekommen, wollen Sie davon nicht kosten? Bailan, wo ist Dein Tee?" In unserer Kultur ist es nicht üblich, dass eine Frau so direkt einen Mann auffordert, daher musste ich als ihre Vertreterin einladen.

„In der Küche, ganz oben im Schrank." Bailan drehte sich, die Tür zu öffnen, und unser Direktor trat einige Schritte herein. Ich wies auf den Stuhl von Bailan, auf dem sie immer saß und bedeutete dem Direktor, Platz zu nehmen. Bailan konnte nur noch auf ihrem Bett sitzen. Das Zimmer war zu klein, um mehr als einen Tisch, einen Stuhl und ein Bett aufzunehmen. Wenn Beide darin saßen, gerieten sie in peinliche Nähe. Bailan legte die Hand auf ihre Beine, nahm sie gleich wieder herunter, dann wieder nach oben, dann----nur Verlegenheit.

In der Küche machte ich im Herd Feuer und stellte den Wasserkessel auf. Einen Kessel Wasser zu kochen, dauerte lange Zeit und ich wollte mich nur in der Küche verstecken, um die Unterhaltung zu belauschen.

„Hat Ihre Ambulanz genug Bettenplätze?" Der Direktor saß kerzengerade und fragte ganz ernsthaft, um die entstandene Spannung zu überbrücken.

„Eigentlich sind es nicht genug, für mehr als fünftausend Universitätsangehörige haben wir nur acht Krankenbetten, manchmal müssen wir Kranke, die noch nicht ganz ausgeheilt sind, entlassen, wir wissen, es ist unverantwortlich, aber------, es gibt keine andere Wahl!" Bailans Stimme war jetzt zaghaft, was mich sehr überraschte.

Der Direktor nickte und sagte dann: „Sie sollen nicht nur in der Ambulanz warten bis ein Kranker kommt. Sondern Sie sollten hinausgehen, alle zum Sport anhalten, vorzubeugen ist Ihre Haupt- Aufgabe. So weit wie möglich die Krankenzahl mindern, schließlich seid ihr kein Krankenhaus, nicht wahr?"

Bailan erwiderte voller Respekt: "An diese Anregung, Herr Direktor, werden wir uns stets erinnern."

„ Ah! Irgendetwas stimmt nicht!" Dem Direktor wurde jetzt sein eigenes steifes Verhalten, das sich auch auf Bailan übertragen hatte, bewusst: „Sie, es ist besser, nicht so verkrampft zu sein, wir sollten locker über alles reden. Egal was es ist, eben über alles!"

„Ja, Ja! Ich bin gar nicht angespannt." Bailans Stimme zitterte wieder.

„Der Direktor kam, die Bücher abzuholen", sagte ich von der Küche her. „Die Bücher hast Du alle schön durchgelesen, kannst sie doch zurückgeben." Ich musste meinen Kopf von der Küche nach draußen stecken um noch einmal mahnend auf Bailan zu schauen.

„Stimmt, ja", Bailan stand auf: „Die Bücher habe ich alle gelesen, alle sind von berühmten Autoren, wirklich sehr gut geschrieben!"

„Lesen Sie auch gern? Das ist gut." Der Direktor war erleichtert: „Danke für die Aufbewahrung, sonst wären sie alle während der Katastrophe vernichtet worden."

„Ich sollte Ihnen danken, ohne Sie hätte ich doch nie solche exzellenten und vollkommenen Bücher lesen können."

„Hat Sie etwas besonders beeindruckt, dann könnten wir uns darüber austauschen." Der Direktor schaute Bailan einen Augenblick mit  Zartgefühl an. Obwohl ich in der  Küche versteckt war, ergriff auch mich diese Hingabe in seinem Blick.

„Ja! Ich habe viele tiefe Eindrücke. Zum Beispiel ‚Anna Karenina‘, alle finden, Anna wurde von der gesellschaftlichen Oberschicht verlassen, weswegen sie sich aufgab, auf die Bahngleise legte, um Selbstmord zu begehen. Ich finde, Anna hatte eine Depression, leider konnte das damals niemand bemerken, die medizinische Wissenschaft entwickelte sich erst langsam. Später hätte diese Katastrophe vermieden werden können. Anna hatte ein bitteres Leben, aber nicht bitterer als die heutigen Menschen, heute versuchen die Menschen trotzdem weiterzuleben.“

„Das ist eine ganz neue Betrachtungsweise, es ist eine wertvolle Ansicht, Sie haben eine ganz eigene Meinung-----.“ Der Direktor war nun aufgeregt, seine Stimme wurde immer leiser, aber mit einem gerührten Unterton.

Inzwischen hatte das Wasser gekocht, ich hatte den Tee zubereitet und trug ihn für Beide in das Zimmer. Dort flossen die Reden, ich war überflüssig, hatte keinen Grund mehr zu bleiben, so ging ich gelangweilt nach Hause.

Wieder war eine Hochzeit, ich nahm als Begleiterin der Braut teil. Zuvor hatte ich ganz ernsthaft mit Bailan geredet, bat sie, den großen Altersunterschied zwischen ihr und dem Direktor zu bedenken. Der Direktor war 25 Jahre älter als sie. Aber Bailan sagte: „Weißt Du, was mein Beruf ist? Die chinesische Medizin schützt die Gesundheit, genießt großes Ansehen auf der Welt, ich lasse ihn nicht vor der Zeit alt werden, wir altern gemeinsam.“

Dieses Mal spielte der Direktor die Hauptrolle, mit seiner Intelligenz und seinem Humor gewann er die Herzen aller Leute. Als sie ihn fragten: Wo und wann hatten Sie sich in Bailan verliebt, antwortete er: „In der Toilette, ja, wirklich in der Toilette.“ In der ganzen Halle war plötzlich Stille und die Leute lauschten konzentriert seinen Worten, niemand wagte es, irgendein Geräusch zu machen. Der Direktor sprach weiter: „Damals war ich voller Qual, traurig und depressiv, mein Herz getränkt mit Bitterkeit. Ihr alle wisst, nach jeder Versammlung, auf der ich kritisiert wurde, ging ich nach Hause, die Kritiken beleidigten mich nur, zu Hause aber war ich auch nur noch allein, meine Frau hatte doch Selbstmord begangen, da sie die öffentliche Herabwürdigung nicht ertragen konnte. Eines Tages hatte ich Bauchschmerzen und ich dachte, ich könne das alles auch nicht mehr aushalten, ich wollte auch sterben. So ging ich unter Tränen und Enttäuschung zur öffentlichen Toilette, sagte in meinem Herzen zu meiner Frau: „Warte, ich komme auch! Plötzlich aber kam mir ein Blumenduft entgegen, als wäre eine blühende Frau gekommen. Der Blumenduft hüllte mich völlig ein. Es schien wie ein Trost, nein, nicht nur Trost, sondern Kraft, die mir zufloss: Stark, stark! Ich weiß, es war eine Situation wie die, wo das Mädchen mich auf der Versammlung unter den vielen tausend Menschen geschützt hatte. Hier hatte sie geputzt, dekoriert. Ich spürte, sie verlangte von mir, durchzuhalten! Nicht erschüttern lassen! Seit diesem Tag weiß ich, wie wichtig auch Gerüche für die innere Befindlichkeit der Menschen sind. Sie können deren gesamte Physiologie verändern! Während ich damals zu den Versammlungen ging, auf denen ich kritisiert wurde, führte mich mein Weg anschließend immer zu der Toilette. Manchmal waren dort keine anderen Besucher. Ich saß allein da, der Duft der Blumen war wie der einer Frau, einer starken, zärtlichen Frau------. Ich saß da, roch den Duft der wundervollen Blumen und wollte gar nicht mehr nach Hause. In dieser Zeit habe ich mich in sie verliebt."

Alle Anwesenden waren gerührt, in Gedanken noch in der Vergangenheit schluchzten manche.

„Ich trug nun täglich zwei Eimer Wasser vor die Toilettentür, damit es ihr leichter fiel, so sauber zu putzen; oft fegte ich auch die Straße, damit sie weniger zu fegen hatte."

Während der Direktor so erzählte, stand plötzlich ein junger Mann neben ihm und begann laut zu sprechen. Alle Leute waren verdutzt, niemand hatte bemerkt, dass ein Fremder hereingekommen war. Angestrengt schaute ich zu ihm hin: Es war Lichen, der erste Liebhaber von Bailan, der Vize Direktor unserer Universität während der Kulturrevolution. Immer noch sah er so lebendig, so blendend aus. Alle Leute waren fassungslos, nicht nur ich Ahnungslose, sondern auch unser erfahrener Direktor, auch Bailan.

Diese Wirkung erfüllte Lichen mit Zufriedenheit, aller Aufmerksamkeit war auf ihn gerichtet, alle konzentrierten sich nun auf ihn: „Ich möchte Ihnen allen erst einmal über meine gegenwärtige Situation  Bericht erstatten. Ich bin für eine große Firma verantwortlich,  meine Firma baut einen Flughafen in Guanzou." Das war sensationell, private Firmen wurden in China gerade erst akzeptiert, noch dazu eine, die einen Flughafen baute! So eine steile Karriere, das war ein  Schock für uns! Alle Leute beneideten ihn, gratulierten ihm. Manche möchten fast schon fragen: „Gibt es noch einen Arbeitsplatz für mich?" Damals verdiente man in einer privaten Firma viel besser als in einer staatlichen.

Lichen brauchte gerade diesen Effekt, er drehte sich zu Bailan: „Ich komme bevor Du heiratest, ich will Dir einen Heiratsantrag machen. Du kannst Dir noch einmal überlegen, ob Du mich heiraten willst!? Ich weiß, damals habe ich dich verraten, ich will es  Dir vergelten, was Du haben möchtest, alles werde ich Dir geben! Ich habe die Möglichkeit und ich liebe Dich ja immer noch, heirate mich bitte!" Es schien, Lichen liebte besonders solche großen Auftritte.

„Direktor! Bitte verzeihen Sie meine Frechheit. " Er wartete nicht auf die Antwort von Bailan, drehte wieder zum Direktor und verbeugte sich einmal: „Wie Sie wissen, hat sie schon mit mir geschlafen,  eigentlich sind wir ein Ehepaar. Außerdem hat sie mir ein Kind geboren. Dieses Kind ist schon zehn Jahre alt, es wohnt zurzeit bei der Oma. Sie war immer meine Frau, bitte geben Sie sie mir zurück." Nach diesen Worten verbeugte er sich noch einmal vor dem  Direktor.

Schockiert hatten die Leute aufgehorcht: „Sie hat ein Kind?!"

Bailan bewahrte die Fassung, schaute nicht zu Lichen, sondern zum Direktor: „Ja, ja! Direktor, es gibt nicht nur dieses aus meiner Vergangenheit. Auch etwas anderes weißt Du nicht. Ich erzähle es Dir: „Damals, seinetwegen, sie zeigte jetzt auf Lichen, ging ich auf das Dorf arbeiten, es war meine Strafe für die Beziehung zu ihm. Ich bekam ein einsam gelegenes Zimmer ohne Strom, ohne Fenster. Jede Nacht kamen

Männer, mich zu vergewaltigen. Eines Nachts waren sie vier Mal gekommen. Ich versuchte mich zu wehren und schrie, aber es half mir gar nichts. Ich wusste nicht, wer sind diese Verbrecher und wie viele sind es? So konnte es wirklich nicht weitergehen, deswegen entschied ich mich damals, die Toiletten zu putzen. Ich bin eine gebrauchte, schmutzige Frau, eben eine getretene, verblühende Blume. Willst Du mich wirklich noch heiraten? „Bailan schaute ohne zu zucken dem Direktor in das Gesicht, seine Antwort erwartend. Lichen beharrte auf seiner Bitte, schaute ebenfalls zum Direktor. Alle Gäste hingen wie gebannt an seinen Lippen.

Unser Direktor schien plötzlich gealtert, sein Rücken war gebeugt, er konnte nur noch nicken und murmelte: „Ich weiß das, ich weiß, Du hast mir doch gesagt, Du möchtest schnell heiraten, weil Du Dein Kind zu Dir nehmen willst. Ich habe das verstanden." Dabei sah er Bailan fest an, sein Körper richtete sich wieder auf und er wirkte plötzlich wieder wie ein junger Mann: „Du bist die Frau, die ich als eine der tapfersten, saubersten und auch wertvollsten kenne, wenn ich Dich heiraten darf, werde ich der glücklichste Mann auf der Welt sein! Ich schwöre hier vor allen Leuten, ab heute werde ich mit meinem ganzen Leben Dich und Dein Kind schützen. Auch wenn ich sterben muss, ich lasse es nicht zu, dass irgendjemand Dich und das Kind Beleidigungen und Bitterkeit aussetzt!"

Bailan hielt den Mund des Direktors zu: „Du darfst nicht über den Tod nachdenken. Du weißt doch, was ich tun würde, ich erkämpfte mir das Leben vom Sensenmann. Jetzt aber brauche ich Deine treue Begleitung, danach sehne ich mich! Du musst mich bis in das Alter begleiten, eine andere Wahl gibt es für mich nicht.

Bei uns in China gibt es ein altes Gedicht über die Liebe:
,Gott!
ich will ihn lieben,
ein langes Leben ohne Ende.
Nur wenn die Berge ohne Felsen, alle Flüsse austrocknen würden; im Winter Gewitter und im Sommer Schnee fallen würde; Himmel und Erde übereinander stürzten,

Nur dann wagte ich, mich von ihm zu trennen.'

Unser Vize Direktor besann sich endlich und verkündete: „Die Hochzeit wird fortgeführt, als nächstes verbeugen sich Braut und Bräutigam dreimal gegenüber den Gästen."

Bailan und der Direktor verbeugten sich zu den lauten Rufen: „Eins, zwei, drei." Der Direktor genoss die drei Verbeugungen und alle Teilnehmer empfanden sie als große Ehre.

Lichen nickte mit dem Kopf, entfernte sich traurig und frustriert.

Ich zögerte kurz, schaute zu Bailan, sie aber war beschäftigt und bemerkte meine Blicke nicht. So folgte ich Lichen: „Lass mich Dich für Bailan begleiten", er aber war vertieft in seine Trauer. Ich amüsierte mich über ihn: „Damals hast Du eine Versammlung abgehalten, an deren Anfang wurde über das Thema gesprochen: Auch wenn ein Hund in das Wasser gefallen ist, muss man weiter nach ihm schlagen. Du bist heute wie ein in das Wasser gefallener Hund. Aber, ich will Dich nicht schlagen." Ich sah ihn an: Er lachte überhaupt nicht, immer noch war er trübsinnig.

„Wenn du Bailan wirklich magst, gönne ihr doch die Freude. Sie sind glücklich miteinander."

Ich sah nun, er wird weinen: „Warum kamst Du nicht früher, sie gab eine Anzeige auf, ging zum Fernsehen. Jeder wusste, sie sucht einen Mann! In dieser Zeit, wo warst Du denn?!"

Endlich bezwang er seine Traurigkeit: „Ich wusste früher auch nichts davon. Ich dachte, wenn ich ein großer Mann werde, wenn der Flughafen fertig gebaut ist, komme ich zu Bailan." Er schaute prüfend nach links und nach rechts: „Als ich zum letzten Mal hier war, fand diese kritisierende Versammlung statt. Sie schaltete alle Lichter für den Direktor aus, hätte ich es nicht verhindert, hätten die empörten Roten Soldaten beide totgeschlagen! Kannst Du Dich noch erinnern!?" Ich nickte: „Gott! Bestimmst Du wirklich vorher unser Schicksal?! Die Beiden waren schon damals miteinander verbunden!?" Aber er, was hatte er für ein Rolle? „Diese kritische Versammlung wurde doch auch von Dir organisiert." Er gab es zu: „Ich hatte auch keine andere Wahl, die Situation war erzwungen, wenn ich es abgelehnt hätte, würde sie von anderen einberufen! Es war Kulturrevolution!"

Ich nickte, fragte weiter:" Woher weißt Du, dass sie ein Kind hat, das weiß ich noch nicht einmal!?"

„Früher wusste ich es auch nicht, wir alle dachten, sie hätte damals nach dieser Gewalttat das Kind verloren. Aber nein! Sie hat mit ihrer Mutter das Kind geschützt, ihre Mutter war eine sehr gute Gynäkologin. Unser Kollege informierte mich, ich besuchte sie in ihrer Heimat. Ihre Mutter war krank, konnte das Kind nicht mehr betreuen, ihr Vater hatte die Kulturrevolution auch nicht gut überstanden. Sie hoffte nun, wir würden zusammen mit dem Kind leben. Das war auch mein Wunsch."

„Auf unseren Direktor kannst Du Dich verlassen, er wird bestimmt nett zu dem Kind sein." Ich tröstete ihn, er nickte resignierend mit dem Kopf. Vor der Halle stand ein PKW, Lichen stieg ein und winkte mir zu, ich sah gerade noch seine Tränen und schon entfernte sich das Auto.

Nach der Hochzeit holte Bailan sofort ihre Mutter und ihr Kind zu sich. Als ihre Mutter mich sah, meinte sie voller Überraschung: „Du, damals die Hühnersuppe fressende kleine Schwester, jetzt bist Du eine so hübsche Studentin! Die Zeit verändert die Menschen!" Nach diesen Worten hatte ich plötzlich ein Wohlgefühl im ganzen Körper!

Damals wurden unsere Wohnungen von der Universitätsverwaltung nach den Dienststellungen zugeteilt. Die Angehörigen der Verwaltung der Universität wohnten alle in Häuschen, aus denen sie während der Kulturrevolution gezwungen waren, auszuziehen. Nun zogen alle wieder zurück. Wie war jetzt das Leben von Bailans Familie? Man hörte nur das Lachen und die angeregten Diskussionen aus dem Haus tönen, man konnte Jahr für Jahr die blühenden Bailan–Blumen im Vorgarten bewundern.

Nach der Kulturrevolution dauerte es nicht lange bis Deng Xiaoping es Privatpersonen ermöglichte, Vermögen anzuhäufen. Die Privatisierung staatlicher Unternehmen wurde von der Partei akzeptiert, die Tür für ausländische

Investitionen wurde geöffnet, auch für Chinesen war es jetzt möglich, in das Ausland zu reisen. Man versuchte, die Angst der Menschen vor der neuen reichen Oberschicht zu zerstreuten. Solche Maßnahmen brachten vielen Menschen große Hoffnung. Zur Zeit der Kulturrevolution jedoch hatte Reichtum als Sünde gegolten.

Jedoch entwickelten sich die politischen Reformen viel zu langsam, und langsam machte sich Enttäuschung breit. Die Studenten, als Träger der Ideen für soziale Verantwortung, begannen zu demonstrieren. Im Jahr 1989 gingen die Studenten aus Peking und von der Qinghua Universität auf die Straße, auf ihrer Fahne stand: "Freiheit." Die Demonstrationen breiteten sich in ganz China aus.

Ich hatte inzwischen mein Studium absolviert und arbeitete als Lehrerin. In dieser Zeit ging ich oft auf die Straße, um den Studenten etwas zu bringen, ihre Bewegung zu unterstützen.

Auf dem Platz sah ich eines Tages Bailan und den Direktor. Er schob ein Fahrrad, auf dessen Rücksitz eine große Tasche stand. Auf der Tasche lag eine weiße, dicke Baumwolldecke. Bailan trug weiße Handschuhe, nahm aus der Tasche warme Baozi (gefüllte Dampf- Klößchen) und reichte sie den Studenten, die auf dem Boden saßen, einen Sitzstreik durchführten. Sie murmelte immer etwas vor sich hin wie: „Lasst die jungen Studenten nicht mit ihrer Gesundheit spielen." Die Tochter von Bailan setzte sich auch auf den Boden, sie war die Vorsitzende der Studentenorganisation der Universität. Diese Demonstration wurde von ihr organisierte. „Direktor, Sie kommen auch hierher?" Ich war aufgeregt, denn normalerweise durfte ein Direktor an solch einer Demonstration nicht teilnehmen.

„Ich komme als Privatperson hierher, will meiner Tochter Baozi (chinesische Teigtaschen)schenken, schmunzelte der Direktor und erklärte: „Kinder müssen essen, ich kann Baozi kochen, alle sagen Baozi, die ich gekocht habe, schmecken gut. Da, koste einen, bitte!" Bailan gab mir einen Baozi, ich biss einmal hinein: „ Hmm…schmeckt sehr gut!"

„六四 Die Demokratie- Bewegung" wurde von der Regierung mit Gewalt aufgelöst. Studenten, die daran teilgenommen hatten, wurden vom Studium ausgeschlossen. Bailans Tochter wurde zur Strafarbeit auf das Land geschickt. Von dort war sehr weit bis zur Stadt, es war eine öde und unterentwickelte Gegend.

Ich war empört, denn die Tochter hatte einen guten Charakter wie die beiden Eltern, ich mochte sie sehr. Nein! Wieder ein Schicksal wie damals Bailans. Eines Tages ging ich zu Bailans Haus, mich von der Tochter zu verabschieden. Vielleicht würden mein Trost und meine Anteilnahme sie etwas aufrichten. So viel davon hatte ich auf dem Herzen.

Bailan packte gerade für ihre Tochter. Viele Kleider und Bettwäsche stapelten sich auf dem Bett: „Warum sind auch Kleider vom Direktor dabei?" Ich schaute auf den Stapel und fragte. „Nicht nur seine, auch die meiner Mutter. Wir begleiten unsere Tochter auf das Dorf. Ich mache gerade die Formalitäten für einen Arbeitsplatzwechsel, wenn ich damit fertig bin, werde ich dort als Ärztin arbeiten."

„Du wolltest Dich doch zur Direktorwahl aufstellen lassen?" Ich wunderte mich jetzt: „Und der Direktor, er will nicht mehr Direktor sein?!"

„Er wird in Rente gehen, hast Du seinen Schwur vergessen? Ich vergaß ihn auch, aber er hat sich erinnert und steht dazu. Er sagte, auch wenn er es mit dem Leben bezahlen müsste, würde er uns nicht in dieser Erniedrigung allein lassen. Jetzt will er seinen Schwur einlösen. Auch er begleitet unsere Tochter zum Dorf, wir lassen unsere Tochter nie allein wie ich es damals war, nicht allein gegen die Ungerechtigkeit kämpfen!"

Begeistert nickte ich dazu mit meinen Kopf: „Großartig! Dann werde ich keine Sorgen um Euch haben, kann ganz sorglos sein!"

Bailan verzichtete mit Bedauern auf die Wahl zum Direktor, für die sie sich eine lange Zeit vorbereitet hatte. Sie ging auf das Dorf, wo sie einen Arbeitsplatz in der Ambulanz fand. Ich glaubte, ich war überzeugt, Bailan mit ihren exzellenten Medizinkenntnissen, mit ihrem ausgeprägten Verantwortungsgefühl für die Patienten gepaart mit der Intelligenz und Lebenserfahrung unseres von allen respektierten Direktors, würde von den einfachen Landleuten geschätzt werden.

Später ging auch ich ins Ausland, es war damals ein Trend: Im Ausland, in den Industrieländern wäre alles viel besser als in China.

Es waren wieder viele Jahre vergangen.

Einmal kam ich nach China zurück, gerade hatte ich den Flughafen verlassen, als mir zwei Mädchen, bekleidet mit der Dienstbekleidung der Flughafenmitarbeiter, entgegenkamen. Sie lächelten mir zu und grüßten: „Herzlich willkommen! " Ich war erstaunt.

„Unser Geschäftsführer ist mit Ihnen bekannt, er möchte gern mit Ihnen über die Vergangenheit plaudern, haben Sie dazu Lust?" Sie fragten sehr nett.

„Wer ist denn Ihr Geschäftsführer?" Ich schob einen Kofferwagen vor mir her: „Eigentlich muss ich weiterfahren, habe gar keine Zeit übrig. Es tut mir leid!" Das stimmte, zuerst musste ich meine Koffer abholen, dann noch einmal zur Zollkontrolle, meine Zeit war knapp bemessen. Ich beschleunigte meine Schritte.

Aber die Beiden folgten mir: „Bitte, bitte! Unser Geschäftsführer wird Sie nach Hause fahren. Er sagt, er würde wegen einer gemeinsamen Bekannten, Bailan, gern mit Ihnen sprechen. Wenn Sie nicht mit uns kommen, wird er mit uns Beiden schimpfen. Wir seien unfähig, wenn eine so nette Einladung nicht gelingt." „Ich schiebe für Sie den Wagen." Eines der Mädchen nahm meinen Wagen, die andere nahm meinen Arm. Es ist hier, dieses Büro."

Sie zeigte es mir, es war vor meinen Augen. „Ja, dann komme ich mit, ja!"

Als ich eintrat, stand jemand hinter dem großen Schreibtisch, „ Sie sind-----?" Ich schaute in ein sehr bekanntes Gesicht. „Kannst Du Dich nicht an mich erinnern?" Er bemerkte meine Verlegenheit: „Kein Wunder, wir sind einander nur ein paarmal begegnet." Ich durchforschte schnell meine Erinnerung, aber es gab zu viel davon.

Da begann er zu lachen und jetzt erinnerte ich mich, dieses Lachen war noch immer wie Sonnenlicht! Du warst der Liebhaber von Bailan, Lichen!" Ich sagte amüsiert: „Damals fiel ich auf Deine Wirbelsäule, habe Dich aber nicht verletzt, Deine Wirbelsäule ist sehr stark!"

„Nur weil Du zu leicht bist!" Er war errötet, bat mich hinzusetzen: „Jetzt wäre das nicht mehr möglich! Du bist erwachsen und ich bin auch älter, nicht mehr so beweglich."

„Hier solltest Du sagen: Du bist älter, ich bin auch älter!" Korrigierte ich ihn.

„Ich danke Dir, ich bat Dich herzukommen, weil ich Dir eine Nachricht für Bailan mitgeben möchte."

„Was denn für eine Nachricht? Woher weiß Du, dass ich noch Kontakt zu Bailan habe?" Eigentlich ärgerte ich mich, denn eine Nachricht für Bailan zu überbringen, gab es doch viel zu viele andere Kommunikationsmöglichkeiten. Warum musste ich extra hierher kommen: „Mein Flugzeug wird in dreißig Minuten abfliegen!"

„Ich werde Dich mit meinem Privatflugzeug nach Hause fliegen, mach Dir keine Sorgen. Woher sollte ich davon wissen? Bailan ist jetzt eine bekannte Person, über ihren Umgangskreis und ihre Ansichten kann jeder in der Zeitung und im Fernsehen erfahren, ich weiß das natürlich auch."

„Was für eine bedeutende Position hat sie eigentlich?"

„Du weißt das nicht?" Er erschrak etwas: „Du bist doch die Freundin! Sie ist einer der Verwalter des Zentralen Hygieneamts, sie wohnt jetzt in Peking."

„Sie wohnt in Peking, das weiß ich. Als ich das letzte Mal zurückkam, holte sie mich ab. Lud mich wie früher zum Essen ein. Gab mir viele gute Speisen, ließ mich immer mehr essen, wie früher, sie war überhaupt nicht verändert. Ich habe gar nicht vermutet, dass sie inzwischen eine so hohe Position hat! Großartig!"

„Damals", ich erinnerte mich jetzt an eine zurückliegende Begebenheit: „Ich besuchte oft Bailan zu Hause, einmal fragte mich unser Direktor: Wie viele Lehrer und wie viele Studenten in meinem Fachbereich wären. Ich erwiderte, dass ich es nicht wüsste, aber in meiner Klasse wären nur 92 Studenten.

Beim zweiten Mal fragte er wieder, und wieder wusste ich nichts, beim dritten Mal war es ebenso. Ich habe überhaupt nicht mehr an die Frage gedacht. Aber Bailan war ganz anders, sie wusste genau wie viele Lehrer, wie viele Studenten es waren und wie deren Leistungsstand war; wusste alles über die Organisation der Universität. Der Direktor sagte gleich, sie ist ein guter Oberbefehlshaber, während ich nur ein General sein könnte. Ich war beleidigt und gab die Kritik zurück: Dein Herz steht natürlich an der Seite Deiner Frau, darum ist sie stets auch die Beste! Er dachte nach und analysierte dann die Fähigkeiten und Talente von uns Beiden, wie mir schien, zu meinem Nachteil. Zum Glück aber ging ich kurz darauf in das Ausland, sonst hätte Bailan, als Direktor der Universität, mich behandelt wie bisher, mich hoch gestellt oder auch nicht. Beides würde unserer Beziehung nicht gut tun." Ich lächelte.

„Einfach nicht protegieren, was wäre das Problem, wenn Du selbst ohne Talent bist?" Fragte mich Lichen.

Ich wandte meine Augen zu ihm und sagte laut: „Sie behauptet, sie wäre in meiner Schuld, ihr ganzes Leben lang. Ich wäre ihre Gläubigerin. Als ich 12 Jahre alt war, belastete sie mich unfreiwillig mit ihren Problemen, ich musste Ihr Handeln decken. Sie sagte, sie hätte damals keine andere Wahl gehabt. Sie hat bis jetzt immer noch Schuldgefühle, aber Du!? Warum Du?"

Lichen stand versteinert da, guckte ganz dumm, seine Augen sahen mich direkt an: „Sie tat es auch für mich. Warum, warum nur habe ich das nicht begriffen! Du------, Du, setze Dich bitte. Ich will aus Reue zwei Kopfstöße auf dem Boden machen", sagte er, stand auf und tat es wirklich. Ich stand schnell auf: „Hast Du eine falsche Tablette genommen?! Ist schon der Geschäftsleiter und benimmt sich wie ein Kind. Wozu brauche ich denn zwei Kopfstöße von Dir? Lade mich lieber zum Essen ein."

„Das ist doch selbstverständlich, ich lade Dich jetzt ein, weil ich das gern möchte." Er schien erleichtert.

„Du hast gesagt, ich sollte eine Nachricht für Bailan mitnehmen, was ist es denn?"

„Richtig", er zögerte, „aber ich sage es Dir besser beim Essen."

Während des Essens trank er ein Glas Wein, sein Gesicht war jetzt gerötet, verlegen meinte er: „Sage Bailan, dass ich auf sie warte. Ich will sie bis in das Alter begleiten. Du, bitte, lass es sie wissen, das genügt mir schon."

Ich griff gerade nach einem Krebs, vor Schreck hätte ich mir beinahe mit dessen Schere meinen Mund zerstochen. Aufmerksam schaute ich in sein Gesicht: „Machst Du jetzt Witze?" Aber seine Augen blickten ernst. „Sie heiratete vor dreißig Jahren den Direktor, die Beiden haben eine Tochter, sie sind sehr glücklich."

„Die Tochter ist aber von mir, nicht vom Direktor", erwiderte er. „Das stimmt, so ist es, ich habe es beinahe vergessen, was aber auch bedeutet, dass der Direktor sie wie seine eigene Tochter behandelte."

„Der Direktor ist fünfundzwanzig Jahre älter als Bailan, nicht wahr?"

„Richtig, sie ist Ärztin, sie wird dem Direktor ein langes Leben ermöglichen.

„Auch wenn er mit ihrer Hilfe einhundert Jahre leben wird, dann wäre sie erst fünfundsiebzig Jahre alt. Ich werde sie auch dann noch nehmen, ich bin drei Jahre jünger als sie. Wir hätten dann noch zwanzig gemeinsame Jahre, ich werde sie gut begleiten!"

„Du bist Geschäftsführer, hast zu viel Geld, wirst doch eine Frau zu Hause haben?!" Voller Zweifel sah ich ihn an.

„Hatte ich, es ist aber vorbei. Nach so langer Zeit weiß ich, welche die beste ist! Sagst Du bitte Bailan, ich werde warten."

„Ich kann das doch nicht sagen, der Direktor lebt noch. Wenn ich so etwas sagte, würde ich zwischen ihnen Streit schüren."

„Dann warte------." Er weinte nun fast.

Ich seufzte: „Ja! Du bist ehrlich, ich warte und wenn dem Direktor etwas passiert, dann sage ich ihr es in der ersten Minute."

Er lachte, aber gleichzeitig hatte er Tränen in den Augen. Er nickte und nahm mir so mein Versprechen ab.

Nachtrag

Kindheit und Jugend während der Kulturrevolution in China

Die Kulturrevolution in China während der Jahre 1966-1976 wurde vom damaligen Führer der kommunistischen Partei, Mao Zhe Dong, inszeniert. Sein Motiv war, eine Volksbewegung gegen unseren Präsidenten und stellvertretenden Parteivorsitzenden, Liu Shaoqi und dessen Anhänger zu schaffen und durch Niederschlagung dieser Gruppe die eigene Macht als autoritärer Herrscher zu sichern. Als Vorwand galt die Behauptung, Liu Shaoqi und seine Gruppe hätten die Absicht, in China den Kapitalismus zu restaurieren. Er selbst aber beschloss gemeinsam mit der kommunistischen Partei den kommunistischen Aufbau in China.

Mao Zhe Dong benutzte diese Volksbewegung, die Roten Garden, um auf allen Ebenen, angefangen bei den untersten gesellschaftlichen Organen über die Verwaltung bis hoch zur Regierung und dem Zentralkomitee der Partei, vermeintliche und tatsächliche Befürworter einer kapitalistischen Entwicklung aufzuspüren und niederzuschlagen. Zuerst ging er gegen die Behörden, Organisationen, Universitäten und Schulen vor. Dann folgten in jeder Stadt, jeder Provinz bis hinein in die Partei-Zentralen ebensolche Säuberungen. Liu Shaoqi wurde während dieser Kampagne ebenfalls gestürzt. Diese Bewegung dauerte zehn Jahre, angefangen im Bildungs- und

254

Kulturbereich, und richtete sich gegen die vier überlieferten Traditionen (Philosophie, Kultur, Lebensweise und Moral). Dem gegenüber stellte er vier neue Prinzipien, auf deren Grundlage die Gesellschaft sich entwickeln sollte: die Veränderung der Ideologie der Menschen, die den Umsturz vollzogen, die Entmachtung der gesellschaftlichen Organisationen, die Veränderung der Produktionsweise in den Fabriken und der Umgang mit der Natur. Diese Herangehensweise verursachte große Rückschritte bei den Produktivkräften; Liu Shaoqi und viele unschuldige Leute bezahlten diesen Kampf mit ihrem Leben. Später bezeichnete man diese Zeit als zehn Jahre der großen Katastrophe in China.